偷来的缘

资柏成◎著

中国文史出版社

图书在版编目（CIP）数据

偷来的缘 / 资柏成著. -- 北京 : 中国文史出版社, 2016.12

ISBN 978-7-5034-8730-9

Ⅰ. ①偷… Ⅱ. ①资… Ⅲ. ①中篇小说－小说集－中国－当代 Ⅳ. ①I247.5

中国版本图书馆 CIP 数据核字（2016）第 302901 号

责任编辑：全秋生

封面设计：徐　晴

出版发行：中国文史出版社

网　　址：www.chinawenshi.net

地　　址：北京市西城区太平桥大街 23 号　　邮编：100811

电　　话：010－66173572　　66168268　　66192736 （发行部）

传　　真：010－66192703

印　　装：北京印匠彩色印刷有限公司

经　　销：全国新华书店

开　　本：787×1092　　1/16

印　　张：17.75　　字数：280 千字

版　　次：2017 年 3 月北京第 1 版

印　　次：2017 年 3 月第 1 次印刷

定　　价：39.80 元

目　录

CONTENTS

相　思　泪

1

跟往常一样，秦石山吃完晚饭后就洗澡，洗完澡后就换上一身干净的衣服，戴上一顶旅游帽，然后再急急忙忙往距大风岭施工工地三公里以外的黄羊镇赶。

秦石山身材魁梧、体魄强壮，看上去就是一个浑身上下充满力量、有劲使不完的汉子。他迈着雄健有力的步伐，翻山越岭，跨沟爬坡，气不喘、心不慌，三公里山路顷刻间就到了。

秦石山进入镇里，一不买东西，二不办事情，三不逛大街，而是悄悄地来到位于华山路多利小超市对面人行道的一棵行道树下，找块石头坐下来，手举一个陈旧的玩具小望远镜，透过望远镜，两只眼睛一眨不眨地盯着多利小超市里的一名高个子女营业员看。

秦石山这样做已经有十来天了。

十多天以前的一天晚上，秦石山吃了饭与几位工友一起来到黄羊镇逛大街，当路过多利小超市门口时，一位工友要抽烟，忘了带打火机，秦石山见状，立即对那工友说："你等一下，我去小超市帮你买一个。"说完，便三步并作两步跨进多利小超市。

"请给我拿一个打火机。"秦石山掏出一元钱对正在弯腰整理货物的唯一的一位个子有点高的女营业员礼貌地说。那女营业员听说有人买东西，立即直起腰，从货架上拿起一个打火机，微笑着递给秦石山，并顺手从秦石山手中去接那张一元钱的钞票。秦石山一抬头，望着眼前这位女营业员，一时惊呆了，既忘记去接女营业员手中的打火机，也忘了松开手中的那一元钱，而是傻傻地看着，两只眼睛瞪得老大。

那女营业员见眼前这位顾客死死地盯着自己看，小脸蛋一下子红了，她有些不好意思地提醒道："老板，给你打火机。"秦石山这才一个激灵，如梦初醒，连忙接过打火机，同时将那一元钱放在柜台上。这时，那位已经走出一定距离要抽烟的工友在远处喊道："石山，打火机买到了吗。"

"哎，买到了，马上就来。"秦石山一边答应，一边转过身，但眼睛仍紧紧盯着那位女营业员，接着还说了一句让人摸不着头脑的话："太像了，太像了，简直就是一个模子里刻出来的，世界上竟有如此相似的两个人。"

那女营业员听到秦石山说出这样一句无头无尾的话，问道："谁太像谁？"

秦石山也不正面回答，嘴里仍是不停地叨咕着那句话："太像了，太像了。"然后一步三回头，依依不舍地离开多利小超市。

这一晚，秦石山失眠了。他躺在工棚里的木板床上，脑海里尽是妻子和那个女营业员的影子。他没想到，在这个远离自己家乡的山区小镇上，竟有一个女人与自己的老婆如此相像，从身材到面相，从声音到笑容，几乎分不出彼此。唯有一点不相似的，就是妻子的下巴底下有一颗黑痣，而这个女营业员没有，另外，从外表上看，这个女营业员的年龄似乎要比自己的妻子小一些。一开始，秦石山曾经想过，这会不会是妻子的妹妹呢，但马上他又否定了，自己可从来没听说过妻子还有一个妹妹，就是堂妹、表妹都没听说过有。

秦石山的老婆姓万，叫万朵花，今年才 23 岁，在家乡的一所小学教体育，而秦石山则已 33 岁。一年前两个人结的婚，可结婚不到三天，因为工地有急事，刚刚体会到女人温柔、享受到新婚快乐和幸福的他就被老板逼着离开了家，离开了那个魂牵梦萦的妻子。

俗话说，男子汉三十如狼、四十似虎，33 岁的秦石山正是如狼似虎的年龄。一年来，他时时刻刻思念着妻子，每当夜深人静的时候，他常常因为思念妻子，回味从妻子那儿得到的快乐，就特别兴奋、特别激动。他无法自抑，不得不采取自慰的方式进行发泄。而每次发泄完，他又后悔得不得了，觉得对不住妻子，有愧于妻子，并下决心再不这样做。然而，过不了一天、两天，他又再次无法控制，又重复着前一次的行为。就这样周而复始，一次又一次地发泄，一次又一次地后悔。他知道，在工友中，许多人都是这样过来的。当然，他也知道，有一些工友例外，这些例外的工友，拿着自己靠力气辛辛苦苦挣来的那点微不足道的工钱，偷偷地进入一些理发店、按摩院、足浴城以及那些低档的桑拿中心，潇洒一回，以排泄性的苦闷，摆脱性的饥渴，释放积压的能量。工友们都知道秦石山新婚三天就离开了新娘，而且一别就是一年多，有些工友也曾因此引诱他进那些场所找一些女人发泄一下，解决性饥渴的问题。秦石山自己也曾产生过这种想法，也想试一试，但理性还是战胜了生理需求，他以顽强的毅力克制和忍耐着，保持着自己干净的身子，没有做半点对不起妻子的事情。

秦石山就这样静静地坐在多利小超市对面人行道的行道树下，好在这棵行道树树冠很大，路灯的光线被它挡住，树底下成了路灯灯光的盲区，多利小超市的那个女营业员是看不到他的，而他却可以看到那女营业员的一举一动。

在秦石山看来，尽管对这位营业员的情况不了解，姓什么，叫什么，多大年龄，是否婚配都无从知道，但只要一看到她，就如同看到自己新婚的妻子。每当这个时候，他就会感到特别兴奋、特别快乐。如果有一天没看到，他就会感到心里空落落的。有时甚至像被猫抓了似的，欲罢不能，揪心地痛。有一次，那位女营业员一连三天没有上班，他实在控制不住，花了十元钱，请了一个人打听，才得知那女子的母亲从乡下来治病，住在医院里，于是他又跑到那个医院门口守着，等待那个女子的出现。

盛夏时节，晚上的空气特别闷热，汗水把秦石山刚刚换上的干净衣服又湿了个透。由于闷热，蚊子也多，蚊子喜欢叮咬出汗的人，秦石山身上被蚊子叮了一个又一个包。

以往，多利小超市都是晚上 9 点钟打烊，可不知怎么的，今天却在 8 点钟就打烊了。秦石山发现，那女营业员将卷闸门锁好后，提着小包，横过马路，竟向自己这个方向走来，一直走到自己跟前。秦石山的心都要跳出嗓子眼了，他屏声静气不敢吭声，只有静静地待着，一动不动，他以为那女营业员发现了自己，找自己算账来了。然而，伴随着一阵女人身上特有的香味在鼻子底下飘过，那女营业员旁若无人地向街的另一头走去。秦石山看着女营业员离去，竟鬼使神差地跟在后面，仔细地端详和欣赏着那女营业员走路的姿势。秦石山再一次感觉到，在那绚丽的橘黄色的路灯灯光的映衬下，女营业员连走路的姿势都与自己的妻子相似，那微微翘起的臀部，那飘逸如瀑的一头黑发，那细长的胳膊、修长的腿，这一切的一切都与自己的妻子没有两样。秦石山几乎忘记自我，不由自主地与那女营业员靠得越来越近。也许是自我防范意识强的原因，那女营业员似乎感觉到后面有人跟踪，便尽量走在人行道的中间，并借掏手机打电话的机会，悄悄地四处张望着。

就在秦石山忘我地跟随着那女营业员的时候，突然从黑暗中冲出来两名警察，将秦石山死死按住。秦石山这才如梦初醒，向两个警察问道："我怎么了，你们凭什么抓我？"两个警察没有搭理秦石山，一个高个子向站在一旁的女营业员问道："是不是他？"那女营业员点了点头。

秦石山看了看前面的女营业员，感到莫明其妙，再一次问道："我怎么了？"

高个子警察答道："她告你骚扰她。"

"我骚扰她？"秦石山更加莫明其妙。

"是的，你骚扰她。"高个子警察肯定道。

"我、我没有啊，姑、姑娘，我什么时候骚扰你了。"秦石山顿时感到极大的委屈。

只见那女营业员回过头对秦石山说："你跟踪我。"

"这个……"秦石山有些心虚起来，"这个也算骚扰？"

高个子警察说："当然算。"说完，对秦石山吼道："快点，别磨磨蹭蹭的，跟我们走一趟。"

2

秦石山被带进派出所，在警察的追问下，承认了自己盯梢、跟踪那个女子的事实。但他一再表明，仅仅是因为那个女子很像自己的老婆，跟踪她是想多看一眼，没有别的什么目的。然而，尽管如此，他还是被拘留三天，并处罚款500元。由于当时身上只有几十元现金，一时拿不出那么多的钱，没办法，在警察的授意下，他只得打电话给工友谭小牛，让谭小牛速送500元现金来。交了钱，才算完事。

在返回大风岭工地的路上，谭小牛向秦石山问道：“石山，这究竟是怎么回事啊？你怎么会去骚扰一个素不相识的女子，说起来大家都不相信。在工友们的心目中，你可是个老实本分的人，从不拈花惹草。”

“我没有骚扰她，我、我只是想多看她一眼，才跟着她。”

“多看她一眼？”谭小牛冷笑道：“我说你秦石山有毛病吧，这世界上漂亮的女孩多得很，满大街都是，电影、电视里也多得是，你想怎么看就怎么看，难道她有特别吸引你的地方。”

秦石山长叹一声说道：“唉，只、只因为她、她太像我老婆了，你要知道，我新婚三天就离开了我老婆，我想老婆啊！”提到那女营业员像老婆的事，秦石山特别兴奋起来，说：“小牛，你是没看到，那个女孩与我老婆要多像有多像。”

谭小牛也长叹一声，说：“唉！我说你怎么会这样，也难为你了。”

3

在秦石山心里，自己就是偷偷地多看了几眼像自己老婆的女子，算不上不光彩的事。但说他跟踪、盯梢、骚扰女子的风言风语还是在工地上迅速传播开来，而且很快被传到他的家乡，自然也传到了他的妻子万朵花的耳朵里。尽管万朵花坚信自己老公是个循规蹈矩的人，不会做出那样的愚蠢而又让人耻笑的事。但为了弄清真相，她决心到丈夫打工的那个地方去一下。当然，他还有一个目的，那就是去看望丈夫，与丈夫好好地温存几天。是啊，结婚才三天，丈夫就离开了自己，而且，那三天还是残缺的三天。第一天晚上，因为丈夫办喜宴操劳过度身体不适，在医院待了一晚上，第二天晚上，因为自己多喝了几杯酒醉倒在床而提不起性趣草草了事；真正的享受是在第三天晚上，谁知　觉醒来，丈夫就走了，这一走就是一年。丈夫想自己，自己也想丈夫啊！

万朵花既不打电话，也不发短信，她想突然出现在丈夫跟前，给丈夫一个惊喜。婆婆听说儿媳妇要去工地上看望儿子，便提醒道：“你打个电话给他，让他提前准备准备。”

“妈，没有那个必要，老夫老妻的，你来我往，用不着做什么准备。”万朵花嘴上这么说，心里却是另外一个打算，她买了丈夫最喜欢吃的南瓜子和红薯干，她知道，只要自己一到，丈夫肯定会尽力接待自己。她明白，这一年多来，丈夫一定特想自己，如果自己突然出现在他跟前，他不乐疯才怪。

第二天早上，万朵花收拾好行李，告别婆婆就上了路。她一路走一路想，这回一定要让老公从自己身上充分享受到快乐和愉悦，让丈夫完全得到满足。为此，她还从衣柜底下翻出了一本关于性爱技巧方面的书，认真阅读了关于性爱时妻子如何让丈夫达到高潮的那一章，并认真地揣摩。

秦石山打工的地方是在一个叫大风岭的大山沟里，那里正在建设一座高速铁路桥。由于人生地不熟，加之好好的天气突然下起暴雨，前行的道路出现了山体滑坡，长途大巴走走停停，停停走走，等万朵花赶到黄羊镇，已是第二天晚上。经过打听，从黄羊镇到大风岭还有三公里，万朵花心里想，黑灯瞎火的恐怕一时难以找到丈夫打工的地方，不如先在镇上住一个晚上再说，于是她只得找了一家便宜的旅馆住了下来，第二天清早才急急忙忙往大风岭赶。

到了大风岭，万朵花左打听右打听，好不容易才找到秦石山干活的那个工地，工地上人来人往，机器轰鸣。

“老师傅，您看到我家秦石山了吗？”万朵花向一位正在挖水沟的老大爷问道。

“秦石山，哪个秦石山？”

“就是那个、那个……”万朵花不知道往下怎么说，确切地说，她不知道这儿有几个秦石山，也不知道自己的那个秦石山在这儿是干什么的。

“噢，我知道了，你是找那位想老婆想疯了，错把人家小超市营业员当老婆，天天盯梢、跟踪，以致人家举报‘犯骚扰女性罪’，让警察关了几个晚上的那个秦石山吧？”旁边一个年轻小伙子调侃道。

老大爷抬手敲了一下小伙子的脑袋，对万朵花说道：“别理他，没个正经。告诉你，因为昨晚下了一场大暴雨，山路发生塌方，堵住了进山的路，工地上急需的材料进不来，公司里组织人员抢修道路，一大早，石山就被抽调去抢修塌方的道路去了。请问，你是……？”

“我是秦石山的老婆。”万朵花不好意思地说。

“哎哟，真不巧。”老大爷说。

“他什么时候回来？”万朵花问道。

“那可不知道。”老大爷答道。

万朵花想起在来的路上塌方的工地上，那些满身泥水满身汗的民工们，说不定在那些人群里就有自己的老公。早知这样，自己何不下车找他就好了。可现在怎么办？连个熟人也没有。

正在万朵花为难的时候，谭小牛走过来了。万朵花一抬头，眼光正与谭小牛相遇，两个人同时惊呼道：“小牛”“万老师”。原来万朵花在与秦石山谈恋爱期间，通过秦石山就已经熟悉了谭小牛。

老大爷见谭小牛与万朵花互相认识，便对谭小牛道：“小牛，你来得正好，她就交给你了，你赶快带她找个地方住下，然后陪她去吃午饭。”

谭小牛答应着，对万朵花说：“万老师，跟我走吧。”

谭小牛领着万朵花来到民工食堂，叫炊事员刘大妈给下了一碗清水面条，也许是饿慌了的原因，万朵花三扒两扒就把一碗面条吃得精光，连汤都不剩。吃完面条，万朵花抹了抹嘴巴，对谭小牛说：“走吧，带我到秦石山住的地方去。”

谭小牛也没多想，说：“好、好、好。”说完，便帮万朵花提着行李，领万朵花往秦石山住的工棚里走去。

万朵花一边走一边想，趁着丈夫还没回来，好好地把房间收拾整理一下，让他回来舒舒服服地睡上一觉。

不一会儿，万朵花跟着谭小牛来到了秦石山的工棚门口。

“请进吧，万老师。”谭小牛对万朵花说完，便站到一边，让万朵花先进。

万朵花也不客气，一步踏进工棚，不看则已，一看惊呆了，只见长长的工棚里，并排摆放着十几个用木板搭的床，床与床紧挨着，一头留有一条通道。工棚里随处可见脏衣服、臭鞋子，一股汗酸味扑鼻而来。

万朵花疑惑地看着谭小牛，问道：“小牛，你们就这样十几个人挤在一个工棚里。”

“那不这样还怎么着。”

“我以为……”万朵花不好意思低下了头。

谭小牛这时才恍然大悟，说：“哦，你以为我们都住宾馆。”

万朵花连忙说:“不、不,我以为你们至少一个人一间或两个人一间。”

谭小牛哈哈大笑道:“那样可能吗?”

谭小牛笑着、笑着,突然明白过来,他刹住笑:“对不起,对不起,我给你们找房子去。”说着,便领着万朵花出了工棚。

出了工棚,谭小牛为难了,让万朵花住到哪儿呢?人家好不容易来一趟工地看望自己的丈夫,总得让他们两口子能有一个单独待在一起亲热亲热的地方呀。可是这里除了工棚就是仓库,工棚里住的都是十几个人或几十个人,哪里有什么单间。要不,能倒腾出一个房间也行,可怎么倒腾,这里连个女人都没有。想到女人,谭小牛突然想到炊事员刘大妈,对,让万朵花与刘大妈先住一个晚上,等明天秦石山回来,让他自己想办法。想到这里,谭小牛对万朵花说:“万老师,实在不好意思,这里条件太差了,没有空房,更没有民工住的单间,你今天只能与炊事员刘大妈住一起,先对付一个晚上,等石山回来再想办法,好吗?”

万朵花没想到会是这样,她琢磨着,今天可以对付一个晚上,那明天晚上呢?如果秦石山明天回来还没有单独住一起的房子,那自己这一趟岂不是白来了。但面对谭小牛的问话,她无话可说,只得含着眼泪点了点头。

送走了谭小牛,万朵花心里想,既然不能给丈夫一个惊喜,那就给丈夫挂个电话,告诉他自己已经到了工地,让他早点回来。于是她便掏出手机,给秦石山打了一个电话。

4

秦石山接到万朵花的电话,得知她已经到了工地来看望自己了,别提心里有多高兴,盼了一年,终于把妻子盼来了。此时此刻,他恨不能插上翅膀,立刻飞到大风岭工地,与妻子好好快活快活。想到这里,他立即放下手中的活儿,跑到带队抢修道路的路桥公司何副老总那儿,想请个假马上赶回大风岭去。

秦石山来到何总跟前,小声地说道:“何总,我想请个假。”

“请假?”正在玩手机的何总头也不抬地问道:“你请假干什么?”

“我老婆来工地了,我想回大风岭去。”秦石山嗫嚅着说。

“什么？你现在要回大风岭去？”何总听说秦石山要回大风岭去，这才抬起头，疑惑地看着秦石山。

秦石山点了点头，说：“我老婆来了。”

何总把手机往桌子上一放，吼道：“秦石山，亏你说得出，这都什么时候，你还想回大风岭会老婆，你说说，是你老婆重要还是抢修道路重要？”

秦石山老实地回答：“会老婆重要。”

“什么？你再说一遍。”何总再一次吼道。

秦石山知道自己说错了，立即抬起头大声地说道：“不、不，抢修道路重要。”

“你知道抢修道路重要，还要离开这里。”

“我、我、我想老婆。”秦石山情不自禁地说。

何总听到秦石山这么一说，立即站起来，发出一阵怪笑，笑得眼泪都流了出来，好一会儿才突然收住笑，讥讽道：“想老婆，想老婆也算个事，瞧你这点出息。”

秦石山小声地说：“人家新婚才三天就来到工地上，还没、还没……”秦石山说到这里，有些不好意思。

“还没享受够新婚的快活，是吧。”

秦石山点了点头。

何总冷笑着说：“你傻呀，你结婚之前干什么去了，你不会打提前量。”然后挥了挥手说：“好了，好了，别丢人现眼了，我实话告诉你，这道路的抢修任务不完成，你就甭想去见老婆。”

秦石山说：“这不已经扫尾了吗？”

“什么？扫尾？不瞒你说，前面还有几处塌方要清理，你以为就这一点。”

“还有，还有几处？”秦石山哭丧着脸，带着近乎哀求的口气道：“你就准我两天假吧，就两天，你看这工地上有我不多，无我不少。”

“什么？”何总两只眼睛一瞪，“工地上有你不多，无你不少，原来你是来吃干饭的。”

“不、不，不是这个意思。”

“你什么意思，告诉你，多一个人多一分力量。”

“要不这样，何总。”秦石山突然眼睛一亮，“你让我休几天假，老婆走后，我用双休日顶上去可以吗？”

“不行。”

秦石山又想到了一个主意：“要不晚上让我回大风岭，第二天一早我就赶过来？”

“我说你是想老婆想疯了吧？还跟我讨价还价。”

秦石山无可奈何地离开何总，一边走一边从喉咙里发出只有他自己才能听到的嘟嘟囔囔的声音：“这、这不是要把人憋死。”

回到岗位，秦石山只好跟妻子打了个电话：“老婆，这里抢修任务重，老板不批我的假。”

万朵花听说老板不批丈夫的假，就安慰道：“不着急，石山，听老板的话，安心把那里的活儿干完，我在这儿还有几天。等你。”

妻子这么一说，秦石山心里更加乱了，他含着眼泪，带着哭腔说：“老婆，我想你啊，我太想你了。”

只听万朵花在电话里也带着哭腔说：“石山，我也想你啊！”

说着说着，两个人竟在电话里哭成了一团。

5

又下雨了，而且越下越大，天地之间白茫茫一片，浑然一体，山洪再一次爆发，塌方再一次增加，秦石山所在队的任务再一次加重，为了保证道路畅通，上级号召他们不分白昼黑夜，加班加点，按时完成抢修任务。

妻子好不容易来一趟，自己却不能见面，秦石山觉得很有些窝囊。当然，他心里也明白，与抢险救灾比，自己与妻子会面，那只是非常非常小的一件事，自己有想法都没法说出口，所以他心里感到直憋气，怎么这些不顺心的事都让自己给碰上了。他一边想着老婆，一边干着活，由于心里不顺畅，干起活来没有了方寸。

“石山，你来帮我，我们俩一起将这块石头撬动，推到一边去，别让它挡在路中间影响车辆的通行。”工友杜元正在吃力地撬动一块搁在道路中间的大石头。由于石头太大，他连撬两次都没有撬动，才叫一旁傻站着的秦石山帮忙。由于秦石山心不在焉，并没听到杜元是在叫他。杜元见秦石山没有反应，便又大声叫道："石山，帮帮忙。"秦石山这才反应过来，他连忙跑到杜元身边，与杜元一道撬动那块石头。

杜元见秦石山精力不集中，一副没精打彩的样子，与自己配合一点也不默契，自己用力时，他不用力，自己不用力时，他却用起力来，两个人的力气没有用到点子上，石头还是躺在路中间纹丝不动。杜元一时急了，大声地对秦石山喊道："秦石山，你认真点好不好，何总说了，干完这一点活就让你回大风岭，让你与老婆团聚。"

秦石山与杜元是同一个乡的，对杜元的为人特别敬重，他知道杜元不会对自己撒谎，杜元把何总说的话说给他听，他自然坚信不疑，心里就甭提多高兴了，一时间精神振奋，干劲倍增。他手一挥，拨开杜元，响亮地喊道："老元，你站开，看我的。"未等杜元挪位，抓起地上一根铁管，插入石头底下的缝隙，使劲一撬，没想到石头滚向一边，从杜元的脚背上压了过去，杜元一声惨叫，倒在地上。

秦石山见自己闯了大祸，也吓坏了，忙丢下手中的钢管，抱起杜元的脚察看个究竟。只见杜元的脚血肉模糊，杜元疼得龇牙咧嘴，"哎哟、哎哟"地叫个不停，眼泪都流了出来。其他人一听说这儿出了事，也都围了过来。不知谁报告了何总，不一会儿何总也过来了。场面乱哄哄的，大家你一言我一语都在责怪秦石山。秦石山满头大汗，不知所措，任凭大家指责和批评。何总一见这种状况，立即对秦石山吼道："愣着干什么，还不赶快背着他到车上去，立即送医院抢救。"

秦石山听到何总这一声吼叫，才突然醒悟过来，抱起杜元就往附近的车上跑。何总也在后面紧跟着，一边走还一边对秦石山说："这两天你就在医院陪着，哪儿也不许去。"停了一下，又数落道："没出息的东西，想老婆想疯了吧。"秦石山知道自己做错了事，连屁都不敢放一个。

到了医院一检查，杜元的脚粉碎性骨折，需要住院治疗，遵照何总的吩咐，秦石山乖乖地在床前陪护，为杜元端屎倒尿、送饭取药。对于这件事，秦石山没敢对万朵花说，只说是道路抢修任务重，请不到假，暂时不会往回撤。

一个晚上过去了，秦石山基本没睡什么觉，他小心地侍候着杜元，生怕惹杜元不高兴。第二天一大早，秦石山侍候完杜元上厕所，洗脸漱口，就跑到医院外面给杜元买早餐去了。

秦石山刚走一会儿，一阵手机的铃声骤然响起，杜元以为是自己的手机来了电话，拿起一看，却不是的，原来是另外一个手机在响，他估摸着这一定是秦石山出去时忘了带手机，把手机放在床头柜上，人就走了出去。手机响了几声停了下来，杜元也没去管它；过了一会儿，又响了，杜元这才拿起手机瞧了一下，只见荧屏上显示"老婆"两个字。杜元一看是秦石山妻子来的电话，就没敢接。可过了一会儿，铃声又响了起来，杜元忍不住再次拿起秦石山的手机一看，显示的还是"老婆"两个字。杜元又想，这一个又一个电话，说不定人家有急事，如果不接，耽误了可不好。于是便打开手机接听起来，只听见手机里传来一个女人急急的声音："石山，你怎么还不回，我都等了三天了，再过几天就要走了，今天下午一定回来，好吗？"

杜元也没有多想，稀里糊涂地顺口答了一句："好、好。"当反应过来是别人的电话时，为时已晚，他吐了一下舌头，立即关了手机，心里想，秦石山这小子也怪可怜的，结婚三天，还没尝够新婚的快乐，就来到了工地上，现在妻子千里迢迢来看他，又遭遇上这些个事，既然这样，自己一定要促成他早一刻与妻子见面。

过了一会儿，秦石山端着早餐走进病房，第一句话就向杜元问道："匆匆忙忙的，忘了带手机，没人打电话来吧？"

杜元慌忙掩饰道："没有，我都不知道你没带手机。"

秦石山以为杜元说的是真的，也没在意，把买来的馄饨递到杜元手上，就要进卫生间洗手。杜元连忙叫住秦石山，说："石山，大部队都走了，你也回去吧。你老婆都来了几天了。"

"那哪行呢，何总叫我在这里陪护你。我走了，不被何总骂死才怪。再一个，我走了，谁来陪护你？"

"没关系，我已经给我老婆打了电话，她今天下午就会赶过来。"

"何总那儿呢？"

"你放心，我来说，何总不会骂你的。"

"这……合适吗？"

"怎么不合适，你放心吧，我会处理好。"杜元说完大手一挥，做了一个叫秦石山走的动作。

秦石山信以为真，连忙收拾好行李，告别杜元，急急忙忙往大风岭赶。

6

秦石山回到大风岭，被早已等待心急如焚的妻子万朵花迎着进了炊事员刘大妈的房间里。虽然，没有城里人那种浪漫，也就是说没有像城里人那样又是拥抱，又是接吻，但是他们见面时那种温情，那种亲热，透过两个人相视的那一刻完全显现出来。

万朵花深情地望着丈夫黝黑的脸，心疼地说："黑了，瘦了。"说完双手接过秦石山手中的行李。秦石山看着妻子，"嘿嘿嘿"地傻笑着，然后说道："等久了吧。"两个人各自说完要说的两句话，都不再吱声，而是你看着我，我看着你。万朵花被丈夫看得羞怯地把头扭向一边，秦石山被妻子看得仍是傻傻地笑着。又过了好一会儿，万朵花才说："肚子饿坏了吧，我已叫刘大妈做了面条，你等着，我马上给你端去。"说着就冲出房门，向厨房急急地走去。顷刻间，万朵花便从厨房端来了一碗热气腾腾的面条递给秦石山，面条上面还有两个荷包蛋，秦石山看着妻子，双手接过面条，狼吞虎咽地吃了起来。

"慢点，慢点，小心被咽着。"万朵花看着丈夫一副饿相，心疼坏了。瞥见丈夫的头上有一根白头发，便悄悄地走到丈夫后面，温柔地抚摸着丈夫的头，轻轻地拔掉那根白头发。

秦石山三口两口便把一碗面条吃了个精光，然后抹了抹嘴巴，意犹未尽。万朵花问道："吃饱了吗？"

秦石山打了一个饱嗝，说："饱了，饱了。"

万朵花想起早上的电话，问道："你是今天早上接到我的电话后才打算回来的？还是原来就打算今天回来的？"

秦石山有些莫明其妙，说："电话？什么电话？"

万朵花说："我今天早上 7 点多钟给你打了三个电话，你不是还接听了我的电话了吗？"

秦石山说："我没有接听过你的电话呀。"

"我说叫你尽快回来，你连说了两个'好''好'字，就挂了电话。"

秦石山这时才明白，原来自己买早点时，杜元接了妻子的电话，然后才催促自己回大风岭，并假装说他妻子要来。好人哪，好人。他拿起手机给杜元拨了个电话，动情地说："老元呀，我已与老婆见面，一切我都明白，秦石山我这里感谢你了。”

万朵花疑惑地看着秦石山，眨巴眨眼睛问道：“这是怎么回事啊！”

秦石山这才把在抢修道路的过程中，杜元为何受伤、自己如何归来等有关情况详细地说了一遍。

听了丈夫的叙说，万朵花也非常激动，含着眼泪对秦石山说：“石山，我们可要知恩图报哟。”

秦石山点了点头，说：“你放心，花花，我这个人是讲感情的。”

万朵花含情脉脉地说：“我知道，如果你不是个讲感情的人，我也不会嫁给你。”

两口子正说着，刘大妈突然推门进来，两个人都惊了一下，刘大妈进也不是退也不是，连忙赔着笑脸说：“对不起，对不起，打扰你们两口子了。”

万朵花娇羞地低下头，对刘大妈说：“没有、没有。我们两口子给你添麻烦了”。

刘大妈笑着说：“麻烦什么，这都是应该的。”

秦石山摸着后脑勺，仍是“嘿嘿嘿”地傻笑着。

刘大妈止住笑对秦石山说：“你只顾傻笑，太阳都快下山了，你想过没有，你们两口子今晚睡什么地方？”

秦石山这才想起晚上还没睡的地方，他张开嘴巴怔怔地看着刘大妈，一句话也说不出来。

刘大妈说：“算了，我还是告诉你们吧，今天晚上你们两口子就睡我这儿。”

万朵花问：“那您呢，刘大妈？”

“我把山腰上那个小仓库收拾一下，就住那儿去。”刘大妈朝后面的山上呶呶嘴。

万朵花说：“那怎么行呢，要去也是我们去，怎么能是您去呢。”说完朝秦石山递了个眼色，示意秦石山说句话。

秦石山摸着脑袋笑着说：“那是的，要去我们去。”说着，便抓起刘大妈拿来的后山仓库门的钥匙，拉着万朵花就向后山腰跑，刘大妈使劲地在后面喊：“你们两口子相聚一次不容易，就睡我这儿吧，我一个孤老婆子，哪里都可以对付。”

“没关系，刘大妈。”秦石山一边走一边说。

7

秦石山和万朵花沿着一条弯弯曲曲长满荒草的小路，来到了半山腰的一座小仓库前。这是一座平顶、单门独户、一人多高、只有两个小窗户的砖混结构的小房子，房子四周被灌木包围着，只有前面的台阶是一块水泥空地，一把锈迹斑斑的铁锁挂在铁门上，好像是很久很久没人来过。秦石山掏出钥匙打开仓库门，一股奇异的臭味扑鼻而来。他打开墙壁上的电灯开关，电灯不亮，好在还没天黑，阳光透过墙上的一个小窗户照射进来。房子里置放的东西依稀可见，房子不大，就40来平方米，却被乱七八糟的包装箱塞得满满的，潮湿的地上到处是老鼠屎，几只硕大的老鼠见有人进来，四处乱蹿，吓得万朵花直往秦石山背后躲。

秦石山看着满屋的包装箱，不知从何下手，他紧锁着眉头，心里想，要想把这个屋子收拾出来，没有几个强劳力，没有半天的时间是收拾不出来的，眼瞧着太阳就要落山，自己一个人怎么收拾。他犹豫着，迟迟没有下手。

万朵花看出丈夫的难处，说道："算了，今晚我还是与刘大妈睡，你就回工棚去，与大伙儿再睡一个晚上。"

秦石山嗫嚅着说："只是、只是……"

万朵花知道丈夫要说什么，笑着说道："没关系，既然来了，也不在乎多一个晚上少一个晚上。"

"可、可我想、想哟。"由于欲火攻心，秦石山喉咙发涩，嘴巴发干，心跳加快，说话语无伦次。

万朵花见状，也是激情难耐，立即扑上前去，紧紧地抱着秦石山，嘴里喃喃地说："石山，石山，我也想死你了。"

正当秦石山与万朵花夫妻两个人缠在一起难舍难分时，谭小牛闯了进来，把秦石山与万朵花两个人吓了一大跳，当即松开手，谭小牛见状："对不起，对不起，打搅你们了，不过我什么都没看见，你们继续，你们继续。"谭小牛一边说一边往后退，秦石山憨厚地笑着说："我们又没做什么，你看见了又怎么样。"万朵花则站在一旁，满脸通红，心还在"扑通、扑通"地狂跳不停。

秦石山见谭小牛要走，连忙叫住他，问道："小牛，你找我有事吗？"

谭小牛这才想起到这儿来要办的事情，说:“刘大妈说你们要在这房子里搭铺睡觉。叫我来帮你们收拾房间。”

秦石山望着满屋子堆放的乱七八糟的东西，对谭小牛说：“算了吧，今天怎么也收拾不出来，明天再说吧。”

“可你们两口子睡哪儿哟？”

“我到工棚去，与大伙睡一块儿。我老婆还是与刘大妈睡一块儿。”

“这不是又耽搁你们俩一个晚上吗？人家万老师千里迢迢赶到这儿来，不就是……”谭小牛故意拉长声音。

“算了，算了，别说了，谁叫她来得不是时候。”

万朵花嗔怪地看了丈夫一眼，说:“你还说我，我还没说你呢，我是听说你在外面出了洋相，特来问情况的？”

谭小牛见秦石山、万朵花两口子打起嘴仗来，调侃道:“好了，好了，你们扯皮吧，我走了。”说完真的走了出去。

万朵花虽然相信丈夫，但还是想问个究竟，说:“你到底是怎么回事，为什么要跟踪那个女的？”

秦石山见妻子问到这个问题，长叹一声后，只得坦白地说道：“唉，别提了，我离开你以后，你是不知道我有多么想你，刚开始那段时间，每天想你想得整晚睡不着觉。有一天，我与几位工友到街上办事，路过多利小超市门口，见有一个女营业员从长相、神韵、姿势都特别像你。一看到她，我就想到你，为了多看她几眼，我就不由自主地跑到她那小超市对面瞄起来，盯着她看。后来有一次还跟踪了她，但被她发现，说我耍流氓，骚扰了她，然后报了警，将我带到派出所问话。其实我根本没接触她，更没对她怎么样。老婆，你不会怪我吧。“

“我当然不会怪你，我知道你想我，而且是想我想昏了头，这也难怪，我还不是一样特别地想你，每每一想起你，我就控制不住，就……”万朵花满脸通红，不好意思再往下说。

“就、就什么？”秦石山追问道。

“不告诉你，呵呵。”万朵花说完，跑出了仓库。

秦石山追了出来，此时太阳已经落山，天空渐渐地暗淡下来。

秦石山见万朵花还在往前走，便提醒道：“等等我。”然后三步并作两步跟了上去，悄悄地对万朵花说：“对不起，又得让你空守一个晚上，不过，明天我把这仓库收拾出来，晚上我们睡在一起，把过去的损失补回来，快快活活地来几次。”

“看把你美的。”万朵花笑着在秦石山胳膊上掐了一把。

8

这一晚，秦石山又失眠了，他翻来覆去怎么也睡不着，想着妻子近在咫尺，却不能同房，有劲使不上，有力无处用，实在觉得憋气。同时，又想着妻子圆润如玉、柔软如酥的皮肤，玲珑剔透、凹凸有致的身材，还有做爱时那恰到好处的动作，动人心魄的叫声，这些都令他魂牵梦萦，欲罢不能，一直都处于一种极度亢奋、心潮澎湃的状态。他本想养精蓄锐、积聚力量，待第二天晚上好好地、痛快地行鱼水之欢，但终因无法克制，不由自主地再一次进行自慰，在发泄中寻求快感和高潮，然而像每次一样，高潮以后他又十分后悔，深感对不起妻子，似乎这样做是对妻子的一种背叛和亵渎，并默默地表示对妻子深深的一种歉意，请求妻子原谅自己。但他很快又寻找几条理由来安慰自己，他认为自己这样做也是迫不得已而为之，总比那些背着妻子到外面找女人、嫖娼的工友好得多，甚至比那种因为妻子不在身边，刻意到人群拥挤的地方、借机往别的女人身上蹭，借以揩油、占便宜的工友要好些，比那些找个黑暗的角落里躲起来，偷看别的女人洗澡或上厕所的工友要强些，想到这里他又不再后悔。

秦石山就这样胡思乱想地度过了一晚上，天没亮便起了床，开始收拾起后山上那座小仓库。等到了万朵花起床时，他已经干了一个多小时的活，把屋前屋后的杂草砍了精光。吃完早饭，谭小牛和其他几个工友也来帮忙，大家抬的抬包装箱，清的清理垃圾、刷的刷墙壁，忙活了好一阵子，才把房子收拾得干干净净，利利索索，墙壁也粉刷得雪白，虽然人人忙得满头大汗，但个个都很开心。

民工队有一个传统，不管谁的妻子来队，大家都会当作自己的喜事一样开心和高兴，如果有什么事需要帮忙，大家都会尽心尽力，半点也不含糊，如果缺什么东西，大家都会倾其所有往一块凑。平时再抠的人，此时也会大大方方。作为主人，也会请大家吃上一顿两顿，借此热闹热闹，也算是一种答谢，每每这个时候大家都会不请自来，一起开开心。

当然免不了大家也会对主人的妻子评头论足，说长道短，但这些都是善意的。

谭小牛望着收拾得干干净净、利利索索的房间问大家："现在房子是收拾出来了，但还缺些东西。"不用谭小牛说，大家都知道缺些什么东西。

"小嘎子、大成子，你们俩去挑砖，洪宽、罗方生，你们俩去找门板。"谭小牛作古正经地指挥着。

小嘎子似乎还没反应过来，问："挑砖干什么？"

谭小牛笑着说："这屋子里缺一个重要的东西，知道吗？"

"什么东西？"小嘎子眨巴眨巴眼睛又问道。

"床。"谭小牛从嘴里蹦出一个字。

"床？"

"是的，你们说说，两口子一年多没见面，如今见面了，最重要的是什么？"

大成子说："同床睡觉。"

"对，同床睡觉。"谭小牛用眼睛瞟了一下全屋子里所有的人，接着又说道："你们看看，这屋里有床吗？"

小嘎子立即大喊道："我明白了，走，挑砖去。"说完拉着大成子就走。

洪宽和罗方生紧接着也跑了出去。

不一会儿，小嘎子、大成子挑了砖头，洪宽和罗方生抬来了门板。然后，大家一齐动手，砌的砌砖，粉的粉刷，一个农村土炕式的床很快就成了。可就在这时，刘大妈走了进来，刘大妈看到屋子一头砌成一个土炕式的床，便立即阻止道："别这样，这是在南方，地面潮湿，你们这样砌成的东西，床不像床炕不像炕，不透风，不透气，更易潮湿。"见大家都看着自己，停一下她又说："去，你们几个去把我的床抬来。"

"那不好吧？"大成子说。

"这有什么不好，人家两口子一年多没见面了，就是要睡好点的床。"

"那您呢？"小嘎子问。

"我没关系，你们把这些砖挑到我那儿去，把这门板也抬过去，给我搭一个临时床。"

秦石山立即阻止道："这不行，刘大妈，您这么大年纪，不能睡那种床，还是让我们年轻人睡。"

“别争了，听我的。”刘大妈说着，亲自动手拆下刚刚搬上去的床板。

秦石山想说什么，谭小牛摆了摆手，说：“别争了，听刘大妈的吧。”

小嘎子、大成子这才抬起门板往刘大妈房间里去，一会儿又把刘大妈房间里的那张大床抬进了小仓库。

秦石山按照其他家属来队的习惯，对大家说：“大伙儿，今天晚上都到我这儿吃晚饭，还是老规矩，米饭自带，我这儿供酒供菜。”

小嘎子说：“可你这儿连个锅子、碗筷都没有？”

“没关系，大家凑，这也是老规矩。”不等秦石山答话，谭小牛接过小嘎子的话说。

大成子说：“我拿锅子来。”

洪宽说：“我有碗、筷。”

罗方生说：“我那儿还有一块腊肉。”

小嘎子高兴地说：“好咧，晚上有好的吃了。”

9

下了班，谭小牛等十来个人早早地就来到仓库门前，只见仓库门前的台阶上，摆着几只用空包装箱拼装的桌子，桌面上摆放着几大碗菜，有肉、有鱼、有蔬菜，女主人万朵花忙前忙后，洗菜、切菜、炒菜，男主人秦石山则忙着摆碗筷，开啤酒。

菜上齐了，秦石山给每个人面前放了一瓶已经打开盖子的啤酒和一个空碗。

谭小牛见差不多了，说：“好，请秦石山和万朵花两口子入席。”并叫大家让出主人的位置。不一会儿，秦石山与万朵花从屋里走了出来。人们将他们俩迎到主人的位置上，站好后，谭小牛庄重地宣布：“现在我宣布，秦石山老婆万朵花欢迎晚宴现在开始。”接下来便是一阵热烈的掌声。

“大家把碗中的酒倒满，为秦石山和万朵花入洞房干杯。”谭小牛说完，一仰脖，把一碗酒喝了个底朝天。其他人仿照谭小牛也将碗中的酒干了。随后，一个一个地都主动走到秦石山、万朵花跟前敬酒。

秦石山见大家都向自己两口子敬酒，便端着酒碗喊道：“慢点，各位兄弟，等我敬了你们的酒以后，你们再来与我喝。”说完，便与万朵花一同各端起一碗酒，动情地说道：“各位兄弟，今天是我老婆万朵花来队后我们第一次同房，感谢各位的帮助，来，我们两口子敬各位一碗酒。”说完，把一碗酒干了，万朵花只喝了一口，就不敢往下喝，秦石山接过万朵花手中的酒，也一口干了，其他人见主人把酒都干了，也干了碗中的酒。接着，万朵花走到每个人跟前，给每个人夹了菜。

小嘎子高兴地喊道：“嫂子给夹的菜，就是好吃。”

大成子说：“哎，哎，各位，让我们每人单独敬万老师一下，好吗？”

“不行，不行，我不会喝酒，喝一点就会醉。”万朵花推辞说。

秦石山知道妻子不会喝酒，见大家把妻子当成喝酒的了，但又不得不喝，于是便主动站出来挡酒，说：“兄弟们，我老婆的酒我来代。”

大成子说：“那不行，万老师必须得喝。”

谭小牛见状，制止道：“好了，好了，大家别闹了，我们都是过来人，一会儿他们两口子还要同房，喝醉了不好办事。”

谭小牛的话引起一阵哄笑。

正在大家开心的时候，何总走了过来。

“哎哟，什么事，这么开心。”何总微笑着跟大家打招呼。

大家见何总过来了，都止住笑。有人甚至把吃到嘴里的菜吐出来，呆呆地看着何总。

何总见大家因为自己的到来不吃不喝，便接过小嘎子手中的碗，继续微笑着对大家说：“来，我敬大家一碗酒。”

秦石山站出来，对何总说：“何总，我老婆来队了，大家在一起热闹热闹。”

何总收起笑容装着严肃地说：“石山呀，这就是你的不对了。你老婆来了，也不告诉我一下，让我也与大家一起，热闹热闹。”

秦石山心里非常明白，他何总这是在装蒜，那天，自己还为这事向他请过假，他不但不批假，还拿大道理训斥了自己一番。不过，秦石山不想点穿他，得给他留点面子，于是便说：“哪能麻烦您何总。”

“这有什么麻烦的，大家都是兄弟嘛。”何总说完，再一次端起酒碗，说：“来，大家喝酒。”

大家见何总喝了碗中的酒，也只得喝了一口。

“这就对了嘛。”何总转过身对秦石山说：“石山，我单独敬你们两口子一碗酒。”

秦石山说：“何总，这还劳驾你，多不好意思。”

何总说：“石山呀，如果我过去有对不住你的地方，请你多包涵。”

何总不说，秦石山似乎已经忘记，一年前，他请假回家与万朵花结婚，说好是一个月的假期，可是，天有不测风云，秦石山回到家里按照计算好的时间，确定在回家的第 5 天举行婚礼，可等到结婚前的一天晚上，母亲突然患急病住院。秦石山只得将婚期推迟，在医院陪护母亲。等到母亲出院时，时间已过去了 22 天。为了把婚礼办得妥帖一些，秦石山给何总打了个电话，请求延长 10 天假期，他以为何总一定会同意，然而没想到的是，何总不但不同意，还叫他提前三天归队。秦石山一听何总这话，立即傻了，他好说歹说，请求何总务必再宽限几天，可何总就是不同意。他放下电话屈指算了一下，提前三天归队，就意味着只有 27 天假期，按 27 天假期算，那剩下的只有四天时间，照农村里的规矩，怎么的也忙不过来。秦石山再一次拨通了何总的电话，何总还是那句话：“不行，说好提前三天归队，就提前三天归队，一天也不能耽误，否则，除了不发放你假期的工资，还要另外扣除你一个月的月薪，要不就除名。”秦石山无奈地摇了摇头，只得紧赶慢赶，在归队前的第三天把婚事办了。婚后第三天还没体会到新婚快乐的秦石山，就被何总一个又一个电话催着。无奈之下，秦石山只得告别新婚的妻子和重病初愈的母亲匆匆踏上归队的列车。回到大风岭后，秦石山夜不能寐，深深地思念着新婚的妻子。想着与妻子行鱼水之欢的那点事，想着想着，恨不能插上翅膀飞到妻子身边。为此秦石山又几次找到何总，请求批假回家看望母亲，当然，秦石山说看望母亲，那只是一个方面，更重要的一个方面是回去与新婚的妻子欢聚。可何总一点人情味都没有，一天假也不批。秦石山每每想到这事，气就不打一处来，可又无处发泄。

现在何总旧事重提，本来已经忘却了这事的秦石山又勾起了对往事的回忆，但他却大度地说：“没什么，没什么，何总，您不是说了吗，个人的事再大也是小事，集体的事再小也是大事，比起国家重点项目施工这件事，我那事是小事。”

何总说：“你不记恨我就好。”

秦石山说：“哪能呢。”

何总见大家酒兴正浓，便趁机将秦石山拉到一边，悄悄地问道：“住的地方弄好了吗？”

“弄好了。”秦石山答道。

“这山沟里条件差，将就点，你要对老婆解释清楚。”

“没关系，这个道理她懂。”

“那行，我看看你的房间吧。”何总说着便钻进仓库里面认真地看了起来，见整个房间虽缺东少西，但收拾得还是干干净净、利利索索。他一边看一边说：“嗯，不错，不错。”停了一下接着又说道：“好啦，我走了，祝你们夫妻快乐。”说完便走了出去。

10

晚饭吃到9点多钟，小嘎子他们拥着秦石山和万朵花进到屋里，还要闹腾，谭小牛见状，说道：“好啦，好啦，别闹了，人家要睡觉了。”

洪宽说：“对，对，久别胜新婚。他们夫妻俩一年多没见面了，万老师来这虽有几天，可几天来都没机会同房，大家理解一点。”

“什么久别胜新婚，人家本来就是新婚嘛，而且是新婚不到三天就分别了。俗话说，春宵一刻值千金。现在虽不是春宵。但对于人家石山和万老师，那可是胜过春宵好几倍。走、走、走，别在这儿耽误人家的时间。”谭小牛说完站了起来，接着对秦石山和万朵花说：“石山，万老师，你们抓紧吧。”然后向外走去。

小嘎子跟在谭小牛后面，走到门口，又回过头向秦石山做了个鬼脸，其他人也纷纷离开小仓库。

送走了谭小牛等人，秦石山回到屋里，反手将门关上，将万朵花拥进怀中，轻柔地说：“花花，想死我了。”说着就要抱着万朵花上床。万朵花娇嗔地说道：“看你急的，今晚反正是你的人了，别着急嘛，你去洗洗，我也洗洗。”

“还要洗洗呀，不洗不行吗？”

“不行，要讲究卫生，我已经几天没洗澡了。你也几天没洗了吧？”

“可这没有洗澡间，更没有热水啊。”

“热水我早就准备好了，正在外面的灶上温着呢，你去看看。只是没有洗澡间，不过那也没关系，我们把门拴上就用桶盛水在门里边洗吧，洗的水就流到外面。”

“好吧。”

万朵花说着，脱去上衣，突然门外传来一阵敲门声，吓得万朵花把刚刚脱掉的衣服又迅速穿上。

“石山哥，石山哥，快开门。”门外传来小嘎子的声音。

“是小嘎子？”秦石山说。

“小嘎子？这么晚了小嘎子来干什么？”万朵花疑惑地问道。

“可能是有什么东西落在我们屋子里了。”秦石山估摸着说。

“还不快去开门。”万朵花对丈夫催促道。

“哎！”秦石山答应着把门打开。“小嘎子？你这么晚来干什么？”

“噢，何总叫你过去一下。”小嘎子答道。

“何总叫我？”秦石山眨巴眨巴眼，不相信自己的耳朵。

“是的，何总叫你。”

“这么晚了，何总叫我干什么呢？”秦石山问道。

“我也不知道。”

“那就快去吧。”万朵花一旁又催促道。

“好、好，我马上去。”秦石山答应着。

秦石山跟着小嘎子向何总的宿舍走去。不一会儿，他们便来到何总宿舍门口，小嘎子说：“你进去吧，我走了。”说完便消失在夜色中。

秦石山举手敲了敲何总的门，只听里面传来何总的声音：“谁呀？”

“是我，秦石山。”

“进来吧。”

秦石山推开门，进到屋里，只见何总对面还坐着一个女人，那女人看上去40多岁，一身农村妇女的打扮。

秦石山朝那妇女点头笑了一下，然后对着何总说：“何总，你找我有事。”

“对、我找你有事。走，到办公室说去。”何总说着，便对那女人说：“我出去一下就回来。”不等那女人回答，便打开门走出房间，秦石山紧跟着也走了出来。

秦石山跟着何总进了副总经理办公室。不想办公室里也坐着一个女人，不过这个女人只有20多岁，打扮得挺时尚的。

何总指着秦石山对那女人说：“今天晚上，你就跟他的女人睡。”

“什么，我从镇里跑到你这儿，你竟让我与一个陌生的女人睡在一起？我不，我要……”那女人说着，拿眼瞟了一眼秦石山，脸红了一下，但很快又恢复了常态。继续说道：“我要与你睡。”

“今天晚上不行。”

“为什么？”

“这不，她也来了。”

“我不管，我就是要与你住在一起。”

何总看了看站在一旁傻乎乎的秦石山，挥了挥手，说：“你先出去一下。”

秦石山还没反应过来，他在想着何总前面说过的那句“你就与他的女人睡”的话。

何总见秦石山站着没动，吼道：“还不快滚出去。”秦石山被何总这么一吼，才反应过来，连忙转身向门外走去，何总见状，又吼道：“回来。”秦石山听说又叫自己“回来”，便又停住脚步，回转身问道：“何总？”

“你在外面等着。”

“好。”

何总等秦石山走出门去，亲自将门关上，才又对那女人说：“我的小姑奶奶，你早不来，晚不来，偏偏她来了你也来。今天晚上，我怎么也不能与你在一起，我得应付她。”

“我不管，我就要你与我睡一起。”

“别闹了，以后我补上行不行。”

“我不嘛。”那女人一副娇态。

何总走向前，搂着那年轻女人，并在她头上吻了一下，说：“我的小宝贝，今天听我的一回，好吗？”然后从怀里掏出一把钱递给女人。

女人接过钱，放在嘴上吻了一下，说：“好吧，不过，你得安排我一个人住，我不喜欢与别的不熟悉的女人睡在一个床上。而且……而且上半夜，你归我，下半夜你归她。”

“这、这不行，她要发现我与别的女人在一起，还不把我吃了。”

“你就不怕我把你吃了。”

“她可会跟我玩命，也会跟你玩命，你年纪轻轻的，值得与她玩命吗？”

那女人想了一下，说：“那好吧，今天就答应你，但我一定要一个人睡，而且你要陪我一个小时。”

何总想了想，说：“好、好，我答应你。”

那女人见何总答应了自己的要求，便双手勾着何总的脖子，在何总脸上吻了一下，才放过何总。

何总走出门，对还站在外面等着的秦石山说：“石山，你今天晚上还是睡大工棚去，让你老婆仍与刘大妈睡一起。”

“什么？”不知是秦石山没听清还是听清了不相信自己的耳朵。

何总以为秦石山真的没听清自己的话，又把刚才说的话重复一遍。

这一回，秦石山听得真真切切，没等何总说完便急了，说：“何总，不应该是这样的啊！”

“什么应该不应该的，我说的都是应该的。”

“我们把那个仓库收拾了一天，才把它收拾利索。”

“这有什么关系，我计你的工就是了。”

“可我一年多没有与老婆同房了，你就……”秦石山可怜兮兮地近乎哀求地说。

“明天晚上你们夫妻同房吧，早一天、晚一天有什么关系。”

“我老婆已经来了几天，再过两天，假期到了，就要回家了，她千里迢迢来一趟多不容易啊！”

“回家就回家呗，这有什么了不起。”

“这些天我还没挨过我老婆的身子呀！”

“瞧你这点出息，男子汉大丈夫，你就不能克制、忍耐一下。”

“何总，可能我老婆已经睡着了。”

“那就叫醒她，让她起来。”

“何总，您不能这样对待我们两口子啊。”秦石山近乎哀求道。

何总听到秦石山说出这种话，马上把脸拉得老长，说：“别给脸不要脸，那仓库是谁的？你知道吗？你们收拾仓库要在那里睡觉，跟谁说了？经过谁的批准？哼，我没说你们，已经很给你们面子了。”

“这……”

“这什么，秦石山，你要想明白点。”

“看在我辛辛苦苦为你打工四个年头的份上，给我们夫妻今晚一个同房的机会吧。”

“少啰唆，十分钟之内我要进房。”何总说完扬长而去，丢下秦石山一个人傻傻地站在那里。

11

秦石山不知道自己是怎么走到仓库门口的，他站在仓库门口站了半天，也没想好怎么开口向妻子说。脑袋就像一桶糨糊似的，不知道问题到底出现在哪里。

万朵花听到门外有脚步声，却又没敲门，估计是自己的丈夫，但又不敢贸然开门，便在里面问道："石山，是你吗？"

秦石山才如梦初醒，他想起何总说的十分钟要来的话，便说："是我，快开门。"

万朵花以为丈夫盼着上床盼得心焦了，笑着说："看把你急的，反正今晚整个晚上都交给你了。"说着把门打开。

"快，穿上衣服到刘大妈那儿去睡。"

"什么？什么？你说什么？"

"我说你快穿上衣服到刘大妈那儿去睡。"

"你这是什么意思，今晚我们不睡在一起了？"万朵花眨巴眨巴眼睛，莫明其妙地问道。

"不能睡在一起了。"秦石山哭丧着脸，一屁股坐在床沿上，双手捧着脑袋。

"这是为什么啊？"万朵花哭了。

"我也不知道为什么。"秦石山说完这句话再也不吭声，就这么傻傻地坐着。

"这到底是为什么啊？我们把这里的一切收拾得好好的，怎么说把我们赶走就把我们赶走。"万朵花见丈夫不说话，便跑到丈夫跟前，抓住丈夫的肩膀，使劲地摇晃着，大声地哭喊道："你说啊，你倒说话啊。"

秦石山"通"的一下站起来，说："你叫我说什么呢，谁叫我们是打工的，打工的低人一等，打工的就要受人欺负。"

万朵花还在云里雾里，她一边不甘心地穿衣服，一边硬着脖子吼道："打工的怎么啦，打工的也是人，打工的也有七情六欲，打工的两口子也要同居、同床呀。"

正在这时，外面传来了敲门声。

秦石山向万朵花催促道："你快点吧，他们来了。"

"谁来了，我们在这儿好好的，凭什么叫我们走，告诉他们，我不走。"万朵花来了劲。

何总在门外喊道："秦石山，你快开门。"

"哎，来啦，来啦。"秦石山走到门口，见万朵花衣服还没穿好，便努努嘴，示意她快一点。

"秦石山，你干吗呀，我可告诉你，你放明白点。"何总又催促道。

秦石山见万朵花把衣服穿好了，才把门打开，并赔着笑脸说："对不起，对不起，我老婆她、她……"

"你老婆她、她不愿意走。"昏暗的灯光下，只见何总阴沉着脸。

"哪能呢，她睡得正香，我把她喊醒，她还在朦胧中，没反应过来，动作慢了一点。"

"那还差不多，我说呢，她怎么会有这个胆量拒绝不走。"何总说完回过头朝外面喊了一声："进来吧。"不一会儿，那个年轻女人一步三摇地走了进来。

"哎哟，这都什么地方呀，像个狗窝似的。"那女人说着将手捂着鼻子。

万朵花说："对、对、对，这里就是个狗窝，你们可不能在这里住。"停了一下，又说道："这屋子里还有耗子。"

"什么，这屋子里还有耗子。"那女人吓得后退了一步。

"是啊，这屋子里耗子可多了。"万朵花进一步吓唬道。

何总立即对那女人说道："你别听她瞎说，这里哪有什么耗子。"

万朵花还想说什么，何总板着脸威胁道："你还敢胡说八道。"

秦石山立即接过话题："对、对、对，她是胡说八道的。"

万朵花争辩道："我没胡说八道。"并且还想往下说什么。

秦石山走到万朵花跟前悄悄地说："求求你了，别说了，我们斗不过人家，快走吧。"然后一手从万朵花手中接过塞满衣服的提袋，一手拉着万朵花往外走，当走过何总和那女人面前时，连忙赔着笑脸说道："对不起，对不起，我们走了，你们睡吧。"何总咬着牙，悄悄地说道："快滚。"

秦石山两口子走了很远，还听见那女人在数落："这他妈的是人住的地方吗？你既然叫我来，就不要叫她来。叫了她来，就不要叫我来。"

只听何总说道："我的姑奶奶，我哪知道那个黄脸婆会来。别闹了好不好，将就对付一夜，等明天我把她哄走了，你就睡我那儿去。"

"你让我一个人睡这儿，我怕呀。"

"没关系，我陪你一个小时，等你睡着了我才走好吗？"

"她那儿你怎么交代？"

"我说到工地上看望加夜班的人去了。"

"你呀，鬼精。"

"这不都因为你吗？"

已经走进黑暗中的万朵花听到这里，鼻子里"哼"了一声，说道："这都什么玩意，我们作古正经的夫妻没地方睡觉，他们偷鸡摸狗的一个不够，还要找两个，真是的。"

"算了，别说了，端了人家的碗，就要属人家管，人家是我的老板，我不听他的能行吗？"

"唉！真扫兴，眼看我们夫妻俩就要快活快活了，却被活生生地赶走。"万朵花说完，眼泪又流了出来，接着又抱紧秦石山，说："我想你啊！我都来这儿几天了，却还没同过床。早知这样，不来就好了。"

"老婆，谁说不是呢，我也太想你了，到了嘴边的肉不让吃，你说多难受。"秦石山说着将万朵花紧紧地搂在怀里，一阵狂吻。

12

太阳出来很高了，小仓库的大门紧闭，小嘎子以为秦石山两口子还在睡懒觉，"真不像话。"小嘎子玩笑地想。他想把秦石山两口子从美梦中闹醒，便走到仓库门口，举起拳头，正要敲门，不想远处传来一声呼喊："小嘎子，你要干什么？"小嘎子回头一看，惊呼道："嗯，石山哥，你起来了，我以为你们两口子还在做美梦呢。怎么样，昨晚快活销魂吧。"

"你个小屁孩，懂得什么叫快活销魂。"

"啧、啧、啧，你以为你比我大多少。"

"我至少比你大十几岁。"

"算了吧，大十几岁有什么用，大十几岁不也才刚刚接触女人。"

"你不是……"

正在这时，仓库门开了，里面走出那个女人。那女人伸伸懒腰，打个哈欠，看到秦石山和小嘎子，吼道："吵什么，吵什么。还让人睡觉不。"

小嘎子一看，惊呆了，他看了看那女人，又看了看秦石山，一时间竟惊讶得合不拢嘴。

秦石山见吵醒了那女人，吓得掉转身就走，小嘎子连忙叫住他，并追了上去，说："石山哥，这、这是怎么回事，难道你、你……"

秦石山耷拉着脑袋，也不吭声。

"嫂子呢？"

秦石山还是不吭声。

小嘎子有些疑惑又有些气愤地说："秦石山，你抬起头来，看着我的眼睛。"

秦石山抬起头，看着小嘎子。

小嘎子接着说："秦石山，你是不是把嫂子赶走了，从哪儿弄来这么个小妖精，难道你……哼"小嘎子说完，还在鼻子里哼了一声。

正在这时，大成子从这儿路过，看见秦石山和小嘎子站在仓库不远处的地方说话，老远就笑着招呼道："怎么样，石山，这一晚快活够了吧。今天还能上工吗？"

小嘎子见大成子过来了，便抓着秦石山向大成子跟前走去。

等着秦石山和小嘎子走到跟前，大成子看见秦石山拉长着脸，一声不吭，小嘎子气咻咻地，一种义愤填膺的样子，便问道："这是怎么啦？"

"你问他吧。"小嘎子指着秦石山对大成子说。

"我……"秦石山张了张嘴，还是一句话也没说出来。

"到底是怎么回事啊，昨天我们走时不是好好的吗？"

"你不说，是吧，你不说我来说。"小嘎子正要说话，秦石山长叹一声："别说了。"说完，便蹲在地上，双手捧着头。

大成子见状，估计这其中一定有事，便向蹲在一旁的秦石山问道："万老师呢？"

"被他赶走了，另外招来个什么小妖精，快活了一夜。"小嘎子气愤地说。

大成子向秦石山问道"是这样的吗"？见秦石山不吭声，又对小嘎子说："你别胡说八道，石山可不是那种人。"

小嘎子见大成子不相信，说："你不相信，走，我们现在就进仓库看看去。”说完拉着大成子就走。

秦石山“通”的一下站了起来，吼道：“别去了，根本不是那么一回事。”

“究竟是怎么一回事？”大成子问道。

“唉。”秦石山再一次长叹一声，然后把昨晚发生的事一五一十地向大成和小嘎子全部说了出来。

小嘎子吃惊地问道：“这么说，你还是没与嫂子睡在一块。”

秦石山哭丧着脸，点了点头。

大成子听了秦石山的述说，气得嘴唇哆嗦着，半天没说出一句话。小嘎子看着大成子不说话，问道：“大成子，你说这叫什么事儿？！”并拽着大成子的胳膊摇了又摇。

大成子仰天长叹一声，说：“是啊！这叫什么事啊。难道就允许有钱的养大包小，就不允许我们打工的夫妻同房啊。”

秦石山说：“别说了，谁叫我们是打工的。”接下来还想说什么，见何总由远而近地向自己这边走来，连忙制止大成子和小嘎子：“别说了，别说了，都是我运气不好。”并用眼神向大成子和小嘎子示意说何总从后面走来了。

小嘎子没理会秦石山的意思，继续往下说：“我说了怎么的，难道有钱人就是人，家花野花一起摘，我们没钱人，一朵家花还不能随便摘，与自己的妻子同房还要被撵得到处走。“

何总走到小嘎子后边，听到小嘎子说出这种话，不知头不知尾，问道：“小嘎子，谁被撵着到处走？”

小嘎子吓了一大跳，以为自己说的话被何总听到了，张开嘴巴，半天也合不拢。

秦石山连忙赔着笑脸说：“何总，小嘎子没心没肺，瞎说的。”

大成子则冷笑着说：“何总，小嘎子说，昨天晚上秦石山两口子被一条疯狗撵得到处走。”

何总不知道大成子是说自己的，说：“喔，是这样的吗？”边说边走了过去。

秦石山见何总走远了，叹口气说：“算了，这都是命，我认了。”这时万朵花走了过来，说：“什么命不命的，我就不相信有钱人的命总是好，没钱人的命总是差，今天晚上我们到镇上去住宾馆，看谁还敢赶我们。”

“对、对、对，你们今天晚上到镇上去住宾馆。”大成子说。

“是呀，都这么些天了，你和嫂子还没住在一起，嫂子明天就要走了，怎么的今天晚上也要快活快活。”小嘎子说。

“好，就这么定。”万朵花斩钉截铁地说。

13

“到底住哪儿呢？我们转了一个下午了，你还没定下来。”秦石山跟在妻子后面，小声地说。

“着什么急呀，这不在找吗？”

“这都找了六家宾馆了，价位高的不住，价位太低的也不住，你到底要住什么样的宾馆啊？”

“你少啰唆，我这还不是为了节省几个钱嘛，同时又不想住得太差。”

秦石山不再吭声，他心里想，妻子是对的。

“进这里看看。”万朵花指着一家叫“天乐”的小宾馆对秦石山说。秦石山立即说：“好、好、好。”说着就往里面走。万朵花连忙拉住他的胳膊，说：“你在外面等着，我登记好了你再进去。”

“为什么？”

“你不是没带身份证吗？”

“哦，对、对、对。”秦石山恍然大悟，连忙说：“还是老婆想得对。”

万朵花走进宾馆的大门，一眼就把宾馆的大堂尽收眼底。这个不到30平方米的大堂极为简陋，严格地说，这算不上什么大堂，实际上就是一个住宿登记处。万朵花也不管这些，直接走近登记处，登记处的柜台里面坐着一位看上去20多岁的女孩，正在玩手机。那女孩见有人来，头也不抬地问道：“要住宿吗？”

“我先看看。”万朵花盯着价格牌看，一边装作漫不经心的样子答道。

万朵花见价目牌上标的单间的价格只有100元钱，而且有热水、电视机、空调、卫生间，还是大床，心里想，条件不错，就这里了。于是便对里面的服务员说：“来，订一个单间。”

“身份证？”服务员还是没有抬头。

万朵花掏出自己的身份证递了过去，那女孩又说：“押金300元。”

还是没有抬头。

万朵花掏出 300 元现金递上去，说："给，300 元。"这时，那女孩才抬起头，收了 300 元钱，开出了押金单，又将万朵花的身份证与万朵花本人进行核对后才进行登记，登记完毕，把房门的钥匙递给万朵花，说："404"，然后朝墙根一堆热水瓶努努嘴，说："自己拿一壶开水。"说完又忙着玩手机。

万朵花很自觉地拿起一个装满开水的暖水瓶。转过身向站在门外的丈夫使了个眼色。秦石山见妻子示意自己进宾馆，便蹑手蹑脚地进了宾馆，悄悄地跟在万朵花后面往里走。他以为那女孩玩手机没看见他，正在庆幸时，却听见从那女孩的嘴里发出一个声音："本宾馆严禁卖淫嫖娼。"声音不大，却把秦石山吓了一跳，不由自主地站了下来。走在前面的万朵花见丈夫吓得站了下来，便故意大声说："老公，快来呀。"秦石山对着正在玩手机的女孩点了点头，"嘿嘿"地笑了一下，才往里面走。

万朵花打开房门，自己先进去，等秦石山进了门后才把门一关，然后迫不及待地抱住秦石山，说："这一下，谁也不能打扰我们了。"说完便立即帮助秦石山脱衣服。秦石山躲开万朵花的手，说："我自己来。"万朵花撇了一下嘴巴，说；"哟哟哟，还怕羞呢，行，你自己来，我也自己来。"说完，便自顾自地脱掉自己的衣服，露出那美丽的胴体。秦石山一见，衣服还没脱完，便情不自禁地扑了上去，紧紧地抱着万朵花不放。

万朵花让秦石山亲热了一阵以后，就在秦石山急着要行云雨之欢时，突然想起自己又一天没洗澡了，便说："别着急，我们都先洗洗澡吧。"

秦石山松开手，噘着嘴，说："还那么洋讲究，我实在是等不及了，熬得难受啊！"

万朵花嗔怪地看了一眼丈夫，说："你以为我不熬得难受。唉，我也是等不及了，但现在谁也不会干扰我们了，又何必在乎这一时半刻的，等我们两个人都洗了澡，再干干净净地上床，你想怎样快活就怎样快活。我要让你好好地享受，把以前的损失补回来。"

秦石山本来就是个厚道人，又是个怕老婆的主儿，听到万朵花这么一说，虽然心里老大的不情愿，但嘴上却说："好、好，听老婆大人的。"

万朵花在秦石山脸上撮了一口，笑着说："这就对了，乖，再耐心等一会儿。"说完便进入了卫生间。

秦石山见万朵花进了卫生间，心里痒痒的。他听人说，两口子上床前洗个鸳鸯澡，更有情调，于是紧跟着也进了卫生间。不想推开门一看，卫生间特别小，只能容纳一个人，而且即使一个人在里面，动作还不能太张扬，太张扬就会碰壁。万朵花见秦石山要进卫生间，苦笑着说："对不起，这里面太窄了。"秦石山一看没办法，只得悻悻地退了出来。等到万朵花洗完一出来，秦石山就匆匆走进去，三下两下就将身子洗完了，连水珠都没擦干净，便急不可待地走了出来。

"老婆，我们终于可以同床共枕，快活快活了，享受享受了。"秦石山说完，一边以山里汉子的眼光欣赏着万朵花美妙的胴体，一边说着粗犷而又温存的话。万朵花幸福地闭上美丽的眼睛，不断地配合着丈夫的动作，尽情地体会着丈夫给她带来的愉悦。此时此刻，两个人都心潮澎湃、热血沸腾，犹如干柴烈火，顷刻间便会腾起熊熊烈焰。然而正在这欲罢不能的关键时刻，"咚、咚、咚。"门外传来一阵急促的敲门声，正在聚精会神、一门心思享受男欢女爱的秦石山和万朵花以为自己听错了。压根没把敲门声当一回事，直到门外传来第二遍敲门声，并伴随严厉的吼叫声时，两个人才同时一惊，吓出一身冷汗，前面所做的一切都付之东流，替而代之的是男的疲软，女的战栗。正当两个人不知所措时，门外传来第三次急促的敲门声和严厉的呵斥声："快开门，再不开门，我们就要踹门了。"敲门声和吼叫声惊醒了整个楼层的旅客，一些人甚至披着衣服，来到404房的门口看热闹，秦石山听出了外面的嘈杂声，害怕极了，不知道自己做错了什么事。倒是万朵花渐渐地镇静下来，一边穿衣服一边对着门外问道："什么事呀？"

"少啰唆！"门外一个人话音未落，门就被踹开，"妈呀！"把万朵花吓得惊叫了一声，已经提上的裤子又掉了下来，秦石山则躲在被子里索索发抖。

进来的是一男一女两个警察，后面还跟着两个保安，两个警察先是亮出了警察证。接着那个男警察说："有人举报你们卖淫嫖娼。"

"什么，我们卖淫嫖娼？你们弄错了吧，我们可是合法夫妻。"万朵花理直气壮地说，躲在被子里的秦石山也从被子里探出头，结结巴巴地说："是、是的，我们是两口子。"

男警察对女警察和两个保安吩咐道："带走，分别问话。"然后对着秦石山吼道："快起来，穿好衣服跟我们走。"

"走就走，怕什么，两口子还不能睡在一起？"万朵花穿好衣服跟着那个女警官和一名保安走了出去，接着，秦石山也跟着那个男警官和另一名保安走了出去。当他们走出房门跨过走廊时，围观的人们都投以鄙视的目光看着他们，有人甚至悄悄地发出不屑的议论："一对狗男女……"

秦石山和万朵花双双被带进镇里的派出所，并被分开关起来问话。

男警官问秦石山："身份证？"

"没、没带！"秦石山结结巴巴地答道。

"没带身份证？哼"男警官接着又说道："那女人叫什么名字，是你什么人？""那是我老婆，叫万朵花！"

"你说那女人是你的老婆，你有什么证明，如果拿不出足够的证据来证明，那就视同嫖娼。对于嫖娼者，按治安管理处罚条例要处以 5000 元的罚款。你带钱来了吗？"

"我没有那么多钱，可她的确是我老婆。一年前，我们才结的婚，婚后三天，我就离开她来到这儿修高速铁路。"

"谁可以证明？"

"我们何总，还有谭小牛、大成子、小嘎子。"

"有他们的电话吗？"

"有、有。"秦石山接着说出了何总和谭小牛的电话。

那警官便按照秦石山提供的电话号码，先是给何总拨了一个电话，接着又给谭小牛拨了电话："喂，谭小牛吗？好，你朋友秦石山在镇上嫖娼，罚款 5000 元，你赶紧带钱来赎人吧。"说完便挂了电话，走了出去。

秦石山一听急了，对着警官的背影，大声地嚷嚷道："警官，你怎么能这样呢？我没有嫖娼啊。"

这一次，秦石山又被推到了风口浪尖，工地上，秦石山嫖娼的事不胫而走，被传得沸沸扬扬。

在另一个审讯室，女警官向万朵花说道："你说你是那个男人的妻子，拿证据来。"

"什么证据？"万朵花问。

"结婚证。"

"什么结婚证？如果没有呢？"

"没有就视同卖淫，交 5000 元罚款。"

"你胡说八道，你她娘的两口子出来住宾馆还带结婚证。"

“这、这、这，你还敢骂人？”女警官气得杏眼圆睁。

“我骂你怎么啦，我还要告你。”

“你没有结婚证，找两个以上人证明也行。”

“找不到，就是找得到我也不找。”

那女警官一拍桌子，吼道：“既无物证，也无人证，罚款5000元。”

“呸，做梦吧。我一分钱也不会出。我告诉你，弄毛了我，我告你诬陷罪、敲诈勒索罪、索贿罪。“

“你、你、你……”那女警官气得冲出门，反手将门“砰”的一声关上。

第二天早上，谭小牛、大成子、小嘎子等几个人匆匆赶到镇派出所，证实了秦石山和万朵花就是两口子。

秦石山两口子才得以放回。当他（她）们各自走出被关押的小房子，在派出所的大门口相遇并相视的那一刻，百感交集，一股说不出来的滋味涌上心头，两个人都哭了。

（原载《创作与评论》2014年第12期）

偷来的缘

1

牛德古已经两天没吃东西了，由于饥饿他已经有气无力，没精打采，甚至有些心慌意乱，走起路来摇摇晃晃，如不留神，一阵大风都可以把他吹倒。

时值中午，烈日当空，热浪逼人，空气中一丝风儿也没有，害怕酷热和暴晒的人们唯恐躲之不及，只能在开着空调的房子里爽待着，即使是那些买不起空调的人们，也是找一个阴凉的地方，或吹着电风扇，或摇着扇子，以招来一点风。

牛德古光着膀子，汗水顺着那黝黑的皮肤滚落下来，裤子都湿透了。他一手抓着自己身上脱下来的那件湿漉漉的上衣，一手拿着一张小纸条，按照小纸条上记下的已被汗水浸湿的模糊不清的文字和符号，仔细地找寻着他要找的街道及门牌号码。

前天晚上，因为患肺癌即将离开人世的母亲，把牛德古叫到床前，说："古伢子，你妈我快不行了。在离开这个世界之前，我还有两件事一直放心不下。"

牛德古跪在母亲床前，含着眼泪，说："妈，您说吧，您还有哪两件事放心不下？"

母亲伸出骨瘦如柴的手，颤颤巍巍地抚摸着牛德古光秃秃的头，有气无力地说："一件是因为我这个病怏怏的身子，没能为你娶个堂客进屋，让你至今还打着光棍。儿子呀，我不能眼睁睁地看着我们老牛家后继无人啊！”

“妈，您别说了，是儿子无能，儿子我没能为你娶个儿媳妇进屋为你生孙子。还有一件呢？”

“还有一件事，就是五年前，你得了急性阑尾炎，我陪着你到县城治病，由于钱不够，医院不肯收你。为了救你，我从我一个叫尤小花的老姐妹那儿借了一千元钱交给医院，才救了你这条命。说好了一年后归还，后来因为我得了这个病，就搁下了这件事。也不知道她现在的身体怎么样，那一年我去找他借钱时，听说她患有心脏病，刚从医院出来。她还有一个女儿，长得很俊俏。当时我还想将她的女儿娶过来给你做堂客，后来听人说那女孩儿已有了男朋友，我就放弃了。”说着，便从枕头底下拿出一布包，递给牛德古：“这是我一年来卖鸡卖蛋积攒下来的一千元钱。”停了一下，她又郑重地说道：“这钱是你救命的钱，你一分也不能动，一定要分文不少地还给人家。”

“妈，我明白您的意思，我一定要办好这两件事，但您不能就这样离开我，您等着，过几天我就把您的儿媳带回来给您看，明天我就去归还这一千元钱。”牛德古说着将一千元钱揣在怀中。接着又说：“只是……”

“只是不知道尤小花住在哪里，是吧？”

“是啊，妈，尤小花阿姨现在住在什么地方？我到哪儿去找她？”

“你尤阿姨住在县城的一条小巷子里，我只知道怎么走，却叫不出她住的具体地址。”

“您仔细想一想，把大概的方位告诉我，我去找，相信我一定能找到。”

母亲眯着眼睛想了好一会儿，才慢慢地睁开眼，说：“如果我没记错的话，应该是这样的，你下了长途汽车，从汽车总站出站口的大门出来，往右拐，有一个包子铺，过了包子铺又往右有一条小巷子，顺着小巷子一直走到底，走过一个十字路口，进入一条叫什么龙泉路的一条大道，再往前走，经过一个老电影院，再往左拐，又进入一条巷子，这条巷子好像叫什么民什么巷，大概走过十几个铺面，就到了。你尤阿姨住的是老式平房。大门口好像有一棵歪脖子樟树。”说到这里母亲已经气喘吁吁。

牛德古虽然在广州、东莞、深圳都打过工，但长这么大还从没进过县城。按照母亲的描述，牛德古从日历上撕下一张纸，用笔将线路勾勒出来，再将这片小纸小心翼翼地放进上衣口袋里。然后从地上站起来，对母亲说：“妈，我明早就去归还尤阿姨的钱，您一定等我回来。”

母亲说：“古伢子，我知道，你为了治好我的病，把这些年来打工挣的钱全部花完了。我这里还有600元钱，你拿去路上花。另外，给尤阿姨买点水果、糕点什么的。”说着又从枕头底下摸出600元现金放到牛德古的手里。

“妈，我哪能用您的钱呢？”牛德古推辞着。

母亲斩钉截铁地说：“拿着，什么你的我的，都是这个家的，你拿去，如果不拿，就不要去了。”

牛德古知道母亲的脾气，见母亲说到这个份上，只好接过母亲手里的钱，也放在上衣一个口袋里。他心里想，这600元钱是用来在路上花的，放在外面，拿进拿出方便。

第二天一大早，牛德古向妹妹牛英交代了如何护理母亲的有关事项，便匆匆忙忙上了路。

按照母亲说的，牛德古一下长途汽车就向汽车站出口走。也不知什么原因，这一天进出汽车站的人特别多，熙熙攘攘、络绎不绝，出大门时，人们一窝蜂地往前挤，好在牛德古年轻力壮，不怕挤。当他随着人群挤出大门走上大街，才松了一口气。他站下来，在辨清了方位以后，就往右拐，可没走几步，却被迎面而来的一个拄着双拐的老人碰了一下，那老人停住脚，转过身，可怜地向他乞讨。牛德古心地善良，见不得这种情景，便摸了摸自己的口袋，想找点零钱打发他，可摸来摸去，却没有一分钱零钱，他抬起头，本想表示歉意，却遇上对方乞求的目光盯着他手中提着的水果和糕点看，于是他只好将本是用来送给尤阿姨的水果和糕点递给那个乞丐。心里想，给尤阿姨的礼品自己再买吧。那乞丐接过礼品，一声道谢也没有，头也不回，便迅速消失。牛德古摇了摇头，苦笑了一下。

又走了一段路，他感觉肚子有点饿了，抬手一看表，也难怪，已是中午1点多钟，平时，他总是12点多就吃午饭。

牛德古看到不远处有一卖包子的，正是母亲说的那个包子铺，便奔了过去，想买两个包子充饥。他走到摊前，对卖包子的汉子说：“老板，来两个包子。”

“好咧！两个包子。”卖包子的汉子吆喝着，一边用塑料袋装上两个包子，递给牛德古，牛德古左手接过包子，右手伸进外衣口袋里掏钱，一边掏钱还一边说："老板，我这可是大钱，麻烦找零。"他清楚母亲给的 600 元钱，除了买车票 60，礼品 40 元，剩下的 500 元都是每张 100 元的大额钞票。然而，他摸了半天也没有摸到母亲给的那些钱，这一下他惊出了一身冷汗。他把外衣所有的口袋都翻了过来，所有的口袋都是空的。这时他才想起，刚才与那位乞丐碰触时，感觉有人从背后顶了一下自己的腰，当时，自己没在意，现在回想起来，可能就是在那个时候，有人趁机偷走了他的钱包。他在心里狠狠地骂了一句："该死的小偷。"

"还要不要？"卖包子的汉子见牛德古摸了半天没有摸出钱来，便有些不耐烦地问道。

"别着急，别着急，我正在找。"牛德古见汉子不耐烦，连忙赔着笑脸说，同时，将手伸进挎包里，挎包里那个用布包的小包包还在。他心里想，幸好这一千元钱没被小偷偷走。否则就不好向妈交代了，但为了慎重起见，他还是将那 1000 元钱掏出来，数了数，在确定没有人动过后，才从里面抽出一张 100 元的大钞递过去。

卖包子的汉子正要伸手接钱，牛德古突然想起母亲说的话：这钱是你的救命钱，你一分也不能动，一定要分文不少地还给人家。如果自己买了两个包子，岂不是不足 1000 元了，虽然只少了两元钱，但这样也不好。本应还给人家的是 1000 元，自己却只给人家 998 元，这可是个诚信的问题。于是他把递出去的钱又迅速地收了回来，并笑着对那汉子说："对不起，我的钱被小偷偷了，没有钱，不买了。"

汉子指着牛德古手中的那张 100 元大钞说："你这不是钱吗？怎么说没钱呢？"

牛德古笑着说："这是要还人家的，实际上这已是人家的钱，不是我的，我分文不能动。"

汉子说："活人还会给尿憋死，你先花了再说，何况只有两元钱，用得着那样较真吗？"

"这必须得较真，借人家的 1000 元，只还 998 元，像话吗，人与人之间，得互相信任。"

汉子摇了摇头，将已经装进塑料袋里的两个包子又倒回笼中，不知是故意说给牛德古听的，还是自言自语，说："揣着大钱不花，宁愿饿肚子，脑瓜子有毛病。"

就这样，牛德古从昨天早上到今天中午，粒米未进，滴水未喝。

2

由于改造提质，城市的变化日新月异，今天的面貌与五年前母亲进城时的面貌完全两样，过去破烂不堪的小街小巷，今天成了宽敞明亮的大道，过去低矮潮湿的土坯房，取而代之的是一栋栋高耸入云的大厦。牛德古拿着母亲描述、自己记录的纸条仔细地对照，却怎么也找不到原来那些街道的影子，虽然这个县城不大，但对于一个第一次进县城的农村人来说，要找到一个不知道具体地名的街道门店和房屋，实属不易。由于小纸条是放在贴身的上衣口袋里，昨天出站时一阵拥挤，出了一身大汗，汗水将衣服湿透了，留在那张小纸条上的字迹被汗水浸透得模模糊糊很难辨认。牛德古仔细回忆着母亲描述的街道形象，好像只有一条叫民什么街的在他脑海时留有印象，还有尤小花家门前的一棵歪脖子古樟树留有印象。从昨天开始，牛德古就围绕着“民什么街”和“门前那棵歪脖子的古樟树，”以及“尤小花”这个人名寻找。经过打听，全城叫“民×街”的有两条，但都改了名，一条叫“民主大道”，一条叫“民生大道”。昨天，他走完了“民生大道”，对民生大道两边的门店、单位和部门以及小区和住户进行查找，结果谁也不知道一个叫尤小花的人，也没发现歪脖子古樟树。今天，他要走完“民主大道”。“民主大道”全长2500米，要一家一户地把两边的门店、单位、部门和小区问清楚，不知道要花多长时间。一大早他就上了路，一家接一家地打听，一户一户地询问，仍然毫无结果。

中午时分，正是人们吃中饭和午休的时候，街上的行人和车辆越来越少。一阵微风吹来，空气中弥漫着一股浓浓的饭菜香味，强烈地刺激着牛德古的中枢神经和食欲，他不由自主地用舌头舔了舔干裂的嘴唇，又直起脖子咽了咽口水，本来就已经空空的肚子愈发感到饥饿难耐，“咕咚、咕咚”地响个不停，好像是向他提出强烈抗议似的。他左顾右盼，四处寻找那饭菜飘香的地方，突然，远处传来一阵阵炒菜时勺子碰着锅子的声音。他循着声音放眼望去，只见一个门店前，一位50岁左右的汉子、光着上身，汗流浃背地在门前的炉灶上炒菜，一边炒菜还一边应付着进进出出的食客。那浓浓的饭菜香味和那汉子掌勺炒菜的情景就像是一只无形的手，抓挠他的心，又像是一根无形的绳索牵着他，使得他不由自主地顺着那浓浓的菜香味走到那小餐馆跟前。

牛德古实在是太饿了，此时此刻，别说是色、香、味俱全的美味佳肴，就是一块红薯、一个苞谷，甚至一碗粥，也是他的最爱。望着眼前色、香、味俱全的一个个炒菜，肚子“咕咚、咕咚”响得更厉害，抗议更强烈，他流着口水，欲罢不能。同时耳边又响起包子铺汉子的话，“怀揣着大钱不花，宁愿饿肚子，脑瓜子有毛病”。他不由自主地将手又伸进挎包里面，掏出一张100元大钞高声喊道：“我要吃饭。”

见有人要吃饭，一个漂亮的女服务员连忙走了过来，带着职业的微笑问道：“老板，您想吃点什么？”随后递上一个菜单。

牛德古接过菜单看了看，对着那女服务员说：“肚子饿得慌，有什么来得最快的就上什么。”

女服务员说：“那就是辣椒炒肉，汤就是西红柿蛋汤。”

“好，那就给我来一个辣椒炒肉，一个西红柿蛋汤。”

女服务员连忙记录下来，正要下单，牛德古突然又想起母亲的话：这钱是你的救命钱，你一分也不能动。一定要分文不少地还给人家。便连忙制止道：“算了，不吃了。”

“不吃了，你刚才不是说肚子饿得慌吗？”女服务员说。

“没钱。”

“没钱？你手上不是有100元现金吗？怎么说没钱呢？”

“不，那不是我的钱，那是人家的钱。”牛德古嘀咕道。

“人家的钱？”女服务员迷惑地看着牛德古。

“是的，是人家的钱，这钱是我用来还债的。”

“你不可以先拿出来用一用，然后再补上。怎么那么死板，真是的。”

已经遭遇过包子铺汉子讥笑的牛德古再也不在乎女服务员的奚落。

“要不这样吧，我帮你们干活，你管我一顿饭菜，行吗？”牛德古突然来了灵感。

“干什么活？我这里一个萝卜一个坑。哪里有你要干的活？”女服务员轻蔑地瞥了一眼牛德古。

这时，牛德古的肚子叫得更厉害了，肚皮已经贴到了脊梁骨。他眨巴眨巴眼睛，思考着如何才能让饭店老板给一点吃的。就在这时，远处传来一阵“突突突”的拖拉机声，他回头一看，一辆拖泔水的拖拉机开了过来，一股馊酸味扑进了他的鼻子，一时间，他有了主意。他知道，如果自己揣着1000元钱，不出一分一厘，让人家白给你吃，那是不可能的。即使给了，也是一种可怜，或是一种厌恶，因为他们将自己当成要饭的乞丐，乞丐的名声可不好听，要是让熟人知道自己在要饭，多丢人。所以，即使他们给了，也不能让他们把自己当成要饭的，自己是个男子汉，有的是力气，自己要靠力气挣饭吃。想到这里，他便对那女服务员说：“要不这样，我帮你们收拾碗筷，不要你们管吃管喝，白干，行不行。”

“你？”女服务员退后一步，上下打量着眼前这名男子，心里想：这个男子是不是有毛病，不管吃不管喝，还帮店里干活。这样的好事哪里找呀。想到这里，便对牛德古说道：“行啊，你爱干啥干啥，只是你别后悔。”

“行，不后悔。”牛德古爽快地答道。

牛德古见女服务员答应自己留在店里干活，心中暗暗高兴。正在这时，一个包间的客人吃完饭走了出来，几位女服务员赶紧进入包间收拾碗筷，说时迟，那时快，牛德古立即上前制止道：“我来收拾，你们休息一会儿。”说完便三步并作两步冲进那个包间，把门关了起来。望着满桌的剩菜剩饭，牛德古心中高兴极了，口水再一次流了出来。只见他伸出一只脏兮兮的大手，抓起一块肥肉就往嘴巴里塞，服务员怎么也没想到眼前的这个人愿意留下干活，是为了吃人家的残羹剩饭。然而，就在牛德古准备吞咽那块肥肉时，包间的门“砰”的一声突然被人踢开，一男子怒气冲冲闯了进来，吓得牛德古一惊，还没有来得及吞咽的肥肉从嘴巴上掉了下来，那男子还不罢休，又一把抢过牛德古手中的筷子，迅速地将那些剩菜剩饭倒进自己的泔水桶里，并把牛德古赶了出来，回过头对女服务员说：“我们可是签了合约的，你们店子里剩饭剩菜全部归我。怎么能随便让人白吃白喝”。原来，这男子就是上门收泔水的。说完还对站在包间门外恋恋不舍的牛德古吼道：“还不快滚。”

强龙压不过地头蛇。牛德古边走边想：惹不起还躲不起，走就走。只是到嘴的美味佳肴就这样溜走，实在太可惜。但这又有什么办法呢？人家的地盘人家做主，自己总不能为着一点残羹剩饭与人家争吵吧。于是长叹一声，摇了摇头，无可奈何地离开了那个小餐馆。

女服务员见牛德古可怜兮兮的，想说什么却没有说出来，眼光中流露出惋惜和同情。

牛德古重新回到了大街上，一脸的茫然，不知所向。由于饥饿和酷暑，他每迈出一步都感到吃力，他想找个地方坐下休息一会儿。举目望去，周边连一棵大树都没有，也没有可以放屁股的地方，他沮丧极了。不过，不远处一座土坯小平房吸引了他的眼球，他想起了母亲说过的那句话，尤小花阿姨住的是小平房，这小平房是不是尤阿姨的呢？如果是该多好啊！不过，母亲还说过，尤阿姨家门前有一棵歪脖子樟树，可这平房前并没有歪脖子樟树，凭着这一点，也许这房子并不是尤阿姨的。但他发现了小平房门前有个树墩。他心里琢磨着，门前的那棵歪脖子樟树也许被人砍了，只留下那么个树墩，这处房子可能是尤小花阿姨的。

牛德古一边走一边思考着，拖着沉重的步伐走了好几米，终于来到了小平房门口，感觉实在走不动了，一抬屁股就坐在那土坯房的门槛上，并顺势将身子往后一靠，想美美地睡一会儿。可就在他身子接触大门的一刹那，“砰”的一声响，背后的门突然开了，把他摔了个仰八叉，惊出来一身冷汗。他立即从地上爬起来，迅速跑出大门，离开那座房子，连头也不敢回，他怕被人抓住，说他私闯民宅非偷即盗。大约走出了 100 多米，他才回过头往后看了看，当真实地确定没有人发现自己更没有人追踪自己时，才站了下来，并慢慢转过身，盯着小平房的大门口看。好奇心使他又回到小平房跟前，但他并没有直接进入房间，而是一声不吭地躲在一旁观察着，看是否有人从里面出来。他一边观察一边琢磨，感到很奇怪，为什么这门即没有栓也没有锁，而是虚掩着的。按理，屋子里面有人，才会这样做，然而，自己弄出这么大的声音，怎么里面没有一点反应，没有任何人出来看个究竟，这是为什么呢？不过，他又想，也许屋里的人已经出去，忘了锁门，也许屋里的人正在睡觉，忘了拴门。

由于饥饿，牛德古这时又想到了吃，那么，他们家里有没有现成的吃的东西呢，如果有，主人又在家，自己是否可以向主人讨一点东西充饥？如果主人不在家，又有现成吃的东西，那自己该不该吃呢？如果吃了，又算不算偷呢？想到一个“偷”字，他立即打了退堂鼓。不行，不行，再饿也不能偷啊，自己可从来没有干过偷鸡摸狗的事。如果因为偷东西而被人抓起来，那不但是丢尽了自己的脸，也丢尽了母亲的脸，就连祖上八辈子的脸都会被自己丢光。但是，他又一想，如果摆在桌子上现成的食品自己不吃，那不是显得自己假正经、伪君子了吗？

牛德古正胡思乱想着，突然，一只大花猫叼着一个什么东西从里面蹿了出来，把他吓了一大跳。他仔细一看，那猫叼着的正是一根火腿肠。他咽了咽口水，心里想，自己进去拿根火腿肠吃了，就当是猫叼走了，即使不吃火腿肠，到他家里喝点水也行。如果没有开水，喝一碗自来水也行。农村里长大的，从来也不分开水、生水什么的。想到马上有水喝，有香喷喷的火腿肠，心里头美滋滋的。

饥渴使得牛德古对屋内产生了极大的兴趣，他站大门外静静地待了一会儿后，才小心翼翼地伸出头往里面望了望，见里面仍然没有任何反应，便将身子隐蔽在门外，伸出右手往门上轻轻地、试探性地叩了叩，而且一下比一下重，一下比一下急。可里面还是没有反应，他又把手掌做成喇叭状放在嘴巴上，对着屋内轻轻地喊道："屋里有人吗？"见没人答应，感觉是自己声音太小了，屋里人没听到，便又大声地喊道："屋里有人吗？"一连喊了几声，里面还是没有人回应，这才直起腰，四下里望了望，并有意地大声咳嗽两声，以试试周围人的反应。然而，大街上三三两两走过的人，只顾走自己的路，谁也没有关注他。这才蹑手蹑脚地进了屋，并反手把门轻轻地关上。

3

因为毕竟是第一次未经许可一个人偷偷地进入一个陌生人的家里，牛德古的心跳动得特别厉害，恍惚一下就要跳出胸腔，他伸出右手压了压胸口，似乎要把狂跳的心压住，然后壮起胆子往里面走。

这是一套三室两厅的住房，一进门便是客厅，客厅里沙发、电视机、空调一应俱全，靠左边一排是三间卧室，门都敞开着，靠右边则是餐厅，厨房，卫生间。

牛德古知道自己是来干什么的，所以，尽管几间卧室的门敞开着，他却瞧也不瞧。他不想让别人认为自己是贼，因为贼进了门，都要进入卧室翻箱倒柜找东西的；同时他怕自己进了卧室，即使不偷，也会留有痕迹，要是小偷进来偷走了东西，会让别人怀疑是他偷的，他可不想背上小偷的骂名。在他那个家乡，人们最瞧不起偷过别人东西的人，也恨死了小偷。母亲常教导他说，再穷再苦也不能偷人家的东西。哪怕是饿死也不能偷，一根针也不能偷，俗话说“从小偷根针，长大是贼精”就是这个道理。还在读小学的时候，有一次，同桌的女孩一支铅笔丢了，硬说是他偷的，小女孩还把这事告诉了老师。因为在这之前，他因为家里穷，买不起铅笔，曾经向那女孩借过。小女孩因此而一口咬定铅笔就是他偷的，结果闹得满城风雨，全校的师生都知道了这件事，人人都用鄙视的眼光看着他，弄得他无地自容，没脸见人。那时，他恨不得一下子死了算了。第二天，那女孩却在自己的书包里找到了那支铅笔，原来，她无意之中把那支铅笔夹在了一本书里。虽然后来这事得到了澄清，为他正了名，但在他心里却留下了一道无法抹去的阴影，而且一想起这事就害怕。

牛德古直接进入餐厅，只见餐厅的正中摆着一张四方形的桌子，桌子上有一截黄瓜，还有一个冷水瓶，瓶子里盛了半瓶冷开水。他原本想桌子上有剩菜剩饭什么的，自己可以对付一点。可桌子上除了半截黄瓜和那瓶冷开水，其他什么也没有。他来不及多想，抓起瓶子，一口气就把里面的水喝光了，接着又把那半截黄瓜吃了。俗话说：动口三分力。别看喝的是水，吃的是半截黄瓜，可他顿时有了精神。不过，他没有就此罢休，他想起猫叼的那根火腿肠，也许厨房里有吃的东西。见厨房门关着，便走上前去推开厨房门，不想门一打开，一股浓烈的液化气味和血腥味扑鼻而来，差一点把他熏倒。他来不及察看厨房里的东西，赶紧用手捂住鼻子，退出厨房门并顺手将门拉紧。他站在餐厅里，深深地吸了一口餐厅里新鲜的空气，脑子飞快地转动着，为什么大白天要把厨房门关得紧紧的？厨房里为什么会有一股浓烈的液化气味和血腥味？为什么这家里没有人？大门也不锁？他隐隐约约感觉到，这屋里一定发生过什么事。他决心要到厨房里看个究竟，好奇心使他再一次推开了厨房门。还是像前次一样，浓烈的液化气味和血腥味扑鼻而来，好在他有了准备，气味没有把他呛倒。他走进厨房，仔细地察看厨房里的一切，这一看不打紧，眼前的一幕让他惊呆了，只见橱柜左边黑咕隆咚的角落里蜷缩着一位姑娘，那姑娘浑身是血，脸色惨白惨白的。再一看，姑娘手腕上有一个刀口，刀口上还在汩汩地流着鲜血，地板上、墙壁上到处是血，旁边还有一份手写的遗书。

牛德古估计是液化气阀门没有关紧，于是便迅速地关闭液化气，又把厨房所有的窗户打开。长了 28 岁从没见过死人的牛德古，以为姑娘死了，他头皮发麻，汗毛倒竖，返身便跑，可刚跑到门口，便又站了下来。心里想，出了这么一档子事自己该报警才是，于是便连忙掏出手机，刚把号码拨完，又犹豫了，心里又想，如果自己拨了报警电话，警察就会迅速赶到，由于自己是第一目击证人，警察不会让自己随便离开现场的，即使自己偷偷离开了现场，凭着现代的侦破技术，无论如何警察也会迅速找到自己的。当警察问起自己是怎么知道这里有人煤气中毒，你与这家人是什么关系时，自己该如何回答，说自己进来找水喝，找东西吃，虽然是实话，却怎么也解释不通。一个“偷”字，是无论如何躲不开的，那可关系到自己一生的名声和气节啊！

想到这里，牛德古害怕了，他不知道该怎么办。

正在牛德古进退两难的时候，厨房里传来一声呻吟，把牛德古吓了一大跳。他立即跑进厨房，再一次察看那位姑娘，只见那姑娘的手指微微动了一下。牛德古此时才感觉到，姑娘并没有死。救人要紧。他当机立断，抓起那份遗书放在衣袋里，掏出手机，就拨打 120，不想手机没电了，他又立即跑出厨房满房子寻找座机电话，从客厅到卧室，一间房子接一间房子寻找，终于在最里间那间卧室的床头柜上发现一架电话座机，他迫不及待地冲进去，拿起话筒就拨，没想到电话座机因为欠费，无法通话，这可把他急坏了，总不能看着她就这么死去吧。他心里想，什么名声不名声，还是生命最重要。想到这里，他不再犹豫，抱起昏迷中的姑娘，踉踉跄跄地冲出房间，拦住一辆出租车就往附近的医院赶。

4

出租车拉着牛德古与那昏迷的姑娘不一会儿就来到附近一家医院，车尚未完全停稳，牛德古便下了车，抱起血淋淋的姑娘火急火燎地就往医院里面跑。医院里面的人们见牛德古满头大汗抱着一个血淋淋的姑娘，纷纷让路。

“快、快、快，医生，这个妹子快、快死了，请你们赶快抢、抢救。”牛德古抱着姑娘摇摇晃晃进了急诊室，人未站稳，便对一个姓龚的医生语无伦次地说道。

见惯了这种状况的龚医生慢悠悠地说：“你着什么急嘛？慢慢说，怎么回事？”

牛德古说：“我也不知道怎么回事。”

龚医生问：“她是你什么人？”

牛德古说：“我、我不认识她。”

一直低着头看手机的龚医生听说牛德古不认识这个血淋淋的姑娘，便抬起头，盯着牛德古问：“什么？你不认识她？”

“是呀，我不认识她。”

“那你是从什么地方将她抱来的？”

“这个、这个……”牛德古见医生问他从什么地方抱来的，一下子急了。不知道说什么才好，他心里想，如果直说了，是自己从一户不认识的人家里抱出来的。人家一定会怀疑自己是小偷，不然怎么会跑到人家家里去。如果不照直说，那又该怎么说，说是在路上发现的，那也不对呀，路边上的行人怎么会液化气中毒呢。这时，姑娘的喉咙里“咕咚”了一下，似乎要断气似的。牛德古见状，“扑通”一声跪了下去，哀求道：“医生，求求你了，你别问那么多了，赶快救人吧。”

龚医生这才挥了挥手，说：“好啦、好啦，你赶快去挂号。”

牛德古听说叫自己去挂号，立即站了起来，连声答道：“好、好，我马上去挂号。”话未落音，牛德古便冲了出去，跑到挂号处挂了号，又迅速返回将挂号单交给正在看病的龚医生。龚医生诊断完，开出了住院单和一些常规和非常规的检查单，并叫牛德古赶紧去交费。

牛德古听说叫自己去交费，一时为了难。他心里想，自己哪里有钱去交费，母亲给自己的1000元钱，是叫自己还债的，说好了分文不能动，就为这自己还饿了两天两夜，还冒着入室当小偷被别人抓住的危险，溜到人家家里找吃的、找喝的。要不是刚才自己为救人坐出租车交了41元钱的租车费，1000元钱分文不少，现在为了救一个素不相识的姑娘，要不要将剩下的900多元钱全部交出去呢？如果交了出去，自己拿什么还债，如果不交，医生会不会救治这位姑娘？如果医生不救治这位姑娘，这位姑娘会不会死？

医生见牛德古还在犹豫着，便催促道：“快去呀，还磨磨蹭蹭干什么？”

“这……”

“这什么，你不是说，救人要紧嘛，如果你不交费，我可不救人了，这是规矩。”

牛德古听医生说是因为自己不交费而停止抢救，便慌了神，立即答道：“好、好，我马上去交。”说完，便三步并作两步，急匆匆地往交费处赶，他边走边想：“是啊，人命关天，救人要紧。”

牛德古来到交费处，留下了54元尾数钱，递上900元，收费人员告诉他，900元钱不够，需要预交3000元才能办理住院手续。

“可我没带那么多钱？”牛德古向工作人员问道。

工作人员想也不想，说：“先把这900元现金交上，剩下的打个欠条，压下你的身份证，然后赶快回去筹。”

“我又不认识她家里的人，不知道她家里还有什么人，又不知道与她家里的人怎么联系。”牛德古以为工作人员是叫他找姑娘家里的人筹钱。

“你有毛病，你不认识她你怎么会送她到医院？怎么会为她出钱治病？你以为我们都是傻子。好啦，好啦，别啰唆，你爱交不交，只要医生愿意。”那工作人员一顿数落后，再也不理他。

牛德古只好又回到急诊室，正要开口说话，龚医生对他说：“病情很严重，属于深度煤气中毒，而且由于失血过多，需要立即输血，晚来一会儿，她的小命就没了，现在人已送急救室了。”龚医生说完，又伸出手，说：“你把交费回执单给我看看。”牛德古只得把交费单交给那龚医生。

龚医生接过单子一看，怒道：“什么，你交的钱只有900元，你叫我怎么为她抢救，赶快去筹钱。”

“我、我真的不认识她。”

“鬼才相信。”

“真的，我真的不认识她，我说过，我是偶然进入她家发现她，才送她来医院的。”牛德古小声地说，但还是被龚医生听到了。

“什么，你偶然进入她家里……”龚医生冷笑了一声，一副若有所思的神态。

牛德古知道自己说漏了嘴，后悔得不得了。正在这时，一位姓谭的护士走过来，对龚医生说：“那个煤气中毒的女孩的血型是AB型，而库存的AB型血液已经不够，怎么办？”

“那怎么办？”龚医生搓着手掌，显得一筹莫展的样子。

牛德古看了一眼谭护士，又看了一眼龚医生，试探地说道：“要不抽我的血，我的血型好像是 AB 型的。”

“你……”龚医生抬起头，盯着牛德古看。

一旁的谭护士说道：“你不是说你不认识她吗？”

“是不认识她。”牛德古低着头嗫嚅着，接着又抬起头大声地说道：“不过救人要紧。”

“好，马上验血，如果血型相符，立即输血。”龚医生果断地对谭护士吩咐道。

谭护士见医生发了话，便对牛德古说：“走吧，跟我验血去。”说完便走，牛德古紧随其后，还没走几步，牛德古又被龚医生叫住，龚医生说：“输了血以后，赶快想办法筹钱，你那 900 多元钱根本不够。”

“可我……”

“好啦，好啦，你们这种人我们见得多了，快去吧。”龚医生说。

牛德古不再说什么，跟着谭护士进了验血室，经过验血，牛德古的血型真是 AB 型，与姑娘同一种血型。

当谭护士把验血的结果告诉牛德古时，牛德古说：“我说过，我是 AB 型，你们偏不相信。”

谭护士说：“不是我们相信不相信，这是一个程序问题，不经过验血是不能输血的。好了，现在输血去。”

在办完了输血的相关手续后，牛德古随着谭护士来到输血室，那姑娘早已躺在左边那张床上，不用吩咐，牛德古主动地躺在右边那张床上，接着便开始输血。当鲜红的血液汩汩不断地由牛德古的身体输到那姑娘的身体里时，姑娘那惨白的脸色渐渐地有了红润。牛德古欣慰地笑了。

5

牛德古为姑娘输完血，感到有些头昏眼花，浑身无力。他挣扎着爬起来，还没站稳，便又倒了下去，好在还没离开床边，他倒在了床上并昏了过去。护士见状，立即对他进行抢救。其实，牛德古健壮如牛，只是因为两天没吃东西，身体太虚弱的原因。当他被抢救醒过来以后，对医生护士说的第一句话是：“我好想吃饭、喝水，我饿坏了、渴坏了。”

谭护士见状，立即从医院大门口的小吃店里给牛德古买了四个肉包子和一大碗稀饭，牛德古没等谭护士递过来，一把抢过包子，几口一个，三下两下就把四个包子吞下了肚，差一点噎住，漂亮的谭护士在一旁一再提醒道：“慢点，慢点，别噎住。”并立即递给他一杯温开水，才没有被噎住。她没想到牛德古两天两夜没吃东西。

牛德古吃饱喝足，跳下床，对护士说：“我要马上回去筹钱。”说完，拉开步子就往外冲。刚冲到门口，又被谭护士叫住：“喂，你先别走，你得为姑娘动手术签字。”

听说叫自己为姑娘动手术签字，牛德古心里忐忑起来，他心里想：我跟她一无亲二无故，怎么能为她签字，万一有个好歹，我怎么能担当这个责任。谭护士见牛德古犹豫着，催促道：“快呀，别磨磨蹭蹭的。”

“这不好吧，我不该签这个字啊！”

“你不签谁签，快点啊。时间就是生命，你签了字，医生好赶快给她做手术。”

“好、好，我马上签。”说着便从谭护士手中接过笔，在手术协议上歪歪斜斜写下了自己的名字，然后将笔递过去，问：“还有什么事吗？”

“没有了，赶快回家去筹钱。”

“好。”牛德古话未落音，人已走出了病房。

6

牛德古出了医院大门，飞也似地往家里赶。他一边走一边想，自己到哪里去弄钱呢？前些年自己打工虽然是赚了点钱，可为了给母亲治病，不但花光了打工的积蓄，就连家里一些值钱的东西都变卖了。亲戚朋友中也没有有钱的，即使有钱，也不会为一个陌生的姑娘出钱治病。怎么办？牛德古想到了放弃，一方面，他相信医生会全力救治，即使自己不在现场，也会全力救治，因为救死扶伤，是医生的职责。另一方面他觉得自己本身就与姑娘无亲无故，能够为姑娘输血，并交了 900 多元钱医疗费，已经够意思了，自己没有责任和义务要为那姑娘再去筹钱，也没有必要留在医院护理姑娘。更何况，自己未经许可溜进她家里，属于私闯民宅，虽然本意是到她家里找吃寻喝的，算不上偷，但如果人家非要说自己是偷，任凭自己几张嘴也是解释不清，借此机会一走了之，就什么都不用说了。自己正愁找不到机会，现在，医生叫自己回家筹钱，正是借机离开医院的好机会。这个时候不走还有什么比这更好的机会，想到这里，牛德古会心地笑了。他庆幸自己离开了医院，离开了那位不认识的姑娘。

走着想着，想着走着，渐渐地牛德古又有些不安起来。自己就这样走了，那姑娘怎么办？他心里明白，那姑娘还处于昏迷状态，还没有脱离险情。她身边连一个亲人都没有，谁照顾她呢，更何况，治病疗伤需要钱，可她由于昏迷不醒，处于病危状态，没有能力筹措医疗费。如果医院因为她没有缴纳足够的医疗费而停止对她的治疗，那怎么办？那她会不会因为得不到治疗而死去呢？再者她姓什么？叫什么？为什么要自杀？这些都还是个谜。好奇心和责任心在牛德古心里慢慢地又占了上风，他感到放不下这位姑娘了，甚至对这位姑娘有些牵肠挂肚了，他要为姑娘筹措医疗费，要再次回到医院陪护姑娘。

牛德古离开医院，乘上往自己家乡的大巴车，当他赶到家中，已是深夜 12 点多钟。牛英见哥哥回来了，连忙从床上爬起来，说："唉，哥，自从你走了后的这几天，妈一直念叨你，念叨你去办的那件事，不知办得怎样？"

"妈睡着了吗？"

"你又不是不知道，妈哪会这么早就睡觉， 10 点多钟的时候疼得受不了，还使劲地拍打着床板。刚才我帮她洗了脸，喂了水，稍稍好了一点。"牛英说着又抹起了眼泪。

"是古伢子回来了吧？"正说着，屋子里面传来母亲那苍老的声音。

牛德古立即跑进里屋，站在母亲的床前。

"怎么样？找到你尤阿姨了吗？那钱送到了吗？"母亲问。

"还没呢？如今城里的变化可大了，街道、房子与五年前您去过的大不一样，不少地方连地名都改了。"牛德古说。

"那还要找，一定要找到，你找到了，我死了才能闭眼。"

"妈，您不会死，哥一定会找到，您放心。"牛英抹着眼泪说。

母亲担心儿子办事不细心，便问道："钱还在吧？你怎么就回来了？"

见母亲问到这里，牛德古为了难。如实地回答吧，母亲肯定会不高兴，说不定还会狠狠地骂自己一顿，不如实地回答，编个谎话哄骗一下母亲，等过去这个事再说，可自己不会编谎话，也从没说过谎话。想来想去，他还是将自己进城以后如何遇上小偷、偷走了自己放在外衣口袋里的500多元现金、如何寻找尤小花阿姨以及如何进入那位姑娘家、发现姑娘、救援姑娘等经过向母亲详细地述说了一遍。一开始，母亲根本不相信，但又没有理由怀疑儿子撒谎。

见母亲将信将疑，牛德古说："妈，我说的全都是真话，一点也不敢骗您。"

母亲咳嗽了几声，说："我谅你也不敢骗我。"

牛德古说："是啊，您是知道儿子的性格，儿子从小长到这么大，还从没在您跟前说过谎。"

"那倒是。"

牛德古见母亲不再对自己怀疑，才把心放进肚子里。

母亲是个极善良的人，对儿子助人为乐，舍己救人很赞赏，说："古伢子，你做得对啊。"停了一下，又问道："那姑娘的父母知道这些情况吗？"

"不知道，姑娘一直处在昏迷状态，医院正在全力抢救。至于她姓什么，叫什么，哪里人，为什么要自杀，她的父母是谁，家里还有什么人，我和那些医生和护士都不知道。"

"可怜那姑娘啊！"

牛德古长叹一声后，对母亲说道："由于姑娘还处于昏迷状态，无法跟她的家人和亲人取得联系，她的医疗费都无从保证。而医院又一个劲催预付的医疗费，说不交足预付的医疗费就要停止抢救。"

"医院向谁催缴？"

"因为人是我送进去的，医院认为我是姑娘的亲人，一个劲地向我催缴。"

母亲问："那么说，那姑娘身边现在没有人陪护？"

"没有。"牛德古答道。

"那你还不赶快回医院去，人家一个姑娘家家的，昏迷不醒，随时都有生命的危险，身边一无亲二无故，谁照顾她哟，怪可怜的。"母亲说着又咳嗽起来。

"可我，可我……"牛德古面对母亲的责备，不知该怎样回答。

"快去呀！"母亲再一次催促道。

"可、可医院叫我为姑娘筹集医疗费，我从哪儿弄钱？"

“我给你的那1000元钱呢？”

“我本不想动那1000元钱的，可是，我身上的另外500元钱连同身份证都被小偷偷走了，当时医院叫我交预付金，而且催得很紧，没办法我才拿出那900元交了，剩下的用于我买回来的车票。”

“医疗费要预付多少钱？”

“至少3000元。”

“3000元？要那么多钱？”母亲有些吃惊地问道。3000元对于一个有钱的家庭来说那是九牛一毛，可对于牛德古这样的家庭来说，那可是大数字。

“所以，妈，你叫我回医院去，我两手空空，怎么回去。”

“没有钱，医院真的不会给姑娘治疗？”母亲又问道。

“那是肯定的。哥，你说是吧。”牛英在一旁答道。

“没有钱，医院里肯定不会全力抢救，我听他们医生、护士说，医院不是慈善机构，不会为没有钱的人治病。”

听了牛德古这样一说，母亲再不作声，过了好一会儿，才对牛德古说：“古伢子，你把我的那个银行存折拿来。”

“拿那个干什么？”牛德古不知道母亲要做什么，不太情愿地说道。

“我叫你拿来就拿来。”母亲不高兴地说道，说完又咳嗽起来。

牛德古乖乖地从衣柜的抽屉底层拿出那个存折，递给母亲。

母亲没有接存折，而是说：“你把这上面几笔钱加到一起，看有多少。”

牛德古拿出笔，把几笔数字加到一起，说：“一共2842元4角3分钱。”

牛英问：“妈，您不是要拿这些钱给那姑娘交医疗费吧。”

母亲说：“正是这样。”

牛德古立即说：“妈，不行，不行，坚决不行，这可是您老人家的寿料钱。”

“是呀，这可是您养鸡养鸭一分一厘积攒下来的，这笔钱谁也不能动。”牛英也附和着说。

“别说了，救命要紧。”母亲以不容置疑的口气对一双儿女说。

“妈，这件事我坚决不同意，您的寿料我已经看好了，而且与商家谈妥，过些天我就要找辆汽车将它运回来。我们怎么能失信于人家。”牛德古找出理由，坚决反对把置办寿料的钱拿出来为那位素不相识的姑娘交医疗费，他心里非常明白，母亲患的是肺癌晚期，活在这个世界上没有几天了，只能活一天算一天。万一哪天倒了下去，自己从哪儿找钱置办寿料。没有寿料用什么装殓母亲，这在农村里可是大忌啊。到那时，全村人都会指着背骂自己，而且可能会背上一辈子骂名，说自己是不孝之子。唾沫星子也会淹死人，以后自己怎么在乡亲们跟前做人。

母亲见儿子和女儿坚决反对，一时急了，一口气没喘出来，反复咳嗽起来，一把眼泪一把鼻涕。牛德古和牛英兄妹见状，立即将母亲扶起来，后面给垫上枕头和被子。牛英还端来一杯温开水，让母亲喝了几口。好一会儿，母亲才缓过来，她含着眼泪对一双儿女说："孩子们，我这把老骨头迟早要进黄土，我知道自己活在这个世界上没有多久了，原打算留下这点钱给我买寿料，可现在救命要紧，你们想想，如果我没有这笔钱没寿料，我死了以后，可以把我送进火葬场一把火烧了，人家城里人都是这样，就是国家那些老一辈的领导人也都是这样，比起他们来我算个什么。所以，你们不要把我看得太重，你们听我的话就是对我最大的孝顺。那位昏迷不醒、还没脱离危险的姑娘，也许有了我这笔钱就会活过来，人家姑娘年纪轻轻的，未来的路还很长。虽然我们与她素不相识，但人与人之间应该互相帮助，在别人遇到困难和危险的时候，尤其如此。我们不图回报，不想索取，能伸出援助之手，尽一些绵薄之力，那都是我们应该做的。我相信，当我们遇到困难和危险的时候，那姑娘也会这样做。要知道，你妈我就是被一群素不相识的人救活，才活到今天的。"

母亲擦了擦眼泪，沉浸在深深的回忆之中，接着，她向儿子和女儿讲述了自己三十年前的一件往事。

三十年前一个秋天的下午，还是姑娘的母亲到城里走亲戚，当走进一个胡同的时候，冷不防从胡同里面冲出一辆摩托车将她撞倒在地，同时抢走了她背在肩上的挎包和提在手上的水果，挎包里面有她给爸爸买药的200元现金。她倒地时，头撞在一个石头上，裂开了一个很大的口子，血流不止，当时就昏迷过去。幸亏一名老大娘路过，看到昏迷倒地的她，将她送进医院抢救，由于无钱医治，那位老大娘又发动居民捐款，帮她凑足了医疗费，从而使她得到及时的治疗，并很快得以痊愈。当她出院后寻找那位老大娘和其他一些好心人时，却怎么也找不到了，人家做好事根本不愿意留名。

"要不是那些不留名的好心人帮助，母亲我恐怕早已不在这个世界，当然也没有你们两个。”母亲说完又擦了擦眼泪。

牛德古听完母亲的述说，感叹道：“这世界还是好人多。”

“想不到妈妈还有这么一次经历。”牛英说。

牛德古站了起来，对母亲说：“妈，我明白了，听你的，我现在就去取钱，取了钱就往医院赶。”

7

听说谭护士放走了牛德古，龚医生责备道：“你怎么让牛德古走了呢？”

谭护士说：“我是叫他回去筹措医疗费。”

龚医生说：“他答应了吗？”

“他满口答应。”

龚医生摸着后脑勺认真地说：“这就奇怪了，他怎么会答应回去拿钱呢？我感觉这个牛德古是个小偷。”

谭护士说：“不会吧，看上去，这个人挺憨厚的，不像是那种偷偷摸摸的人。”

龚医生说：“是不是小偷，从长相上是看不出来的，有些人表面上看挺老实、挺憨厚，实质呢一点也不老实，不憨厚。”

谭护士笑着说：“俗话说，贼眉鼠眼、贼眉鼠眼，长着贼眉鼠眼的人肯定不是什么好人。可人家牛德古长的不是贼眉鼠眼，而是浓眉大眼啊！”

龚医生说：“就不说长相吧，但我总觉得这个牛德古还是有许多值得怀疑的地方。比方说，他是怎么发现这个姑娘的？”

“他不是说他是在姑娘家里发现的吗？”

“他不认识人家，怎么会跑到人家家里去？”

“这……”谭护士看着龚医生，眨巴眨巴眼睛，不知如何回答。

龚医生说：“我是这样想，这个牛德古一定是上这个姑娘家偷东西，发现姑娘自杀，是没办法才将姑娘送到医院抢救的。”

谭护士说：“牛德古傻呀，明明是去偷东西的，却还要抱着姑娘送医院抢救，再笨的小偷也不想暴露自己，难道他不可以一走了之，他走了，谁也不知道他到过那个姑娘家。你说是不是？”

龚医生说：“这正是我把握不准的地方。一方面，如果他不是小偷，怎么会平白无故地跑到人家家里去。另一方面，也的确像你说的那样，他既然是小偷，就应该一走了之，早点离开那个是非之地，何苦要抛头露面呢，怕人家逮不着他怎么的？”

谭护士说：“总之，我不认为他是小偷。”

龚医生说：“但你能给我一个解释，说他为什么平白无故地跑到人家姑娘家去。”

“这个、这个，我也解释不清啊！”谭护士说到这里停了一下接着又说道：“如此说来，牛德古与姑娘有某种关系”。

“还有，姑娘是不是自杀，谁也说不清楚，现在我们只是听到牛德古一面之词，谁也证实不了。”

“这倒也是。”

“所以说，牛德古与这姑娘到底是什么关系，还是个谜，我们不可轻易相信牛德古。”

“牛德古是什么人，只等姑娘苏醒过来，才会真相大白。”

“这姑娘不是还没醒吗？而且，还不知道什么时候才能醒，牛德古为她只交了900元钱押金。”说到这里，龚医生突然想起一件事，又自问自答地说：“如果牛德古与这姑娘没关系，他怎么会甘心情愿把自己的仅有900多元现金为姑娘交医疗费呢？怎么会无偿地为姑娘献血呢？从这一点看牛德古与这姑娘的确有某种关系。”

“所以，我叫他赶快回家去筹钱并没有错的嘛。事实将会证明，如果牛德古与姑娘没有关系就不会来了。如果有某种关系就一定会来，我想他一定会回来。”

“不，我还这样认为，我想，如果牛德古与姑娘有某种说不清的关系，说不定也会逃走。当然，我说的这种关系是指恩怨关系。”龚医生又说出了自己新的想法。

听了龚医生的分析，谭护士说道：“我没想到这一层。照你这么说，的确不应让牛德古回去筹钱。”

“告诉你，牛德古这次回去，是肉包子打狗——有去无回。一开始，我们报警就好了，警察把牛德古控制起来，一调查什么问题都清楚了。”

“这么说，我们犯了一个错误。”

“犯错误，犯了一个什么错误？”龚医生一时还没反应过来。

“我们放走了一个罪犯。”

“严格说起来，还真是那么回事。”龚医生肯定地说。

“当时，只顾考虑姑娘的医疗费没人出。你想想，如果警察把牛德古关起来，我们找谁要姑娘的医疗费？你说是吧。”

正在这时，护士长跑进医生办公室对龚医生说：“龚医生，那个叫牛德古的人回来了，而且还为那姑娘预交了2800元的医疗费。”

没等护士长说完，龚医生打断她的话，急急地问道：“什么？什么？牛德古回来了？这……这怎么可能。”

“是呀，这怎么可能？”谭护士说。

“他这不是送上门来了吗？走，看看去。”龚医生说着，迅速离开医生办公室往病房走去。

8

经过一天一夜的治疗，姑娘终于苏醒过来，恰巧，姑娘苏醒过来时，牛德古不在病房。

姑娘醒来后，见自己躺在病床上，打着点滴，便向站在一旁的谭护士问道：“我怎么啦？我这是在哪儿？”

“你这是在医院，有人把你从家里救出来的。”谭护士回答说，停了一下，又反问道：“姑娘，你漂漂亮亮的，年纪轻轻的，有什么事想不开，要自杀呢？”

“什么，我自杀？”

“是呀，背你来的那位农民工还从你身边捡到你写的一份自杀遗书。”

“遗书？”

“是你用钢笔写的，写在一张白纸上。”

姑娘再也不作声，眼泪在眼眶里打转。

谭护士一边为她输液又一边问道：“你叫什么名字？家住什么地方？从事什么职业？”

“我叫申雪…”

姑娘正要往下说，牛德古走了进来。牛德古看见姑娘苏醒过来，非常激动，走到床边，笑着对申雪说道："醒来了，终于醒来了。"

申雪望着眼前这个憨厚的汉子，一脸的茫然。

谭护士见状，指着牛德古向申雪问道："申姑娘，他是你什么人？"

申雪看了看牛德古，又看了看谭护士，轻轻地摇了摇头。

谭护士说："申姑娘，你知道吗？是这个人把你救出来送到医院进行抢救的，而且还为你交了住院费、医疗费，为你输了血。"

申雪转过头，看着牛德古，疑惑地问道："你……"

牛德古笑着说："哦，没什么，没什么。是我母亲教我这样做的。"

谭护士又问道："申姑娘，你为什么要自杀？"

申雪说："我说过，我没有自杀。"

谭护士转过头对牛德古问道："你不是说她是自杀的吗？"

"是呀，我发现她时，在她身旁还有一份遗书。"牛德古说着，便从自己的上衣口袋里拿出那张纸条，展开来，递给申雪。

申雪伸手接过那张纸条，看了一下，只见那纸上歪歪斜斜写着两行字：我因偷人养汉，怀上别人的孩子，无脸见人，只有告别这个世界。申雪绝笔

"这不是我写的，我说过，我没有自杀，我也不会自杀。"申雪歇斯底里地喊道。

"那这是怎么回事呢？"牛德古问。

"我怎么知道啊！"申雪含着眼泪。

谭护士问："申姑娘，你家里还有什么人，他们知道你现在的情况吗？"

申雪并没有直接回答谭护士的话，而是进入深深的回忆状态，昨天上午的一幕幕情景又浮现在眼前，在发出一声长叹后咽了一下口水，似乎有些口渴，牛德古见状，连忙从床头柜的暖水壶里倒了一杯水，递给申雪，申雪接过杯子喝了两口，对谭护士说："能借我手机用一下吗？"

"没问题。"谭护士掏出自己的手机递给申雪，申雪接过手机拨打了一个号码，不想对方却是关机的。

牛德古问："申姑娘，你给谁打电话？"

申雪说："方道。"

谭护士问："方道是谁？"

申雪偏过头不想回答谭护士，眼里却含着泪水。过了片刻，出于礼貌，她还是回答了谭护士，说："他、他是县政府办副主任。"

“他跟你是什么关系？”谭护士又问。

申雪沉默着，不想再说话，似乎满腹心事。

牛德古说：“是啊，姑娘，那位副主任跟你是什么关系。”

申雪这才回答道：“我、我……是他的女友。”说完，把脸又扭向一边，再也不想搭理牛德古和谭护士。谭护士见状，对牛德古打了个手势，示意他赶快离开。

牛德古知趣地走出病房，顺手抓起申雪换下的脏衣服跑到洗涮间洗起衣服来。

9

当牛德古洗完衣服再次回到病房时，他看到申雪还在唉声叹气，并暗暗地流着眼泪，他想上前安慰几句，却又不知说些什么才好，正当牛德古束手无策时，申雪悄悄地对牛德古说：“借你手机给我打个电话。”

牛德古说：“好的。”随即拿出手机递给申雪，申雪正要拨电话，这时，一个年轻的男子推门进来，这个人就是申雪的男友方道 。

申雪抬起头，见是方道，有些惊讶地问道：“方道，你、你……”

“申雪，我来迟了。”方道走到申雪的床边，抓住申雪的手似乎有些激动地说道。

“你、你手机是关机的？”申雪问道。

“我那个手机丢了，今天换了个新的。”

“你、你知道昨天上午你走了以后我家里发生了什么事吗？”

“是呀，我正要问你。”

牛德古见他们谈着私房话，便借故走了出来。

方道又问道：“申雪，你为什么要自杀？”

“谁说我要自杀？”申雪眼睛睁得很大，盯着方道反问道。

“不是说你还写下遗书了吗？”

“你听谁说我写下遗书了？”

“我、我……我听别人说的。”方道搪塞着说。

申雪见说到这个份上，便从枕头底下摸出那份遗书递给方道说：“你看吧，这就是遗书。你看是我写的吗？”

方道接过遗书，瞄了一眼，故作惊讶地说道："我也在想，这就奇怪了。这么阳光的一个女孩，怎么会自杀呢？"说完，就势要将那张纸撕碎。申雪连忙去抢，但还是晚了一步，方道已经把那张纸撕得粉碎，并迅速走进厕所，将纸片丢进抽水马桶里，开了水，让水把碎纸片冲走，等到方道返回病床前，申雪气得嘴唇发紫："你……"

方道皮笑肉不笑地说："留着那玩意儿干什么？"

"可这是个谜呀，我怎么会写自杀遗书呢？我活得好好的，怎么会想到自杀呢？"

"我也是在想，这怎么可能呢？"

方道想了想又向申雪问道："刚才走出去的那个人是谁？"

"他呀，好像叫牛德古，据护士和他自己讲，是他把我送到医院抢救，为我输血，为我缴纳医疗费，并主动留在医院照顾我的。"

"什么，他把你送到医院抢救，为你输血，为你缴纳医疗费，还主动留在医院照顾你？"方道用申雪说过的话反问申雪道。

"是的。"

方道一时急了，显得有些慌乱，又问道："你过去认识他吗？"

"不认识。"

"不认识，那他是怎么进入你家的，怎么知道你煤气中毒？"

"我也不知道。不过他说他到我家是找水喝，找东西吃。"

方道听到这里，眼前突然一亮，心里有了主意，但他不动声色，走出病房，掏出手机，拨打了一个电话，并且很快又返回病房，又故意试探性地对申雪说："申雪，我觉得这个牛德古有问题。"

"是呀，我也感到奇怪，这个牛德古怎么会进入我家去找水喝，找东西吃，怎么会发现我煤气中毒，他到底是什么人，难道他是……"申雪没敢往下说，说牛德古是小偷，因为自己尚不知道家里丢了什么东西，但是她还是说出了自己的怀疑。

"是的，他就是个贼，他溜进你家就是要去偷东西，不是单纯为了找水喝，找东西吃。"方道说："当他发现你以后，因怕你报警，便起了杀心，想杀你灭口，但为了掩盖自己的罪行，他伪造了一个你自杀的现场，同时伪造了一份你自杀的遗书。"

"那他为什么又要救我呢？"

"这就是他聪明的地方，按照人们通常的想法，偷了人家的东西，又杀了人，早点离开现场迅速逃走是最佳的选择。而牛德古却违反常理留了下来，不但留下来，还把你送进医院抢救，从而给人们造成一个错觉，偷东西的贼和杀人的凶犯绝不是他。如果是他，他就应该逃之夭夭。现在他之所以没有走，就是因为他不是偷东西的贼，更不是杀人凶犯。牛德古就是抓住了人们这种正常的心理才留了下来。当然，他之所以救人，也不排除他良心发现，当他把你杀伤并伪造你自杀的现场后，正要离开时，却又感到自己做得太过分了。于是便留下来抢救你，同时为你输血，为你交付医疗费。你说我分析得有道理吗？”

“这么说来，牛德古不但是个贼还是伤害我的凶手”

两个人正说着，谭护士走过来，对申雪和方道说：“知道吗？刚才来了几个警察，把牛德古带走了。”

“什么，牛德古被抓了？”申雪吃惊地问道。

“怎么样，我没说错吧，这个牛德古肯定是个贼，同时也是杀伤你的凶手。不然，警察怎么会将他带走。”方道幸灾乐祸地说。

谭护士叹了口气，说：“唉，真看不出来，表面上一个憨厚老实的人，却是一名杀人凶犯，一个贼。”

“知人知面不知心啊。”方道说。

申雪本想要质问一下方道，昨天上午是什么时候离开自己的，自己出事时他在哪里，他知道不知道自己出事，如果知道，为何这个时候才来，如果不知道，怎么现在又来了，他是从哪儿得知自己出事的消息。她甚至怀疑自己出事，与方道有关。现如今牛德古被警察带走，那么毫无疑问这事与牛德古有关，或许与方道没有关系，是自己错怪了方道。她这么胡思乱想着，就放弃了对方道的质问。

10

牛德古被两个警察带进派出所，一脸的茫然，而且有些害怕，不知道自己犯了什么事。不过一开始警察倒还客气，牛德古坐下后，一胖警官还给他倒了一杯水。牛德古喝了一大口水，含在嘴里好一阵才咽下。他是想通过含口水尽量让自己慌张的心镇静下来。当他把含在嘴里的水咽下以后，望着警察张了张嘴巴想要说什么。胖警官皮笑肉不笑地问道：

“你是叫牛德古吧？”

牛德古见警察问自己了，连忙答道：“是的，我叫牛德古，不知道你们把我叫到这儿来干什么？”

胖警官叫来一个长着奶油小生脸型的警官，说：“小刘，你给他做做笔录。”

那个叫小刘的警官拿着笔记本走了过来，坐在牛德古对面，开始在本子上做记录。

胖警官这才作古正经地问道：“你叫什么名字？”

“我叫牛德古。”

“有人举报你，说你不但是小偷，而且还是个杀人凶犯，你溜到申雪家里，偷了人家的东西，还伤害申雪，然后伪造现场，造成申雪自杀的假象。是这样的吗？”胖警官渐渐地严肃起来。

“警官，我不是小偷，更不是杀人犯。”牛德古争辩道。

“你说你不是小偷，那你说说你是在什么地方发现申雪姑娘的？”

“我、我是在她家里。”

“那我问你，你认识她吗？”

“不认识。我是因为肚子饿了、口渴了，想进入她家里找点吃的东西、找点水喝。”

“那你是怎么到了她家里的？”

“是这样的。”牛德古接着将自己如何出来还债，如何被偷，如何忍饥挨饿，如何误打误撞进了申雪家里，又如何发现昏迷中的申雪，如何救治申雪等等，原原本本、详详细细地说了一遍。

胖警官听完申雪的述说，仍然皮笑肉不笑的，并摇了摇头，说：“这么说，是有人诬告你？”

“可以这么说。”

“牛德古，至少你未经人家许可，进入了人家的家里，不管你偷没偷走什么东西，都是不对的。”

“我承认。但这是偶然的，而且，我不是去偷什么东西，我实在太渴了、太饿了，而且我只是喝了一杯水，吃了半截黄瓜。”

“这个嘛，还没得到证实，还需要调查取证。”

“可我没有伤害申雪，更没有让她煤气中毒，我与申雪素不相识，我没有理由要伤害她。”

“对于这个问题，我们也会调查清楚的，决不会冤枉一个好人，但也决不会放过一个坏人。”

“我是好人，我不是坏人。”

“谁能证明你是好人，不是坏人。”

“医生和护士足以证明，是我背着申雪姑娘进医院抢救的，为她交了医疗费，并为她输了血。”

“这个我们知道，但是，根据分析，你是因为偷了人家的东西，又伤害了人家，觉得良心上过不去，才这样做的。对吗？”

“不是这样的，完全不是这样的。”

正在这时，胖警官的手机铃声急促地响了起来，他一看号码，便拿着手机站起来，走出了屋子，过了好一会儿才返回。可当他再次回到屋子里时，似乎变成了另外一个人。他走到桌前，一拍桌子，吼道：“牛德古，你老实交待，你到申雪家里偷走了什么东西，你为什么要伤害申雪。”

“我没有偷东西，更没有伤害申雪。”

“牛德古，我实话告诉你，据初步查证，申雪家里丢失了 40 万元现金，有证据证明是你偷走了的。当你在行窃的时候，被正在床上睡觉的申雪发现，为了杀人灭口，你把申雪打昏，将她背进厨房，将厨房的门窗关紧，拧开液化气阀门。你是要造成申雪自杀的假象。当你干完这一切走出申雪的家门走到大街上时，你担心申雪不死，又返回申雪家，用菜刀割断申雪右手的动脉血管。当然，你怕申雪喊叫，事先用绳子将申雪紧紧捆住，以免申雪因伤痛而挣扎，并用胶布将申雪的嘴封上。以免申雪因伤痛而呼喊，为防止自己的罪行败露，你拿菜刀之前，先用抹布包裹在刀把上面，然后，又以申雪的口气，拟写一份申雪自杀的遗书，放在申雪的身旁，伪造申雪自杀的现场。做完这一切，你才趁人不备地溜出申雪的家。可当你走出申雪的家门不远，你又良心发现，觉得这样杀死一个人，太草率了，于是，你再一次返回申雪家，将申雪送到医院抢救，你本想将申雪送到医院以后马上逃走，没想到医生、护士不让你走，不但不让你走，还叫你签字交医疗费。你为了伪装自己，同时也为了忏悔，你不但把自己身上用来还债的 900 元钱交了医疗费，当医疗费不够时，你还跑到家里，从家里拿了 2800 元交到医院，而且殷勤地在申雪病床前忙忙碌碌，装作一副同情申雪的样子……”胖警官还要往下说，牛德古打断胖警官的话说：“警官，根本不是这么回事。”

胖警官再一次一拍桌子，说：“你还狡辩，我看你是不到黄河心不死。”说着转过脸对小刘说：“先将他送到拘留室关起来。”

小刘说：“这，不太合适吧？”

“就这么定，快点。”

“好。”小刘勉强地回答道，然后对着牛德古说道：“跟我走吧。”

牛德古哭丧着脸，无可奈何地跟着警官小刘走了出去。

胖警官见牛德古走了，迅速跑到所长办公室，向正在那里抽烟喝茶的方道说：“方主任，一切按照您的指示落实了，人已关了起来，但如果24小时内没有充分的证据证明他是杀人犯，那就得放人。”

“不行，没有我的指示，你们谁也不许放人。”方道说完迈着方步走了出去。

11

因为方道报的警，牛德古才被警察带走。申雪是事后听方道自己说的，对此，申雪心里很不是滋味。并因此恢复了自己原来的想法，开始怀疑方道。她心里想，牛德古光天化日之下，未经许可擅自闯入一个素不相识的人家里，即使没有偷东西，肯定是不对的，但就此怀疑他是个贼，也不对，特别是认定他想杀人灭口，是伤害自己的凶手更是荒唐的。如果牛德古真要是个贼，偷了东西，又杀害自己，不但不逃走藏匿起来，相反却还要千方百计将自己送到医院抢救，为自己筹措医疗费，为自己输血，除非他脑子有毛病，精神有问题，否则，一个思维正常的人是不会这样做的。那么，为什么方道要一口咬定牛德古是个贼，是伤害自己的凶手呢？退一万步讲，就算牛德古偷了自己家里的东西，是一种不道德的行为，是一个小偷，一个贼，但他没有理由要伤害自己呀。更何况自己并不知道他进入自己的房间，更无从知道他在自己家偷了什么东西，怎么就能断定他是怕自己知道他的小偷行为，而把自己伤害呢？想到这里，那天上午的情景又一幕幕地在脑瓜子里浮现：她清楚地记得，那天是星期天，吃完早饭她正在家里洗衣服，方道推门进来，一进来就双腿跪在她跟前，请求她原谅，不要举报他。前一天晚上，两个人曾经为这件事争论了一个晚上，直到凌晨 5

点钟，方道才离开。没想到他现在又来了。由于一个晚上没睡好觉，她很困、很疲惫，想洗完衣服后再上床休息，不想再与他争论。于是便对他说："你回去吧，　　你说的话我会考虑。"方道见她说出如此的话，也不再说什么，便从地上站起来进厨房冲了一杯牛奶，放在她的床头柜上，她喝了他冲的一杯牛奶才不知不觉迷迷糊糊睡着了。而且睡得很死，但是，她记得自己是躺在床上的，并未到厨房去，可牛德古却说他是在厨房发现自己的，这又是为什么呢？申雪隐隐地感觉到，方道这样做，似乎是在嫁祸于牛德古，这其中一定有着某种目的。

方道在这当中充当了什么角色呢？申雪一头雾水。

五年前，方道大学毕业进了一家私企工作，认识了送外卖的申雪，并爱上了申雪，申雪也爱上了这个才华横溢的小伙子。第二年，方道一边工作一边学习，准备迎战公务员考试。为了照顾好方道，申雪让方道住进自己家，并说服母亲，供他吃、供他住，为他提供良好的学习环境。在申雪母女俩的照顾下，方道如愿以偿地考上了公务员，不久又提升为县政府办副主任，得志的方道这时渐渐地骄傲起来，而且拈花惹草，经常出入于歌厅、桑拿、按摩、泡脚场所，并与一个泡脚女有了密切的来往。那泡脚女是个有心计的人，暗中拍下了他俩床上的照片，并以此要挟方道，提出与方道成婚，一开始，方道并没答应，后来经不住泡脚女的逼迫，方道遂提出与申雪分手。对方道倾注了满腔心血、一心一意指望与方道白头偕老的申雪，自然不干，为了让方道断了这个念头，也说自己怀上了方道的孩子。于是，两个人经常为这些事发生争吵。前不久方道再次逼迫申雪分手，并寻找借口，倒打一耙，说申雪有了新欢。申雪对方道贼喊抓贼的卑鄙伎俩非常痛恨，公开表明，说如果方道要喜新厌旧、抛弃自己，自己就要跑到其所在工作单位，向其领导告发。方道听说申雪要到自己单位找领导，生怕毁了自己的前途，便跪在申雪面前苦苦哀求。申雪见方道一副可怜兮兮的样子，心又软了下来，她答应方道，不去他单位找领导，但前提是叫他必须与那个泡脚女断绝关系。方道口头上立即答应，然而，狗改不了吃屎，暗地里方道仍与那个泡脚女来往不断，令申雪更不能容忍的是，他竟把那泡脚女带到她家里，被申雪撞个正着，捉奸在床。这一回轮到申雪提出分手，不想方道又坚决不同意。原来，上级正在考察他，准备给他解决正科级，他怕申雪分手后，把他那些见不得人的肮脏的东西抖搂出去，坏了他的名声，影响他的前程。

前天晚上，他又来到申雪家，恳求申雪不要与他分手。申雪心意已决，于是两个人争来吵去闹了整整一个晚上。方道赖着不走，弄得申雪筋疲力尽。到了凌晨 5 点多钟，实在困乏得不行的申雪把方道赶出家门。上午 9 点多钟，睡了几个小时的申雪饿醒后，煮了一碗面条吃了，然后又把换下的衣服洗了，没想到方道又来了，申雪不想再与方道争吵，叫方道出去，方道在厨房里冲了一杯牛奶给申雪喝了后才走，申雪在喝了方道冲的牛奶以后便昏昏欲睡，爬到床上又睡着了，以后的事再也不清楚了。但是有一点申雪是最清楚的，那就是她在昏睡之前，没有进厨房的门，而是躺在床上。可是据牛德古说，他是在厨房的地板上发现自己的，而且厨房的地板上有自己留下的血迹，那就意味着自己昏迷之前，没有人用利器伤害自己的身体，伤害自己的身体是在自己昏迷之后，凶手还伪造了自己自杀的假象。申雪越想越觉得，有人要杀害自己。

那么，是谁想杀害自己呢？申雪在心里细细地分析，如果按照方道的说法，牛德古不是没有可能性，但是他为什么后来又要救自己呢。难道真的是他良心发现，这可能吗？如果不是牛德古，那么就是方道。方道怕自己破坏他的升官美梦和揭发他喜新厌旧的丑行，完全有这种可能。她想，如果方道真的想杀害自己，这次没有成功，那么他还有可能会继续行动，如果自己得不到保护，自己这条小命迟早会被他断送。申雪越想越害怕，不知如何是好。

正在这时，两个警官推开病房的门走了进来。

一警官亮出警官证自我介绍道:“姑娘,我们俩是市公安局刑侦队的,我叫汪铭。”然后又指着他旁边的同伴说：“他叫于宣同，是我们刑警支队的副支队长。”于宣同微笑着点了点头。汪铭接着说道：“我们俩今天来是想调查关于你自杀事件的，希望你能配合并如实地回答。”

申雪见两个警官向自己调查情况，连忙支着身子坐起来，于宣同向申雪问道：“姑娘，你叫什么名字？”

申雪答道：“我叫申雪。”

“你住在什么地方？”于宣同又问。

“民主大道 39 号。”

“你有一个男朋友吧？”

“这个……”

“没关系，如实地说吧。”

申雪看了一眼汪铭，又看了一眼于宣同，点了点头，说："是的，他叫方道。是县政府办副主任。"

"你能不能把你们怎么认识，怎么恋爱以及最近发生的相关事情详细地说一下。"于宣同说。

申雪想了一下，理了理思路。便将相关情况详细地向于宣同和汪铭做了陈述。

听完申雪的陈述，于宣同又问："这么说，你与方道两个之间正在闹矛盾，而且，争吵很激烈。"

"是的。"

于宣同若有所思地点了点头，然后递给汪铭一个眼色，汪铭会意地笑了。

于宣同又问道："你受伤住院以后，方道是怎么知道的？"

申雪说："我也不知道他是怎么知道的。"

汪铭说："依你刚才所说，方道一来，先是说你是自杀的，后来又说是你是牛德古伤害的，申雪，你对这个问题怎么看。"

申雪见汪铭问到这个问题，也发出感叹，说："是啊，我也是这么想的，他凭什么说我是自杀的，还说我留有遗书，后来又一口咬定我是被牛德古伤害，说牛德古不但是撬门溜锁的盗窃犯，还是杀人灭口、伤害我的凶手。虽然，从表面上看，牛德古有小偷的嫌疑，而且，一开始，我也怀疑牛德古是小偷，但是后来仔细一想又觉得牛德古不像小偷，更不像是杀人灭口的凶手。"

"请问，你与牛德古过去认识吗？"汪铭问。

"不认识。"

"那他是怎么进入你家的，也就是说，他怎么会在光天化日之下跑到你家里去，如果不是到你家里偷东西，那他是去干什么。"于宣同又问。

"他说是他妈叫他进城归还一个欠了五年的1000元钱借款，不想一进城便遇到小偷，偷走了他用于进城的600元路费。但为了寻找债主他两天两夜粒米未进，滴水未喝。据他自己说，他进入我家纯属偶然，那天，他又饥又渴又困，见我家门关着，便坐在门槛上想靠着门睡一会儿，不想我那门既没拴也没锁，他一靠上门，门就自动开了，然后他就进到屋里找水喝，这时才发现我，并将我送到医院抢救。"

汪铭说："可有人不是这样认为，他说牛德古是因为偷了你家的 40

万元现金，被你发现，怕你报警，才把你伤害，并制造你自杀现场。请问你当时发现牛德古进入你家偷东西了吗？”

“我不知道，我什么都不知道。”申雪停了一下又说：“谁说我丢了40万元现金，我家里连4000元也没有。”

“由此看来，他们两个人中有一个人在说谎，你说，是谁在说谎？”于宣同又问。

“这个嘛，我感觉是方道在说谎。”

申雪说到这里，于宣同又点了点头，他心里想，看来，基本的事实已经清楚，不过他接着又问：“牛德古被抓起来了，你知道吗？”

“我知道，是方道报的警。可凭什么抓他呢？直觉告诉我，牛德古是好人，不是坏人。”她认为，如果牛德古没有偷自己的东西，没有伤害自己，那么他就是自己的救命恩人，自己应该报答他才是。

于宣同说：“牛德古是谁要抓的，为什么把他关了起来？我们都会搞清楚，申雪姑娘，你不要着急，好好养伤，有事我们会跟你联系。”说完便与汪铭一同走出病房。

汪铭一边走一边问：“于队，牛德古被关，一定是方道指使胖警官做的。”

“是的，因为目前这件案子还没有上报市局，他们可以不走正规程序，打一些擦边球，甚至可以无视法律法规做出一些违法违规的事来。”

“那怎么办？”汪铭又问道。

“立即给五塘路派出所刘所长通电话，叫他立即释放牛德古。如果他们不听，告诉他们，如此而引起的一切后果都由他们负责。”

“如果方道干扰呢？”

“他没权力干扰，办案是公安司法部门的事。”

“我明白。”

12

牛德古被释放出来，立即赶到了医院，见申雪家里没有人陪护，便主动留了下来。

申雪见状，对牛德古说：“牛大哥，你该回家了。”

牛德古说：“没关系，你就让我在这儿陪护几天，我妈说了，只要你这儿需要，就让我好好地在这儿陪着，家里的事不要我操心。”

“可我们素不相识，你已经帮了我这么大的忙，是你给了我第二次生命，你叫我怎么感谢你。你再在这儿陪护我，我心里实在过意不去呀。”申雪哽咽道。

“快别这样说，吃五谷杂粮，谁还没个五病三灾的，更何况，现在你身边也没个人照顾，我走了，谁来照顾你。”停了一下，牛德古又问道：“你妈呢？”

申雪长叹一声，进入深深的回忆之中，许久也不说一句话，牛德古也不好再问什么。好一会儿，申雪才含着眼泪说道：“唉，我妈前年去世的。”

“得的什么病呀？”

“心脏病。”

“心脏病？那可不能让她心急。”

“是啊，可就这样，还有人要故意气她。”

“谁呀？”

“还不是那个方道。”

“他气你妈？”

“是呀。说什么他能看上我，是我的福气，凭着他的条件，怎么的也可以找一个大学毕业生，找一个公务员什么的，说我这种条件的女孩只能嫁给农民工，把我母亲气得七窍生烟。你说，他怎么能这样说话。”

“也许他就是随便说说。”

申雪见牛德古这样看方道，心里想，眼前这个小伙的确太善良、太仁慈了。但她又想，也许他是对别人的事不放在心上，涉及他自己的事，他又会怎样呢？于是又对牛德古说道：“牛大哥，我还告诉你，你知道你是被谁怀疑为贼，是谁说你是伤害我的凶手并向警察报了案？”

“不知道。”

“是方道。”

“是他？他没有理由要陷害我呀，申雪姑娘，你肯定弄错了，他不会陷害我，过去我们从未见过面，素不相识，他没有理由要与我过不去。”

“嗨，牛大哥，你这个人怎么这样实心眼，你从来不为自己着想，总是为别人着想。”

“那你说他为什么要这样做？”

“我也说不清楚，反正他这样做有他的目的。”在真相还没有揭开之前，申雪不想说得太直白。

牛德古不再说什么，在他看来，世界都是美好的，人与人之间没有那么多的不信任，更没有那么多的尔虞我诈。

申雪见牛德古不说话，又想起另外一件事，她问道：“牛大哥，你妈叫你找的那个人找到了吗？”

“没有呢。”

“那你还打算继续找吗？”

“肯定要继续找，我妈说了，欠人家的钱一定要还。”

“这到哪儿去找啊？”

“办法总是有的。”

“你妈要找的那个人住的地址是哪里？兴许我能帮你打听。”

“是民什么路。”

“多少门牌号码？”

“记不得了，但据说那家人住的是平房，门前有棵歪脖子樟树。”

“民主大道39号？我知道了，如果我没猜错，你妈叫你找的人住的是民主大道39号。”

“对，对，对。”

“过去这条路叫民主路，现在改成民主大道，39号的门牌没有变。”

“你没说错吧？”

“没错、没错。”

“这么说你知道这个地方？”

“我不但知道这个地方，我还知道你要找的人叫什么名字。”

“那你知道我要找的这个人叫什么名字？”

“叫尤小花。”

“什么？你认识尤小花。”牛德古惊讶得目瞪口呆。

申雪长长地舒了一口气，说：“唉，牛大哥，你要找的人就是我妈呀。”

“啊，是你妈？”这一回轮到牛德古目瞪口呆了。

“是的，就是我妈。”

“那太好了，总算找到了，我可以向我妈交代了。”牛德古显得特别兴奋，停了一下又说："不过，我现在没有那么多钱。"

"什么呀，你不是为我交了医疗费了吗？"

"一码事是一码事。"

"那不行，既然我们之间有了这种关系，我肯定不能再叫你还我妈那一千元钱，不然的话，我也会一五一十地把你为我交的医疗费一分不少地还给你。"

"这个……"牛德古有些为难地看着申雪。

申雪含着眼泪说："牛大哥啊，你们这样对待我这样一个素不相识的人，实在令人感动，我不知道怎么感谢你们才好，假如我母亲地下有知，一定也会感动的。我一定要抽个时间，专程登门拜访伯母，她老人家有这样高尚的品德和风尚，实在令人敬佩，也感谢她老人家养育了你这样一个诚实、厚道、无私的儿子。"

牛德古也泪眼婆娑地说："申雪姑娘，谢谢你这样看得起我。"

申雪像是突然想起了一件事似的，问道："你小孩多大了，我第一次上门，也好给孩子买点什么。"

牛德古苦笑着说："我哪有小孩，我连个对象都没有。"

申雪惊讶地望着牛德古又问道："这是为什么啊？"

牛德古长叹一声，说："唉，说来话长，听我妈说，五年前，有人曾经给我介绍过一个姑娘，那姑娘一听说我家里穷，连我本人都没有见面就一口回绝了。如今，五年过去了，我再也没有找。"

"是吗？"申雪怔了一下，又问："你知道那个姑娘叫什么名字？"

"不知道，只知道那个时候姑娘在一家私企送外卖。"牛德古说到这里，申雪听了满脸通红，好在牛德古没有发现。

"现在，我母亲是高危病人，说不定什么时候就会离开人世，但她说在她离开人世之前最放心不下的有两件事。"

"哪两件事？"

"一件事就是归还你母亲的借款。"

"第二件事呢？"

"第二件事就是看到我领着自己的老婆进屋，她说只有这样，她死才瞑目。"

"啊！是这样。"申雪感叹道。

13

经过一段时间的治疗，申雪的体力渐渐恢复，医生劝她再住一段时间，可她不想再住了，她要出院，她恨不能马上就到牛德古家里去。这一天他正收拾东西，方道走了进来。

方道见申雪收拾行李，便伸出手准备帮忙，并问道："怎么，好利索了？准备出院？"

申雪阻止方道的帮忙，一边冷笑着答道："谁叫你来了，我不想见你？"

方道厚颜无耻地笑着说："别这样，我不能没有你。退一步讲，即使我们夫妻不成，但情义在啊？"

"情义？你跟我讲情义？！"

"算了、算了，别较真了。我的小车来了，送你回家吧。"方道说着就去接申雪手中的行李。

申雪再一次躲开方道伸过来的手，正在这时，牛德古也推门进来。方道抬头一见牛德古，眉毛拧成一个倒八字，讥讽地冷笑着说："哟，牛大哥来了。"说完，马上把脸一沉，接着又说："你还有脸来，你害得我们申雪好惨，好大的胆子。"

牛德古看了看方道，嗫嚅着："我、我来接申雪姑娘出院。"

"你接申雪，你配吗？你也不撒泡尿照照自己，你说，你用什么来接她？"

"这……我只能租个摩托车。说完又回过头对申雪说："对不起，我只能这样。"

方道还想说什么，申雪立即制止道："方道，你别说了，牛大哥是我叫来的，我愿意他骑着摩托车来接我，用不着你来说三道四。"

方道说："申雪，你……"

申雪把手一挥，对方道说："你走吧，我再说一遍，我不想见到你。"话音未落，医院院长推门进来，后面还跟着于宣同和汪铭，于宣同说："他是该走了，到他该去的地方了。"

方道有些心虚和慌张，但是还强作镇静："于队，你这是什么意思？"

"什么意思？"于宣同望了望在座的每一个人，接着又说道："好呀，当事人都在，我就把话说明白了。”然后转过身，对方道说:“方道，你被捕了。”并亮出了逮捕证。

方道冷笑着说:“逮捕我，凭什么逮捕我？”

于宣同冷笑着说:“凭什么逮捕你？就凭着你伤害申雪、伪造申雪自杀现场这一件事。”

方道说:“于队，你开什么玩笑，放着现成的盗窃犯、杀人犯牛德古不抓，却抓我，你是不是弄错了。”

“我没错，我今天抓你，就是掌握了你犯罪的证据。”接着，于宣同在房间里一边走动一边把方道犯罪的前后经过详细地分析了一遍。他对方道说道:“据我所知，方道主任，你本来是很喜欢申雪姑娘的，但由于你喜欢足浴、按摩、泡澡，并经常出入于这些场所。一次泡脚时，你认识了泡脚女王某，王某本来就是个暗娼，她见傍上了个官员，就想敲诈一把，暗中把与你在床上的戏拍了下来，以此逼着你与她结婚。说如果你不同意就要你拿出100万赔她一个处女身，否则就要将你的丑行暴露出去。你被逼得没有办法。只好抛弃申雪，申雪当然不干，于是便发生了争执，申雪一气之下，也对你说，已经怀了上你的孩子，希望你三思而后行。你听说申雪也怀上了自己的孩子，更加为难。经过权衡，你把天平还是偏向了那个泡脚女，因为在你看来，如果把天平倾向了申雪，一旦那个泡脚女把事情抖搂出来，自己不但名声扫地，而且连饭碗也会丢掉。即使不这样，自己从哪儿弄100万给她。当申雪在她家里将你们俩捉奸在床后，申雪选择了放弃，而你却不愿意了，原因是因为上级组织部门正在考察你，想提拔你为正科级。为此，你又主动与申雪言和，你怕申雪将你嫖娼的事抖搂出去，影响你的前程。对此，不想再与你和好，但答应为你保守这个秘密，但你并不放心申雪会这样做，于是，一方面，你主动向申雪忏悔，另一方面，你决心要除掉申雪，但是考虑到自己的身份和地位，同时也考虑到法律法规，你才想到制造申雪自杀的现场，让人们误以为申雪是自杀的。

那天晚上，你来到申雪家，一边与申雪争执一边寻找机会杀害申雪，但由于申雪把你赶了出来，失去了杀害申雪的机会，但你并不甘心，第二天上午，你又来到申雪家里，见申雪在洗衣服没在意，你利用给申雪冲牛奶的机会，偷偷地在申雪的杯子里放上了事先准备好的大剂量的安眠药，等申雪昏睡以后，你又把申雪背进厨房，把厨房的门窗全部关紧，然后拧开液化气阀门，造成申雪液化气中毒的假象。你把这一切做完以后，回到客厅，收拾好现场才离开客厅。可你并没走多远，走到十字路口，你又返回去了。

“你们怎么知道我返回了？”

“申雪的住房离十字路口不远，我们调出了录像。你之所以要返回申雪的家，我分析，你是担心申雪不死，怕给你带来更大的麻烦，于是你再一次走进申雪家的厨房，先用绳索把昏迷中的申雪捆起来。又用透明胶把申雪的嘴巴封起来。然后用厨房里的菜刀割断了申雪左手腕的动脉血管。”

“申雪已经昏迷，我为什么还要捆住申雪的手脚，封住申雪的嘴巴。”

“你担心在割申雪的手腕时，怕申雪动弹，怕申雪喊叫。”

“你没有证据。”

于宣同冷笑着继续说道：“你的确很精明，你进厨房时脚是穿鞋套的，手是戴手套的，厨房里没有留下你任何痕迹，但是百密一疏，你还是有纰漏。当你割断申雪的动脉血管时，申雪本能地挣扎了一下，也发出了喊叫，但毫无效果，申雪又昏死过去。由于你是要伪造申雪自杀的假象，一个自杀的人不可能捆住自己的手自杀，你才放心地解开申雪的绳索，并打算撕下贴在申雪嘴巴上的透明胶，可由于你是戴着手套去撕胶布的，却怎么也撕不下来，慌忙中你才脱去右手套，用右手撕去封住申雪嘴巴上的胶布，就这一下，胶布上留下了你的指纹。事后，你把绳索和胶布丢进了申雪家门口的垃圾桶里，我们在垃圾桶里发现了你这些作案工具，收取了你的指纹和透明胶布上的指纹进行了对照，结果证明，胶布上的指纹就是你留下的。你没想到吧？”

于宣同停了一下接着又说道：“你还忽视了一个问题，你是在申雪姑娘的左手腕上割断动脉血管的。你以为，大多数人右手是主手，申雪姑娘也是一样，申雪姑娘是用右手割断左手腕上动脉血管的，可你错了。”于宣同说到这里看了申雪一眼。申雪说：“我是左撇子。”

“你们怎么知道申雪是左撇子？”牛德古向于队问道。汪铭说：“上次我们来，看到申雪姑娘用左手写字。我们就断定申雪是左撇子，申雪即使自杀，也应该用左手割断右手腕上的动脉血管，而不是右手割断左手的动脉血管，由此得出结论申雪不是自杀，而是他杀”。

听到于宣同的分析，方道懊恼极了。

于宣同接着又说道：“你伤害了申雪以后，为了更逼真地反映申雪是自杀的，你走进客厅，伪造了一份申雪自杀的遗书，申雪自杀的理由是因为偷人，怀上了别人的孩子，无脸见人。”

“可我并没有怀孕啊。”申雪说。

“是的，你并没有怀孕。”于宣同说。

方道问：“你不是说你怀孕了吗？”

“那我是哄骗你的，之所以要哄骗你，是因为你我之间虽然没有结婚却同床共枕几年时间，你说分手就分手，为了给你压力我才这样做的。”

“你之所以要这样杀害申雪，这也是其中的一个原因。”于宣同说。

牛德古问：“于队，你怎么知道申雪没有怀孕呢？”

“我们在对申雪尿检时，增加了一个项目，结果表明，申雪并未怀孕。”

“他怎么知道申雪住院了呢？”牛德古问。

“问得好。”于宣同说：“你说说吧，小汪。”

“好，我来说。”小汪转过身对方道说：“方道，你杀了申雪以后，并没有离开现场很远，而是躲在对面的一个茶楼里观察动静。”

“我为什么不走，还要观察动静呢？”方道问。

“你是想等上一段时间以后，证实了申雪已死，你才放心地离开，你担心有人走进申雪的房间，救出申雪。没想到你担心的事还真的发生了，过了大概不到一个小时。”小汪走到牛德古跟前，说：“牛大哥，你误打误撞进了申雪的家里。那天你想坐在申雪家的门槛上休息一会儿，不想往后一靠，门开了，把你摔了四脚朝天。此时，你已经两天没喝水了。你想进去找口水喝，没想到发现申雪倒在厨房的血泊里。于是你毫不犹豫地背着申雪拦了一辆的士往医院跑。而这一切，恰恰都被守在对面楼上的方道看见。”

小汪说到这里，又走到方道跟前，说：“当你发现牛德古送走申雪以后，你估计牛德古不会去很远的医院，一定是去较近的黄河医院，你悄悄地一打听，果然如此，这时你慌了神，着了急。但你并没有立即赶到医院，而是关掉手机先把自己藏匿起来，之所以要把自己藏匿起来，你是担心申雪进医院，自己的事情败露，在等了一天以后，你经过暗中打听，得知自己并未败露，但同时也得知申雪被救活。于是你立即跑到医院假装看望申雪，实际上是刺探情况的。见申雪没死，先是说申雪自杀，当遭到申雪否认后，你为了掩盖自己的罪行，便将遗书撕掉，丢进厕所，让水冲走，你以为这样警方找不到你犯罪的证据，可你错了，我们叫牛大哥复印了几份，把原件留给了申雪。你撕掉遗书后，得知救申雪的人就是牛德古接着又马上想到要嫁祸于牛德古。并通过你的那个亲戚胖警察，把牛德古抓了起来，你以为我们会相信你的话，把目标全部对准牛德古。”

于宣同接过话题对牛德古说：“的确，我们一开始曾经怀疑你是伤害申雪的凶手，这是因为，你没有理由要跑到一个素不相识的申雪家里去发现申雪，抢救申雪。认为你跑到申雪家里偷东西，被申雪发现，为掩盖自己的罪行而杀人灭口，但是你后来的行为却让我们迷惑不解，正常情况下，一个杀人犯在实施犯罪以后，会想方设法迅速逃离现场，把自己藏匿起来，哪里还会自己报警，哪里还会背着受害人去医院抢救，更不会天天陪护在被害人身边。你的行为不仅感动着申雪，更感动着所有知道这件事的人们，当然也包括我们。随着案件侦破工作的逐渐深入，我们渐渐地排除了对你的嫌疑。”

“这么说，一开始，你们就在调查我？”方道问。

于宣同说：“那倒没有，但还是要感谢你，你打电话给了胖警官后，胖警官带上小刘，小刘将情况偷偷地告诉了我们，与此同时我们又接到了牛德古的报警电话，于是对案件展开了全面的调查。”

申雪说：“唉，其实，我也曾怀疑过牛大哥是贼，是伤害自己的凶手，我真混，我好后悔啊。”申雪说着，眼泪又不由自主地流了下来，并转过身对牛德古说：“牛大哥，我对不起你，请你原谅。”说完向牛德古深深地鞠了一躬，然后又饱含热泪深情地说：“我谢谢你，谢谢你的母亲，你们母子俩都有一颗美好的心。明天，我要与你一起到你家里去看望你的母亲。”

于宣同说：“好，知恩图报，应该。”回过头又对方道说：“你瞧瞧，多好的一个姑娘，方道，你咎由自取，罪有应得。”说完挥了一下手，对汪铭说：“把他押走。”

14

牛德古领着申雪一路上风尘仆仆来到家门口，这时已近黄昏。夕阳下，一座低矮的茅房展现在申雪的眼前，她不敢相信这就是牛德古的家，牛德古一家住的房子竟是如此简陋。她怔怔地站在那里，不知道说什么才好。想起牛德古母子二人为救自己，拿出那么多钱为自己交医疗费，几千元钱，对于一个富裕家庭来说，算不了什么，可对牛德古这个家来说，是多么不容易，更何况牛德古的母亲还是一个病危的老人，这要多么大的勇气，多么宽的胸怀。眼泪在申雪的眼眶里滚动着。

牛德古见申雪傻傻地站着不动，以为申雪嫌自己家里寒碜，便说："对不起，申雪姑娘，我家就这个条件，这些年来了为治好我妈的病，把我前些年打工挣来的几万元钱全部花光了，房子也没有盖，家具也没有添，真不好意思。要不，你就站在外面站一会儿，等我进去将母亲搀扶出来，你见一下。"

申雪这才回过神来，她抬起手擦了擦眼泪，断然地说："不、不、我要进屋里去看望你母亲。"说完便毅然决然地踏进屋里。

昏黄的灯光下，一位骨瘦如柴的老妇人躺在床上，申雪立即扑上前去，"扑通"一声跪在床前，哭着喊道："伯母！"牛德古走到床前，指着旁边的申雪说："妈，你看谁来了？"母亲慢慢地睁开双眼，盯着申雪仔细地端详着："这姑娘是谁？"

"伯母，我是尤小花的女儿啊。"

"什么？你是尤小花的女儿？"母亲听说眼前这位姑娘是好姐妹尤小花的女儿，特别激动，由于激动，连喘粗气，她想支起身子坐起来，牛德古见状，立即弯下腰，轻轻地扶起母亲，在她背后垫了个枕头，让她斜躺着，牛英迅速倒一杯温开水，服侍母亲喝下。在喘了一阵后，母亲才慢慢地缓过神来，她伸出一只瘦骨嶙峋的手拉着申雪说："孩子，你、你妈还好吗？"申雪哽咽着说："伯母，她前年就离开了人世，临死前，还念叨着你，说想念你啊！"

听说好姐妹已经离开人世，两颗混浊的泪水顺着母亲瘦削的脸颊滚落下来。"没想到啊！没想到她走在了我前面。"说完又是一阵咳嗽。牛德古立即轻轻地拍打着母亲的后背，"我借她的一千元钱没有在她活着的时候还给她，我心里难受呀。"

"伯母，别说了。您为救我，不惜拿出为给自己买寿料的钱，没有您家的这些钱我的小命早就完了，您就是我的再生母亲啊。"申雪泣不成声地说道。

母亲说着说着竟然坐了起来，脸上泛着红光，她拉着申雪站了起来，说："来，闺女，坐到床边来。"申雪顺从地站了起来，紧挨着母亲坐在床边，母亲说："孩子，你知道吗，当年我是想让你做我的儿媳，后来听你妈说你已有了对象，我才打消这个念头。唉，多好的姑娘，我们家古伢子没有这个福气啊！”

“伯母，都是我不对，当年是因为我嫌弃您家里穷，怕嫁到您家以后吃苦，所以我就谎说自己有了对象，伯母，我对不起您呀。”申雪说完竟然紧紧地抱住母亲号啕大哭。

牛德古两兄妹在一旁也泪雨滂沱。

申雪哭着继续说道：“不久我真的找了一个对象，是县政府办的副主任，我满以为自己找了一个当官的，会幸福美满，谁知这个好色贪财的家伙，瞒着我和我母亲，尽做一些见不得人的肮脏事情。”

“现在你们的关系怎么样？”

“别提了。”

牛德古在一旁答道：“那个人就是伤害申雪姑娘的凶手，已经被抓了起来。”

突然，申雪再一次跪在地上，并一连往地上磕了三个响头，含着热泪说道：“伯母，如果您不嫌弃，从现在开始我就做您的儿媳。”

母亲听说申雪愿意做自己的儿媳，心情特别激动，干咳一阵以后，对申雪说道：“姑娘，我愿意，我愿意，我日思夜想的就是盼着儿媳进门啊。”说完，又异常兴奋地对牛德古说：“古伢子，你听到了吗，申雪姑娘愿意嫁给你。”

牛德古见状，也双膝跪地，对母亲说：“妈，您放心，只要申雪姑娘愿意嫁给我，我会一辈子好好待她。”

母亲抓着申雪的手，对牛德古说：“来，古伢子，把手掌摊开。”牛德古按照母亲的嘱咐，把手伸过去、摊开，母亲将申雪柔软的小手抓住放在牛德古宽厚有力的手掌上，叮嘱牛德古道：“抓住，不要放松，要一辈子相亲相爱，不要分离，白头到老，我放心了。”说完，头一歪，两眼一闭便离开了人世，脸上露出满意的微笑。

牛德古、牛英、申雪三个人同时哭喊道：“妈！”

（原载《文艺报》2015年1月7日）

二憨中选

1

这是 1986 的事。

当了 20 多年的生产队长、紧接着又当了两年多村民小组长的余爷突然宣布再干一年就不干了。这事一时成了枣树岭组的重大新闻和村民们的热门话题。村民们不相信这是事实，因为余爷只有 50 多岁，身体健康、精力充沛，经验丰富，而且一直干得好好的。但村民们又不得不信，因为余爷是在全组村民大会上宣布的。

“听说余爷不想当组长了，有这回事吗？”黄昏时分，刚从二舅家串门回来的二憨，在村口碰见大聪，这样地向大聪问道。

大聪也不答话，而是习惯地伸出右手的食指和中指做成剪刀状，二憨自然知道，这是大聪向自己讨烟抽。每次二憨向大聪请教什么事，大聪都要以此为交换条件，非等二憨给了他香烟，他才说话，这已成了大聪在二憨面前的一个习惯动作。所以每次二憨给他香烟，并帮他点燃以后，他便会迅速地狠狠地吸上两口，然后将吸剩下的烟蒂再回赠给二憨。二憨也不嫌弃，不但不嫌弃，反而有些感激涕零，欣然地接过烟蒂，非常珍惜地一口接一口将剩下的烟蒂吸完，这个时候大聪才开始回答二憨提出来的问话。有人说，这就是大聪的聪明之处。

大聪怕老婆，老婆坚决反对他抽烟。据说他在结婚前，也是个烟鬼，抽的是老土烟，老土烟味浓、呛人，能够抽老烟的人，烟瘾特别大，一般是戒不掉的。大聪 27 岁结婚，那时他已有 15 年的烟龄，是个老烟民了。结婚后，他老婆不准他抽烟，一旦发现他身上有烟卷或烟丝，就不准他上床，有时甚至连家门都不让他进。结婚后的第三天，他就尝到了有家不能归的滋味。既然老婆不让抽，那就不抽吧，但烟瘾来了怎么办？说不抽就不抽，太难了。一天，他看到二憨得意洋洋地抽着老烟从自己面前走过，于是便有了主意。他利用自己的小聪明、大智慧和二憨常有事请教自己并与二憨同年同月同日生、一起长大的这种关系，经常向二憨要烟抽，但他又很讲究，每次从二憨手里要过香烟，自己先抽上几口后再给二憨。这样，自己既不藏烟，也不藏火，任凭老婆怎么查、怎么搜也不会出问题。一根香烟自己抽了几口后再给二憨，即使被老婆看见，也说得清，道得明。说这是给二憨的烟，自己帮着抽几口。可你别看这几口，因为他是铆足了劲抽的，所以，当二憨从他手里接过来香烟时，一根香烟基本上所剩无几，说只是一个烟头或烟蒂那是一点也不带夸张的。

此时此刻，二憨见大聪又向自己要烟抽，便立即伸手往口袋里掏。然而，他翻遍了身上所有的口袋也没有找出一根香烟。

二憨也是12岁开始学抽烟的，那时也是抽的老土烟。不过12岁以前，他是瞒着父母偷偷摸摸地抽。12岁那年，他父亲出走失去联系，由于没有人管他，从此辍学回家务农，抽烟也大明大摆了。与大聪不同的是，他身上随时随地都有烟，而且谁都可以向他要，不论什么人，他都会给。有人说，这又是二憨的憨。二憨的母亲不反对他抽烟，但为了他的健康，不准他抽老土烟，只准他抽卷烟丝，即使抽劣价香烟，也不准他随身携带整盒的，只准带散装的，而且规定一天只能带三根，上午一根、下午一根、晚上一根，一根也不能多带。二憨虽有些憨，可在母亲面前却很乖，不敢越雷池一步。因为今天出来早，回家迟，晚上这根烟早就抽完了。

大聪见二憨摸遍全身也没有摸出一根香烟来，掉头就走，二憨一见急了，连忙抓住大聪的胳膊，苦苦哀求道：“大聪，大聪，你别走，告诉我嘛，下一次我让你多吸几口。”

大聪停下了脚步，没好气地对二憨说道：“余爷当不当组长与你有什么关系，你操那份闲心干什么？”

二憨说：“怎么就跟我没关系。我也是一个村民，谁当组长，谁不当组长。与我们村民吃、穿、住、行样样都有关系。况且，余爷当了几十年队长，管了我们几十年，我们都习惯了，如果他不当，谁来当？谁来当，我怕适应不了啊，你说是吧。”

大聪说：“要不说你憨呢。”

二憨问：“怎么了？”

大聪说：“时代变了，余爷也老了，跟不上形势了。”

二憨说：“不对，余爷没有老，他还年轻，他还能领导我们，我们枣树岭组村民离不开他。”

枣树岭组是高塘乡弯塘村最大的一个村民小组，不但人口最多，男女老少 500 多人，占该村人口的四分之一，而且面积最大，方圆 5 平方公里，13 个山头。但耕地面积最少，只有 400 来亩稻田，100 多亩旱土，人均不足一亩地，而且这里土地贫瘠，山穷水恶，十年九旱。唯有值得骄傲的、也是十里八乡最引人注目、最有标志性的就是村庄后面的那一片枣树林，这片枣树林面积不大，只有 20 多亩，也不知是哪朝哪代栽下的，这里的枣又红又大又甜。所以说枣树岭组除了枣实在没有什么值得炫耀的了，是个有名的穷组。

不过过去枣树岭组虽然穷，但因为有了余爷当头，带领全组群众修水库，筑梯田，挖渠道，改变了这里一穷二白的面貌。与其他组比，穷是穷点，苦是苦点，但要穷大家一起穷，要苦大家一起苦，人心齐，精神面貌好。如果谁家过日子有个坎有个沟什么的迈不过，余爷手一挥，一声令下，就会用集体的力量帮助他，于是再高的坎、再深的沟也就过去了。那时候，不论谁，都因为自己的后面站着余爷，站着全组男女老少，心里都觉得活得很踏实，活得有依靠。二憨也是这样想的。

那一年，二憨才 8 岁，刚上一年级，一场暴雨，一连下了两天两夜，引起山洪暴发，冲垮了他叔叔家的房子，把他叔也冲没了，幸亏他婶子领着儿子去了外婆家，才幸免于难。突如其来的灾难，把他婶婶母子俩打蒙了，他婶婶准备带着儿子出外要饭，余爷知道这事以后，帮助他婶婶处理完叔叔的后事，并将其安顿下来，同时又发动群众捐款捐物，组织大家连夜为她家修房子，从而保证了母子俩有吃、有穿、有房住。二憨看在眼里，记在心里。也就是从那时候开始，在二憨幼小的心灵里，余爷就是个好人，是个十足的好人，组里人都敬重余爷，自然二憨也特别敬重余爷。

如今余爷宣布不干了，二憨当然想不通。

二憨想不通，大聪觉得好笑，他笑着对二憨说："二憨呀，余爷不想干组长了，这件事情好理解。你想想，过去干集体，生产队的大小事情余爷都管，可如今实行家庭联产承包制，田呀，土呀，山呀，水呀，都分给了个人。家家户户各有各的事，各有各的活，八仙过海，各显神通，每个人想干什么就干什么，想什么时候干就什么时候干，用不着别人指手画脚了。如果余爷继续当村民小组长，已没有任何意义。他想管的事、他过去曾经管过的事，如今不需要他管了，不欢迎他管了，他也管不着了，更管不好了。你说，二憨，他当这个组长还有意思吗？"

二憨听了大聪的话，却不以为然，他说："我看不见得，只要余爷想管，就一定能管，也管得着、管得好！"

大聪说："那不见得，就拿瞎婆三姐来说，他就管不了了，也管不好。"

二憨知道瞎婆三姐的事，他摸了摸后脑勺，觉着是那么回事，于是便点了点头。

瞎婆三姐天生的双目失明，从娘肚子里一出来就看不见，小时候因为看不见，一次到河边洗衣服，差一点掉到河里淹死，幸亏被人救上岸。16岁那年，瞎婆三姐父母双亡，两个哥哥各自又成了家，妹妹也出了嫁，只剩她孤身一人，嫁又嫁不出去，招又招不进来，活又干不了，于是余爷将她作为五保户，每年给她一定的基本口粮，加上生产队的团组织和妇女组织帮助她，让她活得虽不比别人好，但毕竟过得去。可如今都干个体了，各家的地各家自己种，各家的庄稼各家自己管，日子过得好坏，都是各家自己的事情了。瞎婆三姐无能为力种田种地，靠人帮助她才能活下去，可她连自己的兄弟姐妹都因为自己忙而把她忽略，为了生存，她只得拄着一根拐杖外出乞讨。

不等二憨回话，大聪接着又说道："当然，对于那些从没有当过官的人来说，村民小组长这个位置还是蛮有吸引力的。虽然，在现代中国农村，村民小组长是最小的官，但只要是个官，就有权，哪怕这个权力小得不能再小，也还会有人去当。所以组里有不少人在听说余大头要辞职以后，都在跃跃欲试，暗暗较劲。盼着余爷早点退下来自己好上。"大聪说到这里，故意瞟了一眼二憨。

二憨没在意大聪的眼神，顺着自己的思路，想了一下，又问道："这么说来，一年后我们组真要推选新的组长。"

大聪说："那当然！"

"这么说，这个组长还会有人争着当？"

"那当然，不过，也不是谁想当就能当，这还得有个讲究。"

"什么讲究？"

"那就是看他是不是已经富起来，按时下的说法，就是看他是不是万元户。"

"万元户？怎么证明？"

"也就是说看他有没有现金至少一万元。如果有一万元以上的现金就说明他富了起来，就有资格当组长。"

"为什么有这么个条件？"

"这是上面说的，说如果一个人已经富了起来，有了钱，他才能有资格带领别人致富。"

"上面真是这么说的？"二憨将信将疑。

"真是这么说的。"停了一下，大聪又重复地说道："所以说，从这个角度讲，一个人能不能当组长，就看他有没有足够的钱。"

"那你说，目前我们组里的人，谁够条件当这个组长？"

"严格地讲，目前组里具备这个条件的人还没有，谁都没资格当这个组长，包括你二憨。当然，一年后，到了余爷正式退下来的那个时候就很难说了。那个时候，也许你二憨也会有条件当村民小组长。"

大聪说二憨可以当村民小组长，其实是逗二憨玩的，在他看来，二憨当不了村民小组长，即使给他一个小组长当，他也当不好。

听到大聪说自己将来也会有资格当村民小组长，二憨心里痒痒的。但嘴上却说："别逗了，我可没有那个野心。"

2

其实，二憨想当组长的念头，不是近几年的事，早在余爷当队长那些年，看到余爷那个威风，就羡慕得不得了。他多次想，要是哪一天自己能当上队长该多好啊。虽然这个念头每次只是一闪而过，瞬间即逝，但每次在他的心头都会激起一圈涟漪。当然，二憨是有自知之明的，他不但知道自己因为个子矮小，形象猥琐别人瞧不起他，不会让他当组长，而且也知道自己没有那个能耐，没有那个本事，耍不出那个威风，拿不出那个架势来当组长,有时他甚至为自己有当组长这个念想都感到可笑。

而如今，要当组长，有没有能耐、有没有本事不重要，能不能耍出威风、能不能拿出架势也不重要，个子矮小、形象猥琐更不重要。重要的是看一个人有没有钱，是不是“万元户”。如果这个人有钱，是组里的“万元户”，就可以当组长。想到这里，他既高兴又不高兴。高兴的是自己终于有机会当组长了，不高兴的是，就目前的状况，自己要钱没钱，要财没财，要当组长，那可是“做梦娶老婆，想得美”。更何况，余爷辞职的事只是个传言，要想得到证实，必须要听到余爷亲口对自己说的才行。此时此刻，二憨没有往组长方面多想。他觉得当务之急是想办法做好浸种育秧的事。

春天悄悄地来了，树上发出了新芽，按季节该到浸种育秧的时候。从二舅家回来的路上，二憨看到别人家里整的整秧田，撒的撒种子，铺的铺薄膜，家家都在忙着这件事，心里急坏了。自己家由于缺钱，没有买稻种，如果再弄不到稻种，就没有秧苗；如果没有秧苗，插秧就有问题；如果插秧有问题，母子的吃饭就会成问题。春光不留人，如果不抓紧，季节瞬间即过。虽然大聪对自己说过多次，不着急、不着急，季节还早呢。但古人曾留下过一句谚语:“穷人莫听富家哄,桐树开花浸谷种，”如今，桐子树开花已经半个月有余了，自己的谷种还不知道在什么地方。

本来，二憨在去年早稻播种时就留足了稻种苗的，后来因为稻种田里有了害虫稻飞虱，由于他缺钱买不起农药治虫。眼睁睁地看着稻飞虱把一丘种苗吃个精光，一粒稻种也没留下。原本以为二舅家能帮他一个忙，赠给他一点稻种。一大早他就奉母之命到了二舅家，谁知二舅家也无能为力，他只得无功而返。

二憨低着头一边走一边想着自己的心事，不想撞到迎面而来的一个人的身上，差一点把那人撞倒，不过那人也把二憨撞了个趔趄。因为迎面而来的人也在低头想心事，没有留意对面来人。二憨被人撞了以后，正要发怒，不料抬头一看，惊呆了，迎面而来的不是别人，正是自己想见的村民小组长余爷。

“想什么呢？二憨，走路也不看人。”余爷拉长着脸说。

二憨连忙谦卑地说：“对不起，余爷，没注意到是您。”

余爷叫余刚，论年龄，二憨比余刚小 16 岁，论辈分余刚则比二憨高两级，也就是说，余刚是二憨爷爷辈的，所以，二憨管余刚叫爷，加之余刚当生产队长，一直以来办事公平公正，热心周到，德高望重，村里人都这样叫余刚为余爷，二憨自然也不例外。

二憨见到余爷，立即想起了余爷要辞去村民小组长的事情，便想问一问是真是假，以及辞职的原因是什么？可话到嘴边又打住了，一副欲言又止的样子。他是怕别人笑话，说他想当村民小组长，癞蛤蟆想吃天鹅肉。余爷见到二憨这种状态，联想到自己因宣布一年后卸位的事引来的议论和猜测，心里已经猜到二憨要说什么，但却不露声色，故意问道："二憨，你有什么话就说吧。"

"没、没什么。"二憨支支吾吾。

"算了吧，我知道你想说什么。"余爷了解二憨，二憨这个人为人憨厚，有时近于木讷，有什么说什么，从来不会拐弯抹角，更不会没事说事。见二憨还在犹豫，便直截了当地说道："二憨，你是不是想问我为什么要辞掉村民小组长？"

二憨没有正面回答余爷的问话，而是反问道："余爷，你组长当得好好的,为什么不想干了呢？我们都希望你继续干啊！"二憨说的是真心话，但也是试探的话，他心里想，如果余爷是真心实意退，那么空缺的组长位子自己也可以坐一坐，虽说当个村民小组长不会有很大的权力，但也管着组里 400 多号人呢。400 多号人是多少，他听人说过，400 多号人相当于部队里一个步兵营。如果自己当了组长，不就相当于部队的营长了吗？那多威风啊！再说，如果自己能当上组长，一向瞧不起自己的三寡妇不也会向自己套近乎、献殷勤吗，说不定还真会嫁给自己呢，那可是自己做梦都想的事。

余爷见二憨说到这里，便说："我是不想当了。"

"那谁来接替你呢？有合适的人选吗？"

"还没定，要等我辞职后才能定。"

"你看我可不可以呢？"二憨傻乎乎地问道。

听到二憨这么一问，倒勾起来余爷的好奇心。他退后一步，认真打量起眼前这个其貌不扬，非但其貌不扬，而且有些对不住观众、平时自己很少与之交往的二憨，为了不打击二憨的积极性，他不得不这样说道："谁都可以，这是上面的规定。"停了一下，他又补充说道："不过，有一条，能当组长的必须是村里最有钱的人，至少是万元户。"

二憨从余爷嘴里证实了大聪的说法，但为了进一步弄清原因，稍加思考后又紧接着问道。“那是为什么呢？”

“现在不是提倡发家致富吗？谁先富起来就说明谁有办法、有能力带领全组的村民发家致富。”

“不管他过去干了什么？也不管他现在是干什么的？”

“是的。”

“不管这钱是怎么得来的？”

余爷本想回答必须是通过劳动得来，但又一想，附近的一些村组选出的组长并不是那么回事，他稍稍犹豫了一下，才说道：“只要你有钱就行，不管你钱是怎么得来的。”余爷心里十分清楚，二憨家里穷得叮当响，别说一万元，就是一百元也拿不出来。

3

离开余爷，二憨心里甜丝丝的，似乎组长的位子在向他招手，等着他去坐，一路上，他满脑子全是想当组长的事。

“妈，我要当组长。”二憨一回到家里，就对正坐在门外大树下面纳鞋底的母亲说道。

“什么？什么？你要当组长？当什么组长？”母亲停下手里的活儿，抬起头疑惑地看着儿子的脸问道。

“我想当村民小组长。”二憨重复道。

“你要当村民小组长？你能当村民小组长？憨崽，你没病吧？”

“我一定要当村民小组长，也一定能当村民小组长。”二憨说完，再也不管母亲的反应，直往屋内走。

然而，要当组长，就得尽快搞钱，搞到了钱，才可以美梦成真，搞不到钱，就只能是一句空话。搞钱，就成了二憨心目中的头等大事，他满脑子都是钱、钱、钱。可一想到钱，本来高高兴兴的二憨又犯了愁，钱从哪里来？当下，甭说拿钱竞选村民小组长，就是找点买稻种的钱都非常难，眼巴巴地看着播种育秧的季节从身边滑过。

母亲起身走进屋里，对二憨说：“憨崽，你别心比天高，还是现实一点好，当前最要紧的是播种育秧，你应该尽快想办法解决这个问题才是。”

二憨听了母亲的话，爱理不理的。母亲也不管这些，继续唠叨着，说："你这是中的什么邪，怎么会想要当村民小组长。"

二憨见母亲唠唠叨叨，没完没了，索性又走出房间，向野外走去。二憨信步来到自家的责任田边，蹲在田埂上大口大口地抽着自卷的喇叭筒老土烟，因抽得太急太猛，时不时地被辛辣的烟味呛着而发出一阵阵干咳。此时此刻正是正午时分，阳光火辣辣的直射着，空气中一丝风儿也没有，沉闷得让人有些透不过气来，豆大的汗珠顺着他的脸颊滚落下来，全身的衣服被汗水湿透了，他索性脱下那件缀满补丁的破上衣勒在腰间，露出那黑不溜秋、瘦精干巴的上身，接着又从头上摘下那顶因日晒雨淋而变得发黑、掉了一圈又一圈的破烂不堪的麦秸编成的旧草帽放在一旁，让自己裸露在太阳底下。

二憨的稻田是在离村庄还有两里路的黄石岭上，原本是零零星星、东一块、西一块的不成形的旱土，后来因为"农业学大寨"才被开垦成梯田。二憨一家两口分得一亩三分田，全都在这里，面积虽不大，但地块最多，这一亩三分田共计十六块，平均每块田一分的面积都不到，而且这里地薄土瘦，存不起水，十年九旱。山顶虽然有一口小山塘，但因田多水少，常常塘干水尽。在这样的地方，别说是种水稻，就是种油菜还得从岭底的水渠里挑水浇灌。过去干集体，所有的土地都是集体的，山塘里仅有的那点水不争不抢，浇一次是一次，浇到哪丘田是哪丘田。如今可不一样了，田土承包到了户，各家为了自己的那点田土不旱着，你争我抢，互不相让，甚至大动干戈，脑壳被打开了瓢也不罢休，好好的邻里乡亲成了仇人。说到底，二憨分到的这些责任田就是靠天吃饭，年成好，风调雨顺，一年下来，一亩田还能收个四五百斤稻谷，如果遇上个旱灾年，那就颗粒无收，颗粒无收就意味着衣食无靠。

在田埂上蹲了半天、冥思苦想、绞尽脑汁也没想出一个好办法的二憨直到太阳落山、吃晚饭的时候才回到家。但他没有像以往那样，人还没有进屋，就高声大喊："妈，我饿了。"接着便从锅了拿出东西来吃，此时此刻他一句话也不说，而是坐在门槛上咬着一根稻草生闷气。

母亲见儿子不吃不喝生闷气，心里也很着急，但是她知道，自己再着急也是空的，就自己目前这个家境，最终的办法也是唯一的办法就是向乡亲们借钱，这样才能解决燃眉之急。

“憨崽，你还是到组里条件好的人那儿走走，请求他们帮帮忙，借点钱，有了钱，买了稻种，快点把秧插下去。季节不等人呀，再过几天就晚了。”二憨的耳边又响起母亲的话。

二憨明知借不到钱，但他不想违背母亲的意愿。遵循母亲的嘱咐，死马当作活马医吧。再者，不为浸种育秧的事着想，也该为自己当组长的事着想。

竞争组长不是要钱吗，能借到钱为自己竞争组长打基础，何乐而不为呢。二憨走出家门找到人称田秀才的空老爹，空老爹原本就瞧不起二憨这个憨样子。二憨找到空老爹时，正在灯光下打草鞋的空老爹眼皮也没抬一下，一脸的严肃。二憨怯怯地站了好一会儿子，正待开口，却听到空老爹的嗓子眼里挤出一句话：“有什么事你就说，你没有看见我正忙吗？”看到空老爹这个态度，二憨再也不想说什么，悻悻地离开了空老爹。也不知怎么的，二憨想当村民小组长的事空老爹也知道了，望着二憨的背影，空老爹鄙夷地补了一句：“呸，就你这副熊样，还想当组长，做你的白日梦吧。”二憨听到空老爹羞辱自己，本想回过头反驳一下，但想想将来，他只得装作没听见。

从空老爹家出来，二憨又跑到好友大聪家里，大聪的母亲知道二憨是找大聪的，便立即说道：“二憨，你找大聪呀？大聪两口子到田里做事去了。”

“晚上也做事呀？”二憨惊讶地问。

“如今为自己干，分什么白天晚上。”大聪母亲实话实说。

二憨心想，这倒也是，如果自己不是为了家里那份责任田，也不至于现在这个时候还到处找人借钱。他告别了大聪母亲，踏着月色急急忙忙地往大聪家的责任田走去。二憨走到大聪家的责任田边，见大聪两口子正在月光下沤制肥料，便明知故问，说：“大聪，你在干什么呢？”大聪一边干活一边回答道：“你小子没长眼睛呀，我这不正在沤制肥料吗？”

“哦，我可看不出来。”二憨装作似懂非懂的样子。

大聪知道二憨找自己有事，便问道：“二憨，你找我有事吗？”大聪的话音未落，大聪的老婆不耐烦地打断了大聪的话，说道：“干自己的活，管人家的事干什么？”

大聪遭到老婆的呵斥，哪敢吱声。二憨见状，也不敢多问，招呼也没打便离开了大聪两口子。回家的路上，二憨很郁闷，为什么在分了责任田之后，乡亲们都生疏起来了。一些人为了自己能富起来，相互较着劲，有的甚至不择手段，损人利己的事都干了出来，把人与人之间那种亲情、友情和乡情抛得一干二净。

二憨回到家里，对坐在黑暗中的母亲说道："妈，我回来了。"说着便从窗户台上摸到一盒火柴，将煤油灯点亮。

"饿了吧？!饭在桌子上。"母亲说。

"妈，你吃了吗？"

"我不想吃，你吃吧。"

"妈，你又不吃饭，那怎么行呢？"

"没有关系，我不饿。"听了母亲的回答，二憨心里很难过。他知道，母亲为了节约，经常饿肚子，说是省一顿是一顿。二憨正要说什么，只听母亲接着又问道："怎么样，借到钱了吗？"

"跑了几户人家，他们都说自己也有困难。"

二憨没有直接告诉母亲说别人不愿意借钱。他不想破坏母亲美好的记忆。因为，在母亲的记忆里，一切都是美好的。

母亲听到儿子说别人家有困难，没办法借，心里已明白了几分。她想了一下，又说道："要不你到余会计家里去一下，看看上面下拨的救济款发完了没有，如果没有发完你就请求他再给一点，让我们买稻种解决春插问题。他一个会计，也是村干部，有责任带领全村人发家致富，有义务帮助我们。"

母亲的一席话，提醒了二憨，不过他不仅仅要借钱为播种育秧，他还想要用这个为幌子，借钱当组长。于是，他赶快地答应道："好，我明天就去。"

"不行，你现在就去，如果你明天去，说不定人家一大早就出去干活去了，你到哪里去找他呀。"

"好，好，我吃完饭就去。"

二憨说着，从桌上端起半碗冷饭，走到水缸旁边，用木瓢从水缸里舀出一瓢井水，倒进盛着冷饭的碗里，再用筷子将饭团捣散，然后才从桌子上的咸菜碗里夹上两根酸水墰子里泡出来的两根长长的酸豆角，一口井水泡的冷饭就着一根酸豆角，津津有味地吃起来。

眨巴眼的工夫，二憨就把一碗井水泡的冷饭吃了精光。然后用衣袖擦了擦嘴，把饭碗用水简单地涮了一下放回桌子上，就急急地走了出去。

4

二憨兴致高高地走进余会计家，就见余会计正摇着一把蒲扇躺在椅子上乘凉。余会计见是二憨，心里想，这个二憨登门来访，准没什么好事，他对眼前这个个子矮小、长相丑陋的人本来就没有什么好感，所以他躺在椅子上一动不动，连眼皮也不抬一下。

望着余会计这种神态，二憨非常忐忑，心“咚咚”地直跳。

“有事吗？”余会计没等二憨开口便没好气地问道。

余会计一问，倒让二憨觉得不好意思开口了。二憨犹豫着。

“说吧，什么事？”余会计又追问道。

二憨这才壮起胆子说：“余会计，队里还有救济款吗？”

“哪有啊，仅有的一点，上次都分完了。”停了一下，余会计似乎又想起了什么，说：“嗯，上次不是给了你家里救济款了吗？”

“花……花完了。”二憨嗫嚅地说。

“这么快，你不会省着点花啊？！”

“这……”

二憨正要回答，这时，大聪提着一条大鲤鱼，探头探脑地走了进来。余会计见大聪进来，立即站了起来，笑容可掬地说：“大聪，这么晚你还来看我，来就来还提什么东西。”说着双手接过大聪手中的鲤鱼。

大聪见二憨也在，瞥了二憨一眼，有些不好意思地对余会计说：“余会计，后天我家杀猪，你来我家吃水煮肉吧。”

余会计一点也不顾忌二憨在场，爽快地答道：“好的，我一定来。”接着，大聪又附在余会计耳边神神秘秘地说了什么。余会计一边点头一边说：“你放心，这事我会给你办妥。”然后将大聪送出门外。大聪临出门又望了一眼二憨，并向二憨挤眉弄眼，做了一个鬼脸。待大聪走远了，余会计回过头，对二憨说道：“二憨，不是我说你，你也是个男子汉。别只光顾着向公家要钱，你自己也该想办法才是，瞧人家大聪，多能干。过去吃大锅饭，大家见你妈有病，队里照顾着，每年都要给你家补贴几百斤粮食。如今实行家庭联产承包责任制，吃救济，拿补助可没那么容易了。你看你，每次给你的救济款你都立即买来酒呀、鱼呀、肉呀，海吃海喝，吃光了、喝光了又向上面要，你说我们还会给吗？”

话说到这个份上，二憨知道特困户救济款的事已经没有希望。但是，一想到村民小组长那件事，他仍不甘心。他说："要不余会计，你组织村民给我家捐款，你看我们家孤儿寡母的，又没有一技之长，没有别的路可以走。"

"什么，什么，你说什么，叫我组织村民给你家捐款？"

"是的。"

"你是真傻还是假傻哟？"

"怎么啦？"

"就你们家这个状况，又没什么大灾大难，凭什么村民们要给你家捐款？"

"你是村里的会计，总该管管我们吧！"

"我可管不了你那么多，也没有权力和能力管那么多。现在是八仙过海，各显神通。好了，不说了，我要睡觉了，明天一大早我还要到供销社去买化肥。"余会计似乎猜到二憨心里想的什么，所以他稍稍停了一下后又接着说道："二憨，不是我说你，就你这个样子，还想当村民小组长，且不说你有钱没钱，就你这个德行，也不适合当组长。"

余会计说完便站了起来，打了个哈欠，又伸了伸懒腰，才走进里屋，把二憨一个人晾在外面傻傻地站着。

"妈，我想明天请余会计到家里吃饭。"二憨离开余会计回到家中的第一句话就对母亲这样说。他看到大聪请了余会计，回家的路上心里一直想，自己要跟余会计搞好关系，也该请他吃餐饭才是。

"什么？你要请余会计到家里吃饭。"正在低头补衣服的母亲抬起头，疑惑地看着儿子问道。

"是的。"

"你请人家 吃什么？我们家里可什么都没有啊！"

"没关系，刚才我在路边捡到一只被淹死的鸡，我想把这只鸡洗刷洗刷煮给他吃。"

"这合适吗？万一人家吃出来这是只被淹死的鸡呢？"

"没关系，我们过去不也吃过吗？"

"那好吧，你去请他。"

第二天晚上，余会计如约来到二憨家。看到二憨端到桌上的炒鸡，余会计口水都流了出来。但他似乎感觉到自己是村干部，应该注意身份才是，所以一开始还有些客气，细嚼慢咽，见二憨母子俩只顾劝自己吃，还有些不好意思，然而几杯酒下肚以后，便脱掉衣服，狼吞虎咽地吃了起来，可吃着吃着，余会计感到嘴里有一股异味，便向二憨问道："二憨，这鸡肉有点不对劲，闻起来香，吃起来有点臭呀？"

二憨说："不会吧，我可是洗了三遍。"

"洗了三遍？什么意思？"

二憨来不及思考，脱口而出，说："我从粪池里捞出来后，到河里洗了三遍。"

"什么，你请我吃的是掉在粪坑里的鸡？"余会计听说吃的是粪坑里淹死的鸡，那气就不打一处来。"啪"的一声，将筷子往饭桌上一拍，吐出嘴里还嚼着的一块鸡肉，不管二憨母子俩回话，又吼道："我说二憨呀，二憨你真是个浑蛋，你别想在我这儿办成什么事。"说完便冲出大门，向外面走去，走出不远，便蹲在路边。"哇"的一声，把刚才吃进的鸡肉连同酒水全吐了出来，吐完后，回过头，恨恨地瞪了一眼站在门口不知所措的二憨母子俩。二憨见状，立即跑了上去。紧随其后，想做解释，可什么话也没说出来。

5

送走了余会计，二憨没有立即返回家中，而是踏着月色来到村前禾坪旁大枣树下的长条石凳上躺了下来，想着自己的心事。二憨对这棵大枣树和大枣树下的长条石有着特殊的感情，可以说他是这棵大枣树和这长条石见证下长大的，大凡有高兴事儿和不高兴的事儿，他都喜欢到这儿来，对着大枣树和长条石凳倾诉心里话。

一连碰了几回钉子，二憨有些懊悔。一方面，他懊悔自己盲目地求人，结果事与愿违，谁也不把自己放在眼里；另一方面，他懊悔自己不长进，不喜欢动脑子，没有一技之长，缺乏弄钱的本事，就连一些技术含量不太高的事都不会做。小的时候，因为小，不懂事，不想做一些技术含量高的一些事儿。可后来长大了，开始懂事了，本应该跟着成人们从事一些技术含量高一点的农活，但却因为"懒"字作怪，又不想学。其他同龄人都争着向成人们学习犁田、耙田、播种、育秧等一些技术活，而他就是不想动那个脑筋。他认为，懂不懂技术活反正少不了自己的工分，何苦要做那些费力不讨好的事。加之一些人瞧不起他，嫌他矮小而不让他接触一些技术含量高一点的农活。所以他总是混迹于妇女、儿童之中从事一些简单的体力劳动。有一次，余爷有意安排他跟着成人学做田脚。做田脚是个技术活，俗话说，“女人的鞋边，男人的田边。”那意思是，女人能干不能干，一看她做的布鞋就知道，能干的女人做出来的布鞋，鞋边的针脚疏密均匀，穿在脚上既好看又耐穿。而男人能干不能干，从他做的田边就知道，能干的男人，把自己的田边收拾得干净利索，没有杂草，做的田脚饱满厚实耐看，不漏水，不脱泥。一开始二憨本不想去，后来经不住朋友的劝说，他才来到做田脚的现场，但站了一会儿就走了。他看到，要做好田脚，就要使尽全身力气用木锹将泥巴掀到田埂上，没力气，或有力不用力，泥就上不去，泥上不去，做起来的田脚就不好看，不但不好看，弄不好还会漏水。他不想费那个神、用那个劲。结果呢，几天后，几个同龄的青年都掌握了这门技术，并因此而受到别人的尊重，可二憨却稀里糊涂，因此而受到别人的耻笑，然而他不以为耻，反以为荣恬不知耻地说，“什么技术不技术的，种田哪有什么技术，就是那么几件事，会不会都一个样。长大了自然都会，即使不会，又能怎样，到时候十个工分的低分一分也少不了。”正是因为这种想法，二憨对于犁田、耙田之类男子汉应该掌握的技术活，至今一窍不通。

如果说二憨仅仅是不想动脑子，不想做技术含量高的活，如果能吃苦耐劳，干一些又脏又累又重的活也说得过去，可二憨偏偏又怕苦怕累，不想出大力。比方说，送公粮、挑土方、搬石头之类的重活，他都会用一个理由，或者说肚子痛，或者说脚痛，或者说胳膊痛而躲得远远的。有时迫不得已参加了，他也会拣轻避重，别人挑 100 斤，他只挑 60 斤；别人搬大石头，他搬小石头；别人走远路，他抄近路；别人爬山坡，他走平路。所以有人这样说，二憨其实一点也不憨，他做的那些事都不是一般憨小子干得出来的。母亲曾因此教训他说：“憨崽呀，你这样下去总会有吃亏的时候。”果然，二憨的吃亏不幸被母亲言中。

二憨在长条石凳上不知躺了多长时间，直到蚊子叮咬他身上起了一个又一个肿包，冷露打湿他满头的黄发，才拖着疲惫的身子回到家中，这时母亲已经进入梦乡。

小黄狗见主人回来，连忙摇头摆尾撒着欢迎了上来。如果是平时，二憨会弯下腰来抱起小黄狗一亲再亲，可此时此刻，一肚子怨气正无处发泄，看到小黄狗跑了过来，便飞起一脚对准小黄狗踢了过去，疼得小黄狗“汪、汪、汪”地乱叫，叫声将熟睡中的母亲吵醒。母亲醒来得知情况后，联想起过去发生在二憨身上不思长进的那些事情，说道：“后悔了吧。不听老人言，吃亏在眼前。想当初，你能听我一句话，何至于今天。”二憨没好气地说：“谁知道他妈的形势会是这个样子的。”说完，澡也不洗，脚也不擦，把自己丢在床上，继续想着心事。

的确，近些年来二憨一直想不通，吃得好好的大锅饭怎么说变就变，变成了单干呢？二憨虽有些憨，不会想很多，但现实逼得他不得不想。刚实行家庭联产承包制那阵子，他一连几天，饭吃不香，觉睡不好，常常唉声叹气。看着别人因为单干后一张张兴奋的脸，他却怎么也高兴不起来。直至今天他也不懂得什么叫资本主义，什么叫社会主义，他只知道干集体，穷的穷不到哪里去，富也富不到哪里去，要穷大家一起穷，要富大家一起富，彼此间差距不大。可自从分田单干后，就出现了穷的穷，富的富。就说眼下，人家有劳力的，懂技术的，谷芽落泥已经长出新苗了，可自己呢，稻田没犁开，谷种没落泥。这样下去，到了年底，人家缸满盆满，自己家就可能喝西北风，什么“万元户 ”，什么“村民小组长。”都是一句空话。

令二憨还有不能理解的，过去吃“大锅饭”，干集体活，男男女女老老少少在一起，有说有笑，即使是喝碗粥，大家也要端着碗凑到一块，张家长，李家短，你一言，我一语，说说笑笑。谁家夫妻吵架，谁家婆媳关系不好，就连谁家吃的什么，喝的什么，谁家老母鸡下了蛋，小公鸡开了鸣都知道，特别是从小穿开裆裤玩得好的那些伙伴，有事没事总往一块儿凑，玩游戏，说笑话，那个开心劲就别提了。到了晚上记工分的时候更有趣，劳动了一天的人们，吃完晚饭，洗了澡，纷纷走出家门来到村子门前的禾坪上，围着四方桌上的一盏煤油灯，或坐，或站，或蹲，女人们摇着一把蒲扇，男人们肩膀上搭着一条汗巾，既能扑打蚊子，又能扇风；孩子们在成人们中间穿梭来往，打打闹闹;记工员门前的桌子上码着全村人的出工手册，叫一个人，记一个人的工分。等到把工分记完，队长又安排起第二天的活儿。如今再也找不到那种氛围了，家家户户各干各的，谁也不管谁，几天很难碰一次面，有的甚至一个月、几个月也见不着。谁家有什么喜，谁家有什么难，彼此间都不知道，也不想知道，更别说帮忙了，人人都憋着劲要把自己的家富起来。就连他那几个最要好的伙伴，偶尔碰到一起说说笑笑，不到一时半会儿，就会被家里人叫回去。他记得，田、土刚到户的那一年的有一天上午，他叫最好的伙伴黑皮出来摸鱼，这事如果在以前，黑皮随叫随到。可自打田、土到了户，两个人就很少在一起。偶尔碰到，也都是急匆匆的，说是他爸不让他出来。这一次，黑皮好不容易履约出来，两个人有说有笑往鱼塘边走去。黑皮说他父亲赶集去了，一时半会儿回不来，我们两个人趁机要好好地玩一次，多弄点鱼。谁知道话音未落，就碰到了赶集途中半道上返回的父亲。黑皮见到父亲刚要开口解释，就被父亲的话打断："快给我回去，什么也别说。"说完，拉着黑皮就走了，留下二憨一个人傻傻地站在那里，尴尬得很。

回想往事，面对现实，二憨很茫然，也很无奈，但他并不想就这样轻易地放弃当村民小组长的梦想。一连几天，他都把自己关在家中，搜肠刮肚，冥思苦想，他在寻找发财的机会，他要成为"万元户，"为当村民小组长创造条件。

6

眼看着播种插秧的季节已过，可自己家连稻种都还没着落，而儿子还在做着当组长的梦。母亲越想心里越急，越急心里越愁，加之突然的降温，没有及时添加衣服而着了凉，因此而病倒了。她头昏脑涨，高烧不退，开始还能坚持，到了后来，竟躺在床上起不来了。

二憨站在母亲床前，望着躺在床上高烧不退、昏迷不醒、一天来粒米未进的母亲，回想过去，流下了痛苦的泪水。

二憨没有忘记，自己12岁那年，父亲丢下他们娘俩悄然出走，从此杳无音讯。那时母亲才33岁，按说这个年龄完全可以改嫁，但她为了把自己抚养成人，拒绝了好心人的劝说和爱慕者的追求，一心一意地拉扯着自己。尽管穷一点，苦一点，但日子还算过得去。如今，自己已长大成人，到了娶妻生子的年龄，却因为穷，又因为形象不佳，没有一个女的看上自己，以至于三十好几还是光棍一条。正当自己致力于改变这种现状，准备狠狠地挣钱成为"万元户"并竞争村民小组长时，没想到母亲病倒了。虽然自己当村民小组长的事还没个影儿，但总不能不管母亲的病情啊，他要为母亲治病。他摸黑来到民间医生刘医生家。刘医生听了二憨说明来意后，知道二憨没带钱来，又要赊账，便说："二憨，不好意思，叫我为你母亲治病也不难，但我得收现金。"

二憨问："你这里不是合作医疗吗？先赊个账吧。"

刘医生说："二憨，现在不是过去了，现在是我个人承包这个诊所，就医一律不得赊账，对不起。"说完便继续忙自己的事，再也不搭理二憨。二憨见状，连忙哭着哀求道："刘医生我求求你，求求你帮帮我，不然的话，我母亲就会死去。"说完还跪了下来，刘医生见二憨一副可怜兮兮的样子，似乎有些同情，他长叹一声，说道："唉，看在乡里乡亲的份上，就帮你一把，但是你得以三倍的价格写下欠条，或者给我家干三天的活也行。"为了母亲，二憨毫不犹豫地立即答应道："行、行，只要你给我母亲治病，我给你做牛做马都行。""好。"刘医生见二憨愿意为自己干活三天，掩饰不住内心的喜悦，立即从药架上拿了几粒药丸交给二憨，二憨拿到药丸看也不看，深深地向刘医生鞠了一躬后，千恩万谢地走了。

看着二憨远去的背影，刘医生脸上露出一丝冷笑。二憨在刘医生家连续干了两天活。两天过去了，母亲的病情并没有因为吃了刘医生的药而有所好转，反而越来越严重，因为高烧，嘴巴皮都裂出了血，并且不停地说胡话。

二憨哪里知道，刘医生给他的药原本是糊弄他的。他不想再给刘医生家干活，再也不向刘医生要药，他要试试土方子。听母亲说过，有些土方子管用，乡下人，祖祖辈辈都是这样用土方子过来的。这样还可以节约钱，把节约下来的钱用于竞争组长。他知道母亲是急火攻心、虚火太旺造成的，要为母亲治病，先要为母亲去火退烧。听老辈说，去火的最好土方就是喝老壁土水。他知道，他住的这栋土砖房，已有近60年的历史。所谓的老壁土就是从土砖砌成的墙壁上刮下的砖土。老壁土水，就是老壁土浸泡过滤后的水，既简单方便，又不要花钱，还立竿见影。过去，家人每遇到虚火过旺、口舌生疮，母亲就这样处理。想到这里，他便从厨房里找了一把菜刀，又拿了一个小瓷碗，找到母亲常常刮壁土的地方，一下一下地刮，一下一下地蹭，一边刮一边用碗接住掉下来的泥土，估摸差不多了才又返回灶屋，从灶屋的水缸里舀出井水冲进装有老壁土的碗里，十几分钟后，老壁土慢慢地沉淀于碗底，这时他才端起那碗苦涩的老壁土水走到母亲床边，一勺一勺地喂进母亲的嘴里。

帮助母亲喝完老壁土水，二憨又从洗脸盆架子上取下一条洗脸巾，用凉水将毛巾打湿，拧干后再敷到母亲滚烫的额头上。渐渐地母亲才回过神来，潮红的脸庞慢慢地恢复了本色。又过了好一会，母亲才苏醒过来，她舔了一下干裂的嘴唇，对二憨说："憨崽呀，难道你真的想当组长？"

二憨点了点头，说："妈，我做梦都想。"

母亲那两只深陷下去的眼睛动了动，长叹一声，说道："唉！我真不知道，你怎么会有这种想法。"停了一下紧接着又说道："听说能当组长的人，必须是村里最富的人，我们家这个样子，别说最富，最穷还差不多，也不知你是哪根筋出了问题。"

二憨理直气壮地质问道："妈，我为什么不能当组长？"

母亲把脸扭向一边，再也不吭声，两颗浑浊的泪水从那深陷的眼窝里流了出来。

二憨伸出右手，拭去母亲脸上的泪水，像哄小孩似的对母亲说道："妈，别哭，过去是因为儿子没出息，什么事也没干成，如今，儿子要干一番大事业，为您老人家争气。"

母亲叹了一口气，说："憨崽，不是我不支持你，可我们家的条件摆在这儿，钱从哪儿来？没有钱，什么事都办不成。"过了好一会儿，像是下了很大决心似的，对二憨说："去找你爸爸吧，看在父子的情分上，你爸爸也许会帮你。"

"妈，你不是说我爸爸已经死了吗？"

"唉，那是我骗你的。"

"那他现在在那儿呀？"

"在离这儿 60 多里远的李家洞。"

"他在那儿干什么？"

"他出走后，做了人家的上门女婿。"母亲说到这儿，深陷的眼眶里又滚落出两行浑浊的泪水。接着便向二憨道出了一直藏在心中的秘密。

原来，二憨出生的第 12 个年头，突然患了一场大病，连续几天高烧不退，母亲心里非常着急，叫父亲想办法弄点钱给二憨看病，二憨的父亲无能为力，只得从家里捉了两只老母鸡到集市上卖了。然而等他刚刚把卖鸡的钱装进口袋准备回家时，一个人从后面拍了拍他肩膀，他回头一看，原来是人称醉四的酒友，醉四笑着对二憨的父亲说："好呀，卖老母鸡呀，今天该你请我喝酒了吧？”原来，在这前两天晚上，“醉四”请二憨父亲喝了酒。

二憨父亲见是“醉四，”便堆着笑脸说：“对不起，醉四，我今天没钱。”

“醉四”一把从二憨父亲的口袋里掏出一把钱来，说：“你哄谁？这不是钱。”

“这个钱不能用，这是我卖鸡的钱，是给儿子看病的。”

“你呀，就是个怕老婆的主，老婆叫你办的事，你不敢不办。”

“这……”

“是了吧，我说你怕老婆吧，你还不承认。”

二憨的父亲被“醉四”这么一激将，硬起脖子满脸通红地说道：“谁、谁怕老婆了。”

“醉四”冷笑一声，说道：“哼，怕老婆还不承认，有本事你把这钱拿出来，咱们喝酒去啊。”

“可这是给我儿子治病的钱”

“你儿子是什么病。”

“发烧。”

“哎，发烧呀，我以为是什么大不了的病。谁家小孩还没有个头痛脑热的，小孩嘛，抵抗能力强，过两天就好了。”

二憨的父亲听了“醉四”的话，还犹豫着。

“醉四”又冷笑一声，以瞧不起的神情说道：“二憨他爸，我算是看透你了。”说完，便装着要离开二憨父亲的样子，故意向前走去，可没走几步又悄悄地回头看一眼，见二憨的父亲低着头没有反应，便有些扫兴和无趣。正要再一次激将二憨的父亲，却见二憨的父亲猛地一抬头，向“醉四”喊道：“老四，我请你喝酒。”

“醉四”一听二憨的父亲回心转意喊他喝酒，立刻掉转头，跑到二憨父亲跟前，喜不自禁地问道：“你说的可是真的？”

“真的。”二憨的父亲从喉咙里挤出两个字，声音小得可怜。说完这两个字，还没等“醉四”回话，又小声地说道：“不过……”

“不过什么？”

“不能把这些钱全买酒，还得留一部分给我儿子治病。”

“好、好、好，依你。”“醉四”不耐烦地摆了摆手。

于是，“醉四”在前，二憨的父亲在后，两人一前一后紧跟着往附近一家酒店走去。

两个人进了酒店，那服务员一看“醉四”是熟客，便连忙将他们往楼上一间雅座里请。

两个人进了雅间，让服务员上了两瓶酒，一碟盐花生，一碟小干鱼，你一杯我一杯地干起来。也不知过了多久，两个人把两瓶老白干喝了个一干二净都醉了，一个趴在桌子上打起呼噜，一个躺在桌子底下吐了一地。等到两个人醒过来，已是深夜十二点多。这时，二憨的父亲才想起儿子治病的事，急急忙忙往家里跑，等他摇摇晃晃跑进家里，儿子和老婆已不在家，一打听，才知道因儿子病重，烧得说胡话，老婆左等右等不见丈夫回来，便独自一人抱着儿子急匆匆地往乡卫生院赶。

二憨的父亲向隔壁邻居一打听，知道老婆抱着孩子去了医院，来不及脱掉吐满污秽的衣服，飞也似的向乡卫生院跑去。等他跑到乡卫生院，老远就见到老婆抱着儿子在卫生院大门前痛哭。

二憨的父亲见状，立即跑上前去，急切地问道：“怎么啦？这是怎么啦？”

母亲见父亲回来了，以为父亲给儿子送治病的钱来了，一把抓住父亲的胳膊说：“你终于回来了，快把钱拿出来，孩子治病等着用钱呢！”不等父亲开口，又数落道：“你死哪去了，一个晚上也没见着人，我都快急死了。”

“急什么呀，我这不赶来了吗？”父亲满不在乎地说。

“你个死鬼，你以为我在乎你呀？我是急着给儿子看病呀，你摸摸，都烧成这样了。”说完，抓起父亲的手放到儿子的额头上。

“哎哟，真烫。”父亲摸了一下二憨的额头，立即将手缩了回来。

母亲含着眼泪将手伸向父亲，说：“拿来吧。”

父亲低着头不敢吭声，也不敢看一眼母亲。

“快拿来呀？你卖老母鸡的钱呢？”母亲一时急了，吼了起来。

“我……”父亲自知错了，支支吾吾不敢回答。

母亲这才知道父亲把卖鸡的钱买酒喝了，一屁股坐在地上，拍着胸脯号啕大哭起来。

由于得不到及时治疗，二憨被烧坏了脑子，从此变傻了。二憨的母亲也因此而整天悲伤地痛哭，导致一时间精神失常。二憨的父亲见儿子傻了，妻子疯了，便丢下儿子和妻子出走他乡，悄悄地做了人家的上门女婿，与一位比他年长六岁的老寡妇结为夫妻。

二憨听完母亲的哭诉，不由得十分伤感。

按照母亲的嘱咐，二憨左打听右打听，终于在一个小山村的土坯房里找到了病入膏肓因无钱医治已经奄奄一息的父亲，二憨看到父亲这种状况，默默地站了一会儿，一声呼唤也没有，便悄悄地离开了。

7

等着二憨从父亲那儿回来，组里人都插完了秧，有的人家稻田里的秧苗开始返青，绿油油的，经微风一吹，泛起一层层绿色的波浪，赏心悦目。可二憨还没筹到钱，眼睁睁地看着春季从身边溜走，他心里那个愁哟。他来到自家至今还是一片荒地的田埂上，望着邻居稻田里绿油油的稻苗，两撇眉毛拧成了一个“八字”。他在思考有什么好的补救办法能挽回些损失。

二憨绞尽脑汁想了半天也找不出一个补救的办法。不过就在他近乎绝望时，又回头一想，也好，春插不成，自己可以一心一意搞钱了。然而问题又来了，怎样才能搞到钱呢？二憨还是一个“愁”字。

正当二憨愁眉苦脸的时候，大聪扛着一把锄头走了过来，大聪见二憨愁眉苦脸的样子，便问道：“怎么，还没弄到钱？”停了一下，大聪接着又冷笑着说道：“二憨，你没钱还想当组长。”

面对大聪的问话，不知是没听到还是听到了不想回答，二憨一点反应也没有。

大聪见二憨不搭理自己，苦笑了一下，摇了摇头，从二憨身边走了过去。突然，二憨站了起来，对已经走过去离自己有百来米远的大聪喊道：“大聪！”

大聪听到二憨叫他，便站了下来，回过头，问道：“什么事？二憨。”

“你、你干什么去了？”

“要下雨了，我给鱼塘堵口子去了。”

二憨“哦”了一声，望了望乌云密布的天空便又蹲下去什么也不说了。

大聪见二憨傻乎乎的这种状态，不仅觉得有些好笑，只得自言自语地说道："快下雨了，下了雨就会涨水，涨水鱼就会跳出来，所以我得将鱼塘泄洪的口子用网拦住，一条鱼也不能让他跑出去。如果不用网拦住鱼就会跑到别人的鱼塘里去，那就让别人发财喽。"说完还瞟了一眼二憨，见二憨没反应才无趣地离开。

其实，大聪的话二憨一字不漏地全听进去了，只是一边听一边在琢磨而没有回答。他知道，大聪的鱼塘面积虽不大，但养的鱼很肥，每年捞上的鱼可卖到一万多元钱。一想到鱼，二憨的眼睛突然一亮，心里想，我何不把这几丘田改成鱼塘，养鱼可不分什么季节不季节的。只要放了鱼苗，每天喂点草就可以了，到了春节，满塘膘肥体壮的鱼，一定能卖个好价钱，到那时，成为万元户完全有可能。只要成了万元户就不怕自己当不上村民小组长，这样最划算又不要花什么大力气。想到这里，二憨特别兴奋，可兴奋刚过，却又犯难了，买鱼苗需要钱，自己从哪儿找钱买鱼苗呢！

二憨想了很久也没有想到一个更好的办法。可耳边总回响起大聪"给鱼塘堵口子"那段话，他仔细琢磨着，大聪之所以要给自己的鱼塘堵口子，是担心下大雨鱼塘涨水，一旦鱼塘涨水，鱼儿就会顺着鱼塘的洪水跑出来，过去，自己不是一到下暴雨涨水就到处抓这种跑塘的鱼吗。想到这里，二憨不由得兴奋起来，真是天无绝人之路，看来自己用不着花钱买鱼苗，只要下大雨鱼塘涨了水，就可以想法拦住那些跑塘的鱼，这可是无本万利的好事。由此，二憨得出一个结论：将稻田改鱼塘怎么也不会错。

想到就去干，先干起来再说，只要挖成了鱼塘，不愁等不来鱼。于是他匆匆回到家中，扛起锄头，挑起畚箕就往稻田里赶，他暗下决心要靠自己的肩膀挑出一口鱼塘来。

正当二憨干得正欢的时候。三寡妇扛着锄头从坡上下来，他见二憨一担一担地往田埂上堆泥土，便问道："二憨，你这是干吗呀？"

二憨将满满一担泥巴挪了一个肩，气喘吁吁地答道："挖鱼塘。"

"什么，挖鱼塘？"三寡妇听说二憨要把一丘好好的稻田改成鱼塘，便站了下来，好奇地打量着二憨。

二憨倒完一担泥，用衣襟擦了一把汗，笑着说："怎么样，三嫂子，这主意不错吧"

三寡妇从鼻子里“哼”了一声，说：“我说二憨，你是真憨还是假憨？”

“怎么啦？”

“你把这丘田挖成鱼塘，哪里来的水。没有水怎么养鱼，鱼儿是离不开水的。再一个，你这样一个人挖，要挖到哪年哪月。”

“这个……”二憨原本没想那么多，所以根本回答不上来。

三寡妇一边说一边走，二憨本想对三寡妇说几句暧昧的话，见三寡妇越走越远，傻傻地站了一下，又继续干了起来。

听说二憨要将稻田改鱼塘，大队余会计不高兴了。他认为，一方面未经上级批准同意，擅自将稻田改鱼塘，往大里说目无党纪国法，往小里说是违反村规民约；另一方面，自己是个村干部，在自己眼皮底下做这种事，是没把自己这个村干部放在眼里；还有一方面，在这个山多田少的村庄，一寸土地一寸金，二憨这种行为是破坏良田的行为，自己作为一名正在任上的村干部，可不能看着这种行为而不管。而更重要的是自己的稻田就在他的稻田下面，他二憨把稻田改了鱼塘，蓄水量大，一旦遇上无雨天旱的年份，二憨把水蓄了起来，如果自己的稻田需要水，说不定还要看他的眼色行事，凭着这几点，自己一定要阻止他。正在吃中饭的他，饭没吃完，丢下碗筷急匆匆地就往田野里跑，等他跑到地里，二憨已经收拾起工具迎着他往回走。

等到二憨走到跟前，余会计板着脸向二憨问道：“二憨，你是不是要把你那个责任田改成鱼塘。”

二憨没有管余会计的脸色。而是嘿嘿地笑了一下，然后答道：“是啊，余会计。”

“你经过谁批准了！”

“余会计，这个还要上级批准吗？”

“那当然，没有上级的批准，怎么能随便改变稻田的使用性质？！”

“可我没有钱买稻种育秧苗，没有秧苗我拿什么插秧。我总不能将这块地荒在那儿吧。”

“宁愿荒在那儿，也不能破坏良田。”

“那谁来养活我两娘崽？”

“你……”

“余会计，田土分到了各家各户，种什么、不种什么都是各家各户说了算，自主权在农户自己手里啊！”

听到二憨说出这种话来，余会计把二憨上下打量了一下，说道："嗯，二憨，真想不到，你并不憨嘛。"

二憨摸着后脑勺仍是"嘿嘿嘿"地傻笑着。

8

将稻田改鱼塘的事，二憨本来是瞒着母亲的，可不知怎么母亲还是知道了，母亲不相信这会是真的，二憨不会种田，还会养鱼吗？养鱼可是个技术活，弄不好，鱼苗投放进去，一条也活不了。她不理解，这儿子是真憨还是假憨，放着现成的稻田不要，要挖什么鱼塘，虽然稻田改鱼塘，年平均投入的人力、物力、财力相对要少。但是，种稻子毕竟能保证有饭吃，难道这个最简单的道理儿子他都不懂。她不知道，儿子之所以要这样做，是为了搞钱，有了钱才能竞争村民小组长。

令母亲更不理解的，将稻田改成的鱼塘就在大聪的鱼塘下面，相隔不到 150 米，面积也差不多大。不同的是，大聪的鱼塘原本就是一口水塘，是专门用来养鱼的，水深泥肥。最深处有两米多深。儿子的鱼塘再深也只有 80 厘米，条件自然不如大聪的好。

母亲拄着拐杖来到自家的稻田田埂上。看着干得满头大汗的儿子。说："憨崽呀，你这是干的什么事，你就不想想，你这样做会白费劲吗，到头来可能什么都得不到。"

"妈，你怎么来了？"

母亲没有正面回答儿子的话，却继续数落着，说："憨崽，你也不想想大聪的鱼塘在我家的稻田上面，如果真要发大水，你想通过涨水从大聪那鱼塘跑出鱼来，更是打错了算盘，到时候大聪将泄洪口用篱笆一挡，用渔筐一装，即使跑出鱼来也是先被大聪拦住，你可能会毫无所得。"

二憨没有理会母亲的意思，按照自己的思路继续苦干着。他心想，别人能干成的事，自己也一样能干成，不信到年底把塘里的鱼捞出来就赚不到一万元钱。

经过半个月没日没夜扎扎实实地苦干，鱼塘终于成型了。他站在鱼塘边望着自己用汗水浇灌出来的成果，从心底里产生出一种快意。

鱼塘是挖成了，可要想养鱼必须得有水，鱼儿离不开水呀。更何况二憨原本是想通过发大水，让上面水库和鱼塘里的鱼儿跑出来进入自己的鱼塘，就算是坐收渔利吧，这对于一个没有钱买鱼苗的人来说，不失是一个好办法，有一年大聪家就是这样发的横财。那是盛夏的一个中午，突然的一场暴雨，造成洪水泛滥，顷刻之间，从上面水库和鱼塘里跑出来两千多条大小不同的鱼儿进入大聪的鱼塘。无意之中大聪就多收入一万多元，真正的天上掉了个大馅饼。

然而，老天爷似乎故意与二憨过不去，自打鱼塘挖成以后，就一直没下雨，连眼泪也没有一滴。时间一天天地过去，新挖的鱼塘不但见不到一滴外来的水，就连原本挖出泥巴后从地底下冒出来的水也没有了，湿润的泥土干得裂开了缝，露出那手掌都可以伸进去的缝隙。眼看着雨季就要过去，要想把鱼塘的水注满来养鱼，除非从上面的水塘和水库中开闸放水，可如今，所有的鱼塘和水库都已承包到户，在这样旱情严重、滴水贵如油的情况下，谁会同意开闸放水给他人呢。退一万步讲，即使人家同意给水，但水中无鱼，不也是白搭吗？二憨站在鱼塘边，低头看了看干枯的鱼塘，又抬头看了看万里无云、烈日炎炎的艳阳天，欲哭无泪，心情糟透了。

“轰隆隆”，一声惊雷把二憨从沉睡中惊醒，他赶紧从床上爬起来，揉揉苦涩的眼睛，朦朦胧胧地向外屋床上的母亲问道：“妈，什么声音？”

母亲在黑暗中答道：“好像是打雷的声音。”

“什么？打雷的声音？”二憨不敢相信自己的耳朵。他一边说一边跳下床打开门瞧个究竟，没想一开门，一阵狂风卷起一股尘土扑面而来，吹得他睁不开眼睛。还没等他弄清楚是怎么回事，又随着一阵雷声从头顶滑过，“噼里啪啦”，几颗豆大的雨点滚落下来。“妈，下雨了，下雨了，老天爷终于下雨了。”二憨兴奋地对母亲大声喊道，母亲来不及回话，随着黑暗中又一道闪电，接着便是“哗啦啦”的倾盆大雨。二憨赶紧关上大门，跑到母亲跟前一把抓住母亲的双手，狂喜地喊道：“妈，老天有眼，终于下雨了，鱼塘有救了。”

母亲见儿子高兴，说：“这下好了，我儿子的鱼塘没有白挖。”

“老天爷呀，下吧，下吧，下得越大越久越好，下得涨大水才好。”对二憨来说，这不是下雨，这是老天爷给他二憨下鱼、下钱、下村民小组长的帽子。

没等到天亮，二憨所期盼的结果提前来到，只听外面有人喊道：“发大水了，各家各户小心啊。”

二憨听到这句话，心里别提多高兴，他立即带上斗笠，穿上蓑衣，冒着电闪雷鸣冲进大雨之中，他要见证奇迹的发生。

二憨来到自己挖的鱼塘边上，眼前的情景令他异常兴奋，只见从上面水库和鱼塘里冒出来的洪水像一匹脱缰的野马奔向自己的鱼塘，原本干涸的鱼塘已波涛汹涌，顷刻间便漫过了堤坝，冲向下面的稻田。二憨突然意识到堤坝将要垮塌，刚要说声“不好。”还未来得及张嘴，只听“轰隆”一声，堤坝真的垮塌了，幸亏他反应及时，逃离现场，退到坡上，否则，母亲见不到他了。

望着被洪水冲走堤坝的鱼塘，一切希望都成了泡影，二憨号啕大哭，哭得特别伤心，他不知道自己是怎样回到家里的。

就在二憨万般无奈，神经似的成天在鱼塘边徘徊，处于绝望的时候，山坡上传来一声赶牛的吆喝声。二憨抬头一看，只见大聪肩背铁犁、牵着水牛向自己鱼塘边走来。二憨连忙迎上去，正要开口，大聪却先发了话，说道：“二憨，这雨他妈的下得太邪门了，到头来你鱼塘里还是一滴水都没有，看来你今年要靠卖鱼赚得一万元钱成为万元户的梦想很难实现了。”

“为什么你们家能行，我们家就不能行呢？”二憨满脸愁云地说道。

“谁知道今年的气候是这个样子的，再者，我那次不也是巧合吗，哪能每次都会碰上那么好的事。”大聪说完白了二憨一眼。

“那你说我该怎么办？”二憨哭丧着脸问道。

“看来，靠几亩薄田你可能很难发财，要成为万元户，只能选择另外的路子。”大聪说着。

“另外的路子？”二憨似懂非懂，将信将疑。

“听说杨家大屋的水乃几发了财，你知道他是怎么发财的吗？”大聪神秘兮兮地说。

二憨摇了摇头说：“不知道。”

“你想不想知道？”

“当然想知道。”这一段时间二憨对“发财”二字特别感兴趣。

大聪听到二憨想知道水乃几发财的事。又向二憨伸出右手的中指和食指，并做成剪刀状。二憨知道，大聪又向自己要烟抽了，如果不给他烟，他就不会说，可自己没有香烟，只有老土烟。他从裤子口袋中掏出一个装有土烟丝的塑料袋，递给大聪，说："我只有这个了。"大聪一看，马上拉下了脸。二憨知道大聪嫌弃自己的土烟，心里不高兴。便小声地说道："大聪，我现在只能抽这种烟，没有钱买香烟。"

大聪犹豫了一下，还是接过了塑料袋，并从塑料袋中抓了一把烟丝卷了一根喇叭筒，点燃后使劲地抽了一口，然后才说道:"听说水乃儿是在钟阳市城郊的一个砖厂做事发的财。"

"砖厂，哪个砖厂？"

"这个我可不知道，你自己去问问他吧。"

二憨听说水乃儿发了财，自然感到很奇怪，他曾经与水乃儿同在一个学校读书，虽不在一个班，但他了解水乃儿的学习成绩，那时，水乃儿在学校里是出了名的差生，几乎每一次考试都是全班倒数第一，是个典型的"憨货。"如果他都发了财，那自己也一定能发财。

9

吃完晚饭，踏着月色，二憨来到了水乃儿家。水乃儿不在，只有他父亲一个人在家，二憨掏出烟包，卷了一个喇叭筒递与水乃儿父亲石伯，石伯接过烟叼在嘴巴上，二憨连忙拿出打火机给他点上，然后问道："石伯，水乃儿什么时候回来？"石伯说："大概要 12 点来钟吧。"

二憨望了望挂在水乃儿墙上的挂钟，那挂钟的指针指向的时间才是 8 点钟，离水乃儿下班时间还有四个多小时，不由得叹道:"这么晚啊？"

"是呀，天天如此。"

"他在哪里做事？"

"说是在一个砖厂。"

"听说很赚钱？"

"赚钱？"石伯看看二憨，接着又说道："现在这年头，干苦力能够赚多少钱啊！"

话说到这里，二憨也不好再问什么，也不想再继续等下去。他悻悻地告别石伯，回到家中，想早点睡，可躺在床上翻来覆去怎么也睡不着，心里老想着当村民小组长的事和为了当村民小组长而挣钱的事，想着想着，他觉得还是要去砖厂做事好，在砖厂做事，不需要本钱，只要肯出力就行了。俗话说：井水挑不干，力气用不尽。虽然自己力气不大，但总还是有的。想到这里，二憨一骨碌从床上爬起来，提着裤子又往水乃几家跑。刚到水乃几家门口，正碰上水乃几拖着疲惫的身子从砖厂回来。

水乃几见是二憨，问道："二憨，这么晚了你怎么还在这里？"

二憨说："我是想问问，你是不是在砖厂做事？那里工资高吗？"

水乃几说："我是在砖厂做事，但那里工资并不高。"

二憨又问："每月能拿多少钱一个月？"

水乃几答："说不定，多的时候能拿到 1000 元，少的时候也能拿到 800 元。"

听水乃几这么一说，二憨心里暗暗地算了一下，多的时候 1000 元，少的时候 800 元，平均起来也有 900 多元，这样不要一年就可以赚满一万，到那时，只要我二憨把一万元钱往村支书面前一放，枣树组的村民小组长就是我的了，看谁还敢跟我争。想到这里，二憨的心咚咚直跳，脸上泛起一阵阵红晕，幸好是晚上，水乃几看不见。水乃几见二憨没有说话，便反问道："怎么？二憨，你问这个干什么？"

二憨仿佛已经拿到了一万元钱，仿佛当上了组长，他抑制不住内心的激动，语无伦次地说道："我、我想跟着你明天到砖厂去赚钱。"

水乃几听说二憨要跟自己到砖厂做事，连忙摆了摆手，说："那可是苦力活，你做不得。"

二憨说："没有关系，我能吃苦。"

水乃几又说："你去了会后悔的。"

"不会的，别人能干，我也能干。"

"那好吧，你明天早上 6 点钟之前赶到我这，我们一起走。"水乃几见二憨执意要跟自己到砖厂做事，只得这样说道。

听说每天早上 6 点之前就要赶到水乃几这儿，这对于喜欢睡懒觉的二憨来说，不能不说是一个大考验，所以他不得不吃惊地问道："这样早啊，难道每天都这样吗？"

"每天都这样，清早 6 点钟出发，深夜 12 点钟下班。"水乃几如实相告，他不是吓唬二憨，客观事实就是这样。

"啊！"二憨惊奇地睁大眼睛望着水乃几，似乎在怀疑水乃几，以为水乃几是在吓唬他，或者是担心他抢自己的饭碗，但他又觉得水乃几不是这样的人，水乃几不会吓唬他，想来想去，觉得这事是好事，但每天干活的时间太长了，怕自己体力吃不消。想到这里，不免有些犹豫，想打退堂鼓。

水乃几见二憨有些犹豫，便说："你不去就算了。"说完便转过身向自己屋里走去。

二憨见状，又怕失去一次发财的机会，便拉住水乃几的胳膊说："我去，我去，我一定去。"他回头又想，水乃几能干的事，自己也能干。为了实现当村民小组长的梦想，自己豁出去了。

第二天早上天刚蒙蒙亮，二憨就被母亲大声地叫醒，因为二憨先天晚上已对母亲说好。他担心自己睡过头，特意让母亲及时叫醒他。二憨虽然一万个不情愿，但想起是自己母亲这样说的，便一骨碌从床上爬起来，抹掉两坨眼屎，胡乱地洗了一把脸，又从鼎锅里摸出两个昨天晚上就已经焖好的红薯，一边吃一边走，走到水乃几家，水乃几早已在门口等着他。

"快走，今天要迟到了。"水乃几催促道。

不知是每天都有屙早屎的习惯，还是两个红薯下肚的原因，二憨想上厕所，说："对不起，水哥，我要上厕所。"

"你……真是懒人屎尿多。"水乃几无奈。

二憨跟随水乃几进了砖厂，砖厂一个看似管事的人接见了他们，当水乃几把二憨介绍给那个人并说明来意后，那人看了看二憨又矮又小十分瘦弱的身材，怀疑地问道，"你吃得起我们这里的苦吗？我们这里需要的是特别能吃苦的人。"

二憨毫不犹豫地连忙答道："没关系，我能吃苦。"

那人说："那就好。"随后便吩咐水乃几带他到工具房领了一副挑砖的工具。任务是到砖窑里把刚出窑的砖块挑到外面码好，100 块砖一元钱。

二憨听说挑100块砖出窑才赚1元钱，便低声嘀咕道："工资太低了。"

那人听后，很不高兴地吼道："你做不做，不做就给我滚蛋。"

水乃几扯了扯二憨的衣服，示意二憨不要乱说话，并赔着笑脸对那个工头说："对不起，他初来乍到，不会说话，请你原谅。"说着，拉着二憨便走。

二憨见工头发火了，再也不敢说什么，低着头跟在水乃几后而往砖窑走去。

时值中午，火辣辣的太阳炙烤着大地，气温高达 40°，太阳底下水泥路面的温度则超过 42°，人们唯恐躲之不及，寻找一阴凉透风的地方凉快凉快，可砖厂的民工们却要在太阳底下进行劳作，而且还要在比太阳底下温度更高的砖窑里搬砖，其热乎程度可想而知。辛苦了一上午的民工们吃完中饭，本该休息一下，可老板不干，非叫民工们气都不能喘一下，马不停蹄地干。第一担砖挑出来，二憨的衣服就已经被汗水湿透，挑第二担砖时他的脑袋开始有些昏昏沉沉，两眼发黑，他很想躺在阴凉的地方休息一下，然而想到“一万元钱”，“万元户”，想到村民小组长的职位，再看到身边的工友们挥汗如雨、干得热火朝天的情形，他咬紧牙关硬着头皮坚持下来。不过他的脚步明显地慢了下来，两条腿就像灌了铅似的，每迈出一步都非常吃力。水乃几见状，劝道：“二憨，吃不消就休息一下。”

二憨抹了一把脸上的汗水，一字一句地说：“没关系，我能行。”可话未落音，只听“扑通”一声，一头栽了下去。水乃几见状，说声“不好”！丢下肩上的担子，连忙冲过去，扶起张开嘴巴大口大口直喘粗气的二憨走到一棵大槐树下面，拿出自己的水壶给二憨喂了几口水。过了好一会儿，二憨才慢慢地缓过神来，他看了水乃几一眼说：“他妈的这钱也太难挣了。”

水乃几说：“你以为这里的钱容易挣呀。”

二憨长叹一声，说：“唉，难挣也得挣啊。”正说着，工头大虾冲了过来，对准躺在地上的二憨前胸就是一脚，并不分青红皂白地骂道：“狗日的，找死啊，你摔碎了那么多砖，可是要赔的。”听说要赔摔碎的砖钱，二憨吃力地从地上爬了起来，捡起散落在地上的砖块，重新放进挑子里装好，再挑上肩，摇摇晃晃向门口走去，水乃几看着二憨那被担子压得有些歪斜而又难堪的肩膀，摇了摇头。

就这样二憨满打满算干了一个月，按照他自己的记载和算法，一月下来怎么也得有 1000 多元的工资。然而，到月底结账的时候，令他匪夷所思的是扣除这扣除那，老板付给他的仅仅只有 400 多元。他又掐指算了一下，按照这个干法，累死累活，不吃不喝，得两年以后才能赚足一万元，到那时村民小组长的位子早就让人家坐了。他想了想，看来这个地方不是自己理想发家致富的地方，得另寻新门路。但他并没有马上走，他想，在未找到挣钱的新路子之前要继续留在这儿干，一边干一边打听，兴许能找到更好的一条发财致富的路子。

这一天，工头的母亲七十大寿，工头要回去为母亲祝寿，格外开恩地让大家提前一个小时下工。工友们得到这一消息，非常高兴，都振臂高呼："解放了。"二憨拖着疲惫的身体回到家中，正想着冲个凉早一点休息，不想刘二嫂敲门进来，说是八个月大的小孩子身上长疖子，想找二憨母亲要点艾叶熬水给孩子洗澡。

二憨取了一把晒干的艾叶递给刘二嫂，刘二嫂从二憨手里接过艾叶，打趣地说："二憨发财了吧。"

二憨苦笑了一下，说："哪里呀，二嫂，一个月下来才赚 400 多元。还没日没夜，累死累活。发什么财，做梦吧。"

刘二嫂认真地说："这个我听说了，你们赚的那几个钱是血汗钱，不容易，我也是随便问问，好了，不说了，我走了。"说完道了一声"谢谢"！便转身向门外走去，可刚走出去几步又回头对二憨说："听说李家组的瓜崽和他妹妹花妹子在外面打工发了财，都盖起了新房。"

二憨当时并没有在意刘二嫂的话，只是"哦"了一声，可等他睡到床上，想起刘二嫂的话时，才觉得那话无意中向他传递一个信息，他这才觉得这个话很重要，自己不正缺这个方面的信息吗，他要弄清楚瓜崽两兄妹是靠什么发的财。

10

二憨怀揣着 400 多元现金，虽然非常忧郁，也非常气愤，但却又非常庆幸自己离开了黑砖厂。当他从刘二嫂口中得知瓜崽两兄妹发财的消息后，再也坐不住了，他从破碗柜里拿了一条酸黄瓜咬了几口，一边抹嘴一边对坐在门外面乘凉的母亲说："妈，我出去一下，一会儿就回来。"说完，也不管母亲絮絮叨叨说了些什么，就直奔李家组瓜崽家。赶到瓜崽家中。瓜崽和花妹子都不在家，只有瓜崽的母亲洪婶子一个人坐在门前的石坪上编簸箕，只见她背上背着一个四五个月大的女婴，旁边的地上还有一个近两岁左右的小男孩，一脸的污秽，正抓起一坨鸡屎塞进嘴里，二憨见状立即提醒洪婶子："洪婶子，不好了，小崽崽吃鸡屎了。"

洪婶子头也不抬，毫不在乎地说："没关系，已经习惯了，别一惊一乍的。”停了一下才抬起头白了一眼二憨，补了一句，说道：“谁不是摸鸡屎吃长大的。”二憨听到洪婶子说出这种不软不硬、不冷不热的话，只是“嘿、嘿、嘿”地傻笑着。

洪婶子不理二憨是有道理的，二憨个子矮小，长相丑陋，性格懦弱，又不讲卫生，一个月难得洗一次澡，脸也经常不洗不擦，脖子上、手背上一层厚厚的油腻，一件灰不灰蓝不蓝的上衣一年难得洗几次，身上常常发出一阵阵令人作呕的酸臭味，谁都不想接近他，曾有媒婆介绍几位姑娘与他见面，可人家一见他这个样子，便都鄙夷地离开了。

二憨自讨了个没趣 ，心里虽有些不高兴，但却不在乎，似这种情况，他遇到的多了。

二憨不管洪婶子对自己什么态度，他端了一条小凳子坐在洪婶子对面，看洪婶子编竹筐。

在洪婶子座位的右边，放着一堆已经修剪过的竹片，左边是几个已经编好的簸箕、箩筐、米筛等竹器。

看着竹片非常驯服地在洪婶子手中上下翻飞，并按照洪婶子的意图或弯或曲或直或挺地成为竹器的一部分，二憨惊呆了。

二憨早就知道洪婶子会编竹筐、簸箕等日常家用竹器，但他从来没有像现在这样近距离地观看过。人家编的竹筐、谷箩、簸箕都需要在赶集时挑到集市上去卖，而洪婶子不需要这样，她编织的竹筐、谷箩、簸箕因为美观结实，经久耐用，远近闻名，而且价格实惠，童叟无欺，不需要挑到集市上一声一声地叫卖，只要坐在家中，十里八乡的用户和客商都会主动登门。因为隔着一座山，加上二憨平时不太关注这些事，他当然不知道这些情况。

正在这时，进来一个男子，男子说要买一个竹篮和簸箕，洪婶子没有停下手里的活，笑着说：“你挑吧。”

那人说：“没什么挑的，你这里的货每一件都很好。”说完顺着码起来的成品，拿了他要买的两样东西，交了钱，心满意足地走了。

二憨傻傻地看着。

不一会儿，又进来一个妇女，要买一对大箩筐，说是暂时不能付钱，等两个月后卖了猪，与前面的账一起付。洪婶子大大方方地笑着说：“没关系，什么时候有钱什么时候给。”那女人听了洪婶子的话，笑逐颜开，选了一对大箩筐也心满意足地离开了。

仅仅抽两根香烟的时间，二憨就看见有四个人从洪婶子这儿买了竹器，他粗略估算了一下，洪婶子卖给这四个人的竹器所得的现金一共大约有八十多元。按这个计算，如果洪婶子一天能卖四个这样的八十多元，那么一天下来，她就可以得三百二十多元。一天三百二十元，十天三千二百元，一个月就是近一万元的收入，一年下来就是十多万，十多万呀，这可是一个天文数字，他做梦都不会想到，干这个一年可以赚十多万。而且天晴不晒，下雨不淋，坐着屋里，动一动手就足够了，用不着没日没夜、拼死拼命地干。二憨没想到洪婶子那么会赚钱，还不显山、不露水、不张扬。由此他不得不打心眼里佩服眼前这个不起眼的老女人来。他心想，与洪婶子相比，那些万元户算个什么，那些养鸡专业户、养猪专业户、种植专业户起步之初都需要本钱投入，如果没有本钱投入，那是起不了步的。可洪婶子只需要一把山里人家家户户都离不开的柴刀和一把篾匠用的篾刀就可以了。至于竹子，大山里有的是，取之不尽，用之不竭。二憨心里想，自己要发财，要成为万元户，洪婶子就是榜样，自己正是需要干那些不需要本钱投入却能发财的事。想到这里，二憨兴奋起来，不由得笑出了声。

听到二憨无缘无故发出的笑声，洪婶子抬起头，向二憨问道：“二憨，你傻笑什么？”

“我、我、我……”二憨结结巴巴不敢回答，他知道，自己的这个想法，不能对洪婶子说，他担心自己对洪婶子说了，洪婶子会讥讽他，说他是做梦娶老婆，想得美，甚至会被洪婶子臭骂一顿，骂他二憨抢别人的饭碗，断子绝孙。

洪婶子见二憨回答不上来，板着脸又冒出一句：“神经病。”

二憨见洪婶子不高兴，觉得再待下去没有什么意思，于是招呼也不打便溜了出来。

11

二憨回到自己家里，家里没有点灯，黑咕隆咚的，母亲早已上床睡觉。他从灶台上摸出一盒火柴，那火柴盒里只躺着一根火柴。二憨摸索着找到平常放煤油灯的地方，小心翼翼地擦亮仅有的那根火柴，点亮煤油灯，习惯性地从鼎锅里舀出一大碗稀清稀清的冷粥，就着一截酸黄瓜，一边吃一边想着自己的心事。原本想打听瓜崽两口子打工挣钱的事。没想到瓜崽两口子打工挣钱的事没打听到，却意外地得到洪婶子赚钱的秘密。而且是毫不费力，不知不觉、不经意得到的。二憨心里特别高兴，平时清汤寡水浑然无味的捞米饭粥和酸黄瓜，此时此刻竟如同山珍海味意悠味长。这样不要本钱、快速致富的路子到哪里去找。他后悔自己没有早发现，如果早发现，说不定自己早发财了，早已成万元户了。但他又庆幸自己现在有了新发现，他掐指算了一下，照这种干法，不出两个月自己就可以成为远近闻名的万元户，而此时此刻，离村民小组长改选的时间还有六个月，到那时，自己当上了村民小组长，那三寡妇还不得赶紧投怀送抱，嗨，三寡妇那粉嘟嘟的脸蛋、水汪汪的眼睛和颤巍巍的胸脯，不就归自己了，想到这里，二憨心里像是灌了蜜似的，甜滋滋的，他得意地笑了。

“二憨，你有事吗？”听到儿子一边喝粥一边傻笑，母亲在黑暗中问道。

“妈，有好事呢。”二憨神秘兮兮的。

“你会有什么好事？”母亲将信将疑。

“妈，我现在保密，到时候告诉你，让你一个惊喜。”

母亲见儿子这样说，再也不问。

这一夜二憨尽做美梦，好几次从梦里笑出了声。

第二天，天刚蒙蒙亮，二憨就悄悄地起了床，脸也不洗，拿着一把柴刀就出了门。

可他前脚刚迈出门槛，就被母亲叫住：“憨儿，你干什么去？”

二憨没想到自己的行踪还是被母亲发现，不得不实话实说：“妈，我到青竹山砍竹子。”

“什么？到青竹山砍竹子？你砍竹子干什么？”

“砍竹子卖钱呀。”二憨撒了个谎。

母亲听说儿子是去青竹山砍竹子。不再多问。

青竹山离二憨住的枣树岭有十多里山路，路窄弯多，高低不平。过去这条路是用石板铺成的。虽坡多、弯多，但走起来不费劲，一个多小时就到了。后来铺路的石板被沿途的人弄走砌猪栏什么的，留下来的是一条凸凹不平的泥土路就难走多了。这时，天公不作美，淅淅沥沥下起了毛毛细雨，雨点打在路面上，就像是给土路抹上了一层油，溜滑溜滑的，寸步难行。二憨高一脚低一脚，摔倒了爬起来，爬起来又摔倒，原本一个多小时的路程，他却用了两个多小时。等他赶到青竹山山脚下，已是上午 8 点多钟。由于起床太早，来不及吃早餐，此时此刻，他感到肚子特别饥饿，如果不弄点东西填进肚子里，恐怕连上山的力气都没有，别说砍竹子、扛竹子了。可到什么地方弄吃的呢？他望了望四周，四周空无一人，也无村庄。突然，他发现离他不足 20 米处的地方有一块菜地，那菜地里种着黄瓜、茄子和辣椒，黄瓜架上还吊着许多又大又嫩的黄瓜。他来不及细想，猫着腰冲到菜地里摘了两根黄瓜就往怀里塞，顺手还摘了两个茄子，才跑出菜地，躲进一棵槐树下。由于没有水，他便用衣服的前襟将黄瓜和茄子简单地擦了一下，然后一根接一根狼吞虎咽地吃起来。当他将所有的黄瓜和茄子吃完之后，饥饿感才慢慢消失，体力逐渐得到了恢复，有了精神和力量。他摸了摸略有些鼓胀的肚子，才心满意足地拿起柴刀钻进竹林。

青竹山的竹子特别好，不用选择，二憨举起柴刀随意地砍倒了四根，为了方便搬运，他把竹子的枝枝丫丫和尾梢全都砍掉，然后一根一根地搬出竹林，将尾部交叉捆绑起来，再用一根扁担作横杆，形成一个“A”字形。他原本是想把四根竹竿一次性扛回家，以免来回跑两次。然而，任凭他使尽吃奶的力气，那四根竹子躺在地上一动也不动，无奈之下，他只好分两次搬运，一次两根。可他刚把两根竹子扛上肩还没走出几步，便打了一个趔趄，差一点摔倒在地。

其实，两根竹子的分量并不重，只是因为二憨个子瘦小，体力太差，加之营养不良，缺乏锻炼，没有经验，不会搬运。他摸了摸被竹子压红了的肩膀，痛苦地摇了摇头，无奈之下，他选择了一次只搬一根竹子的办法。

就在二憨扛起一根竹子准备放开脚步回程时，远处传来一声严厉的断喝：“站住，不许走。”

二憨循声望去，只见一老两少、三个村民模样的彪形大汉凶神恶煞般地向自己这边冲了过来。

一开始，二憨以为是叫别人，与自己无关，扛起竹子毫不在乎地继续往前走，可还没走几步就被跑在最前面的一个大个子飞起一脚，将他连人带竹子踹倒在地。他稀里糊涂地还没反应过来，以为是来人弄错了，正要发火，却被那几个人按倒在地，其中一个人吼道："你这个混蛋，竟敢偷我的竹子，还想跑。"

二憨这时才弄明白，原来这几个人是把自己当作偷竹子的贼了。他挣扎着从地上爬起来，歪着脑袋辩解道："凭什么说这是你们家的竹子？这长在山上的竹子都是公家的，谁都可以砍。"大个子没等二憨说完又给了二憨一个响亮的嘴巴，打得二憨眼冒金星，泪水横流，一瞬间二憨的脸上便呈现出五个鲜红的手指印。

二憨含着眼泪还想说什么，旁边一个矮个子对大个子说："三哥，别跟他啰唆，他砍了我们四根竹子，至少要罚他400元钱，只要他给足了钱，我们就可以放他走，不给足钱，就不能放他走。"

二憨一听，急着喊道："我没钱，我身上一分钱也没有，不信你们搜。"

听到二憨说没钱，几个人都不相信，不约而同地伸出手把二憨上上下下摸了个透。

大个子鄙夷地往地上吐了一口，说道："呸，真没想到，穷鬼碰到了饿鬼。"其实根本用不着动手搜，眼睛一瞟就知道，眼前这丑陋的穷小子，除了身上穿的破烂不堪、补丁叠补丁的短衣短裤，还有一条搭在肩上的用来擦汗的、发出一阵酸臭味的汗巾，几乎是一无所有。站在旁边一直没有吭声的那位年长者似乎产生了怜悯之心，心里想，既然从这小子身上榨不出油水，不如早点放了他。于是便吼道："还不快滚。"

二憨听到说叫自己快滚，如同死刑犯遇到了大赦，便一骨碌从地上爬起来，撒腿就跑。

小个子一声断喝："站住。"

刚跑出去没几步的二憨又听到叫自己"站住"，吓得腿肚子抽了筋，立即站了下来。

小个子对那年长者说："不行，二叔，不能便宜了这小子。"

长者有些同情地向小个子问道："那要怎么样？"

小个子说："叫他自己打自己十个耳光，让他长点记性，以后再不敢到我们这儿偷竹子了。"

二憨可怜兮兮地看着大个子，等那长者发话。

长者犹豫了一下才说道："好吧。"

小个子于是对二憨吼道："快，扇自己十个耳光。"

二憨望着气势汹汹的小个子，不得不举起双手对准自己的脸左右开弓，每边打了五下。他心里想，只要放自己回去，就是再打几个耳光也没关系。

大个子说：“好了，快滚，今后再不许到这儿偷竹子。”

小个子说：“如果再来偷竹子，打断你的腿。”

二憨可怜兮兮的一边连连点头，一边拿上自己的柴刀和扁担往后退，退了几步后才猛地一个转身使劲地往前猛跑。

12

二憨逃离青竹山，一直往前跑，也不知过了多久，跑了多远，感觉到后面无人追自己了，才放慢了脚步，他摸着被自己打得有些红肿的脸，心里骂道：“狗日的，等老子有钱了，用钱砸死你们。”但当他静下心来却又想道：真不该忘记，如今山林已经承包到户，自己瞎忙乎了半天，耽误事。看来，自己要当一个编织专业户的梦想是破灭了，万元户又成了泡影。万元户当不成，要当村民小组长也就是一句空话。二憨想到这里，长叹一声，特别沮丧、特别悲伤。

这时，灰蒙蒙的天空，云层越来越低，空气越来越沉闷，沉闷得有点让人透不过气来，不一会儿便下起了大雨。二憨想找个地方躲避一下，可他望了望前后左右，既见不到一个人，也见不到一个村，就连一个避雨的茅棚和大树都没有。二憨打消了避雨的念头，索性脱下已经被雨水淋得湿透的上衣，光着身子在大雨中行走，任凭雨水在他瘦小而又黝黑的肌肤上放肆地敲打和冲刷。走着走着，一阵凉风吹来，二憨打了一个寒战，接着又是几个喷嚏，他知道，这是因为自己连惊带吓，再加上雨淋而感冒了。这要在平时，什么感冒发烧、头痛脑热，对他来讲根本不是什么病，但此时此刻，他已经浑身无力，疲惫不堪，大汗淋漓。他恨不能一步到家，钻进被窝里美美地睡上一觉，或者熬一碗姜汤喝下，暖和暖和身子，出一身大汗，清爽清爽。他抱着臂膀，像只无头苍蝇，一路慌慌张张、跌跌撞撞地往前跑。突然，他看到远方的山坡上有一棵大树，大树的冠幅虽不大，但围着树干却是用稻草码起的一个很大的草垛，他知道那是人们用来喂牛的料草。一阵惊喜掠过心头，他心里想，这可是御寒保暖的好地方。于是他用尽全力爬上山坡，向草垛跑去。

二憨走近草垛，抽出几把金黄、柔软、干爽的稻草，草垛立刻呈现出一个可以容纳一个人躲进去的洞来，他一头钻进去，躺了下来，顿时一股浓浓的稻草香味扑鼻而来，沁入心肺，他感觉清爽极了。虽然因为稻草的秸秆扎在皮肤上痒痒的，但却没有一点疼的感觉。

二憨躺进草垛里，不一会儿便迷迷糊糊地睡着了。也不知过了多久，朦胧中他听到草垛背面有人说话，他以为自己还在梦中，便死劲地拧了一下自己的大腿，才感觉到自己已经醒来。好奇心驱使他没敢动弹，不想惊动说话的人。 但他却竖起耳朵，偷听着人家说话的内容。

说话的是一男一女，听声音似乎有点耳熟。只听那男的说："想死我了。"接下来便听到"吧嗒、吧嗒"亲嘴的声音。

"去、去、去，你胡子扎死人了。"这是女人的声音。

过了一会儿，二憨又听到女人说话："不要乱摸，你这双摸蛙捉蛇的手，我想起来都恶心。"

此刻，二憨听出来了，男的姓鲁，叫鲁粗，小名粗乃儿，是邻村三组的人，40 多岁了还没有结婚，光棍汉一条。实行家庭联产承包制以后，他再也不干农活，尽做些歪门邪道的事，喜欢偷东摸西，不务正业，白天不出门，在家里睡大觉。到了晚上，便四处活动，捉毒蛇、摸泥蛙、抓王八，一旦有了收获，就地卖掉或者等到赶集时拿到市场上出卖，换得几斤大米、几两猪肉、一瓶烧酒，然后坐在家里大吃大喝，吃完了、喝光了又再一次出去，如此周而复始，循环往复，是典型的一个人吃饱，全家不饿的人。女的好像是红星村第二村民小组的老女人徐小花，25 年前，徐小花的父母亲双双去世后，从此便成为嫁不出去的老姑娘。这徐小花虽然是 40 多岁的人，却也有几分姿色，风韵犹存，令一些好色的男子垂涎三尺，人前人后老想打她主意。于是少不了一些风言风语，渐渐地也传出一些绯闻来。

二憨正琢磨着，耳边又传出鲁粗的声音，鲁粗喘着粗气说道："我的心肝宝贝，如果我不去抓毒蛇，摸泥蛙，捉王八，你这身上穿的、手上戴的、家里用的怎么来。"

徐小花问："啊，原来你送给我的这些东西，都是你抓毒蛇、摸泥蛙、捉王八换来的？"

"可不是，要不然我哪来这么些钱。"

“这得要抓多少毒蛇，摸多少泥蛙，捉多少王八呀？啧啧啧，多亏你了。”接着二憨又听到一个长长的亲吻的声音。

“嗨，为你，辛苦一点算个啥。不瞒你说，有时我一个晚上可以抓几条毒蛇，摸几斤泥蛙，捉几斤王八。你别看这几样东西听起来令人恶心，但现在市场上可值钱了。运气好的话，一个晚上可以弄几十甚至百把元钱，你想想，一个甲等劳动力累死累活干一个月也赚不了这么多钱。”

二憨听到这里，睡意全无，心里想，真是“鱼有鱼路，虾有虾路”。没想到抓毒蛇、摸泥蛙、捉王八这么来钱。而且这种活一不要本钱，二不要出大力，又快又省事，这样的好事我怎么就没想到呢？二憨细想了一下，如果我也像鲁粗一样，抓毒蛇、摸泥蛙、捉王八，每天多的不讲，少一点一百元钱一天还是弄得到，平均起来每天就算一百元吧，那么一个月就是三千，四个月不到就可以弄到一万了。现在离村民小组改选的时间还有六个多月时间，到那时，自己就可以搞到一两万。一两万是什么概念，如果是面值一元的票，一两万元还不得堆满一屋。似这样，别说是当村民小组长，就是当村委会主任，当县人大代表、县政协委员也够条件了。想到这里，二憨特别兴奋，特别激动。仿佛自己已经站在村民小组长的位置上，面对全组几百号男女老少指手画脚、发号施令了，那种神气和威风一点也不亚于余爷。他仿佛看见，组里那些长得标致些的女人都往他跟前凑，特别是那个三寡妇，挤到他跟前，跪下来，紧紧地抱住他的大腿，嘴里含糊不清地说些暧昧的话，他拿眼瞟了一下跟前这个可怜兮兮的女人，本不想搭理，但出于同情，他把她从地上拉起来，对她说：“你还认识我么？”

“看你说的，人家心里头一直有你呢。”三寡妇话没说完，脸已红到脖子根，在众目睽睽之下扑进二憨的怀抱。二憨也没有客气，把三寡妇紧紧地搂在怀中。

突然，一声狗叫，将二憨从梦幻中惊醒，原来自己紧搂的并不是三寡妇那滚烫的身体，只不过是一捆稻草。再一听外面，除了狗叫，什么声音也没有。那一男一女不知什么时候走了。过了一会儿，狗也不叫了，外面又恢复了平静。

经过这么一阵子从现实到梦幻，又从梦幻到现实。二憨身体里那种原始的冲动慢慢地趋向平稳。他钻出草垛抬头一看，原来天已完全黑了下来，几颗星星在他头上一闪一闪的，就像调皮孩子的眼睛，眨巴眨巴嘲笑着他。

此时此刻，二憨的心情特别好，回味着鲁粗和徐小花的对话以及梦幻中的情景，二憨心潮澎湃，精神振奋，他庆幸自己又一次找到了发财的路子。"村民小组长"的帽子在向他招手，机不可失，时不再来。他一刻也不敢耽搁，迈开大步就往家赶，他要为实现自己的梦想再一次扬帆起航。

13

二憨回到家中已是深夜12点多钟，一天没吃饭的他此时特别饥饿，他推开门，黑暗中传来母亲颤颤巍巍的声音："锅里还有两个煮熟的芋头。"听了母亲的话，二憨摸着黑走进灶屋，借着透过窗户的月光，从鼎锅里抓出两个煮熟但已经凉了的芋头，连皮也不剥就狼吞虎咽地吃了起来。吃完后抹抹嘴巴，便开始鼓捣起捕蛇、捉蛙、抓王八的工具。

二憨敲敲打打又是锯又是锤的声音，在这夜深人静的时刻特别响亮。因为担心影响别人休息，母亲实在忍不住了，责怪地问道："憨崽，你搞什么名堂，这时候还不睡觉，弄得四邻五舍都不得安宁。"

"别嚷嚷，我要办大事。"二憨不耐烦地说道。

"办大事也得天亮再说，这深更半夜的办什么大事。"二憨见母亲絮絮叨叨，不再吱声，但手脚仍然忙个不停，母亲见儿子不搭理自己，长叹一声也不再说什么了。

经过一夜的鼓捣，二憨终于备齐了捕蛇的麻袋，捉蛙的网罩，抓王八的钢叉。望着自己辛辛苦苦忙碌了一夜所换来的劳动成果，二憨的脸上露出了开心的微笑。看看离天亮还有一段时间，便和着衣服趴在床上想睡一小会儿，也许是太疲惫了，没想到他这一睡竟睡到了中午，如果不是母亲叫他吃午饭，可能还会睡下去，不知道会睡到什么时候才醒来。

二憨起床后，用冷水冲了一下头，连毛巾也没有用，只是用上衣的前襟擦了擦脸上的水珠，然后才走到灶前就着咸菜喝了两碗粥。

"妈，今天不要等我吃晚饭，我可能回来很晚。"二憨临出门对娘说。

母亲一边摸摸索索地铺床，一边应答着，也不管儿子听没听到，只管自己唠唠叨叨：“这叫什么事，白天睡觉，晚上忙。”停了一下又对着门外高声说道：“尽量早点回，别太晚，注意安全。”

到哪里能捕到毒蛇、捉住泥蛙、抓到王八呢？由于没有关注过这种事，二憨心里一点底也没有。他走出村庄来到十字路口，竟然不知往哪里走好，正在他犹豫不决的时候，三寡妇提着一篮子猪草从左边的路上走了来。

二憨看见三寡妇，喜出望外，似乎有许多话要说，但又不知道从何说起，只是用两只眼睛盯着她看，并“嘿嘿嘿”地傻笑着。

三寡妇一抬头，见二憨站在十字路口怔怔地望着自己笑，有些猝不及防。她不想与二憨搭讪，但要躲开已经来不及，只得赶紧低下头，快步从二憨跟前走过。二憨见四下无人，抢前一步，伸出一只胳膊拦住疾走的三寡妇，咽了一下口水，憋着一股劲说：“三嫂子，你别老躲着我呀。”三寡妇见二憨光天化日之下拦着自己，满脸绯红，不知所措，欲躲开二憨的手臂，不料二憨没一点放过的意思，三寡妇往右，他往右，三寡妇往左，他往左。

三寡妇一时急了，脸上汗津津的，瞪着眼睛对二憨说：“快闪开，让我过去，不然我喊人了。”

“你喊呀，你大声喊呀，让大家都听到，听到的人越多我越高兴，我正愁别人听不到、看不到呢。”二憨恬不知耻地说。

三寡妇心里窝着一肚子火，却又不敢发作。

二憨流着口水笑嘻嘻地说：“三嫂子，你不是说过，如果我当上了村民小组长，你就嫁给我，是吗？”

三寡妇说：“是呀，我是说过，但是你当上小组长了吗？”

二憨想起鲁粗的话，拍着胸脯，口气非常坚定地说道：“还没有，但绝对有希望。”

三寡妇从鼻孔里挤出一个“哼”字，说道：“哼，我告诉你，想当村民小组长的可不只是你一个人，据我所知，至少有四个人在暗暗较劲。”

“什么？有四个人想当组长？快说，哪四个人？”还有人想当村民小组长，这可是没想到的事。二憨把眼睛瞪着圆溜溜的，盯着三寡妇的脸追问道。

“这你都不知道，真是的，还想当组长呢？”三寡妇嘴角往上一翘，轻蔑地说。

“快说吧，都是哪四个人？”二憨急得满脸通红。

“看把你急的，我跟你说吧，一个是村东头的王瘸子。”

“什么，什么？王瘸子也想当组长，他不是家庭成分不好吗？老爸现在还在台湾呢。”

“这都什么年代了，谁还管什么家庭成分。”

二憨听了三寡妇的话，觉得她说的有道理，以出身论英雄，那是过去的事。

三寡妇接着又说：“还有姚半仙。”

“就是一天到晚走街串巷，给人家算命、看相、测八字，说不出一句实话，整天神神道道的姚士林？”

“可不就是他，人家决心可大了，不但想当村民小组长，还想当村主任呢。”

“就他还想当村主任，那我可以当省长了？”二憨说完也从鼻孔里挤出一个“哼”字。停了一下，接着又问道：“还有呢？”

“还有村西头的罗癞子。”

“这个罗癞子一向嗜酒如命，整天醉醺醺、疯癫癫的，一年到头没几天清醒。如今也想当组长，这个时代怎么了？”

“别看人家醉醺醺、疯癫癫的，可人家有两个好女儿。”

“还有呢？”

“还有一个就是胡铁汉。”

二憨听说胡铁汉也在竞争当村民小组长，心里倒是凉了半截，这胡铁汉是个退伍军人，1979 年参加对越作战把腿炸断了，回到家乡后曾经当过生产队会计，工作认真负责，积极肯干，且头脑灵活，思维敏捷，点子多，办法多，前几年市场还没有怎么开放时，他又是养猪、又是养鱼，还放鸭，据说赚了不少钱，二憨自愧不如。

“怎么样？服气了吧？”三寡妇说完，一扭屁股走了。

二憨还愣在那里没反应过来，等反应过来时，三寡妇已经走远了。他举起手放在嘴边做喇叭状正要喊，却看见鲁粗从远处向这边走来，他长叹一声，心里想，多好的机会，本该借机好好地向三寡妇表露一下自己的心迹，可正话还没有说上几句，就稀里糊涂地让她走了。

14

三寡妇走了，二憨心中虽有些失落和遗憾，但一见迎面走来的鲁粗，又有了新的主意，心里想，自己正愁不知道如何捕蛇、捉蛙、抓王八呢，没想到，在这里会碰到鲁粗，真是打瞌睡有人送来了枕头，便立即迎了上去。

只见鲁粗走到路旁的一棵大树下面停了下来，手拿一张巴掌大的小黄纸往树杆上张贴，二憨走到跟前一看，那黄纸上用毛笔写着这样几行小字：天黄黄，地黄黄，我家有个夜哭郎，路过君子念一遍，灾殃往别方。

二憨听说过，鲁粗的嫂子最近生了个小孩，白天睡觉，晚上哭啼，哄也哄不住，吓也吓不怕，实在没辙，就只能用这样的办法，据说十里八乡的小孩子夜哭，都是用这种办法。鲁粗的大哥外出打工不在家，嫂子便叫小叔子做这件事。

鲁粗贴好小黄纸正准备要走，二憨笑嘻嘻的说："粗哥，好巧，在这里碰到你，我正要找你呢，想请你帮我一个忙。"

鲁粗回过头，望着二憨，一脸的疑惑，心里想，我能帮上你二憨什么忙。

二憨说："是这样的，粗哥，我想拜你为师，跟你学捕蛇、捉蛙、抓王八。"

鲁粗得知二憨的用意，用蔑视的眼光把二憨上下打量了一下，鼻腔里发出一声冷笑，掉转头就走，他知道，捕蛇、捉蛙、抓王八，二憨根本不是这块料，更何况自己从未在这方面带过徒弟，自己也算不上师傅，所以他不想搭理二憨。

二憨见鲁粗要走，连忙赶在他前面，再一次央求道："粗哥，你就收我这个徒弟吧，我是真心实意的，只要你教我捕蛇、捉蛙、抓王八，我今后就是你的人，随时听从你的吩咐和使唤。"

鲁粗见二憨挡住自己的去路，生气地说："去去去，没工夫与你闹着玩。"说完拨开二憨的手，朝前走去。

二憨见鲁粗不愿收自己为徒，哭丧着脸说："粗哥，我不是闹着玩，我是真心实意的，你就这么狠心啊？"

鲁粗仍然不理不睬，自顾自地往前走了。

二憨非常失望，他没想到鲁粗会是这样的人。不过他很快又调整了自己的情绪，自言自语地说："难道死了张屠夫就要吃带毛的猪，没有你，这地球就不转了，我就不信，我学不会这门本领。"

与鲁粗分手后，二憨突然想起老辈一句话，叫作"挖坑寻蛇打"，那意思说有坑有洼的地方就会有毒蛇出没，而毒蛇出没的地方，毫无疑问也就是杂草丛生、荆棘满地的灌木丛，这些地方肯定也是偏僻地方。从此，二憨为了捕蛇、捉蛙、抓王八尽量往一些偏僻的地方走，如山塘荒野、杂草灌木丛中。

一天过去了，两天过去了，可二憨连毒蛇的影子也没有找着，泥蛙倒是有，但都是小的，大一点一个也没有看见，王八就更不用说了，连个脚印也没发现。二憨感到很奇怪，平时自己没想抓蛇，却经常碰到蛇，有时候蛇还会钻进屋子里，爬到床上来，而如今要抓它们却见不到它们的影子了。可为什么鲁粗一出去，就大有收获。

不行，这样下去，要在一年内赚一万元钱，那就是一句空话。想到这里，二憨耍了个心眼，决心跟踪鲁粗。

这一天清晨，二憨悄悄地来到离鲁粗家不远处的一棵大枣树后面，静静地等待着鲁粗的出现。不一会儿，果然见鲁粗拿着捕蛇捉蛙的工具悄悄地出门了，二憨蹑手蹑脚地跟在他后面。

鲁粗出门不久，专挑山路走，大约过了一个多小时，鲁粗便抓了一条大毒蛇，接着又抓了几只大泥蛙，二憨看在眼里，记在心里。一连几天，二憨都这样跟着鲁粗，渐渐地他掌握了一些规律，觉得可以独自行动了。

这一天中午，二憨沿着头一天鲁粗走过的山路，一边走一边搜索着，走了大概不到50分钟，果然听到前面的杂草丛中传来窸窸窣窣的声音，紧接着，他看见一条菜花蛇扭曲着身子从路上横了过去，吓得他不由得后退了几步，慌忙中把手中的工具也掉了下来。他想往后跑，但转念一想，自己是来抓蛇的，怎么能怕蛇呢。他抑制住自己内心的激动，抬起脚轻轻地向前迈进，但这毕竟是他打娘肚子里出来第一次抓蛇，不免有些担心和害怕。此时此刻，他很想有一个人在身边帮助自己，即使不帮忙，能给自己助威壮胆也行，他四下望了望，竟见不着一个人。

那毒蛇也许听到了人的脚步声，便加速逃跑，二憨见状，提了提精神，壮了壮胆子，紧跑几步追了上去。那蛇见有人来追，跑得更快，二憨见毒蛇害怕自己，胆子大了起来，他铆足了劲穷追不舍。由于蛇的体积小，且尽往灌木丛、石头缝里钻，因此速度并不比二憨慢。

追着追着，二憨见菜花蛇爬上了一个土坎，正往洞子里钻。他心里想，此时再不抓住，等蛇进了洞子就前功尽弃了。想到这里，说时迟那时快，他一个箭步将身子一跃，扑了上去，抓住那蛇尾巴就往外拽，可任凭二憨怎么用力，那蛇就不出来，二憨哪知道，进洞的蛇是顺力，力大无比，人往外拽蛇是逆力，力再大也是白搭，加之蛇的尾巴小，全身湿滑，抓不稳，有劲使不上来，所以一般是拽不出来的。

眼看着蛇的身子已经进去了三分之二，二憨着了急，他紧咬下唇，两只脚使劲往前一蹬，身子往后一仰，他满以为这一下会把蛇拽出来。可没想到的事发生了，蛇的身子断了，三分之二进了洞，三分之一留在他的手里，留在手里的那一截还滴着鲜血。二憨拿着蛇尾巴站在那里不知所措，路过的大聪见了，便问道："二憨，干什么呢？"

二憨哭丧着脸说："大聪，我刚才好不容易发现了一条蛇，正要抓住它，它却钻进了洞子，我只抓住了它的尾巴，由于用力过猛，没想到竟把蛇尾巴拉断了，那蛇的前半截钻进洞子里不见了，这可怎么办？"

大聪听了二憨的话，又看了看二憨手中的蛇尾巴，煞有其事地说："哎呦，二憨，那可不得了，你知道吗？蛇是通人性的，会报复人。如果你抓不住这条受伤的蛇，它就会找机会报复你，除非你把它挖出来打死它。"

听说受伤的毒蛇会报复人，二憨吓出了一身冷汗。他心想，决不能让毒蛇报复自己，怎么的也要把它挖出来。想到这里，他二话不说，丢下手中的蛇尾巴，急急忙忙就往家里赶，赶到家中拿起锄头、箢箕马不停蹄地又往回返，挥起锄头对准蛇洞便挖了起来。好在这个土坎全是黄泥，容易挖，不一会儿，二憨就毫不费劲掘进了一米多，在阳光的照射下，他看见蛇洞深处有一个东西在蠕动着，"蛇、蛇，我看到蛇了。"他情不自禁地惊呼道。随之而来的疲惫和忧郁一扫而光。他抹去脸上的汗水，往手心里吐了一口唾沫，准备一鼓作气挖到洞底，抓住那条断了尾巴的菜花蛇。

然而，没想到的事情又发生了，就在二憨挖得最起劲的时候，那蛇从另一个隐蔽的洞口突然冲了出来，对准二憨的小腿肚就是一口。二憨惨叫一声跌倒在地，却又顺手抓起身边的石头往蛇身上砸去，但此时此刻蛇已跑得无影无踪。

二憨看着自己小腿肚上面两排带血的毒蛇牙齿印痕，知道情况不妙。如果不及时处置，不死也会残废。他迅速脱下上衣，撕下一块布条将小腿上部紧紧地缠住，然后一瘸一拐地向附近的小溪边跑去。

二憨跑到小溪边，正要清洗伤口，却看见溪边的草丛中有一种从小就认识的蛇药“七叶一枝花”。他来不及思考，抓了一把“七叶一枝花”的叶放进嘴里使劲地嚼起来。一边嚼一边用溪水清洗着伤口，清洗完伤口，再把嘴里嚼烂的叶汁吐出来敷在伤口上，然后用布条紧紧包扎住。一切做完，他才长长地吁了一口气，轻松下来。但过了一会儿，却又沮丧和懊恼极了，他心里琢磨着，蛇没抓住，反被蛇咬了一口，真倒霉。回到家中，他把自己关在屋里，不吃不喝。

15

得知儿子被毒蛇咬伤，二憨母亲伤心得哭了起来，可伤心归伤心，如果不积极想办法救治，儿子可能就会永远离开自己。而要救治，钱从哪里来？母亲为难了，她绞尽脑汁也想不出一个好办法。急得像热锅上的蚂蚁，也许是病急乱投医吧。这时，她想起了一个人，这个人就是三寡妇，也许三寡妇能救儿子。三寡妇曾经当过赤脚医生，懂得一点医疗常识，过去，乡亲们有个头疼脑热、烧伤烫伤什么的，都找她处置。更何况前些日子自己的憨儿子还在暗地里追求她，如果请三寡妇出面，兴许花不了多少钱，伤也能治好。母亲想到这儿，便来到了三寡妇家。

虽然三寡妇瞧不起二憨，但听说二憨被毒蛇咬了一口，二话没说，丢下手中的活，跟着二憨母亲，急急忙忙就往外走。

三寡妇自打死了丈夫以后，有很多男人想打她主意，都被她拒之门外，二憨在村里虽然是个不显山不露水的人物，甚至有些傻气，长相也对不起观众，但是不知道是出于同情还是处于怜悯，三寡妇倒也不讨厌他，但也不想亲近他，总是保持一定的距离。如今，听说二憨被蛇咬伤，心里头自然着急。

三寡妇一进屋，二憨便从脚步声听出来了，他忍住疼痛一骨碌从床上爬起来，打开门，有些不好意思地对三寡妇说："三嫂子，你来了。"

三寡妇连忙搀住二憨，说："快别动，我看看。"说着便将二憨搀扶到床上，撩起二憨的裤腿，不看不打紧，一看大吃一惊，"哎哟，二憨你的腿都肿成这样子了，为什么不早一点叫我呢？"

二憨嗫嚅着："我……"

三寡妇不由分说，三下两下就将二憨绑在腿上的布条扯了下来，又用清水洗了洗伤口，然后才敷上自己带来的药，接着又给二憨打了消炎针，拿了一些口服药，说了一些注意事项，才往外间走。

二憨见三寡妇要走，连忙抓住她的胳膊说："三嫂子，我一定要当组长，当了组长我就娶你。"

三寡妇拨开二憨的手，一声不响地走出里屋，母亲得知三寡妇出来了，问道："三嫂子，我憨崽的腿怎么样？"

三寡妇说："婶子，还好，幸亏处理及时，不然他这条腿就废了，弄不好连性命都会丢掉。"

"多亏了你。"

"也是他自己处理及时。"三寡妇说完便背着药箱走了出去，可刚出门又回过头说："婶子，叫他卧床休息两天，啥也别干。"

母亲这才想起还没有给钱，便歉意地说："三嫂子，还没给你钱呢。"

"以后再说吧。"三寡妇何尝不知道，二憨家里一贫如洗，连吃饭都成问题，哪里拿得出疗伤的钱。

母亲倚着门框站着，不知说什么才好，嘴里一个劲地叨咕着："好人啊，好人一生平安。"

在床上只躺了一天的二憨感觉好多了，想起"万元户"，想起组长那个位子，他终于又憋不住了，便悄悄地从床上爬起来，重新收拾起捕蛇、捉蛙、抓王八的工具，又准备出发。可刚打开门，突然，一双脏兮兮的大手猝不及防地伸到他的跟前，把他吓了一大跳，紧接着从门旁闪出来一个人来，二憨定睛一看，这人不是别人，却是本村有名的混混于小白，只听于小白冷笑一声说道："拿钱来。"

二憨莫明其妙，一时没有反应过来，眨巴眼睛问道："拿钱？拿什么钱？"

"看医生的钱呀。"

"我看什么医生了。"二憨听了于小白的话，如坠云里雾里，摸不着头脑。

“哎哟，二憨，人家给你治完伤还不到两天，你就忘了吗？”于小白说。

二憨这才明白过来，于小白是说三寡妇为自己治蛇伤的钱，于小白是三寡妇的小叔子，也是好吃懒做、坑蒙拐骗的角色。二憨为了摆脱于小白的纠缠，白了一眼，说：“你嫂子要收的医疗费关你什么事。”

于小白说：“他是我嫂子，怎么不关我的事？”

“可人家已经被你们家赶出来了。”

“她被赶出来也是我嫂子，除非他重新嫁人。”停了一下，他又说出一件事：“还有，前两年就跟你说过，你住的这房子也是我们家的，住了我们家的房子就得给租金，否则就给我滚出去。”

二憨此时又想起，自己住的房子的确是于小白祖上的，因为二憨家没有房子住，政府才将于小白家祖上放置农具的房子分了两间给他家住。这一住就是几十年。过去于小白家无人过问这件事，二憨自然把这房子当成自己的，直到两年前，于小白又搬进了自己祖上的房子，也就是从这时开始，他才意识到要向住在自己祖房里的人收租金，当然也没有放过至今还住在他家农具房子里的二憨。当时，二憨母子俩以为是疯疯癫癫的于小白与自己开玩笑，并没在意。此时此刻，于小白再次提起这件事，不得不让二憨震惊。当然，二憨没有钱交这个房租，就是有他也不想交，他知道这是政府给自己的，任何个人是无权从他手里要租金的，更不可能要从他手里抢走这两间房子。想到这里，二憨说：“告诉你，于小白，我没有钱，有钱我也不会交房租，更不会滚出这套房子。”

于小白见二憨不怕自己，进一步放出狠话，说：“你不滚也得滚，明天我就把你这房子给封了。让你们娘俩到街上当叫花子。”

于小白的一番话把二憨气得直翻白眼，但又无可奈何。

“叫花子。”二憨望着于小白的背影，嘴里反复念着于小白丢下的那句话。母亲在里屋听到儿子与于小白说话的内容，坚强地喊道：“憨崽，于小白说得好，与其这样半死不活的，真不如去要饭当叫花子。”

二憨委屈地喊道：“我不去要饭，我不想当叫花子，我要发财，我要当组长。”

母亲说：“憨崽，你要想开些，说不定当叫花子比你现在这个样子好得多，你难道不知道，这些年有人要饭发了大财，成了万元户。”

二憨返回家中，抱住母亲大哭。第二天早上，便携着母亲真的踏上了要饭的道路。

16

“开会了，开会了，今天晚上 8 点钟到村大门前禾坪上开村民大会，选村民小组长啰。”吃晚饭时分，枣树岭的男女老少听到村里的余会计一边吹哨一边喊话的声音。

选组长，这可是大事，传说了一年的谜语，这一下到了揭开谜底的时候。忙碌了一天的人们，晚饭后，便三三两两来到村前的禾坪上，找到自己合适的位置坐下来。只见禾坪中间放着一张四方木桌，桌子上放着一盏马灯。孩子们在禾坪上追逐嬉戏、打闹。此时此刻，人们仿佛又回到那个干集体、记工分的年代。那个时候，每天晚上也是这个样子，忙活了一天的人们，晚饭后便走出家门来到禾坪上，围着那张四方桌上的马灯记工分。劳累了一整天，虽然有些疲惫，但相互间有说有笑，其乐融融，那种气氛是多么令人留念和向往，如今因为实行家庭联产承包制，各家干各家的，谁也不管谁，虽然同在一个组，却没有时间和理由凑在一起了。展现在眼前的情景的确是久违了，乡亲们心里有一种说不出来的新鲜感。

过了好一会儿，村里的匡支书见人差不多到齐了，便宣布开会，他说：“各位村民，各位父老乡亲，今天晚上我们枣树岭在这里召开村民大会，内容就是推选村民小组长。”村支书的话音未落，台下就议论起来。

匡支书用手掌压了压，想把人群中嘈杂的声音压下去，可无济于事，不得已，他不得不抬高嗓门制止道：“大家先别议论，听我把话说完。”大家听他这么一说，才又安静下来。匡支书继续说道：“今天我们选村民小组组长，有一个与过去选生产队长不同的重要条件，那就是钱。谁的钱多谁就可以当村民小组组长。”匡支书的话音一落，有人就站起来问：“这就是说，不管是谁，只要有钱，就可以当组长，也不管你有没有本事，就是再有本事，如果没钱，那也不能当这个组长？”

“是的，你说得很对，不论男、女，不论老、少，能搞到钱就是有本事有能力的人，毫无疑问，咱们这个组的当家人就是他。”匡支书回答说。

“你这是哪来的政策？”有人质问。

“这是上面的政策，上面的政策还会有错。”有人替匡支书回答。

“我不相信上面会出这样的馊政策。”又有人发牢骚。

匡支书有意咳嗽了一下，再一次抬高嗓门，说：“这的确是上面的政策，上面的政策没有错，大家想一想，一个连自己都穷得叮当响的人，怎么能够带领大家致富呢？”

“光看钱多钱少，那要不要看钱的来路，看不看他的本领，看不看他的思想。”有人似乎在抬杠。

“你管人家从哪儿弄的钱，有钱就有本事，没钱就没本事，能弄到钱就说明他思想好，没钱就是思想不怎么样……”听到有人说出这样的话，马上就听到有反驳的声音：“那这么说我们这些困难户都是思想不好的人。”

“不争了，不争了，一切向钱看。”匡支书说。

“匡支书，你说的那个‘前’是前进的‘前’，而不是金钱的‘钱’。”有人起哄，匡支书满脸通红，非常尴尬。

“如果有钱的人很多呢，那让哪个有钱人来当。”又有人在喊。

匡支书说：“这正是我下面要说的话，如果有钱的人很多，那就看谁的钱最多，钱最多的人才有资格当这个组长。”

“这叫什么政策，只认钱不认人。”有人嘀咕着。

“上面会要这些钱吗？”又有人问。

“上面不会要，会后这些钱会如数退还。”余会计答道。

匡支书说：“好了，大家安静，为了公平、公开、公正、我们当场点验，现在，想当组长的请把钱交上来，由我、余会计和余爷三人点验，多者胜出。”

匡支书说完就等着有人交钱。这时，会场上鸦雀无声，谁都不想第一个交钱。其实，不是没人想当组长，只是觉得不好意思，不习惯。

匡支书见状，来了个激将法，他说道：“看来大家都不想当组长，既然这样，那就从外组派一个人来吧。”真没想到，这句话还真起了作用。王瘸子拿着一包钱第一个走到桌边，把钱交到匡支书手中，紧接着，姚半仙、罗癞子各自拿着一包钱走了上去。

这时人群当中就像炸开了锅，说什么的都有。

“王瘸子能有多少钱，只因为他有一个舅舅新中国成立前去了台湾地区，发了大财，前不久回来探亲，给了王瘸子一笔钱。”

“据说罗癞子的钱是他两个女儿给人家按摩赚的。”

“姚半仙怎么有那么多钱？”

“姚半仙能有这么多钱，还不是靠他的弟弟在城里做这个。”说话的人伸出右手的两根手指做剪刀状，意思是做“扒手”偷钱包的。

也许是听了大家的议论，匡支书大声说道：“大家不要胡思乱猜，不要管人家的钱是从哪儿来的，上面也没有规定，说哪些钱行，哪些钱不行。”

当几个人把钱清点完毕，匡支书站了起来，说：“现在我宣布:枣树岭村民小组长是……”

“慢着，还有我呢？我也要当组长。”大家循声望去，原来是衣衫褴褛的二憨搀扶着母亲风尘仆仆地走进会场。

“你？”匡支书用怀疑的眼光上下打量着又矮又丑的二憨，参会的所有人都非常惊奇地看着二憨母子俩，大家怎么也不会相信，此时此刻二憨会出现在会场，而且还声称要竞争村民小组长。就在大家用怀疑的目光盯着二憨时，只见二憨取下斜挎在肩上的布包，放在四方桌上，说：“匡支书，请你们数一数，看看我的钱够不够当组长的数量。”说完，便扶着母亲找了个空位置坐了下来，匡支书和余会计把二憨的布包打开，将里面的钱全部倒了出来，展现在人们眼前的全是1元、1角、5分、2分、1分等各种币值的人民币，大家非常惊讶，议论纷纷：“二憨怎么会有那么多钱。”“二憨的钱从哪来。这一年多，二憨都干了些什么？”大家都不知道二憨究竟干什么了，有人说他在外面打工，靠打工挣钱养活母亲；也有人看见他们母子俩在要饭要了不少钱。二憨对人们的猜测不置可否，只是傻傻的一笑。

匡支书和余会计、余爷三个人整整数了半个小时，才把那一堆钱币数完。最后匡支书站了起来，宣布道：“各位父老乡亲，现在我公布参与枣树岭组村民小组长竞选人的现金排名情况：王瘸子10000元。姚半仙12000元。罗癞子10100元。胡铁汉10000元。余二憨12005元。”

会场上鸦雀无声，大家都伸长脖子、竖起耳朵，等待着匡支书宣布结果，匡支书继续宣布道：“枣树岭组村民小组长——余二憨。”

（原载《海外文摘》2016年第10期）

会说话的哑巴

1

得知自己得了尿毒症，丽丽几乎精神崩溃，她不知道自己是怎么回到家里的，一路上没精打采，有气无力，走起路来踉踉跄跄，东倒西歪，回到家里便关了手机，倒在床上，抱着枕头悲悲切切地大哭起来。

其实，早在一年前，丽丽就感觉到身体有些不适，不但经常头昏脑胀，四肢无力，而且记忆力减退，做事精力不集中，尿频、尿急、尿不尽，晚上睡觉不好，白天吃饭不香，还动不动就想吐，并伴有全身轻微的浮肿，有两次还晕倒在工作现场。

丽丽本想用哭声唤起母亲对她特别的关注与疼爱。因为，以往的这个时候，母亲早已把饭菜做好摆到了桌子上，等着她回来，她一回家，便可享受到美味可口、热腾腾、香喷喷的饭菜，让她充分地感受到一种家庭的温暖。然而,今天家里却冷冷清清，既见不到可口的饭菜，也见不到母亲的影子，加之今天进大门时，保安关于自己的那一段对话，颠覆了她原本执着的想法，原来自己才是母亲抱养的，这让她非常痛苦。

丽丽哭了半天，见无人理睬，自觉无趣无聊，便爬起来，从自己锁着的抽屉里掏出日记本，做了一件她每天必做而且已经习惯性做的一件事情——写日记。她一边哭一边写，一边写一边哭，泪水打湿了枕巾，也打湿了她的日记本。写累了、哭累了便和着衣服睡了过去。

丽丽的母亲叫汪月方，是一位环卫清洁工，本来今天是白班，正常的话，黄昏6点多钟就可以下班，把饭菜做好等女儿回家，可今天接她班的同事临时有事，不能接班，叫她顶一下班。这样，她一直干到了第二天凌晨3点才回家。这期间，她也曾几次拨打过女儿的手机，可女儿手机是关机的，无法联系。

汪月方精疲力尽回到家中，跟往常一样，第一件事就是悄悄到女儿房间看一看，见女儿没脱衣服就睡了，以为是女儿太累了。为了不打扰女儿，她俯下身子，悄悄地在女儿的脸上轻轻地吻了一下。可就在这一刻，她发现女儿的脸上带着泪痕，枕头边上还有一个尚未合上的日记本。她拿起日记本就着灯光一看，只见上面写着这样几行字：

2015年4月17日.阴

今天特别难受，到医院检查，得知自己得了尿毒症，而且还是晚期，自杀的心都有了。

汪月方看到这儿惊呆了，她不敢相信这是事实。她心里想，一直以来,自己总以为女儿的身体不适，是头痛脑热感冒引起的，不是什么大毛病，没想到竟会是尿毒症，而且还是晚期。女儿得了这么严重的病，自己却没有陪伴她去看医生，如果不是女儿自己去医院诊断出来，自己这个做母亲的还蒙在鼓里，这是做母亲的失职呀。汪月方想到这里，陷入了深深的自责之中，痛苦的泪水夺眶而出。

汪月方知道，按照目前的医疗技术水平，得了尿毒症这种病的人，如果不换肾的话，活在世上的时日是屈指可数的。如果要换肾，首要的问题就是解决肾源，别说一时难以找到可匹配的肾源，即使有了合适的肾源，家里也拿不出那么多钱来交医疗费。现实竟是这样残酷，丽丽似乎无法摆脱这种厄运，她看到死神在向女儿招手。面对死神，女儿能挺过去吗？

在汪月方的心里，丽丽来到这个世界只有25年，她还有许多事情没有经历，她不能死，她应该活下去。自己无论如何都要想尽一切办法，哪怕只有百分之一的希望，也要做百分之百的努力让她活下去。汪月方还认为，丽丽尚不知道自己是她的养母，自己不但要想办法救活她，而且还要选择一个合适的时机告诉她的身世。不但要告诉她生母与养母的真相，而且还要千方百计帮助她，让她找到生母，母女团聚。她知道，丽丽一直都是把自己当作她的亲生母亲。

的确如此，丽丽也曾听到别人隐隐约约说过，她与姐姐两个人不是亲姐妹，其中一个是母亲亲生的，另一个则是母亲抱养的。但究竟谁是亲生的，谁是抱养的，没有任何人向她说明白过。不过，在她的潜意识里，自己是母亲亲生的，姐姐才是母亲抱养的，因为现实中，母亲对她的好胜过对她的姐姐。直到前不久，她无意之中才从别人的口中得知，待自己胜过亲生母亲的这个女人，竟然是自己的养母，自己是抱养的，姐姐才是亲生的，自己的生母已经嫁到云南，在云南有了新家。

丽丽一觉醒来已是第二天早上，由于身体不适，她的脑袋仍感觉昏昏沉沉的。她慢慢地爬起来，向正在灶屋给自己煮早餐的汪月方没好气地问道："你昨天干什么去了？为什么连电话也没有一个？"

汪月方见丽丽醒来，含着眼泪，心疼地说："孩子， 得了这个病，妈妈也没陪你去检查，真对不起你啊。"

丽丽知道母亲偷看了自己的日记，非常不高兴，板着脸说："你偷看人家的日记，不道德。"

对于女儿一连串的质问和责备，汪月方本想做些解释，但话到嘴边又咽了回去。只听丽丽接着又用不可置疑的口气说道："我想到云南去。"

汪月方听到女儿说要去云南，吃惊地抬起了头，问道："什么？你要到云南去，你要到云南干什么？就你现在身体这种状况，哪里都不能去，只能在家里治疗。"

"不，我必须去，谁也不要阻拦我。"

"我不明白，你这个时候要去云南干什么？"

丽丽见说到这个份上，觉得自己再不说明白是不行了，但又不知道从何说起。于是便吞吞吐吐地说道："我想、我想……"

"说吧，你想到云南干什么？"汪月方鼓励道。

"我想到云南找亲妈。"丽丽终于把要说的话说出口。

"什么、什么，你想到云南去找你的亲妈？"

汪月方瞪着两只大眼睛，疑惑地望着丽丽，就像是望着一个从来不认识的人。心里想，丽丽是怎么知道自己不是她的生母？又怎么知道生母是在云南？难道是自己什么时候说漏了嘴？还是哪个地方做了不该做的事，使孩子感觉到自己不是她的生母？她百思不得其解。她没想继续保留这个秘密，但她不想就这么轻而易举地解开密，她在等待一个适当的时机。于是便试探地说："孩子，我、我就是你的亲妈呀。"

没想到丽丽听了汪月方这句话，竟冷笑道："算了，你别骗我了。"

听到女儿说出一个“骗”字，汪月方满腹的委屈，眼泪哗哗地流了下来。

见母亲流出了眼泪，丽丽似乎感觉到自己过分了点，停了一下，才又改用缓和的口气问道:“你为什么抱养我？我的生母是谁？她叫什么名字？你能不能把这一切的一切都实打实地告诉我，我不能再这样被骗下去，我也不想再这样稀里糊涂地活着。”丽丽说着说着也哭了起来。

汪月方见丽丽问到这些问题，心里想，这正是自己25年来难以启齿的问题。说实话吧，丽丽肯定会怪罪自己，怪罪自己欺骗了她和她的生母；不说实话吧，似乎又对不起好友章桔英，同时也意味着要对丽丽继续撒谎，从而继续伤害丽丽的感情。想到这里，她深深地叹了一口气，不知作何回答，其实她还是想回避这些问题。可丽丽偏偏揪住不放，一个劲地说道：“你说呀？你怎么不说呀？”

在丽丽的一再催促下，汪月方顾不了那么多，只得含着泪说道：“孩子呀，你的真名叫苳丽丽，你亲妈叫章桔英，你亲爸叫苳军，你妈还在恋爱期间就未婚先孕，并生下了你。但却遭到你外婆、外公的坚决反对，并为此派人对你的父母进行追踪，意图要将你抱给他人。为了躲避你外公、外婆家里人的追踪，你爸和你妈把你抱到我这里，叫我先帮着抚养你一段时间，说是等他（她）们俩正式结婚，你外公、外婆接受这个现实以后，再来将你抱走。我等呀等呀，却一直没见你的亲生父母来将你接走。直到三年以后，我才从别人口中得知，你爸出了车祸离开人世，你妈远走他乡，在云南一个小镇建立了一个新家。”汪月方虚构了一些情节，隐瞒了一些事实，她不想全盘托出。但是，她又想，既然丽丽已经知道自己不是她的生母，有些事再隐瞒下去已经没有必要，所以，她同时也说出了一部分真相。“这么说，是我的亲生母亲抛弃了我？”丽丽听完养母的回答后，又追问道。

面对女儿的追问，汪月方不知如何回答，想了想，只得说：“就算是吧。”汪月方回答完毕，又怕女儿再提出稀奇古怪的问题，说完后紧接着便又轻轻地反问道：“孩子，你是从什么时候开始知道我不是你的生母的？”

丽丽想了想，说道:“这个嘛，不瞒你说，其实我也是最近才知道的。”

汪月方眨巴眨巴眼睛疑惑地问道：“孩子，这个秘密在我的心底藏了25年，25年来我一直在寻找机会告诉你，只是一直没找到一个合适的机会，没想到你自己已经知道。”停了一下，她又追问道：“孩子，你是怎么知道的？”

“你记得半个月前那次车祸吗？”

“记得。”

“那次车祸，姐被撞成重伤，由于流血过多，昏了过去。当时，为了救姐，急需要给她输血，可姐的血型极为少见，血库里也没有。为了救姐，我挺身而出，要为姐输血，可是，你坚决不同意，医生感到很奇怪，便悄悄地向你问道，为什么不同意小女儿为大女儿献血？你悄悄地对医生说，她们之间没有血缘关系，不是亲姐妹，说姐是你亲生的，我是你的养女。”

“是的，我是这样对医生说过，可你当时并未在现场，你从哪儿听到的？”

“当时，我的确不在现场，可正巧那时我一个同学刚走到医生办公室门口，听到了你们的对话，只是没有吱声而已，是她把你们的对话告诉我的。不过，当我听到这个消息时，我几乎是惊呆了，不敢相信你说的是真话，你知道，一直以来，我以为自己就是你的亲生女，而姐姐则是你的养女。”

“那你是怎么知道你的生母在云南的？”汪月方又问道。

“这是我昨天路过小区大门，无意之中从两个保安的对话中听到的。”

汪月方没想到丽丽这么有心计，沉吟了一下后又说道：“丽丽，既然你早已知道自己不是我的女儿，为什么不跟我说？妈一直还蒙在鼓里呢。”

丽丽说：“我说什么呢？我痛苦都来不及。我什么都不想说，再者，我也在寻找合适的机会呀。”

女儿的一番话，让汪月方无言以对。过了好一会儿，她才说：“我同意你去找寻自己的生母，但就你目前的身体状况，我不放心，要去也得我陪你一起去。”

“我不要你陪，我没事，你放心好了。”

“不行，我一定要陪你去，孩子，如果你有个三长两短，我怎么对得起你死去的爹，怎么对得住你的亲妈。更何况，我曾经抱着你去找过你的亲妈，我知道她在什么地方。”

话说到这个份上，丽丽再不好说什么，只得同意养母一同前往。

2

夜深人静，万籁俱寂。汪月方在床上翻来覆去，白天的事情让她怎么也睡不着，她悄悄地爬起来，从自己的柜子底层找出一个用印花布包着的包袱，就着昏黄的灯光，一层一层地打开，打开到最后一层，一个发黄的信封展现在眼前，她打开那个发黄的信封，从里面找到一张发黄的黑白婴儿照片，用手轻轻地抚摸照片上婴儿的小脸蛋，记忆的闸门缓缓地打开，25 年前那个雨夜的一幕，以及后来所经历的许许多多的事情就像过电影一样，一幕幕、一段段又在她的脑海里显现，不由得两行热泪夺眶而出。

那是一个电闪雷鸣、风雨交加的夜晚，天黑得伸手不见五指，忙碌了一天的汪月方洗完脸，洗完脚，正准备上床睡觉，突然“嘭、嘭、嘭”门外传来一阵急促的敲门声，把汪月方吓了一大跳，是什么人深更半夜敲响自己的家门？一个巨大的问号在她脑海里出现。她清楚地记得，自己一年前离开那个恶魔丈夫搬进这远离闹市偏远的小山村以来，不要说这风雨交加的深更半夜，就是阳光明媚的大白天，也无人造访她这独门独户的小茅屋。这栋小茅屋是娘家的祖业，父母去世以后，兄弟姐妹都离开了这儿，就是那些常走动的亲戚也都不来这儿了。她摸到放在枕头边的火柴，把刚刚吹灭的煤油灯再一次点亮，轻轻地抬起脚，一边慢慢地往前挪一边胆怯地问道：“你是哪个？”

也许是电闪雷鸣和风声、雨声淹没了汪月方的问话，敲门声越来越急、越来越大，并伴随着一个声音嘶哑的女人的喊话：“月方！月方！快开门！”

此时此刻，汪月方似乎已经听出，这是一个熟人的声音，敲门的人可能是自己的好友章桔英！这么晚，他来找自己干什么？汪月方想着不由得加快了脚步，一边走一边答道：“来了，来了。”她刚把两扇木门打开，便从屋外急急忙忙闪进两个披着塑料雨衣的人来。

“快、快，快把门关上。”进来的其中一个人急忙对汪月方吩咐道。

汪月方一听，没错，这就是好友章桔英的声音。她按照章桔英的吩咐，迅速把门关上。

进来的两个人见门已关，才不约而同地长长地舒了一口气，同时把塑料雨衣的帽子返到后面，露出两张惶恐的脸。在昏暗的灯光下，汪月方才看清楚，站在自己眼前的是一男一女，女的正是自己的好友章桔英，而男的却从未见过。

章桔英见汪月方用疑惑的眼光看着那男的，便介绍说："月方，他是我男朋友，叫苳军。"然后转过脸对苳军说："苳军，这就是我常跟你说过的，我最要好的朋友汪月方。"章桔英一边说，一边脱雨衣，因为有一个纽扣解不开，便对苳军说："快、快帮我把雨衣脱下，闷死我的小宝宝了。"

那个叫苳军的男人立即走到章桔英跟前，帮助章桔英将雨衣脱下。眼前的情景让汪月方大吃一惊，原来，好友章桔英在雨衣的遮掩下，胸前还抱着一个嗷嗷待哺的婴儿，章桔英说"闷死我的宝宝了"这句话时，汪月方一时没在意，此刻她才明白那句话的含义了。

"这到底是怎么回事啊？"汪月方瞪着两只眼睛望着章桔英问道。因为一路的奔波和惊吓，章桔英满脸疲惫，胸脯一起一伏，大口大口地喘着粗气。见好友汪月方满腹狐疑，章桔英尽量让自己的心情放松下来，说道："月方，我生孩子了，你瞧，这就是我的孩子，她的名字叫丽丽。"章桔英说完示意苳军将孩子从她胸前抱下来。

"什么,你生孩子了？你什么时候生的孩子？你不是还没结婚吗？"汪月方迫不及待地追问道。

汪月方记得，大约两年前，比自己大两个月的章桔英还是孤身一人，因为她长得漂亮。不少好心人要为她介绍男朋友，都遭到了她的婉言拒绝。那一天，她说她要到城里打工，自己送她上的火车，怎么也没想到，仅仅两年不见，她不但有了男朋友，还生下了孩子。

章桔英见汪月方一个劲地问这问那，也不给自己倒杯水喝，便嗔怪道："月方，你让我们喘口气，喝点水，我才把你想要知道的东西告诉你。"

经章桔英这么一说，汪月方倒真有些不好意思，连忙说："对不起，对不起，你看我这糊涂虫。"说完便从桌子上拿起两个玻璃杯，给每个人倒了一杯凉开水，见苳军抱着孩子不方便喝水，又从苳军怀中接过孩子，一边抱一边说："来、来、来，小宝宝，给阿姨看看。"

小宝宝睡得很香，粉嫩的小脸蛋洋溢着幸福的安详，全然不知道外面风风雨雨的世界。

也许是女人喜爱小孩的天性，汪月方抱着孩子凑近灯光，认真地欣赏孩子轮廓分明的小脸，就像欣赏一朵含苞待放的花蕾，望着孩子的小脸蛋，汪月方自言自语地说："真像。"章桔英一口气把杯中的水喝完，听到汪月方说出"真像"两个字，便问道："像谁？"

"像你，太像你了，长大了又是一个美人坯子。"汪月方说。

提到孩子，章桔英突然想起什么，向汪月方问道："你的孩子呢？"

汪月方说："早睡了。"说完，便抱着章桔英的孩子往里屋走，章桔英和苳军紧随其后。

汪月方走到里屋的床边，指着正酣睡的女儿对章桔英说："你们看，孩子正睡着呢。"

章桔英俯下身子，望着熟睡中的孩子，兴奋地说："几个月了，是男孩还是女孩？"

汪月方说："女孩，八个月大了。"

章桔英说："哦，也是个千金，比我的这个大三个月。"

汪月方掀开被子的一个角，将章桔英的孩子与自己的孩子放在一个被窝里，一边放一边说："小乖乖，与姐姐一起睡。"然后盖好被子并掖了掖被角。三个人这才一同走出里屋，回到客厅。汪月方安排两个人在客厅坐下，自己进灶屋给两个人各下了一碗面条。

待章桔英两个人吃完面条，汪月方问道："桔英，你们俩什么时候认识的，为什么今天晚上急急忙忙来到我这儿。"

章桔英看了一眼苳军，长叹一声，说："哎！说来话长。"随即将事情的来龙去脉说了出来。

原来，章桔英与苳军是两年前在县城一起打工认识的，认识不久两个人便住在了一起。三个月后，章桔英怀了孕。按照当地农村的习俗，像他们俩这种未婚先孕的行为是大逆不道的，不仅两个当事人要遭到人们的唾弃，就连双方父母也会被人指背，女方的父母更会遭到别人讽刺。果然，章桔英父母得知女儿怀孕的消息后，要求女儿立即堕胎，否则，就不准女儿进家门。对此，章桔英心急如焚，遂与苳军商量对策，苳军说，最好是悄悄地将胎儿打掉，以免父母生气。章桔英听到苳军也主张将胎儿打掉，心里气得受不了。她说，自己能怀上孩子，这本是一件好事、喜事，却因为怕父母反对，怕别人指背就要把孩子打掉，这不是一种罪过吗？她主张趁自己肚子不现形马上举行婚礼，让生米煮成熟饭，待孩子生下后，父母要反对都来不及。对此，苳军也不同意。苳军认为，现在结婚太早，自己家里还没有准备好。两个人为此争吵起来，经过争吵，最终双方形成一致意见，两个人离开县城，一起南下打工，借机悄悄地把孩子生下。

谁知这事瞒得了初一瞒不了初二，章桔英在外地生下孩子后不久，其父母就知道了。老两口派出几个得力的亲戚，四处寻找女儿的下落，并发狠话说，一旦找到，便强行抱走婴儿，远送他人。

这一天，章桔英抱着孩子到附近医院看病，回家时，房东告诉她，说下午有人上门打听她的事。章桔英一听，知道自己的行踪暴露，吓得不得了。便与苳军一道，抱着出生还不到五个月的婴儿，躲开娘家人的追踪，连夜乘车来到这儿。

“你怎么知道我住这儿。”汪月方又问。

章桔英说：“我们到了你镇上那个家，见门是锁着的，一问邻居，邻居告诉我们，说你受不了老公的折磨，抱着孩子回娘家了，这不，我们就赶来了。”

“你怎么知道这个地方？”

“你忘了，读初中三年级那一年，我到过你这个家。”章桔英这么一说，汪月方完全想起来了。

听完章桔英的回答，汪月方又问道：“那你们打算下一步怎么办？”

章桔英似乎不好意思开口，她看了一眼苳军，示意苳军说实话，苳军领会了女友的意图，嗫嚅着，“我、我、我……”结果半天也没说出个子丑寅卯来，其实苳军不是说不出，也是不好意思说。

章桔英见苳军吞吞吐吐，嗔怪道：“没出息。”然后坦诚地对汪月方说道：“我们想把孩子放在你这儿，请你帮忙看一阵子，等我父母想通了，我再把孩子接回去。”

汪月方听到章桔英这样一说，连忙摆手道：“不行，不行，我可没这能耐，我……我连自己一个孩子都侍弄不好。哪有这个能耐抚养两个孩子，你们是想把我累死呀？”

章桔英见好友不同意，便没理由找理由地说道：“你不是也生了一个吗？你就让她们一起吃奶一起睡觉吧，不需要为我的孩子特意做什么。”

说着，也不管汪月方同意不同意，便从行李箱中拿出一个布包和一个信封，放在饭桌上，说："这包里都是孩子换洗的衣服，新买的，这信封里有一张孩子满百天的照片，留给你当作纪念，另外还有一千元钱，是孩子的，也不知够不够，如果不够，就请你先垫付，到时候我来接孩子时一并给你。"

一开始，汪月方听到章桔英说要把孩子放到自己这儿，的确有些为难，但经过章桔英这样一说，又觉得不无道理。的确，自己刚生下孩子，奶水过剩，一个也是带，两个也是带，无非辛苦一点。更何况，好友有难处，自己不帮谁帮。于是便答应下来，但接着又说："只是怕带不好，委屈了孩子，你们可要多包涵点。但这钱我不能要，不需要为孩子买奶粉，我有的是奶水，够两个孩子吃的，你们就放心好了。当然，这张照片我要了，我要留作纪念。"

章桔英见汪月方答应下来，如释重负，千恩万谢，说不完的感激话。临走时还是要把自己手中的那一叠钱放在汪月方手里，说："万一有个什么事，要应急呢。你们家又不宽裕，是吧。"汪月方死活不肯接，说："这钱我肯定不能要，如果急需要钱，我会找你们要，一点也不会客气。"

章桔英与苳军见汪月方如此说，才放下心来。

3

同时喂养两个小孩，对于汪月方来说，不能不说是一种能力的考验。虽然奶水可以满足两个孩子的需要，但活儿却多了一半。这个哭、那个闹，这个要吃，那个要拉，常常忙得她不可开交。然而虽然忙，但望着两个孩子一天不同一天的模样，心里却又特别甜蜜和兴奋。她心想，等章桔英来抱孩子时，也算有一个好交代，没有辜负好友对自己的期望。

然而一个月过去了，两个月过去了，三个月过去了，好友章桔英并没有来，而且打电话不通，发书信不回。对此，汪月方不免着急起来，她觉得，这样长期下去总不是个事。

就在汪月方盼星星盼月亮盼着章桔英出现时，意想不到的事情发生了。

这天中午，汪月方好不容易把两个吃饱喝足的宝宝哄着睡了觉，自己正想弄点东西填填肚子时，不想这时外面传来一阵狗吠，紧接着又传来几声敲门声。汪月方以为是章桔英来了，那个高兴劲就甭提了，她连忙放下手中的活儿，打开门，一边开门嘴里还一边唠唠叨叨：“你这个死丫头，早就该来了。”

汪月方打开门一看，令她意想不到的是，站在门外的不是好友章桔英，而是大哥汪文荣、大嫂刘玉珍。

汪文荣从妹妹的眼神中看到了吃惊的神色，他也没有在意，而是微笑着问道：“刚才你神神道道的，跟谁说话啊？”

汪月方捋了捋垂在脸前的一绺刘海，笑着说：“嗨，我以为是我的好友章桔英。”

“哦，没想到是我们吧。”汪文荣进到屋里，就像是进到自己家里似的，不请自坐，并嗔怪道：“渴死我们了，快给我们倒口水喝。”

其实汪月方已经在为兄嫂沏茶，她一边沏茶一边说：“哥，看把你急的，我这不正为你们倒水吗？”

刘玉珍笑着对汪月方说：“别听他的，他呀就是这么个人。”

“嫂子，这个我知道，我们兄妹俩一见面就要斗嘴。”

汪月方把沏好的两杯茶恭恭敬敬地放在兄嫂跟前，说：“还没吃午饭吧，你们先坐着，我去给你们下两碗面条。”

“每碗加个荷包蛋，多放点辣椒，多放点醋，我早就饿坏了。”汪文荣拍着自己的肚皮说道。

“知道，辣不死你。”汪月方朝哥哥做了个鬼脸后便进入灶屋里忙乎起来。

大约不到十分钟，汪月方便做好了两碗热腾腾、香喷喷的面条。汪文荣闻到香味，不等妹妹将面条端到桌子上，就走进灶屋，抓起一个盖在面条上的荷包蛋丢进嘴里，三嚼两咽便吞进了肚子里。

汪月方对哥哥嗔怪道：“哥，看把你饿的。”

汪月方端着一碗盖有荷包蛋的面条放在刘玉珍跟前，说：“嫂子，请吃面条。”

汪文荣则端着那碗已没有荷包蛋的面条，一边走一边吃，等她走到客厅桌子旁边，一碗面条已经被他吃个精光，只剩一点汤水，他索性把汤水也喝得一滴不剩，然后用手把嘴一抹，对坐在桌子旁的妹妹说：“月方，你也不问问，我这大热天顶着大太阳，到你这儿来干什么？”

“我哪儿知道啊，你有什么事就快说，别卖关子。”

汪文荣干咳一声，清了清嗓子，说：“最近一次大雨，把母亲的坟墓冲垮了，我想把它重新修缮一下，但还缺点钱，你能不能支持一点。”

“哦，是这件事啊，什么支持不支持的，这是应该的，说吧，要多少？”停了一下接着又说道：“母亲去世造墓穴是应该的，可我就觉得那个地方不太好，你们又不听我的。”

“算了，算了，不说过去的事了。”汪文荣挥了挥手，似乎有些不耐烦。

汪月方还要说什么，这时里屋传来一阵婴儿的啼哭声，汪月方一听，丢下哥嫂二人在客厅就往里屋走，并嘀咕道：“宝宝尿涨醒了，我给孩子撒个尿去。”汪月方帮孩子撒完尿，又用一块棉布把孩子屁股包裹好，交给刘玉珍，说：“嫂子，帮我抱一下，我去弄点水给她喝。”

刘玉珍接过孩子，看着襁褓里孩子粉嫩的脸蛋和撇着小嘴左右两边找奶吃的神情，女性那种与生俱来的母爱油然而生，她不由自主地在宝宝的小脸蛋上深深地吻了一下。

汪文荣两口子结婚已经五年，一直没生小孩，为此，双方父母都非常着急，汪文荣两口子更是急得不得了，你怪我，我怪你，都说是对方的问题，谁也不让谁。后来两个人同时到医院一检查，医院说问题在男人，男人的精子成活率不足5%。汪文荣得到这个消息，犹如被人当头浇了一盆凉水，从头凉到脚，从此精神萎靡不振，整天长吁短叹，垂头丧气。

汪月方用奶瓶弄了些温开水，递给刘玉珍说：“嫂子，帮我给宝宝喂一下水，让她润润喉咙。”

刘玉珍接过汪月方手中的奶瓶，有意地将奶嘴对准宝宝的嘴角轻轻触碰了一下，宝宝立即反应过来，紧紧地含住奶嘴，大口大口地吸起来，此情此景更加勾起了刘玉珍生孩子的欲望。

然而，正在这时，里屋又传来一声婴儿的啼哭，汪文荣两口子一听，大吃一惊，不约而同地抬起头，疑惑地你看看我我看看你。心里同时在想，这是怎么回事？怎么又有一个婴儿在啼哭？当两个人都证实婴儿的啼哭声就是发自妹妹汪月方里屋时，又不约而同地把怀疑的目光投向从灶屋里出来的妹妹汪月方身上。

汪文荣目光咄咄逼人地向妹妹质问道：“这又是哪儿来的孩子的哭声。”

汪月方微笑着向兄嫂解释道："嗨，看把我忙的，忘记把一件重要的事情告诉你们了。"接着便把好友章桔英和苳军两人如何恋爱、如何怀孕、如何生孩子、如何躲避生孩子的事，原原本本、一五一十地告诉了哥哥、嫂子，最后说道："刚才从里屋传出来的婴儿的啼哭声，就是章桔英的孩子。"

汪文荣夫妻俩听完汪月方的述说，不由得恍然大悟，但同时心里想，这世道太不公平，该生的生不出，不该生的偏又生了出来，老天爷捉弄人啊！

汪月方接着又重复地说道："刚才从里屋发出来哭声的孩子就是章桔英的女儿。"汪月方似乎是对兄嫂说，又像是自言自语地埋怨："这章桔英也真是，说好了一个月以后抱走孩子，可现在三个月过去了，也不见他俩的人影，打电话不通，写书信不回，也不知道发生了什么事，总不可能叫我养这孩子一辈子吧。"

听到汪月方对章桔英的抱怨，刘玉珍心里豁然开朗。她望着怀中正在喝水的孩子，一个大胆的设想在她的脑海里酝酿开来，她似乎感觉到从未有过的一种要当母亲的冲动，仿佛觉得怀里的孩子就是自己的，似乎听到孩子在梦中呼唤自己，又似乎看到孩子伸出双手奔跑着从远方向自己扑来，一种母性本能的诉求和与生俱来对孩子的依恋，以及想充分体验当母亲的期盼与愿望，她甚至根本没有考虑到要与丈夫商量，就脱口而出："月方，我要抱养这孩子。"说完后，才觉得自己有些唐突，心跳加速，血流加快，脸上红扑扑的，因为毕竟是没有生过孩子的人。

"什么，什么，你再说一遍。"作为丈夫的汪文荣明明听懂了妻子的话，却装作没听懂，他是想要妻子再说一遍。

而正在干活的汪月方听到刘玉珍这么一说，以为自己听错了，她停下手中的活儿，瞪着两只眼睛，张开嘴巴，怔怔地望着嫂子，一副瞠目结舌的样子。

此时此刻的刘玉珍，见丈夫和小姑子这副模样，反倒平静下来，她用不容置疑的口气，斩钉截铁地重复了前面说出的那句话："我要抱养这个孩子。"

汪文荣对妻子的话听得真真切切，他动了动嘴唇，想说什么却没能说出口。他知道，是自己没有生育能力，使妻子失去了做母亲的机会，如今妻子提出要抱养这个孩子，以圆她做母亲的梦，同时也让自己有一个做父亲的机会，有何不可呢。

知夫莫若妻，此时此刻，妻子理解丈夫，她知道丈夫想说什么，所以刘玉珍坦然地说："这没什么，我会把孩子当作自己的亲生女儿，我相信，孩子长大以后也一定会把我们俩当作她的亲生父母。"

一旁的汪月方终于明白了嫂子的意思，她断然地拒绝说："不行，不行，这可不行，到时候人家向我要孩子，我拿什么给人家，我怎么对得住人家。"

刘玉珍解释说："月方，你不是说，章桔英与男朋友苳军为孩子的事吵过架吗？既然她男朋友苳军不想要孩子，那么即使章桔英有心想抚养孩子，也是徒劳无益的。我们抱养他们的孩子，对他们俩来说，也许是一种最好的解脱。"

"这个……"汪月方还在犹豫。

突然，刘玉珍"扑通"一声双膝跪地，含着泪向汪月方哀求道："月方，我求求你了，你就答应我吧。"

汪月方见此情景，连忙上前搀扶刘玉珍。刘玉珍说："你不答应我，我就不起来。"

汪文荣见此情景，完全理解妻子作为女人的心情。见妹妹不想配合，心里想，此时此刻自己应该站在妻子这边，帮妻子说话才是。于是便对汪月方说："月方，你知道我们的情况，我们抱养这个孩子，也是为了稳住这个家庭，如果孩子留给章桔英，倒让他们的处境非常尴尬，如果给了我们，不但稳住了我们这个家庭，而且，也是解脱他们俩的最好办法。从刚才你说的情况分析，其实他们已经放弃了孩子，你想想，如果他们没有放弃，早就应该来了。退一万步讲，即使章桔英将来向你要孩子，你可以告诉她说，孩子得了伤寒病夭折了。"

望着兄嫂热烈而期盼的眼神，汪月方不好再说什么，她觉得哥哥嫂嫂也不容易，她理解他们的心境和难处，但她不敢公然表明自己的态度，因为这毕竟不是自己的孩子，是别人的孩子，自己胡乱表了态，会对不起章桔英两口子。她只能默认，默认已经够对得住哥哥嫂子了。

由于汪月方的默认，汪文荣两口子高高兴兴地抱走了孩子，可刚走出大门，汪月方突然说了声："等等。"说完便立即返回里屋，把孩子穿的、戴的、吃的、喝的全收拾起来，放进包里，交给还站在门口发愣的兄嫂，含着眼泪说："这些都是孩子的，不够再添一点，如果不习惯、不顺手就抱回来。”说完便在孩子的脸蛋上深深地吻了一下，然后迅速地返回屋里，关上门，她怕自己控制不住感情反悔起来。

4

自从哥哥和嫂子抱走了丽丽，汪月方心里一直忐忑不安，如坐针毡，一方面她怕章桔英一来，事情败露，不好交代；另一方面她又巴不得章桔英不来，把这事忘掉。平时干活一丝不苟的她，这些天来六神无主、丢三落四，炒菜时不是忘了放盐就是忘了放油。

一晃又是三个月过去了，章桔英还是没有来抱孩子，这让汪月方有了些许安慰，她甚至心里这样想，但愿章桔英把抱孩子这事永远忘了。

其实，自打嫂子抱走丽丽以后，汪月方曾一连几个晚上没有睡好觉，孩子吃得怎么样？穿得怎么样？睡得怎么样？哭不哭？闹不闹？会不会冻着？会不会饿着？等等，一切的一切她都记挂在她的心里。虽然她知道同时也相信，哥哥嫂子是疼爱孩子的，孩子在哥哥嫂子那里一定会茁壮成长。但哥哥、嫂子从来没有抚养过孩子，他们在这方面什么都不懂，孩子闹了怎么办？孩子饿了怎么办？孩子病了怎么办？汪月方越想越担心，越想越着急，她再也按捺不住了，她忘记了当初与兄嫂订下的一年之内不得以任何借口看望孩子的君子协定。到了第三天天还没有亮，就急急忙忙往哥哥嫂子家里跑，当她跑到哥哥家里，看到孩子安详地睡在摇篮里，才稍稍放下心来，依依不舍地离开哥哥的家。然而，不出两天，他又想起，孩子有一个喝了奶水后必须拍背的习惯，自己忘了告诉嫂子，于是她又特意跑到哥哥嫂嫂家里，提醒嫂子这一事项，现场示范后一再叮嘱道：“记住，是用空心拳，轻轻地拍几下。”弄得哥哥嫂子哭笑不得。看到兄嫂两口子把孩子当作亲生的一样，这也使汪月方有了一些宽心。

然而，正当汪月方暗暗庆幸章桔英没有来时，不想这一天还是来了。

这一天中午时分，章桔英兴奋地敲开了汪月方的门，这个时间离章桔英交孩子的时间已经过去了六个月，孩子已经长到一岁多，会说话、会走路了。

汪月方打开门，望着满脸红晕、激动兴奋、气喘吁吁的章桔英，一时愣住了，张开嘴巴半天也没合上，竟忘记把客人请进屋里。

章桔英见汪月方神情怪怪的，一开始也没在意，只是开玩笑地说："怎么，才六个月不见，就不认识我了。"汪月方这时才反应过来，但还是不知怎么回答，断断续续地从嘴里冒出"嗯""啊""哦"几个字，让人听起来不知所云。

这时从里屋传来婴儿的啼哭声，听到婴儿的哭声，章桔英别过正在发愣的汪月方，直往里屋奔，一边奔跑还一边激动地喊："丽丽，我的乖乖，妈妈看你来了。"

章桔英跑进里屋，从床上抱起正在四肢乱动、张嘴哭喊的孩子，脸贴脸使劲地亲着，一边亲还一边絮絮叨叨："丽丽，想死妈妈了。"眼眶里噙满了激动的泪水。

看着眼前的这一幕，两颗豆大的泪水从汪月方脸上滚落下来，可以想象，她内心深处正在经受着煎熬，悔恨、羞愧、心痛，五味杂陈，她不知道该怎么面对自己这位突如其来的好友，不知道该怎样告诉她事情的真相，是如实相告，说孩子被自己的哥哥嫂子抱养；还是撒一个弥天大谎，说孩子因患伤寒夭折，汪月方一时拿不定主意。

章桔英把汪月方的小孩当成了自己的小孩，使得汪月方更加慌乱。她不知如何是好，如果当场说明，无疑会使好友处于一种十分尴尬的地步；如果不当场说明，那将会错上加错，误会更深。

正当汪月方左右为难，不知如何应对时，章桔英这时将目光从孩子的脸上移开了，对汪月方说："月方，麻烦你把孩子的衣服和尿布、奶瓶什么的收拾一下，装进我那个行李箱中。"说完又把目光放在了孩子的脸上。一边欣赏着孩子的脸蛋，一边自言自语地说："小宝贝，跟妈妈回家了，谢谢阿姨这么多天的照顾啊，长大了可别忘记了阿姨的恩情。"

汪月方望着章桔英的一举一动，心里非常伤感，她不忍心看到这一幕，便跑到外面，掩面而泣。她一边哭一边这样想，如果章桔英没有发现这个孩子是我汪月方的，那就将错就错，让她抱走算了，自己忍痛割爱吧，这样做也算是给好友的一个交代。

章桔英正自顾自地说着，突然闻到一股臭味，接着又感觉到孩子屁股底下湿乎乎的，她知道，孩子可能大便了。毕竟是侍弄过孩子的人，章桔英麻利地扯开包在孩子屁股上的尿布丢进垃圾桶，然后将宝宝翻倒过来，用湿润的纸巾将屁股上的残便擦干净，可她擦着擦着不觉皱起了眉头。

“喂，月方，快过来，”章桔英朝屋外喊道。

汪月方听到喊声，立即擦干眼泪走进了里屋，问道：“怎么了？”

“这孩子的胎记怎么没有了？”章桔英问道。

“胎记？什么胎记？”汪月方感到莫明其妙。

“我女儿左边屁股上有一个绿豆大的红色小胎记，怎么没了。”

听到章桔英这么一问，汪月方心里想，这又不是你的女儿，屁股上当然没有胎记，但同时，她又对自己的疏忽和大意有些懊恼，自己为什么没在意她女儿屁股上有胎记呢。

不过，既然事情到了这个份上，要瞒是瞒不住了，如果再瞒下去，反倒对不起好友了；但又不能将事情的真相全盘托出，该说的一定要说，不该说的绝不能说，既要对得住好友，还要对得住哥哥嫂子。

汪月方想到这里，便装作不太在意的样子，说道：“这又不是你女儿丽丽，屁股上当然没有胎记。”

“什么？这不是我的女儿，难道这是你的女儿？那么我的女儿呢？”

汪月方打定了主意要瞒住对方，再也不显得紧张，她不慌不忙地说：“是呀，这是我女儿阳阳，我女儿屁股上当然没有胎记。”

章桔英吃惊地望着汪月方，焦急地问道：“月方，你说这是你的女儿阳阳，那、那、那我的女儿丽丽呢？”由于着急，章桔英热血喷涌，满脸通红。

汪月方虽然内心十分慌张，但表面仍然十分镇静，她想，自己要装下去，要装得越像越好，想到这里，她长叹一声，装作十分悲伤的样子说道：“唉，桔英呀，你、你、你的孩子几个月前就没了？”

“什么？什么？我的孩子没了，我的孩子怎么没了？”章桔英将丽丽放到床上，走近汪月方质问道。

汪月方再次长叹一声，说：“唉，是因为伤寒病没的。”

章桔英听到这里，满腹狐疑，进一步质问道：“什么时候没的？为什么不早告诉我？”说到这里，眼泪便哗哗地流了下来。

汪月方见章桔英伤心地哭了，也流出了伤感的眼泪，她一边擦泪一边说：“两个月前，你家丽丽突患伤寒，我四处求医，走了几家医院都治不好，最终还是走了。”

“那你为什么不告诉我呀？”

“我怎么告诉你？你将丽丽放在我这儿的那一天，说好一个月后来接孩子回去，可现在几个月过去了？六个月过去了呀。一开始，我天天盼，时时盼，盼着你们两口子把孩子接回家，可左等右等你们都不来，打电话不通，发书信不回，于是我死心了。后来孩子患了病，千方百计为她治病，花钱事小，可我操了多少心，费了多少力，你知道吗？桔英啊，这事不能怪我呀。”由于第一次撒这么大的谎，汪月方还是不自在，显得手足无措。

章桔英听了汪月方一席话，虽然心里十分怨恨，但她相信了汪月方，且觉得好友说得有道理，她压根儿就没想到汪月方会哄骗她。不仅如此，她还觉得汪月方为自己的孩子操心费力，自己应该表示谢意才对。于是，原本满腔怨恨的她此时此刻却烟消云散，她从桌子上的抽纸里抽出一张纸，递给正在一把眼泪一把鼻涕非常伤感的汪月方，说：“对不起，月方，不知者不怪。我不知道事情会是这个样子。辛苦你了，我向你表示歉意和谢意。”

汪月方没有想到，好友章桔英这么好哄骗，她暗中庆幸自己没有把真相说出来，双手抓起汪月方的手紧握着不放，但她嘴上却说：“对不起你呀桔英，是我没有看好你的孩子呀！”说完，两个女人紧紧地抱在一起大哭起来。

5

汪月方稳妥地哄走了好友章桔英，好像心中放下了一块大石头。一回到屋里，便一屁股跌坐在沙发上，长长地舒了一口气，掏出纸巾，一个劲擦着额头上的虚汗。不过在她的内心深处还是觉得自己做了亏心事，对不住章桔英。所以心还像敲鼓似的，“扑通、扑通”直跳。她想，等过一段时间后，找一个恰当的时机，登门解释，以表歉意。她不想让章桔英受蒙骗一辈子，她要告诉她真相，争取得到她的理解和谅解。如果她执意要这个孩子，自己也要帮助她，从哥哥嫂嫂手中要回这个孩子，让孩子回到亲生的父母怀抱。

就在章桔英离开汪月方以后的第二个月，汪月方得知二舅患病，她想去看望一下，二舅正好与章桔英的男友苓军是一个村的。汪月方想，趁此机会拜访一下章桔英，随即将真相告诉她，也算了却自己一桩心事。

这一天，汪月方办完自己该办的事，就来到苳军住的地方，可没想到的是，苳军家的门上挂了一把锁，全家人都不知道去向。汪月方左瞧瞧右看看，见隔壁一家的大门敞开着，便走过去，站在大门口喊道：“请问有人在家吗？”

“谁呀？”随着一声应答，从屋里走出一位40多岁的女人，那女人走到汪月方跟前，问道：“你找谁？”

汪月方笑着说：“请问，你这隔壁是住着苳军和章桔英两口子吗？”

“准确地说，过去是住着苳军和章桔英两口子，可现在不是了。”

“这话怎么说？”

“唉，这是一对苦命人哇。”女人接着把近来发生在苳军和章桔英身上的事情告诉了汪月方。

原来，章桔英和苳军结婚后，见父母并未追究其生孩子的事，满以为父母对此事淡化，不再追究，两口子暗中高兴，打算新婚满月后就去汪月方那里将孩子接回。谁知父母知道后，大发雷霆。直到后来母亲去世，两口子才商量着要接回孩子，名正言顺地由自己抚养，然而令她没想到的是，她们从汪月方那儿得到的却是女儿因患伤寒而夭折的消息。压根就不知道，自己的女儿已被好友汪月方出于好心送了人，毫发无损地在汪月方的哥哥嫂嫂那儿幸福地生活着。

章桔英离开汪月方，回到家里就因伤心过度而病倒，一连几天卧床不起。帮人驾车搞运输的苳军也因此而魂不守舍，在一次出车途中，将车子翻进沟里，等救援人员赶到时，早已气绝身亡。一连串的打击，让章桔英心灰意冷，办完苳军的丧事后，便远走他乡去了云南。

汪月方从邻居口中得知章桔英这些情况后，伤心欲绝，她后悔自己没有早点过来，她越想越觉得自己对不起章桔英，当时哥哥嫂子要抱走丽丽，如果自己能够坚持一下，章桔英母女俩绝不会分离，孩子绝不会寄人篱下。汪月方离开章桔英的住处，一路上悲痛不已。

6

随着时间的推移，汪月方不但没有淡化对章桔英的愧疚，相反，内心深处的那种负罪感愈来愈浓烈，她要寻找机会弥补自己的过错。由此而采取的主要行动，就是一有空就往哥哥嫂子那儿跑，每一次，除了问寒问暖，就是捎些东西给孩子，以表达自己对孩子的关心和爱护。

一眨巴眼，时间过去了两年，这一天，汪月方又来到哥哥家，谁知哥哥不在家，只有嫂子披头散发、不施粉黛独自一人坐在床前伤心落泪。孩子丽丽则满脸污秽坐在地上哭个不停，可嫂子却视而不见，听而不闻。

“这是怎么了？”汪月方一把从地上抱起丽丽，脸贴着脸亲了又亲，孩子因为有人抱，有人哄，便不哭了。而是伸出肥嫩的小手在汪月方脸上摩挲着。

汪月方抱着孩子凑近嫂子，问道：“怎么了，嫂子？遇到什么不开心的事了吗？”汪月方心里想，嫂子一定受了什么委屈，否则不会哭得如此伤心，可究竟是什么事使嫂子这么伤心落泪呢？她百思不得其解，她要问个清楚，问个明白。谁知，汪月方不问则已，一问反倒触动了嫂子的神经，不但没有止住哭，反而越哭越伤心。

汪月方掏出餐巾纸为嫂子擦去脸上的泪痕。“究竟怎么了？”汪月方一边拭泪一边追问道。

过了许久，嫂子才止住哭，慢慢地抬起头，嘶哑着嗓子对汪月方说：“你哥他、他在外面有人了，闹着要与我离婚呢。”

汪月方大吃一惊，她根本不相信自己的哥哥会做出这种事来，极力否认道：“不可能，不可能，我哥哥绝不会是那样的人。”

“哼，你不相信你就去问你哥哥好了。”刘玉珍说完从怀中掏出一张小纸条递给汪月方，“这是那女人写给你哥哥的短信。我给你哥哥洗衣服时，从他的内衣口袋中发现的，他都跟人家上床了，这白纸黑字还有假。”

汪月方接过嫂子递过来的小纸条，认真地看了起来。只见那上面歪歪斜斜写着两行字：“亲爱的荣，昨晚一夜你让我销魂，周三的晚上老地方见，兰。”汪月方看完小纸条上的字，寻思了半天，觉得这还是不可思议，便将信将疑地问道：“嫂子，这中间会不会有什么误会？”

“误会？你哥哥都承认了，他说了，我与她没有亲生的儿女，结合在一起没有必要。”

“生不出儿女，又不是你的问题，是他的问题，他有什么权利这样对待你。”

“他承认是他的责任，但他说不能因为这个害我一辈子，所以他要与我离婚。”停了一下，刘玉珍接着又说道：“只差没去办离婚手续了。”

“哦！”话说到这个份上，汪月方相信了嫂子的话，她沉默了。她不知道向嫂子说什么好，过了好一会儿才抬起头充满信心地对嫂子说：“嫂子，我去做我哥哥的工作，我一定要让他回心转意，打消这个念头。”

刘玉珍长叹一声，摇了摇头，说：“月方，恐怕你也说服不了他，他是铁了心啊。”

汪月方说：“没关系，我去说他，他会听我的。”汪月方信心十足。

汪月方之所以信心十足，是因为她相信哥哥是一个负责任、敢担当的人。

汪月方的父母死得早，兄妹俩相依为命，在汪月方眼里，哥哥是个老实厚道、循规蹈矩的人，从来不做损人利己、违背良心的事。

第二天，汪月方便找到了正在工地上干活的哥哥，可当她将自己的意思说明以后，却遭到了哥哥一口回绝，汪月方好说歹说，哥哥就是不松口，面对哥哥这种固执，汪月方自觉无能为力，只差一点没被气哭。

一个星期后，嫂子抱着两岁多的丽丽含着眼泪来到了汪月方家，将孩子交给汪月方，说自己已离婚，无力抚养孩子。并强调说，自己还要嫁人，不能带孩子出嫁，希望汪月方给予理解。

此时此刻，汪月方能说什么呢，她无言以对。心里想，毕竟是自己的哥哥对不住人家，人家把小孩还给自己，于情于理都说得过去，更何况，这小孩本来就不是嫂子所生，算不上她的女儿。同时，汪月方还觉得，孩子回到自己身边，让自己对孩子有个照顾，也不是坏事，过去，自己放心不下的，不正是因为孩子不在身边、想照顾而照顾不到吗，如今孩子回到自己身边，应该也是孩子较好的归宿，因为只有回到自己身边，自己才可以为她找到亲生母亲。而且，这样做，也是给嫂子一种解脱。即使嫂子不把孩子送来，自己也应该上门把孩子接回来才是。从这个角度上讲，自己不但不能怪嫂子，相反还应该感激嫂子才对。

汪月方从嫂子手中接过孩子，紧紧地把孩子搂在怀中，好像是久别重逢的母子俩。

趁着汪月方沉浸在对孩子亲热的氛围之中时，刘玉珍含着眼泪悄悄地走出了房间，等到汪月方想对嫂子说什么时，嫂子已经走了好一会儿。她抱着孩子望着嫂子远走的方向，深深地鞠了一躬。

7

既然孩子已经回到自己身边，自己就有责任尽快找她的亲妈，孩子只有回到母亲的怀抱中才是最幸福的。汪月方暗下决心，自己要亲手把孩子交给章桔英。

刘玉珍走后不久，汪月方安置好自己女儿阳阳之后，便抱着丽丽前往云南寻找章桔英。汪月方从章桔英叔叔口中得知，说章桔英在丽江古城一家餐厅打工，然而半个月过去，汪月方找遍了丽江古城所有的餐厅，连章桔英的影子也没找到，不过又有知情人告诉她，说章桔英离开丽江又去了建水，在建水与一个阿佤族的男子结了婚，并且生了孩子，有了一个非常幸福的小家庭。汪月方得知这个消息，心里想，既然章桔英有了新家，那就不能再打扰她了，她也不容易。令汪月方唯一不安的，就是没有为孩子找到亲生母亲，对不起孩子，有母亲却不能生活在母亲的身边，这对于一个孩子来说，的确太残酷了。孩子长大以后，也可能会因此而怨恨自己。为了弥补这一缺陷，汪月方决心收养这个孩子，要把这个孩子当作自己亲生的一样对待，不能有半点马虎，再苦再累也一定要把她抚养成人。

从云南回来的第二天，汪月方就从邻居秋妈家把阳阳抱了回来。让阳阳与丽丽同住一室一床，并告诉阳阳，丽丽就是你的亲妹妹，你时时处处要关心爱护妹妹。

从此，丽丽便与汪月方母女俩成为密不可分的一家人。但是，汪月方放心不下的是自己那个恶魔丈夫于树生，她担心于树生会因此而歧视养女丽丽。

8

汪月方的丈夫于树生最好赌博，因为赌博欠了一身债；为了躲债，经常不归家。一回到家便借着几分酒意，拿汪月方出气，不是打就是骂，弄得家里鸡飞狗跳，不得安宁。由于受不了丈夫的折磨，汪月方便在丽丽回到自己身边半年后，悄悄地搬出了县城那个家，住进了娘家那栋早已空寂的老茅屋，她满以为这样就躲过了丈夫的折磨，谁知半个月以后，于树生还是找到了她，为了让汪月方回家，于树生竟跪在汪月方跟前。一把鼻涕，一把眼泪，哭着喊着要痛改前非，重新做人。女人的心是软的，汪月方经不住于树生的哀求，抱着两个孩子又回到了县城那个家。

于树生好了不到一个月，便又开始赌，而且越赌越大，后来还染上了毒品。为了弄到钱，他果然打起了养女丽丽的坏主意。

在一个月黑风高的夜晚，一阵紧急的敲门声，把汪月方母女三人惊醒，当汪月方急急忙忙、胆战心惊地打开门一看时，于树生被几个凶神恶煞、拿刀舞棒的男子推了进来，吓得丽丽和阳阳直往汪月方怀里躲。汪月方像母鸡护小鸡似的将两个女儿紧紧搂在怀中，瞪着惊恐的眼睛望着自己的丈夫，胆怯地问道："他们这是要干什么？"

这时，一个矮墩的男子从自己上衣口袋里掏出一张纸，递给汪月方，恶狠狠地说："你老公把你一个名叫丽丽的女儿抵债给了我们，限你马上把丽丽交出来，否则，别怪我们不客气。瞧，这白纸黑字，是你老公自己写的。"汪月方根本不相信这是真的，他走到于树生跟前，极为愤慨地问道："你说说，这到底是怎么回事？"

于树生低着头，无言以对。他哭丧着脸，两张眼皮耷拉着，任凭老婆如何拉扯，如何怒骂，他就是一声不吭。

汪月方见于树生不吭声，知道这事是真的，一时懵了，她不哭，也不闹了，仰着头，瞪着两只大眼睛木然地看着天花板，脑瓜子里面一片空白，整个人就像被人从半空中抛下，身子软绵绵地往下坠，一屁股坐在地上。突然，她又从地上蹦了起来，一手搂紧丽丽，一手拿起桌子上的剪刀，将刀尖对准自己的喉咙，厉声说道："哼，我看你们谁敢动我的丽丽，我就死给你们看。"说完还真的将刀尖划破了皮肤，鲜血顺着刀尖流了下来。见到鲜血，她又仰天发出一阵狂笑。在场的人以为汪月方经不住这个打击而疯了，不知如何是好。

于树生见妻子这副神态，也吓坏了，他挣脱身后两个架住他的大汉，跑上前去，蹲下身子，死劲地摇晃汪月方的肩膀："老婆，老婆，你别这样，好不好。"

汪月方被于树生这么一摇，似乎清醒过来，她瞪圆两只眼睛，抡起一个巴掌，对准于树生的脸愤怒地甩了出去，接着便一把鼻涕一把眼泪地号啕大哭起来，一边哭还一边用手拍打着水泥地板："天哪！作孽啊！"

汪月方的一巴掌激怒了于树生，他也挥手狠狠地回给汪月方一个耳光，并凶神恶煞地吼道："你号丧呀！老子还没死呢。"接着又挥起一脚向汪月方踢去，汪月方惨叫一声，倒在地上，不省人事，其他人一见出了这种状况，担心弄出人命来，与自己脱不了干系，便纷纷逃离现场。其实没过多久汪月方就醒了过来，醒过来的汪月方不哭不闹，显得异常安静。

"咱们离婚吧。"汪月方平静地对坐在沙发上跷着二郎腿的于树生说。

于树生听说汪月方要跟自己离婚，刚刚熄灭的怒火再次点燃起来，吼道："什么，要跟我离婚，做梦吧。"说完又对汪月方拳打脚踢，汪月方不还口，也不还手，就像一个烂麻袋，任凭于树生处置，身上青一块，紫一块，见不到一处完整的好地方，就连牙齿都被打掉了两颗，满嘴的污血。但她咬紧牙关，一声不吭，把满嘴污血连同两颗牙齿吞进肚子里，一双女儿早已吓得大哭不止。于树生打累了、骂累了才住手，他从怀里掏出一根香烟，点燃后深深地吸了一口，然后将双手抱在胸前，望着蜷缩在地上的汪月方发出一阵狞笑。

第二天，汪月方报了警，警方及时制止了于树生拿养女抵赌债的荒唐行为，同时汪月方又将一纸离婚申请书交到司法部门，司法部门在意图调解两人和好的愿望失败后，只得准许两个人离婚，一双女儿一人抚养一个。考虑到于树生平时对养女的歧视和自己对好友章桔英的愧疚，汪月方主动要求抚养丽丽，而把亲生女儿阳阳给了于树生，她以为于树生会对自己亲生女儿好一些。当晚，汪月方便抱着丽丽离开了那个家，回到了娘家的小茅屋，靠养猪、养鸡所得收入维持生活。不久于树生又为自己找了个后妻，这个后妻本身就养有一个儿子，作为继母，自然对自己亲生的儿子疼爱有加，对前妻的女儿却非打即骂，百般刁难和折磨。对此，于树生睁一只眼闭一只眼，只当没看见。女儿许阳阳因为受不了继母的折磨而常常跑到汪月方这儿寻求安慰和保护。到后来，于树生因赌债纠纷杀了人而被捕入狱。阳阳则因受不了继母的虐待，逃回到汪月方身边，从此再也不愿意离开。

面对一双女儿，汪月方心里想，阳阳是自己亲生的，高一点低一点无所谓，亲一点疏一点不要紧。可对丽丽却不能随意，虽然丽丽不是自己亲生的，但绝不能亏待她，要让她从自己这儿获得比她从亲生母亲那儿更多的温暖。正是由于汪月方对待一双女儿采取了不同的态度，于是，社会上有人便在暗地里传说着她与两个女儿的故事。有人认为汪月方对待养女和生女一碗水没有端平，对亲生女儿好，对养女不好，亲生女儿想要什么就给什么，尽量满足亲生女儿的要求。对养女则是另外一回事，不该给的不给，该给的也不给。养女爱读书，考上了大学，汪月方却以家庭困难为由不让养女读书，让养女辍学外出打工;生女读书不好，汪月方却节衣缩食也要送她上大学。一些爱管闲事的人甚至将此事告到社区，社区的主任还真当一回事，上门做汪月方的工作，批评汪月方厚此薄彼，处事不公。不过人们并不知道真相，甚至完全弄颠倒了，他们把丽丽当成了她的生女，把阳阳当成了她的养女。面对社会舆论、他人的指责、政府的批评。汪月方没有做任何的解释和说明，只是一笑了之。

其实，当风言风语像潮水般向汪月方袭来时，亲生女儿阳阳也以为自己是母亲的养女，母亲对自己不公平，老是歧视自己。她甚至为自己是别人的养女而自卑，她希望母亲多给自己一些爱，多给自己一些温暖和关心。有时她还嫉妒妹妹丽丽，认为母亲不应该只对妹妹丽丽好，不应该把大部分的心思放在丽丽身上，并由此而产生过对母亲的怨恨。与之相反，丽丽以为她才是母亲生养的，姐姐阳阳则是母亲抱养的，她为自己是母亲生养的而感到骄傲和自豪，时时处处表现出一种优越感，有时甚至带着蛮横和娇宠。她认为，母亲的厚此薄彼、亲亲疏疏是天经地义的和无可非议的。

追昔抚今，往事历历在目，汪月方思绪万千，夜不能寐，第二天一大早，便陪着丽丽踏上了去云南寻母的途径。

9

一路上，汪月方非常细心周到地照料着丽丽，生怕丽丽有什么闪失。但寻母的事一开始并不顺利，她们踏遍了建水县城的大街小巷，连章桔英的影儿也没发现。后来有人告诉她们，说章桔英搬到离县城不远的一个叫青山寨的小镇里居住，汪月方又陪着丽丽连夜搭乘一辆长途中巴车来到这个小镇，经过打听，又有人告诉她们说章桔英不在小镇居住，而是在离小镇不远的一个小山村里居住。可那小山村离小镇还有三公里，进山的人得沿着一条羊肠小道徒步行走三公里才能到达。对于一个正常人来说，三公里路程徒步行走根本算不了什么，可对于一个患了尿毒症的病人来说，却非常艰难，加上几天来的奔波，丽丽已经疲惫不堪。

此时此刻是正午时分，太阳就像一个巨大的火盆，炙烤得人喘不过气来，汪月方见路边有一棵大树，冠幅很大，树底下还有块大石头，也许是路人经常坐在石头上小憩的原因，石头表面非常光滑。

“孩子，我们休息一会儿再走。”汪月方一边说着一边扶着丽丽在石头上坐了下来，并从背包里拿出一瓶矿泉水和几块蛋糕递给丽丽，早已饥肠辘辘的丽丽接过矿泉水，咕咚咕咚喝了几大口，又狼吞虎咽地吃完了两块蛋糕。

汪月方则从挎包里掏出一个冷馒头和一个矿泉水瓶子，矿泉水瓶子里是她出发前装的冷开水，她一口馒头就着一口冷开水慢慢地吃着。

母女俩吃完东西，体力有了些恢复，便又继续赶路。山里的天，孩子的脸，说变就变，正在母女俩艰难地一步一步往前挪动时，山那边一朵巨大的乌云迅速地向头顶飘来。乌云刚遮住太阳，只见一道闪电划过长空，紧接着是一声震天的炸雷。汪月方心里想，暴风雨就要来了。她知道，在这山坡小路上决不能久留，否则一旦大雨来袭，山体滑坡，后果不堪设想，所以必须赶在大雨之前进村。于是，她蹲下身子，让丽丽趴到自己背上，背着丽丽艰难地往村子里奔去。

果然，汪月方背着丽丽刚走进小山村一户人家的屋檐下，天空中便噼里啪啦落下了豆大的雨点。这时，丽丽已经在汪月方的背上睡着了，汪月方轻轻地把丽丽放在靠门边的一张纳凉的竹椅上。就在她准备敲门打听路况时，“吱呀”一声响，刚才还紧闭的大门突然开了，紧接着从里面走出一位看上去50多岁的女人来。

汪月方见机不可失，时不再来，立即走上前去，正要开口相问。

“月方！”只听那女人惊讶地喊道。

几乎是同时，汪月方也惊呆了，“你，桔英。”

真是“踏破铁鞋无觅处，得来全不费工夫”。一对多年不见的好友就这样猝不及防地见面了。两个人紧紧地抱在一起，舍不得松手，激动的泪水顺着各自的脸颊往下落。

许久，汪月方才指着躺在竹椅上昏睡的丽丽，对章菊英说：“你看，这椅子上躺着的是谁？”

章桔英顺着汪月方手指的方向，惊奇地望着躺在竹椅里睡着了的姑娘。

“认识吗？”汪月方在一旁又问道。

章桔英摇了摇头，说：“不认识。”

汪月方说：“这就是你的亲生女儿丽丽呀。”

章桔英如坠云里雾里，她皱着眉头问道：“月方，你不是说我的丽丽早就死了吗？怎么……？”

汪月方长叹一声，说：“唉！都是命运捉弄人。”于是便把20多年前自己的哥哥嫂嫂如何领养孩子，后来又为什么将孩子抱回，自己如何抚养等等情况简明扼要地说了一遍。

章桔英这才恍然大悟，嘴里喃喃地说：“哦，原来是这样原来是这样。”虽然心里有一种受骗的感觉，但想起20多年来月方对孩子所耗费的心血和付出的代价，又让她心存感激。

望着眼前一脸疲惫、缺少血色的女儿，章桔英正欲开口说些什么，只听汪月方又说道：“桔英呀，孩子命苦啊，都怪我没有照顾好，才出现这个状况。”接着又把丽丽患尿毒症的情况告诉了章桔英，说着说着再一次流下了伤痛的泪水。

章桔英怎么也没有想到自己的丽丽还活在世上，更没想到这个孩子会患上这么一种病。她轻轻地握住还在睡梦中女儿的手，流着眼泪，饱含深情地在孩子的额头上吻了一下，然后抬起头望着汪月方，叹道：“唉！怎么会是这样啊。”

“孩子想来见你，这不，我就陪着她来了。”

汪月方说完便俯下身子在丽丽耳边轻轻呼唤道：“丽丽，丽丽，你醒醒，现在找到你亲妈了。”

正在梦中的丽丽被汪月方唤醒后，听说找到了亲妈，便吃力地从竹椅上坐了起来，张开眼睛四处张望，一边张望一边问：“我亲妈在哪？”

“孩子，我就是你亲妈。”章桔英含着眼泪深情地喊道。

也不知是哪儿来的一股力量，丽丽“蹭”的一下站了起来，张开双臂扑进章桔英的怀抱，哭喊道：“妈，我的亲妈！”母女俩紧紧地抱在一起。

过了许久，丽丽才松开手，一边抹泪一边问：“妈，你为什么要抛弃我？”

“什么?我抛弃你?我什么时候抛弃你了？”章桔英望了一眼女儿丽丽又盯着汪月方看。

丽丽指着汪月方对章桔英说："是她对我说的。"

汪月方想做解释，但觉得一时半会儿解释不清，只得含糊其辞地打着圆场说："这个，这个……"结果半天也没有说出个所以然来。

章桔英满怀深情地对丽丽说："我是在听说你不在人世以后，才离开家乡到云南来的。"

此时，丽丽似乎已经知道真相，她两眼圆睁盯着汪月方，咬着牙齿，气愤地喊道："你！你是个骗子！"

汪月方也含着泪说："孩子，你别怪我，我也是有苦衷的呀。"接着便再一次把当时的情景告诉了他们母女俩，以求得她们的谅解。

章桔英从汪月方嘴里得知了事情的真相，她相信自己的好友不会骗她，即使有些事情骗了她，那也是善意的，而且已经过去，过去的事情不需要再提及。

她原谅了好友汪月方，并对女儿说："孩子，你原谅她吧，她独自一人把你拉扯大，多不容易。"可丽丽一个劲地摇着头，并没有原谅养母的意思。

望着女儿一副病态，章桔英心如刀绞，她不放心让女儿就这样回去，她要和好友汪月方陪女儿一起回老家。她把家里的事情安排好以后，第二天便与汪月方一道，陪着女儿返回了老家湖南。

由于旅途的疲劳，丽丽的病情加重了，一回到家中，汪月方和章桔英便将丽丽送进医院进行救治。

10

原本想把女儿送进医院后马上就离开老家回云南的章桔英，看到女儿这个样子，不忍心马上离开，决定留下来陪伴女儿一段时间。可一个星期过去了，女儿的病情不但不见好转，反而越来越严重，而云南那边却一再催她赶快回去。

章桔英心里很矛盾，一方面要尽快回云南去，云南那边才是自己的家，那边有心爱的丈夫，有一双儿女，还有公公婆婆。另一方面要留在湖南，这里有一个生下来几个月后就从未见过面的女儿。按理，这个女儿是不能抛弃的，原本以为不在人世，如今突然得知她还活着，这无疑是一个意外的惊喜，然而令她痛苦的却是自己刚刚得到的女儿却患了晚期尿毒症，如果不换肾，这个刚刚找到的女儿有可能会失去，作为亲生母亲，如果此刻离开，于情于理都不应该，更何况，自己也不忍心将一个病重的女儿就这样推给女儿的养母——自己的好友汪月方呀。

“这可怎么办啊，月方，我丈夫一年四季在外面打工，两个孩子又小，婆婆疾病缠身，那边我丢不下呀，可丽丽也是我的亲生女儿，我实在不忍心扔下这里不管，我本来就有愧于她。如果我此刻离开她，她会恨我一辈子。你说我该怎么办呀？”趁着女儿睡着那一会儿，章桔英找来好友汪月方为难地说道。

汪月方说：“桔英，你走吧，丽丽虽然不是我亲生的，但也算我的养女，我不能不管她，你就安心地回云南那个家里去吧。”

章桔英没有想到在自己为难的时候，汪月方会如此体谅自己，并主动担负起看护女儿的责任，由于激动和难以启齿，章桔英语无伦次地说：“我……你……”

“没关系，你就放心去吧。”汪月方再次对章桔英宽慰地说。

“我、我实在没有更好的主意。”章桔英停了一下，接着又说道：“可这孩子的脾气有点古怪，她认为你骗了她，还没有原谅你，还在怨恨你，如果我走了，知道是你在照料她，她是不会接受的，并有可能会因此而闹情绪，从而拒绝治疗。”

“这也正是我所担心的。”

“要不，先让我找她谈一谈，做做她的思想工作，说服她，让她接受你。”

“我了解她，她是认死理的，目前这个状况下，我做什么她都不会接受，不过你可以试试。”

正在这时，病房里传来丽丽的呼喊声：“妈，你在哪里？我要喝水了。”

“来了，来了！”章桔英先是高声地应答着，然后又悄悄地对汪月方说：“你走吧，我这就找她谈，看她什么态度，我会尽快把结果告诉你。”

“好的，注意，别激怒孩子，孩子病成这个样子，我有责任，她现在需要静养，不能让她受到刺激而变得冲动，那样对她的治疗没一点好处。”

“放心，我会试着来。”章桔英说完便返身进了病房。

“妈，你刚才跟谁说话？听声音有些耳熟。”章桔英一进病房还没有坐稳，丽丽便迫不及待地问道。

“哦，一个多年不见的老同学。”章桔英应答着。

“妈，你真的要走吗?” 丽丽问道。

“孩子，我不走怎么办？云南那边催得紧啊!”

“母女俩几十年没见面了，这一见面才几天你就要走，你走了，我怎么办？谁来照顾我？”

“我也没有办法呀。”章桔英显得一脸的无奈，紧接着她又试探性地说道：“不过，我走了，你还有养母呀，其实你养母对你可好呢……”

章桔英话还没有说完，就被丽丽打断：“我不听不听，我不要她来照顾我，我不想见她。”

章桔英耐心地说：“丽丽，你的脾气也要改一改，养母为你操碎了心，费尽了力，对得起你。我还是那句话，没有她就没有你，是她把你抚养成人，她为你无私地奉献了自己的一切，可从来没有说过要你为她进行任何回报。这样的母亲，天底下也难找啊。”

“她千不该万不该骗了我，也骗了你，她对我说是你抛弃了我，对你却说我早就死了，让我们母女俩不能见面。”

“孩子，你怎么这么固执呀，她这样做也是有她的苦衷，是不得已而为之，退一万步讲，即使她做错了什么，你也应该原谅她，而不能怨恨她，做人要凭良心。”

“那我不管。” 丽丽寸步不让。

章桔英长叹一声，摇了摇头。

与女儿的谈话失败，让章桔英心情特别沮丧，当天晚上她就将谈话的结果告诉了汪月方。汪月方早已料到是这样的结果，她笑着对章桔英说：“你走吧，我来护理她。”

“可她不愿意接受你呀。”

“我想好了，我化装成一个护工，你只需要在离开的时候告诉她，说你请了个护工来护理她，叫她配合一点就行了。”

章桔英没想到汪月方会想到这么一个主意，这令她十分感动和敬佩。但她又担心露馅而导致女儿更反感，因此她有些担心地问道：“这合适吗？”

“合适，非常合适，你尽管放心地去好了。”

按照事先的约定，第二天一大早，化了妆的汪月方便来到章桔英的住房。

只见汪月方捂着一个大口罩，穿着一件白大褂，为了把自己伪装得更真实些，她还到理发店把发型改变了。过去她脑后总是拖着一条又大又粗的辫子，如今后脑勺上却盘了一个大发结，一顶白色的护士帽子紧紧地扣在头上，只露出两只眼睛在外面。所以，当化了妆的汪月方来到章桔英跟前时，因为没开口说话，章桔英一时还真没认出来。

“你还别说，这么一化妆，还真让人认不出来。”章桔英说。

“可我还是有点当心，我担心丽丽这孩子迟早会知道是我。”

“不会的，就你现在这个样子丽丽绝对不会认出来。”

“模样看不出，可声音听得出来呀。”

章桔英听到汪月方担心丽丽听出声音来，一时语塞，这一点，章桔英怎么也没想到。

“护工不可能不与病人说话，是吧。”汪月方进一步说道。

“这个……当然不可能。”

汪月方眨巴眨巴眼睛想了一下，说：“要不我装哑巴，就是不说话。”

“嗯，这倒是个好办法，只不过委屈你了，月方。”章桔英眼睛一亮，说道。

“那倒没什么，不过，我还是担心。”

“你都装哑巴了，还担心什么？”

“我担心一着急，不小心会说出话来。”

“这个嘛，你小心就是。”

汪月方又想了一下，说：“我有办法了，我在嘴里含上一块布，这样，再着急的事我也不会说出话来。”

“好，好，月方，还是你有办法。”

一切就绪，汪月方才对章桔英说：“走吧，桔英，你现在可以让我去见丽丽了。但是，当你把我介绍给丽丽时，千万不要露出破绽。”

“你放心，我会注意。”说着，两个人便一前一后走进丽丽的病房。

正在闭目养神打点滴的丽丽听到脚步声，知道是生母来了，立即招呼道：“妈，你坐。”

章桔英走到病床边，帮助丽丽掖了掖被子，又看了看点滴瓶中的药水，然后才指着一身护工打扮的汪月方对女儿说：“丽丽，你看，我给你带来了谁。”

丽丽这才懒洋洋地睁开眼睛，看看生母给自己带了谁，可万万没有想到的是，眼前一片模糊，什么都看不见。这一下，丽丽急了，两只手在空中乱摸，连忙喊道:“妈，我这是怎么了？我怎么什么都看不见了？”

丽丽这一喊，吓坏了汪月方和章桔英，章桔英着急地问道:“什么？眼睛看不见了？这是怎么回事？”汪月方立即喊来了医生，医生翻开丽丽的眼皮看了看说:“她这是由于体内的毒素影响视网膜，导致视力下降和模糊，眼睛便渐渐地看不清东西了。”

“那怎么办？”章桔英急切地又问道。

“排毒，想办法排毒，只要排毒及时，很快就能恢复视力。”

章桔英坐在病床边，拉着丽丽的一双手，含着眼泪安慰道:“没关系，孩子，只要排毒及时，视力很快就会回复。”停了一下又继续说道:“我为你请了一位护工，不过她是个哑巴，不会讲话；但她心地善良，做事勤快，工作细心，做护工的经验特别丰富，我走以后，她就会陪伴你，照顾你，你要听话，凡事不要由着性子来。”

就在章桔英与丽丽说话的时候，汪月方就开始忙碌起来，不是端屎端尿，就是擦桌子抹凳子。

丽丽虽然看不到“护工”忙碌的形象，但听了生母的介绍，还是满意地点了点头。

见女儿丽丽接纳了“哑婆护工”，第二天一大早，章桔英便返回了云南。

11

由于视力模糊看不见，丽丽整天愁眉苦脸。汪月方看着丽丽痛苦的表情，心里难受极了。怎样才能帮助丽丽排除毒素，让丽丽重见光明呢？经过打听得知，说有一名姓梁的老中医有这方面的方剂，可以利用中药药饮和泡澡帮助肾衰竭患者排除部分毒素，但这是秘方，老中医不会轻易示人。而且，老中医居无定所，一会儿住在这个儿子家，一会儿住在那个女儿家。汪月方心里想，只要有一线希望，自己就要尽最大的努力，找到那位老中医。

经过打听，汪月方终于得知，在离县城 50 公里以外的一个小山沟里，是那位老中医的家。可等她赶到小山沟，又听说那位老中医刚刚随着儿子去了广州佛山。紧接着她又乘车前往佛山，左打听，右打听，终于找到了梁老中医。梁老中医被汪月方无私的精神所感动，无偿地给了她排毒的药方。

第二天一大早，汪月方早饭也不吃，就急急忙忙往回赶，赶到家中又马不停蹄地对着方子抓药、煎药，帮女儿泡澡。

这样一干就是半年，半年后汪月方为女儿煎药所倒掉的药渣子超过了百公斤。终于，功夫不负有心人，由于不间断地药浴，加快了丽丽身体内毒素的排泄，丽丽的病情渐渐地有了好转，过去厌食、腹胀、恶心呕吐的症状得到了缓解。但视力还没有恢复，不过这让汪月方看到了曙光，她觉得自己的努力没有白费，因此，她想让丽丽出院，回家治疗。

一天，汪月方来到医生办公室，递给医生一张纸条，医生接过小纸条一看，只见那小纸条上歪歪斜斜写了一行字："请问于丽丽什么时候出院？"医生看完纸条，向汪月方问道："请问你是于丽丽什么人？"

汪月方从医生的办公桌上拿起笔，在一张空白处方签上又歪歪斜斜写着"护工"两个字，她以为医生和护士不知道她是装的哑巴。

医生见状，笑着说："算了，别装了，我知道你不是聋哑人，我看见你跟别人说过话，只不过我不知道你为什么对这个于丽丽这么好，在我们见过的护工中，你是最好的一个。"

汪月方坦诚地说："医生，我的确不是聋哑人，我是伪装的，其实，我是于丽丽的养母，于丽丽是我养大的。"

"既然是养母，为什么不以养母的身份，而要装成聋哑护工来护理养女？"

汪月方摘下口罩，取出口中的布条，便把自己之所以装扮成聋哑护工的理由简要地说了一下，然后叹道："唉，我这也是没办法的办法呀！"

医生听到这里，动情地说："真难为你了，天底下真难找到像你这样的养母。"停了一下，接着又说道："既然你是丽丽的养母，那我告诉你，丽丽的病情仍很严重，需要换肾。"

"啊！还是要换肾哇？"汪月方听说养女仍要换肾，便瞪着两只眼睛盯着医生问道。她知道，换肾不是一件简单的事情。

"对，必须换肾，只有换肾才可能延续你女儿的生命。"医生肯定地说。

"那要多少钱？"

“20 多万。”

“20 多万？这么多哇？”汪月方听说做一个换肾手术需要 20 多万，一时惊呆了，她非常清楚，就目前自己这个家庭的经济状况，别说拿出 20 万，就是拿出 5 万都相当困难。

医生见汪月方一副吃惊的样子，进一步说：“应该说钱不是问题，钱不够想办法还能解决，你说现在哪个家庭不可以拿出一二十万？关键是肾源，现在需要换肾的人很多，但肾源十分紧张，有的肾病患者已经等了一年多，还没有等到合适的肾源，即使有了肾源，还要配型，如果配型不对也不行。所以，你让她一边做透析，一边排队等肾源，一旦有了合适的肾源，就立即给她手术。”

“这得要等多长时间啊！”汪月方问。

“我估计，大约一年以后才有可能轮到你养女。”

医生的一番话让汪月方感到困难重重，压力巨大。但她没有被困难所吓倒，而是暗下决心，无论如何也决不放弃对丽丽的救治。

汪月方离开医生办公室，一刻也没敢耽搁，想方设法为丽丽换肾筹钱。她把存折上、银行卡上所有的钱加在一起，也不足 3 万元。听人说卖血能赚钱，便瞒着丽丽走进血站，获得了第一笔卖血的 600 元钱，她没想到，卖血的钱来得如此快，遂打算今后每月来卖血一次。从血站回来，又回到家中翻箱倒柜，把所有值钱能卖出去的东西估算了一下，大概也只有一万多元，两项加起来仍不足 5 万，离 20 万相差很远。

汪月方绞尽脑汁，也想不出还有什么值钱的东西，她摸了摸脑袋，突然想起自己出嫁前母亲送给自己的一根玉簪，据说那是祖传下来的一个古董，兴许能卖一点钱。便马上从一个刷有红漆的木箱底层翻出一个用红绸布里三层外三层包裹着的布包，打开布包，从里面拿出那根她母亲赠送给她的玉簪，看了看后，接着又用自己的衣襟擦了擦，自言自语道：“不知道这东西能值多少钱？”

第二天上午，汪月方拿着那根玉簪来到当铺，当铺伙计见是一根玉簪，且有些年头，知道是个古董，不敢擅做主张，便立即走到后面，请来了经理，经理是个古董专家，一看那玉簪，心里立即有了数，但他不说出来，而是向汪月方反问道：“你知道这簪子的来历吗？”

汪月方摇了摇头。

经理估量汪月方不懂，便又问道：“你是卖还是当？”

汪月方从没有经历过这样的事情，反问道："卖又怎样？当又怎样？"

经理说："卖的话，我一次性把钱全部给你，从此东西归我；当的话，就是你把货放在我这里，我给你一定的钱应急，等你弄到一定的钱，再拿钱赎回。"

汪月方想了想，说："那我卖了算了，你看能卖多少钱？"

经理指着玉簪说："最多也就是八千元钱。"他认定汪月方不懂，把八万说成八千。果然，汪月方是个外行，一听说这玉簪可以卖八千，竟意外惊喜。但她不想就这么一锤子定音，想起自己到菜市场买蔬菜时讨价还价的情形，便试探地问道："老板，能不能再加点？"

"加点？加多少？"经理问。

汪月方心里想，说大点，不行再往下压，于是便说道："再加五百怎么样？"汪月方以为这个数很大，对方不一定会答应，谁知道，经理一听，心中暗喜，但又不敢喜形于色，却故意为难地说道："加这么多呀。"停了一下后，却又爽快地说道："行，五百就五百，我吃点亏。"随即叫人点了八千五百元现钞交给汪月方。汪月方怀揣八千五百元钱，高高兴兴地离开了当铺。

12

时间过得真快，一晃半年多过去了，可丽丽的肾源还没有找到，要换肾的钱也还差一大截。

"不好了，有人晕倒了。"

中午时分，从医院的女厕所里传来一声女人的惊叫，女医生和女护士们连忙跑进厕所一看，只见一个 50 多岁的女人倒在地上。其中一个护士看了后大吃一惊，说："这不是 306 床的那个女病人许丽丽的护工吗？"

另一位护士也说："可不是，一个人打两份工，既要照顾病人，还要每个月卖血一次，不知道她家里有什么难处，这样不要命地赚钱。"

原来，汪月方为了多挣些钱，听说医院缺一名打扫厕所的清洁工，便立即找到医院，揽下了这份工作。这样，辛苦是辛苦，但每个月也能多挣 1500 多元。

"这肯定是疲劳过度引起的晕厥。快点，我们把她弄到病床上休息一下。”一位医生模样的人对那几位护士说。于是，几个人七手八脚地把汪月方从女厕所抬了出来，送到一个病床上躺下。

过了好一会儿，汪月方才慢慢地睁开眼睛，见自己在病床上躺着，想起那个厕所还没有打扫完，便慢慢地从床上爬起来，踉踉跄跄再次走进那个女厕所。

汪月方再次走进厕所，就听见两个相邻的蹲位上有两个女人在对话：“唉，说好了这个月有肾源，不知怎么的又没有了。”

“是呀，我女儿都等了两年了，每次说好肾源要到了，临时又说没有了。”

“我妈也是这个状况，等不起呀。”

“你不是说要捐肾吗？”

“我妈不愿意，她说不能因为她而影响我的后半辈子。”

“那倒也是。”

汪月方听到这里，心里想，也不知道丽丽肾源有没有，会不会及时提供，如果不能及时提供肾源怎么办？想着想着，受女厕所两个女人对话的启发，一个大胆的想法在她脑海里浮现。

“医生，我们家丽丽什么时候换肾？”汪月方走进医生办公室问道。

医生抬起头，看了看汪月方，说：“唉！现在肾源紧缺，需要的人那么多，真是不好说呀。”

汪月方不吭声，她心里在想，说不说呢？医生见她一副心事重重的样子，便问道：“你有事吗？有事尽管说。”

汪月方这才鼓起勇气说：“我想为我女儿捐肾。”

医生以为自己听错了，再一次问道：“什么,什么？你要捐肾？”

汪月方坚定地点了点头。

医生说：“你要考虑清楚，你都这么大年纪了，捐肾后你的身体能吃得消吗？”

“没问题，我能吃得消。”汪月方信心百倍地说。

医生犹豫了一下，说：“那好，我们要对你的身体进行检查，确定你的肾与养女是否相配，如果配型对了你才能捐，配型不对你捐了也是白捐，另外，捐之前还要办理相关手续。”

“好，现在就开始吧。”

医生见汪月方一副猴急猴急的样子，便说道：“你也太着急了，难道你就不会后悔，你可要想好了啊。”

“我想好了。”汪月方站在医生跟前挺了挺胸膛，像个要求出征的战士。

医生被汪月方的精神所感动，说：“好吧。”然后朝护士室喊道：“护士长。”

护士长来到医生跟前，问道：“什么事？”

医生指着汪月方对护士长说道：“她要为养女捐肾，你安排人对她的身体进行全面检查，并办理好相关手续。”

“好。”护士长应答着便领着汪月方走进体检中心。

检查完身体，验了血，配了型，办完了相关手续，一切如汪月方所愿。汪月方长长地舒了一口气，心里想，这一下丽丽有救了。

晚饭时分，汪月方特意做了点好吃的东西来到丽丽的病床前，见丽丽双眼微闭，两颗豆大的泪珠顺着脸颊滚落下来。她以为女儿正在梦里，不敢打搅，便静静地坐着，等待着女儿醒来。

突然，丽丽睁开双眼，翻身下床，双膝下跪，对着汪月方连续磕了三个响头，然后站起来紧紧地抓住汪月方的双手，满怀深情地呼唤道：“妈！”

汪月方被丽丽这突如其来的行为弄懵了，她吃惊地瞪着两只大眼睛望着丽丽，说：“你……？”

“妈！我前段时间就能看清东西了，只是……”

“丽丽，你眼睛好了？你知道我是你妈？”

“妈！我对不起你，我错怪你了。你就是我的亲妈，我下辈子还要做你的女儿！”丽丽话未说完，早已泪流满面，扑进汪月方的怀抱，号啕大哭。

“丽丽，妈妈也有做得不对的呀。”汪月方扶着丽丽坐了起来，为丽丽拭去脸上的泪水。

其实，丽丽早就从平时的相处中感觉到，这位所谓的“哑巴”护工其实就是自己的养母。但由于心中的疙瘩一时难以解开，而没有及时认母。是养母无私的付出和奉献深深地打动了她，并解开了她心中的结，化解了她心中的怨愤和仇恨，使她懂得了什么叫感恩与真爱，让她明白了什么叫宽容和信任。

几天后，汪月方的一个肾被接在了养女丽丽身上，丽丽的生命得到了延续。

（原载《创作与评论》2016 年第 12 期）

苏仙的传说

吞绳成孕

天刚蒙蒙亮，家住郴州城东牛脾山下潘家湾的潘丫丫，像往常一样，起床后的第一件事就是到河边洗衣服。

潘丫丫家位于潘家湾的东头，单门独户，土砖为墙，茅草为顶，门前一个晒谷坪。随着“吱呀”一声门响，一个看上去年龄在十六七岁、眉目清秀、身子结实的姑娘，一手提着木桶，一手挎着木盆，木盆堆满了要洗的脏衣服，从屋内走了出来，然后沿着一条青石板铺成的小路向郴江河边走去。她，就是潘丫丫。

此时正是春耕时节，乡里人勤快，田野里，有人在犁田，有人在施肥，有人在锄草，到处是一派繁忙的景象。

潘丫丫一路走来，遇到不少乡民，乡民们都热情地跟她打招呼。而她，对每一位乡民都是笑脸相迎。

潘丫丫走到郴江河边，只见河边的码头上已经挤满了不少洗衣服的姑娘。

“丫丫，来我这儿洗吧。”一个处于上游位置的姑娘朝潘丫丫喊道，并主动地为潘丫丫挪出一个位置。

“好的。”潘丫丫一边答应着，一边挽起裤腿，一步步由浅入深下到河里，靠近那位姑娘。柔柔的、凉凉的河水浸过她的脚背，渐渐地又漫过她的小腿，让她感到惬意极了。

姑娘们一边洗衣服，一边说说笑笑、打打闹闹，笑声、话声、流水声连成一片，随着波浪在河面上荡漾。

可就在这时，一根长长的、细细的、非常鲜艳的红丝线，由远而近、由上而下向着潘丫丫跟前飘来。潘丫丫好奇地伸出右手正要将红丝线捞起，突然，红丝线扭动起来，一下子缠住了潘丫丫的右手腕。潘丫丫吓了一跳，脸上露出了诧异的神色，情急之下，将右手使劲地甩了甩，想借此把红丝线甩掉。谁知，那红丝线紧紧地缠在她的右手腕上一动不动。慌乱中，潘丫丫抬起右手腕放到嘴边，想用牙齿咬断红丝线。可就在这时，怪事又发生了，那红丝线自动脱落，迅速滑进潘丫丫嘴中，并顺着喉咙进入到她的肚子里。潘丫丫想吐吐不出，想抓抓不住，憋得满脸通红，眼泪直流，衣服没洗完就急急忙忙往家赶。

潘丫丫回到家中，惊魂未定，她没有像往常一样，洗完衣服就在晒谷坪上晾晒衣服，而是一头钻进自己的房子里，坐在床沿上大口大口地喘粗气。

正在门前枣树底下纳鞋底的潘母，见女儿回来没有晾晒衣服，便停下手中的活儿，探身朝屋里喊道："丫丫。"

"哎。"潘丫丫在屋里应道。

"你在干什么？为什么不晾晒衣服？"

"我、我……"潘丫丫结结巴巴一时回答不上来。

潘母感觉女儿有点异常，遂放下手中的活儿，准备往屋里瞧个究竟，这时，潘丫丫从里屋走了出来，正好与母亲撞了个满怀。潘母见女儿脸色有点难看，便问道："丫丫，你怎么了？是不是哪儿不舒服？"

潘丫丫走到晒谷坪上，一边往晾衣绳上晾晒衣服，一边对母亲说："妈，我刚才在郴江河里洗衣服，洗着洗着，见一根红丝线向我跟前漂来，我好奇地想用手捞起那根红丝线，不料那根红丝线突然缠住我的手腕，我解又解不开，甩又甩不掉，便想用牙齿咬断，谁知刚一张嘴，那红丝线便自动脱落，滑进我的嘴里，并顺着我的喉咙进入我的肚子里，我想抓抓不住，想吐又吐不出来。"

"还有这种事?"潘母惊讶地看着女儿，关切地问道："有什么不舒服的吗？"

潘丫丫摇了摇头，说："那倒没有，不过总觉得很恶心，心里忐忑，好像有什么事要发生。"

潘母听了女儿这样一说，先是一愣，但为了不影响女儿的情绪，安慰道："傻孩子，这能有什么事发生。"说完，便帮助女儿一起晾晒衣服，心里却暗暗地祈祷着：菩萨保佑我女儿一生平安。

日子一天一天地过去，不知不觉就已三月有余。这一天晚上掌灯时分，潘丫丫一家三口正围坐在小桌旁吃晚饭。桌子上摆着一碗炒酸豆角，一碗焖土豆。平时挺喜欢吃的菜，潘丫丫吃着吃着突感胸口不适，吃下肚的东西又直往上翻，只差一点没当场吐出来。她看了看正低头吃饭的父母一眼，趁他（她）们没在意，便轻轻地放下碗筷，用手捂住嘴，迅速地离开饭桌，跑到屋外，"哇"的一声吐了起来。

潘父抬起头，向妻子问道："丫丫这是怎么了？"

潘母先是支支吾吾，想了一下后才回答说："可能是吃了酸豆角吧。"

潘父板着脸说道："我们穷人家的孩子哪有这么娇贵，连个酸豆角也吃不得，真是的。"说完，扒完碗中剩有的饭粒，将碗筷往桌上重重地一放，忙自己的事去了。

夜深人静，在潘家的左厢房里，潘丫丫脱去外衣，只穿着一件花色的兜肚和一条红色短裤躺在床上，一瞧她那微微隆起的肚子，就知道她是已有三四个月身孕的孕妇。潘母坐着床沿上，一边唉声叹气，一边撩起衣角擦眼泪。开始，两个人一句话儿也不说，过了好一会儿，潘母才说道："唉！丫丫，眼瞧着你的肚子一天比一天大，这可怎么办啊？"

潘丫丫翻了个身，脸朝着里面，开始抽泣。

"唉，你爸现在还不知道，如果你爸他知道了，可不得了呀。"潘母又说道。

母亲的话戳到潘丫丫的痛处，她一翻身坐了起来，抱着母亲失声痛哭。

正当潘丫丫母女俩痛哭流涕时，一个黑影突然在窗外一闪，紧接着是一阵慌乱的脚步声，伴随人体跌倒碰撞的声音。

潘母警觉地朝窗外喝道："谁？"并立即走到窗边，打开窗户门朝外面望了望，黑暗中，她隐隐约约望见一个熟悉的背影。

潘丫丫这时也穿好衣服走近窗口，问道："妈，什么人呀？深更半夜的。"

“好像是族长家里的大管家潘全贵。”潘母答道。

“他来干什么？”潘丫丫像是问母亲，又像是问自己，并不由得深深地思索起来。她想，如果潘全贵听到了自己与母亲俩的对话，并把这些话告诉了族长潘堂财，那可不得了，潘丫丫害怕起来。

潘丫丫母女俩说得没错，刚才躲在窗户底下偷听她们说话的不是别人，正是潘姓宗族族长潘堂财的管家潘全贵。

潘全贵离开潘丫丫家的窗口，急急忙忙走进族长潘堂财家。潘堂财正躺在太师椅上闭目养神，一个侍女为他捶腿按摩。潘全贵以为潘堂财睡着了，为了不打扰主人，便乖乖地垂立一旁，等待着主人醒来。

其实，潘堂财此时根本没有睡着，只是不爱睁开眼睛，见潘全贵垂立一旁，便支开侍女，待侍女离开后，才睁一只眼闭一只眼向潘全贵问道：“说说吧，事情办得怎样？”

潘全贵见主子问起，才答道：“老爷，按照您的吩咐，我走到潘福生家门口，正要敲门，不想却从他家的窗户里面传出潘丫丫母女俩对话的声音。”

“说什么来着？”潘堂财面无表情地问道。

“原来潘丫丫已经怀孕，肚子一天天大了起来。对此母女俩非常着急，不知如何是好，我听说有这种事，没有敲门就立即向您报告来了。”

潘全贵话未落音，潘堂财就像是打了鸡血，立即坐了起来，瞪着两只眼睛盯着潘全贵，牙齿咬得咯咯响，“什么？还有这等事，难怪这死丫头始终不答应给我外甥做老婆，原来她是有了野汉子，怀上了野种。真是岂有此理，去，把潘福生给我叫来。”

“是”，潘全贵答应着，便连忙带着两个家丁向潘福生家跑去。

潘福生正在堂屋灯光下编竹筐，突然，门外传来一阵紧急的敲门声，并伴随着潘全贵的吼叫声：“潘福生，快开门。”

潘福生听到是潘全贵的声音，立即站起来，答应道：“来了、来了，”心里却在想，这么晚了，潘全贵来我家干什么？

潘福生刚把门打开，潘全贵便冲上前去，抓住潘福生的衣领，恶狠狠地说道：“走，族长老爷叫你走一趟。”

“这么晚了，族长老爷叫我干什么？”潘福生问道。

“少啰唆，叫你去你就去。”潘全贵又吼道。

潘福生心里非常明白，族长潘堂财这么晚把自己叫过去，肯定没好事，但他心里没有底，不知道是什么事，一颗心七上八下，像打鼓似的，“扑通、扑通”跳个不停。面对如此凶神恶煞的管家，想躲也躲不掉。他极不情愿地放下手中的竹筐，正要离开家，却被从左厢房冲出的潘丫丫母女俩叫住。其实，刚才发生在堂屋里的一幕，全被里屋潘丫丫母女俩从门缝里看见。潘母见潘全贵要带走自己的丈夫，估计是凶多吉少，便连忙打开里屋的门，含着泪对丈夫说：“丫丫她爸，早点回来。”

潘全贵见了潘丫丫母女俩，阴阳怪气地发出一阵冷笑，那笑声令人毛骨悚然。

潘福生被潘全贵带到潘堂财的客厅，只见客厅内外布满族丁，空气中弥漫着一股杀气，他不由自主地打了个寒战。

潘全贵走到潘堂财跟前，小心翼翼地说：“老爷，我把潘福生带来了。”

潘堂财翻了翻白眼，对站立一旁的潘福生问道：“福生呀，你知道我这么晚叫你来干什么吗？”

“族长老爷，小的不知道。”潘福生答道。

“我问你，你女儿丫丫最近可好？”潘堂财不露声色地问道。

潘福生见潘堂财问及女儿，以为是女儿未曾答应潘堂财为其傻子外甥说媒的事，心里恼怒而把自己叫来教训一下，便说：“托族长的洪福，我女儿丫丫还好。不过，丫丫尚不懂事，如果无意中冲撞了您老人家，还请您老人家多担待……”

不等潘福生说完，潘堂财便打断了他的话“难道你没发现你女儿身体有什么变化？”

潘福生坦诚地说：“没发现。”但心里却敲起了小鼓：这族长老爷什么时候关心起我女儿的身体来了？

突然，潘堂财一拍桌子，从躺椅上跳了起来，吼道：“潘福生，你是真没发现还是假没发现呢？还是发现了隐瞒不报？”

潘福生辩解道：“老爷，我女儿天天干活、吃饭、睡觉，一切好好的，真没发现她身体有什么变化。”

“难道你就没发现你女儿的肚子一天天大起来，腰身一天天粗起来？”潘堂财吼道。

“族长老爷，您这是什么意思？我家丫丫是个黄花大闺女，你可别听他人在你跟前胡说八道？”

“什么？胡说八道？你先回去看看你女儿，再问问你老婆，她们会告诉你一切的。”潘堂财说完，冷笑着一甩袖子走进里间，丢下潘福生站在大堂里，一脸的迷茫。

“全贵，赶快陪福生回去看看，我还要等着他带回的消息。”里面又传来潘堂财的声音。

“走吧，潘福生。”潘全贵皮笑肉不笑地对潘福生催促道。

“走就走，我就不信我女儿会做出那种丢人现眼的事。”潘福生信心十足地一边走一边絮絮叨叨。

不一会儿，潘福生在潘全贵等几个族丁的押送下，来到了自己的家门前，潘全贵说：“你赶快进去看看，我们在外面等着，过一会儿我还要带着你回去复命。”

潘福生一踏进家门，潘丫丫母女俩便立即从里屋跑了出来。原来，她们一直在焦急地等待着潘福生回来，担心潘福生有什么不测。

“是什么事？”潘母急不可待地向丈夫问道。

潘福生也不答话，两只眼睛紧紧盯着女儿身上看，当发现女儿的肚子和腰身的确与前段时间有变化时，马上把脸沉了下来。

潘丫丫见父亲死盯着自己的肚子看，知道事情不妙，便立即转身往里屋走。

“站住，你个死丫头，这到底是怎么回事?”潘福生对女儿厉声喝道。

潘丫丫吓得腿直打哆嗦，立即站了下来。

“怎么了？究竟发生什么事了？”潘母问道。

潘福生气愤地冲到女儿跟前，吼道：“你个小贱人，难怪有人在指我的背，你不要脸，我还要脸。”说完扬起一巴掌，狠狠地打在女儿的脸上，顿时，潘丫丫的左脸现出了五个鲜红的手指印，鲜血从嘴角流了出来。

潘丫丫双腿跪了下去，大声地呼喊道：“爸！我……”

这时，潘母似乎已经明白是怎么一回事，她含着眼泪一边拉起跪在地上的女儿，一边对丈夫说：“你发什么疯，自己女儿是什么样的人，别人不知道，难道你还不知道，她怎么会做出丢人现眼的事来。”

潘福生没有罢休，又对妻子吼道：“那她这肚子究竟是怎么一回事？肚子里的野种到底是谁的?”说完，还怒气冲冲地从门角里操起一根扁担，指着女儿说：“今天你要是不说实话，我就要你的命。”

潘母冲上前，死死地拽住丈夫的胳膊，一边哭一边说：“你听我慢慢说，可别委屈了女儿呀。”接着便把女儿三个月前到郴江河洗衣服时，如何捞起红线，如何怀孕的事说了一遍。

潘福生听了妻子的话，将信将疑，问道："你说的可是真的？"

"这么大的事，我还能骗你吗？我们俩正为此事愁得吃不下饭呢。"

潘丫丫再次"扑通"一声跪在父亲跟前，失声痛哭。

听了妻子一席话，再看看女儿委屈的哭声，潘福生一屁股坐在地上，双手捧着头，发出一声长长的哀叹，两颗浑浊的泪水从眼眶里滚落下来。

潘母还在云里雾里，向丈夫问道："孩子她爸，到底发生了什么事？"

潘福生抬起头，无可奈何地摇了摇头，说："唉，不知怎么的这事让族长潘堂财知道了，他们以为丫丫偷人养汉子怀了孕，才不愿嫁与他那傻子外甥，如果真是这样，按族规这是要沉河的呀。"

"天哪，这可怎么办啊？！"潘母悲痛地喊道。

潘丫丫听说要将自己沉河，伤心地一头栽进母亲怀中抱住母亲大哭："妈！"

正当潘丫丫一家人一筹莫展的时候，门外传来潘全贵恶狠狠的声音："快，快，潘福生。"

潘福生听到潘全贵的叫声，丢下扁担，"通"的一声站了起来，向门外冲去。

"你上哪去？"潘母问道。

"我要找潘堂财说清楚。"说完，头也不回地消失在黑夜之中。

潘福生一踏进潘堂财的客厅，潘堂财便问道："怎么样，潘福生，情况搞清楚了吗？"

"搞清楚了，族长老爷。"潘福生答道。

"我说的没错吧，你闺女是怀孕了吧，可不知是怀了谁的种啊？"

潘福生扬起头，说："族长老爷，我家丫丫是怀了孕，但不是跟别的什么人发生不正常关系怀孕的。"

潘堂财站了起来，盯着潘福生发出几声阴森可怕的冷笑，说："哼，天底下竟会有这样的事，不跟别人发生关系也能怀孕，你哄小孩去吧。"

潘福生听到潘堂财发出几声冷笑，那冷笑就像是一股阴风，直透他的脊梁，他打了一个寒战，战战兢兢地说："族长老爷，丫丫的确不是跟别的什么人发生不正当关系怀的孕，而是因为在郴江河里洗衣服时误吞了一根红丝线，肚子才大了起来。"说完又把相关的过程和情节复述了一遍。

潘堂财问道:“按你这么说是河神让你女儿怀的孕?”接着又吼道“你骗谁，谁相信？”

潘福生苦苦哀求道：“老爷，这是真的……”

潘堂财不等潘福生说完，不耐烦地摆了摆手，说:“好了，好了，别说了,今晚开祠堂门,你赶快回去把你女儿带来。”说完便准备往里屋走。

潘福生一听要开祠堂门，一时急了，便双膝下跪，抱住潘堂财的腿不放，流着眼泪再一次哀求说:“族长老爷，请你做主，我女儿她、她、她是清白的，无辜的。”

潘堂财瞪了一眼旁边的潘全贵，示意潘全贵拦住潘福生。潘全贵心领神会，连忙叫两个族丁拉住了潘福生，并押着潘福生往家里走。

触规沉河

潘福生回到家中，把潘堂财的话告诉了妻子和女儿。潘丫丫听到要将自己沉河的消息，早已哭成了泪人儿。

“她爸,这可怎么办啊？!我们可不能眼睁睁地看着女儿被沉河呀!”潘母对丈夫说。

潘福生双手捧着脑袋，只顾一声接一声地唉声叹气。

“你倒拿个主意，说句话呀!”潘母又催促道。

过了好一会儿，潘福生突然抬起头，脸上露出坚毅的神色，从嘴里迸出一个字:“逃”。

“什么？逃，怎么个逃法？”潘母疑惑地望着丈夫，大声问道。

潘福生左右环顾了一下，对妻子说:“你小声点，潘全贵他们在外面等着呢。”停了一下接着又说:“趁族丁没有防备，现在就让丫丫逃走。”

“你让她一个人逃，能逃到哪里去？”

“能逃哪儿就逃哪儿，总比沉河死了好。”

“要逃我们全家一起逃。”

“一起逃？我们的田、土不要了？房子不要了？丫丫她妈，你知道吗,潘堂财那老贼巴不得我们走，我们走了，他就可以以族长的名义，将我们的房产、田产没收，名义上是充公，实际上就是他自己霸占。”

“哦，原来是这样。”

“快，快帮丫丫收拾一下东西，马上就走，以免夜长梦多。”潘福生向妻子催促道。

潘母进到女儿屋里，帮助女儿收拾好一些衣服等日常用品，潘丫丫见马上就要与父母分别，一头扑进母亲的怀抱，大哭起来。

这时，门外传来一阵急促的敲门声和潘全贵如狼似虎的吼叫声：“快开门，快开门。”

潘福生一听更急了，连忙对母女俩催促道：“都什么时候，还在这儿哭哭啼啼了，赶紧走。”说完打开后门，一把将女儿推了出去，

潘丫丫刚出后门，只听“砰”的一声，前门被人踹开，潘全贵率领几个族丁一窝蜂地冲进了屋内。

“哼，想逃，逃得了吗？”潘全贵冷笑道。因不见了潘丫丫，便又对潘福生夫妇俩吼道：“快，快把你们家女儿交出来。”一个族丁发现后门敞开着，便向潘全贵报告说：“管家老爷，那个潘丫丫已经从这个后门逃走了。”

潘全贵走到后门口看了看，见后门有一条小路直通牛脾山上，估计潘丫丫已经逃往山上躲了起来。躲的地方潘福生应该知道，如果抓不到潘丫丫，族长那儿不好交差，于是便恶狠狠地对潘福生说：“快把你女儿交出来，不然的话别怪我不客气。”

潘福生咬紧牙关，一句话也不说。

潘全贵见状，气就不打一处来，吼道：“哼，跟我装死猪，看我怎么收拾你，兄弟们，给我打。”说着便从一族丁手里抢过一根木棒，对准潘福生的脑袋就是狠狠地一下，潘福生脑袋顿时皮开肉绽，血流满面，踉跄几步后倒在地上，而潘全贵并未就此罢休，他举起木棒再一次向潘福生身上挥去，可就在这时，潘丫丫一声怒吼：“住手！”从后门冲了进来，奋不顾身地扑向父亲，潘全贵的棒子落在潘丫丫的身上。原来，潘丫丫并未走远，只是躲在一棵大树下观察着家里的动静，刚才发生的一幕，她看得真真切切，棒子打在父亲身上，痛在她的心里。

潘全贵见潘丫丫出现，冷笑道：“潘丫丫呀潘丫丫，你伤风败俗，犯了族规，连累了你的父母，快跟我们走。”

潘丫丫忍着疼痛站了起来，两只手握成拳头，咬紧牙关，眼睛里喷射出怒火，瞪着潘全贵。

潘全贵见潘丫丫对自己怒目而视，恶从胆边生，趁潘丫丫没防备，

飞起一脚朝潘丫丫的腹部狠狠地踢去，潘母见状，一个箭步飞上去，用自己的身体挡住了女儿，自己却挨了潘全贵一脚，倒在地上，痛得冷汗直冒。潘丫丫冲上前去，抓住潘全贵，要与潘全贵拼命。潘全贵立即命令几个族丁："快，快把他们几个人捆起来，通通押到祠堂去。"几个族丁不容分说，把潘丫丫全家三口分别捆了个严严实实，押着向潘家祠堂走去。

潘家祠堂大门敞开，大堂里灯火通明，人头攒动，祠堂上方站着族长潘堂财，中间两旁各站着一排手执棍棒的族丁，下方摆放着一张木梯，一副绳索，一扇石磨。

潘福生一家三口被带进大门，跪在堂下，后面挤满了潘姓村民。

"本家乡亲们，今晚敞开祠堂大门，是因为有人偷人养汉，未婚先孕，伤风败俗。遵循祖训，现在我们要在这里举行沉河仪式……"潘堂财话音未落，人群中便发出一阵骚动。

潘堂财看着跪在地上的潘丫丫一家三口，干咳了一声后接着又假惺惺地说道："福生啊，家有家法，族有族规，你女儿与人私通，未婚先孕，坏我族规，你本应大义灭亲，主动将女儿送到祠堂才是，可你不但隐瞒不报，而且还怂恿女儿逃跑，你愧对列祖列宗，好糊涂呀！"

"不，族长老爷，我家丫丫没有做辱没列祖列宗的事，求你放过她吧。"潘福生哀求道。

"放过她？！"潘堂财冷笑着说："福生啊，不是我不想放过你们，我倒是想放啊，可是乡亲们不同意。好了，你也别说那么多了，我们还是按族规办，你们夫妻二人可以当堂释放，但是你们夫妻俩教的女儿，得按族规沉河。"然后回头对潘全贵吩咐道："沉河仪式开始吧。"

潘福生还想说什么，潘丫丫站起来，挺起胸膛说："爸、妈，女儿不孝，连累了你们，没关系，死就死，只是不能为二老养老送终，愧对二老了。"说完，面对父母磕了三个响头，然后站起来，镇静地走上木梯，躺了下来。

这时，台下又发出一阵骚动。

"沉河仪式开始啰！"一个嗓子嘶哑的司仪敲了三声铜锣之后高声喊道。紧接着，一个道士打扮的人焚香烧纸，口中念念有词，拜了列祖列宗的牌位，又朝着东南和西北方向拜了天地。

四个光着膀子的彪形大汉用一根大拇指粗的麻绳将潘丫丫捆在木梯

上，嘴里塞上抹布，眼睛用黑布蒙着，木梯的另一头则捆绑着一扇重达200多斤的大石磨。

望着眼前的一切，潘母发出一声凄厉的惨叫：“丫丫！”当场昏死过去。

四条大汉抬起捆着潘丫丫的木梯，出了潘氏祠堂门，急急地向郴江河边走去，潘姓乡民们紧随其后。

汉子们抬着潘丫丫来到郴江河一座石拱桥上停了下来，这时河两岸站满了围观的人群，灯笼火把的光亮映照在人们异样的脸上，有的人脸上挂着泪花，有的人在低头抽泣，也有人背过脸去不忍心观看这悲惨的一幕。

随着司仪一声“沉河”的嚎叫，四条汉子将捆绑潘丫丫的木梯举过头顶，用力向平静的郴江河里掷去。

然而就在这一刹那，刚才还月明星稀的夜空，突然电闪雷鸣，狂风大作，刚才还风平浪静的江面，突然间一根水柱冲天而起。那水柱托起捆绑潘丫丫的木梯，缓缓落下后，再逆流而上，两岸的人们一阵惊呼，一些年纪大一点的认为，这是河神在保护潘丫丫，都纷纷下跪朝河里叩拜。

雪地分娩

木梯逆流而上，一个通宵后，在郴江河上游的一个渡口停了下来。渡口左岸的一块大石头上，一个鹤发童颜的老人正迎着朝阳双手合十，念念有词，继而对着木梯一挥拂尘，那木梯便腾空而起，轻轻地落于左岸的草坪上。

老人走上前去，对着潘丫丫的身上轻轻地吹了一口气，顷刻间，捆绑在潘丫丫身上的绳索自动散开滑落，老人这才化作一缕青烟飘然而去。

一阵清风吹来，阳光下，因连惊带吓昏睡了一夜的潘丫丫醒了过来，她发现自己竟还活着，不由得悲喜交加，鼻子一酸，号啕大哭。哭了好一会儿，才挣扎着从地上爬起来，一抬头，望了望远处的牛脾山，联想起自己支离破碎的家，联想起自己受尽苦难和折磨的父母，联想起自己的悲惨遭遇，觉得自己没脸活在这个世上，不如死了算了。不过，她决心再回牛脾山，就是死也要死在牛脾山上。

潘丫丫爬了一天才爬到牛脾山顶，此时已是夕阳西下，远处传来牧牛童子归牧的歌声和橘井观里断断续续的钟声，她走到一处悬崖顶上，饱含热泪，面对蓝天和群山，悲悲切切地呼喊道：“爸、妈，我走了！”然后双眼紧闭，纵身往悬崖下跳了下去。也是命不该绝，就在她坠崖的过程中，却被伸出悬崖的一棵松枝挡了一下，正是这一挡，减缓了坠地的撞击力，她再一次奇迹般地活了下来。

潘丫丫躺在崖底的草地上，脸上擦破了皮，嘴角流着血。一开始，她一动不动，以为自己离开了人间，过了好一会，才慢慢地睁开眼睛，并动了动腿，动了动胳膊，才发现自己又没有死。心想，这也许是老天爷的安排，老天爷不让自己死。既然老天爷不让自己死，那自己就要好好活下去，把孩子生下来。她环顾四周，四周漆黑一片。正当她不知所向时，只听见空中“轰隆隆”一声巨响，她背后的悬崖下方出现了一个山洞，洞口上方依稀可见“白鹿洞”三个大字。此时，潘丫丫顾不了许多，小心翼翼地爬进了洞内，由于饥寒交迫，进洞不久的她又昏迷了过去。

当潘丫丫再次醒来时，已是进洞的第三天清晨，一缕阳光射进洞内，照在潘丫丫脸上。她挣扎着从地上爬起来，刚想站稳，接着又是一阵晕眩，差点摔倒，她立即扶住洞壁，迎着那一缕阳光一步一步地向洞口走去。

又饥又渴的潘丫丫走出洞口，见洞口不远处有一片小树林，树上结满了果子，她连忙摘下一个尝了尝，虽然又苦又涩，难以下咽，但为了能够活下来，她还是强迫自己咽了下去。

家是不能回了，潘丫丫从此就把白鹿洞当成了自己的家。饿了，就到山上采摘野果子吃；渴了，就喝山泉水；冷了，就以树叶当铺，野草当被。

日月如梭，光阴似箭，一眨眼潘丫丫在白鹿洞里已住了半年。眼瞧着自己就要临盆生产了，可什么都没有准备，潘丫丫心里自然很着急，她打算进城一趟，为未出生的孩子乞讨一些别人家孩子穿过的衣服和尿布之类的日常生活用品。

潘丫丫进了城，来到裕后街，敲开了一家居民的大门，开门的是吃斋念佛的廖奶奶。廖奶奶见要饭的是一个蓬头垢面、衣衫褴褛、挺着大肚子、在寒风中瑟瑟发抖的孕妇，便问道：“哎哟，你这是哪家堂客，怎么挺着大肚子来要饭。阿弥陀佛！来来来，快进屋里坐。”说着便拉着潘丫丫的手硬往屋里拽。

廖奶奶把潘丫丫安排在堂屋里的四方桌旁坐下，然后从灶屋的锅子里盛了一碗粥递给潘丫丫，早已饿坏了的潘丫丫，接过碗，咕咚咕咚一口气把一碗粥喝完。喝完粥，潘丫丫用手抹了抹嘴巴，说：“奶奶，我是潘家湾潘福生的女儿，因为误吞了郴江河飘着的一根红丝线而怀孕，族长老爷说我坏了族规而将我沉河。”

“哦！你就是潘丫丫？大家都以为你死了呢！”廖奶奶含着眼泪惊讶地说。

“我没死，我还活着。”

“孩子，你真是命大，你等着，我给你拿点东西。”

潘丫丫见廖奶奶要进里屋，连忙喊住她，欲言又止：“奶奶，我想……”

“说吧，你想要什么？”

“我想要点用过的婴儿用品，您瞧我这肚子，恐怕过不了多久，孩子就要出生了。”

“要得，要得，正好，我那小孙女用过的衣服、尿布什么的都保存得好好的。”说完便进了里屋，拧出一大包小孙女用过的旧衣服、旧尿布之类的东西塞到潘丫丫的手里，说：“将就着用，不够的话再来找我，我可以领着你到其他几家刚生过孩子的人家家里找找。”说着又把桌子上一袋苞谷粉给了潘丫丫说：“这是一袋苞谷粉，给你煮糊糊吃，马上就要生了，不补充点营养怎么行。”接着又把自己如何生孩子、如何坐月子的一些注意事项告诉她。这让潘丫丫充分感受到了一种母爱，她热泪盈眶、双膝跪地，朝廖奶奶连磕了三个响头。

“使不得，使不得，乡里乡亲的，谁还没有一个难处。”廖奶奶一边说一边扶起潘丫丫。当得知潘丫丫就住在牛脾山上的白鹿洞时，又说：“过几天，我会去山上看你，瞧你这肚子，我估摸着，出不了五天，孩子就会出生。”

果然不出廖奶奶所料，到了第四天，潘丫丫正在山上砍柴，砍着砍着，突然感觉到肚子有些不适，她估计，孩子即将出生。为了不把孩子生在野外，便连忙捆好干柴背上背，马不停蹄地往白鹿洞赶。

这时正值隆冬时节，北风呼啸，雪花纷飞，田野里、山冈上白茫茫一片。潘丫丫咬紧牙关，一步一步吃力地往前挪动。巨大的疼痛一阵紧似一阵地袭来，疼得她几乎晕过去，她隐隐约约感觉到，一个小生命正在她的体内强烈地冲撞着，几乎要挣脱她的身体冲出来。

随着“轰隆隆”一声巨响，一道红光冲天而起，照亮了牛脾山山顶，一股异香在空气中弥漫，接着便是婴儿一声响亮的啼哭，那啼哭声在山林中回荡。只见一个浑身泛红的婴儿在潘丫丫的两腿间蠕动着。潘丫丫兴奋的脸上滚下豆大的汗珠，她紧咬下唇，慢慢地抬起上半身，脱下身上的旧棉袄，裹起血肉模糊的婴儿，紧贴在胸前，然后朝着白鹿洞的方向一点一点地爬行着，在她爬过的雪地里，留下了一条鲜红的带血的雪痕。

白鹿洞中，婴儿在潘丫丫的怀抱中不停地啼哭，两只小手紧握着拳头在空中乱舞，似乎在对母亲进行某种抗议，张开的小嘴，左右两边拱动着，在寻找着能吃能喝的东西。潘丫丫撩起上衣，露出一只丰满的乳房。她把乳头塞进婴儿的嘴里，婴儿停止了哭泣，使劲地吸吮起来。谁知，没过一会儿，婴儿又把乳头吐了出来，再一次大哭。潘丫丫见状，用手捏了捏乳头，原来乳房里竟然没有一滴奶水。望着嗷嗷待哺的儿子，潘丫丫不知所措，眼泪哗哗地流了出来。她没有想到，自己竟然没有奶水，没有奶水拿什么哺养儿子，这时，她想起了廖奶奶，她想，廖奶奶一定会有办法。

潘丫丫一刻也不敢耽搁，把孩子安顿好后，便拖着虚弱的身子就往城里赶。

她敲开廖奶奶家的门，廖奶奶望着潘丫丫干瘪的肚子，脸上露出灿烂的笑容：“生了？”

“生了，是个男孩。”潘丫丫说完羞涩地低下了头。

廖奶奶激动而又慈祥地说：“闺女，恭喜、恭喜，有什么需要我帮忙的吗？”

“我没有奶水喂宝宝，宝宝饿得直哭，不知有什么办法能让我有丰足的奶水，”潘丫丫含着泪说。

“闺女，你不能光吃野菜、野果，还要吃些催奶水的食物，把奶水催出来。如果实在催不出来，那也要熬些大米糊糊喂他，可不能饿了他。”

“可我哪有催奶水的食物。”

“唉，真难为你了闺女，我给你一点黄豆，还有半只猪脚，你用猪脚炖黄豆，吃了就会有奶水，这是先辈传下来的偏方。”廖奶奶说完，连忙进入里屋，拿出黄豆和猪脚，用小竹篮装好，递给潘丫丫。然后又从米缸里舀出一碗大米，说："这是给宝宝熬糊糊喝的。"

潘丫丫得到这些东西，如获至宝，感动得竟不知道说什么才好，眼里含着泪花，嘴巴嗫嚅着，想说什么却不知道说什么好。

廖奶奶见状，说："快回去吧，别饿坏了宝宝。"

神鹿哺乳

潘丫丫离开廖奶奶家，三步并着两步、急急忙忙地就往白鹿洞赶。就在她离洞口只有一里地时，一抬头，却见白鹿洞口上空祥云缭绕，霞光普照。她不知道哪儿发生了什么事，是喜还是悲。只恨不能长出两个翅膀，一下飞进洞子里。

潘丫丫一路上跌跌撞撞奔向白鹿洞，进洞内一看，眼前的一幕让她惊呆了。平时黑咕隆咚、不见阳光的洞子，此时此刻金碧辉煌，通明透亮，空气中弥漫着一股沁人心肺的乳香，一只非常漂亮的白鹿正在用它那甘甜的乳汁给小宝宝哺乳。小宝宝紧抱着白鹿那鼓鼓胀胀充满乳汁的乳房，兴奋地吸吮着乳头，就像是躺在母亲的怀抱，幸福在脸上荡漾。

潘丫丫又惊又喜，惊喜的目光里饱含着热泪。

那白鹿见潘丫丫进来,既不躲闪，也不害怕，两只眼睛慈祥地打量着潘丫丫，并点了点头。

潘丫丫激动地走近白鹿，亲切地抚摸着白鹿的头，喃喃地说："谢谢神鹿，谢谢神鹿。"

白鹿喂完奶，迈着轻盈的步伐，优雅地走出洞口，消失于密林之中。

潘丫丫抱起儿子站在洞口，朝着神鹿远去的背影拜了又拜。

仙鹤御寒

吃饱喝足了的宝宝安详地睡着了，潘丫丫心想，何不趁此机会去山上弄点干柴，供取暖和做饭用。她把儿子安顿好，提着柴刀，拿起绳索走出洞口，可刚一出洞，一阵狂风卷着雪花迎面袭来，发出几声怪叫，吹落了她身上披着的衣服，吹乱了她的头发，她缩了缩脖子，打了个寒战，又退回洞口。其实，此时的白鹿洞就像一个冰窖，寒气袭人。潘丫丫望了望熟睡中的孩子，将盖在孩子身上的破棉絮按了按，这才重新拿起柴刀和绳索走出洞子。

幸好，牛脾山上的密林中到处都有枯枝朽木，潘丫丫很快就捡了一捆，她把捆绑好的干柴背在肩上，开始往回走。这时，天渐渐黑了下来，想起儿子一人待在冰冷的洞子里，便不由自主地加快了步伐。

然而，当潘丫丫走到离洞口一里地时，奇迹再次出现，远远望去，又见白鹿洞的上空被祥光笼罩，从洞内溢出的亮光把前面的小树林照亮。她丢掉背上的干柴，迅速向洞口跑去，当她跑进洞里，眼前的一幕又让她惊呆了，只见一只漂亮的松鹤，张开那丰满的翅膀，用她那柔和而又松软的羽毛遮盖在自己孩子的身上。潘丫丫激动地跑上前去，看了看在松鹤羽翼下脸色红润睡得正香的儿子，眼泪唰地流了下来。那松鹤见潘丫丫进来，礼貌地眨了眨眼睛。

潘丫丫望着眼前的一切，又联想起上午神鹿给儿子哺乳的事，心里想，这一定是神灵在帮助自己，神灵看到自己无力抚养孩子，才派来神鹿和仙鹤为自己的孩子哺乳和御寒，帮助自己渡过难关，如果真要是这样，那可真是不幸中的万幸。

打这天起，那神鹿和仙鹤，一个白天为孩子哺乳，一个晚上为孩子御寒，非常守时，从不耽误。潘丫丫没想到自己和孩子会这么幸运，因此，她每天都以十分虔诚的心情，早晚各一次跪拜着神灵。

神灵护洞

郴州城内的裕后街人来人往，熙熙攘攘，热闹非凡。在裕后街与东街相连的拐弯处，潘丫丫蓬头垢面，蹲在地上，旁边放着一捆干柴，她时不时地吆喝着："卖柴啰！卖柴啰！"

一妇人走过来看了看干柴，又看了看潘丫丫，问道："多少钱？"

潘丫丫满脸笑容，答道："您看着给吧。"

正在这时，上街买菜的廖奶奶手提竹篮走了过来，见卖柴的是潘丫丫，便问道："闺女，孩子长得还好吧？"

潘丫丫答道："廖奶奶，还好，就是缺奶水，现在天气寒冷，穿的盖的也不够，不过，幸好……"她本想把神鹿哺乳、仙鹤御寒的奇事告诉廖奶奶，不料廖奶奶一听到潘丫丫说孩子还是缺奶水，缺衣少被，同情之心便油然而生。不等潘丫丫把话说完，便连忙抢着说："孩子，这柴我要了，走，背到我家去吧。"

潘丫丫满心欢喜，背起干柴正要跟随廖奶奶走，这时，潘全贵带着两个族丁，迈着四方步子横着走了过来。

"慢着，这柴我们要了。"潘全贵指着潘丫丫背上的干柴对两个族丁说。

廖奶奶听到潘全贵要潘丫丫背上的干柴，心里想：这个潘全贵狗仗人势，狐假虎威，强买强卖，横行乡里，自己惹不起还躲不起，说："大管家，你……"本想说几句狠话就了事，但话到嘴边又咽了回去。

潘丫丫听到是仇人潘全贵的声音，心中的怒火顿时熊熊燃烧，她本想丢下干柴与仇人拼个你死我活，但转念一想，白鹿洞里还有自己嗷嗷待哺的儿子，如果自己死了，孩子怎么办？于是她只得放弃这个念头。但她不甘心就这样把柴卖给仇人。说："这柴我不卖了。"说完便紧走几步，想躲起来。不料却被潘全贵一把抓住，潘全贵一看卖柴的是潘丫丫，便冷笑着说道："嗯！原来是你！潘丫丫，你是人还是鬼？"

仇人相见，分外眼红，潘丫丫两眼圆睁，盯着潘全贵，愤怒地说道："我是人，你才是鬼，你是一个吃人不吐骨头的魔鬼。"说完，便用力挣脱潘全贵的手，丢下干柴，躲到廖奶奶背后。

廖奶奶用自己的身子护着潘丫丫，说："潘管家，你们几个大男人不可以欺负一个月婆。"

潘全贵一听"月婆"二字，恶狠狠地对潘丫丫说："好呀，你个死丫头，已经生了野崽子了，走着瞧，有你好果子吃。"说完便率领几个族丁扬长而去。

潘全贵急急忙忙跑到族长家里，见族长潘堂财正在后花园中的假山前喂鸟，便跑到潘堂财跟前结结巴巴地说道："报、报告老爷，我刚才在郴州城内裕后街看、看见潘丫丫了。"

"什么，你看见潘丫丫，她、她不是沉河死了吗？"潘堂财一脸的疑惑与惊愕。

潘全贵说："老爷，潘丫丫没有死，我亲眼所见，就在裕后街卖柴，而且还生了个孩子。”

“什么？什么？她潘丫丫还生了个孩子，这你是怎么知道的？”

“我听见那廖老太婆说她是‘月婆’。”

“哦，还有这等事。”潘堂财说完再也不吭声，而是眯着眼睛、捋着胡须，若有所思的样子。

潘全贵问道：“老爷，您看这事怎么办？”

潘堂财说：“你赶快跟踪潘丫丫那小贱人，看她住在哪儿，要找到她那孩子，决不能让那个小野种留在世上。”

遵照潘堂财的嘱咐，潘全贵立即率领几个族丁，鬼鬼祟祟埋伏在廖奶奶家不远处的一条小巷子里。他知道，潘丫丫常来廖奶奶家走动，只有守住廖奶奶家，不愁守不到潘丫丫。

果然，在蹲守了三天之后，潘全贵终于守到了潘丫丫出现。随着“吱呀”一声大门开启的声音，潘丫丫从廖奶奶家屋里走了出来。

躲在阴暗角落里的潘全贵两只眼睛紧盯着潘丫丫，一眨不眨。潘丫丫从廖奶奶家出来后，便拐向左边一条通往城外的小巷，出了小巷，又沿着一条小路向白鹿洞方向走去。潘全贵率领几个族丁，远远地、一步一步紧跟着。潘丫丫走到白鹿洞口，刚想进洞，却发现身后有人跟踪，正要躲避，潘全贵率领几个族丁突然冲了出来，紧紧地抓住潘丫丫不放，并迅速地用绳子将她捆了起来。

潘全贵一边捆一边恶狠狠地说：“哼，臭不要脸的，还想跑，这一回看你往哪跑。”

潘丫丫拼命地挣扎着：“快放开我，你们这些天打雷劈的。”

“放开你，没那么容易。你得在祠堂那地牢里待着，除非你把那小野种交出来。”潘全贵冷笑着吩咐两个族丁押着潘丫丫向潘家祠堂走去，自己则与另外两个族丁留了下来。他已经猜到，白鹿洞就是潘丫丫藏身的地方，说不定那孩子就在洞里，他要留下来搜索洞子。

潘丫丫流着眼泪大喊：“潘全贵，你不能伤害我的儿子。”

潘全贵见潘丫丫已被押走，便率领几个留下来的族丁凶神恶煞地扑向洞口，刚要进洞，这时奇迹出现了，只见石壁一晃，洞口不见了，潘全贵与几个族丁被崖壁碰得头破血流。

血流满面的潘全贵恼羞成怒，与几个族丁到处寻找洞口。然而，石壁天衣无缝，根本没有洞口的痕迹。

“嗯，怪事了，明明有一个洞口，怎么顷刻间就不见了。”潘全贵一边寻找洞口，一边自言自语地说。

“可能是神灵在保护潘丫丫。”一个族丁说。

“放屁，什么神灵保佑。”潘全贵恼怒地吼道。

正在这时，又听“轰隆”一声响，那洞口又在悬崖底部显现。紧接着，从洞内跑出来一只白鹿，消失在密林之中，而一只松鹤则掠过长空，飞进了洞内。

潘全贵与几个族丁被这突如其来的一幕惊得目瞪口呆。

“快，我们进洞，捉住那个小野种。”潘全贵突然清醒过来，连忙对几个还在发愣的族丁吼道，并带头向敞开的洞口冲过去，没想到怪事又出现了，石壁一晃又合上了，洞口再也不见。潘全贵几个人再次被碰得头破血流。

潘全贵摸着被碰伤的头对几个族丁道：“他妈的今天碰到鬼了，走回去报告族长老爷，就说潘丫丫的小野种一时半会儿找不着。”说完便狼狈地离开了白鹿洞。

折柳驱牛

时间过得真快，一眨眼十个年头过去了。

十年后的一个早晨，在牛脾山的南山坡上，一群放牛的孩子们正在尽情地嬉戏、打闹和玩耍。

“牛吃禾苗了！”有人在对面山坡上喊道，虽然喊声在山谷里回荡，却被风声、笑声淹没了。其他的孩子都没有听到，继续玩耍着，唯独一个叫桐古的小男孩，正在树上摘野果子，喊声传到他的耳朵里，他吃了一惊，抬头一看，只见几头水牛牯趁人不备，冲进禾田，一口一兜禾苗，吃得津津有味。桐古知道，放牛时牛吃了人家的禾苗，损坏了人家的庄稼，放牛的孩子是要受到惩罚的。于是他迅速地从树上下来，拿起地上一根小竹条，冲进牛群，一边驱赶，一边喊道：“山崽哥，快来呀，牛群偷吃禾苗了。”山崽等几个稍大一点的孩子这才听到喊声，知道闯祸了，连忙停止游戏，迅速地冲到禾田边，使劲地驱赶着牛群。

牛群不听使唤，四散奔逃，奔逃中，连踩带吃，一块禾苗长势很好的稻田，顷刻间便七零八落，一片狼藉。看着被牛群糟蹋的禾苗，孩子们束手无策，有的竟“呜呜”地哭了起来。

正在这时，一个躲在大树后面看热闹的小男孩走了过来，只见他从旁边的一棵柳树上折断一根小柳条，往牛群一指，牛群竟乖乖地走出稻田向他跟前跑来。这奇迹般的一幕，令在场的所有孩子都目瞪口呆。大家吃惊地望着这个从未见过的小男孩，都想从小男孩身上发现点什么。众目睽睽之下，小男孩羞怯地低下头，满脸通红，一双赤脚在草丛中交叉地蹭擦着。

“想不到你还有这一招”，人群中一个叫娟妹子的小女孩这样对小男孩说。

桐古也友好地问道：“是呀，为什么牛群只听你的，不听我们的？”一开始，小男孩只是远远地站着，不敢靠近这群经常见面、却从未打过交道的小朋友，见大家并无恶意，才怯怯地走上前，说：“其实，我早就认识你们，只不过我是躲在树后远远地看着你们。看着你们开心地放牛和玩耍，我好羡慕。我也不知道牛群为什么会听我的，我只是看到牛群不听你们的使唤，糟蹋庄稼，心里着急而不由自主地跑出来驱赶牛群的。”

娟妹子说：“哦，从现在开始，你就是我们的小伙伴、好朋友，今后我们就一块玩吧。”

小男孩听说可以让自己与大伙一起玩耍，高兴地跳了起来，大喊道：“喂！大山听到了吗！我也有小朋友玩耍了。”喊声在群山中回荡。

小男孩很快融入了娟妹子、山崽、石伢子、桐古等几个小伙伴之中，与他们一起在追逐、嬉戏和打闹。

小男孩觉得这样玩还不够刺激，他想给同伴们一份意外的惊喜。于是他把食指和大拇指放入嘴中吹了一声口哨，一只松鹤和一只白鹿突然来到小男孩跟前，听候小男孩的使唤。小男孩一会儿骑着白鹿在山野中来回奔跑，一会儿跨上松鹤在树林上空腾飞，其他孩子都停止自己的游戏惊奇地看着小男孩，羡慕极了，有的甚至跃跃欲试。等小男孩玩累了停了下来，山崽走上前，指着白鹿和松鹤对小男孩说：“让我们也玩一玩吧。”

小男孩爽快地答道：“行”。

于是，山崽和石伢子两个人也学着小男孩，分别骑上白鹿、跨上松鹤，可没等他们坐稳，便被白鹿和松鹤从背上颠了下来。

小男孩见他们一副狼狈相，笑得前俯后仰，直不起腰来，其他人也跟着一阵大笑。

石伢子揉了揉被摔痛的屁股对小男孩说："你笑、笑，笑掉你的大牙，砸烂你的脚背。"

娟妹子停住笑，好奇地向小男孩问道："为什么白鹿、松鹤只听你的话，不听我们的话？它们都是你家里的吗？"

小男孩先是摇摇了头，接着又点了点头。

娟妹子一脸迷茫，又追问道："它们到底是你家的还是不是你家的？"

小男孩答道："是我家的，对我可好呢。"

"你家在哪里？"山崽问。

小男孩指了指白鹿洞的方向，说："我家就在前面的山洞里。"

"是不是白鹿洞？"石伢子问。

"是的。"

听到小男孩说他的家就在山洞里，大家更感到奇怪，你望望我，我望望你。

桐古摸了一下脑壳，又问："你叫什么名字？"

小男孩摇了摇头，说："不知道。"

娟妹子将小男孩上下打量了一下，问："你今年几岁？"

小男孩还是摇了摇了头，说："不知道。"

山崽问："那你爸爸妈妈叫什么名字？"

小男孩答道："我没有爸爸妈妈，白鹿、松鹤就是我最好的朋友，饿了，白鹿给我喂奶，冷了，松鹤为我御寒，是它们陪伴我长大的。"

听到这里大家更加惊奇。

石伢子想了一下，对小男孩说："你什么都知道，又好像什么都不知道；好像什么都有，又好像什么都没有，难道你是天上掉下来的？"

小男孩笑着说："我就是天上掉下来的。"

桐古眨巴眨巴眼睛，问："什么？你是天上掉下来的？天上好玩吗？"

小男孩嘿嘿地笑着说："我逗你们玩呢，我不是天上掉下来的，不知道天上好不好玩。"说完又反问道："你们都叫什么名字？"

"我叫娟妹子？"

"我叫山崽。"

"石伢子就是我。"

“我嘛，叫桐古。”

大家都抢着答道。

小男孩又问：“你们都是哪个村的？”

娟妹子答道：“我们都是潘家湾的，就在山下。”

“你们都有爸爸妈妈？”

石伢子说：“是呀，我们都有爸爸妈妈。”

小男孩摸了摸脑袋，若有所思地点了点头。

这时，太阳西下，晚霞飞舞。山崽抬头看了看天，对娟妹子说：“娟妹子，天快黑了，我们该回家了。”

小男孩听说小伙伴们要回家，依依不舍地说：“再玩一会儿吧。”

娟妹子说：“不行，我们不能回去太晚，太晚了父母会着急，更何况，明天一大早，我们还要上学堂读书呢。”

“读书？读什么书？”小男孩又好奇地问道。

石伢子神气地说：“读书就是认字、算数，你连这个也不懂。”

小男孩似懂非懂地“哦”了一声。

娟妹子说：“你也到我们学堂来读书吧，我们学堂就在潘家祠堂。”

“好，明天我一定去。”小男孩答道。

山崽对着大山高声喊道：“走啰，回家啰！”接着便爬上一头水牛背，从怀中取出一根自制的小竹笛，悠闲自得地吹着自己编的曲子，在前面引路，石伢子、桐古各自骑着一头水牛走在中间，娟妹子则拿着一根竹条走在牛群的后面。

小男孩站在山坡上，依依不舍地望着小伙伴们离去。

见景取名

在潘家祠堂东南角的一间屋子里，有序地摆着十几张桌子。娟妹子、石伢子、山崽、桐古等二十几个男女孩子端坐在书桌前。一位看上去大约 50 岁左右的私塾先生正在教孩子们一字一句地读《论语》，读完后，老先生放下书本，对大家说：“现在请你们回答一个问题，说说《论语》是谁编写的？他是哪个朝代的人？”

课堂上鸦雀无声，竟无一人能答。

老先生瞪圆眼睛，正要发作，这时窗外传来一个稚嫩的声音：“我回答，《论语》是春秋战国时期孔夫子的弟子及再传弟子记录编撰而成。”

老先生没有想到课堂外面有人回答，而且回答得非常准确，感到很意外，也很奇怪。他走出教室，想看个究竟。其他孩子见老师出了教室，也一窝蜂地随着老师走了出来。大家走出教室一看，只见一衣衫褴褛、光着脚丫的小男孩站在窗户底下发愣。

娟妹子几个人一见，心里想，这不是我们的好朋友吗？

“你是不是天天在窗户外面听我讲学？”老先生走到小男孩跟前问道。

小男孩低着头看着地面，两只赤脚互相蹭着，胆怯地说：“不，不，我是前两天才来的。”

老先生问：“为什么不进学堂读书？而要站到外面偷听？”

小男孩答：“我交不起学钱。”

老先生又问：“你家在哪？父母是谁？”

小男孩含着眼泪说：“我没有家，我……我不知道我父母是谁。”

娟妹子在一旁说道：“他是个孤儿，住在白鹿洞里。”

老先生蹲下身子抚摸着小男孩的头，说：“孩子，你想不想读书？”

小男孩用手背拭去脸上的泪水，响亮的回答：“我想，我做梦都想。”

“把你的名字告诉我。”老先生一边问一边拉起小男孩的手走进课堂，其他孩子也跟着走进课堂。

没等小男孩回答，石伢子在一旁说道：“他、他没有名字。”

“没有名字？”老先生惊讶地看着小男孩，“上学堂读书，没有名字怎么行？”老先生说完捋着山羊胡子想了想，接着说道：“这样吧，我给你起个名字。”

小男孩想也不想，高兴地说：“好！好！好！”

取个什么名字呢，老先生捋着胡子思考着，孩子们七嘴八舌，有的说取这样的名字，有的说取那样的名字，老先生一个也没有采纳。

突然，老先生对小男孩说：“你从这祠堂的大门走出去，将你第一眼看到的情景告诉我。”

小男孩有些疑惑，但还是高兴地走了出去，片刻后，他返回了学堂。

老先生问道：“你走出祠堂大门，第一眼看到的是什么？”

小男孩说：“我走出大门，第一眼看到的，是一个农夫将用禾草串起来的几条鱼，悬挂在树枝上，然后，躺在树下枕着树根睡大觉。”

老先生听了小男孩说的情景，眯着眼睛沉思。小男孩望着老先生，眼睛一眨也不眨。

突然，老先生眼睛一睁，兴奋地对大家说：“有了。”大家听到老先生说有了，一个个凑上前，凝心静气，看老先生给小男孩取了什么名字。只见老先生摇头晃脑，念念有词，说：“禾草串鱼，这应该是个‘蘇’字，那人枕树根而卧，应该是一个‘耽’字。”稍停一下后，便对小男孩说：“这样说来你应该姓苏名耽，今后就叫你苏耽吧。”

小男孩听到老先生给自己取名叫苏耽，虽然不知其中有什么含义，但毕竟有一个名字，别人可以叫自己了，便高兴地点了点头。然后，跑出教室，向祠堂大门口跑去，其他孩子也紧随其后。

苏耽走出祠堂大门，举着双手，对着蓝天高喊：“老天爷，你听到了吗？我有名字了，我叫苏耽！”说来也怪，天空中立即回荡着“苏耽”“苏耽”的声音。旁人也跟着一起欢呼：“苏耽！”“苏耽！”

寺内认母

在白鹿洞前面一片绿油油的草地上，苏耽、娟妹子、山崽、石伢子、桐古等一群小孩在嬉戏玩耍，有的踢毽子、有的跳绳，有的放风筝……

这时，神神道道、疯疯癫癫、披头散发的潘丫丫低着头向草坪走来，孩子们立即停止玩耍，开始戏弄潘丫丫。几个顽皮的小男孩，跟在潘丫丫后面，有的往潘丫丫身上扔泥巴，有的往潘丫丫身上吐口水。石伢子拿着一根小树枝，悄悄地向潘丫丫背后捅去，潘丫丫没留神，脚下一滑，摔了个仰八叉，其他孩子见状都哈哈大笑。

苏耽则立即跑上前去，搀扶起潘丫丫，并将她送出小树林。望着潘丫丫一瘸一拐远去的背影，苏耽动情地对小伙伴们说：“你们不要这样，她是一个病人。”

山仔说：“她又不是你妈妈。”

石伢子说：“一个疯婆子值得你对她好吗？”

苏耽无言以对，眼眶里含着泪水。

桐古说：“听大人们说，她叫潘丫丫，因为偷汉子怀了孕，在一个山洞里生下了那个孩子，听说那孩子被狼狗叼走了，她就疯了。”

娟妹子说：“不，她不是气疯的，她是被逼疯的，族长说她偷汉子坏了族规，被沉了河。可不知怎么的她并没有死，后来生下那个男孩。为了保护自己的孩子，她把孩子藏在一个山洞里。族长知道后，逼他交出孩子，她死都不肯，于是族长就把她关进了地牢。”

山崽说：“听说她有爸爸妈妈，她被沉河后，她爸爸妈妈就被族长赶走了，不知去向。”

苏耽含着热泪说：“其实她怪可怜的，也不知道她摔伤哪里没有？我们应该去看看她才是。”

正在苏耽后悔和懊恼之际，突然，从树林中蹿出一只小白兔。那小白兔蹦蹦跳跳来到草地上，见到人们竟无一点畏惧之感，它一边吃草，一边还有意蹭一蹭这个人的脚背，碰一碰那个人的脚跟。那纯白发亮的毛发，那炯炯有神的眼睛，那活泼可爱的神态，一下子把在场所有孩子们的目光吸引了过去。

小白兔的到来，引起了小伙伴们与生俱来的好奇心，大家都想捉住它，好好地玩个痛快。于是，小白兔在前面跑，小伙伴在后面追，小白兔跑到哪，大家便一窝蜂地追到哪，奇怪的是，小白兔跑得说快也不快，说慢也不慢，当小伙伴们快追到跟前，正要抓住它时，突然间便不见了，就在大家四处寻找时却又发现它神气活现地站在远方，做着怪样子。待小伙伴们赶上去正要捉住它时，它又一个闪身不见了，似乎是在有意地引诱着小伙伴们去抓她。

大家伙追着追着，不知不觉便来到橘井观，只见那只小白兔在橘井观大门前的台阶上故意做了几个动作后，蹿入大门就不见了。

小伙伴们紧跟着也进入了观内，并分头寻找起来。

橘井观多年失修，到处是断壁残垣，破烂不堪，加上香客寥寥，香火不旺，无人打扫，又脏又乱。

苏耽与娟妹子两人刚走进大堂，便从神龛后面传来一个女人微弱的呻吟，娟妹子吓了一大跳，往后退了一步。苏耽却壮了壮胆子，从神龛上取下一根正在燃烧的蜡烛，借着微弱的烛光，来到神龛后面一看，只见神龛后面的角落里躺着一个女人，痛苦的呻吟正是这女人发出的，同时散发出来的还有一股腐肉的腥臭味。

“这不是刚才从我们跟前走过的那个叫潘丫丫的疯女人吗？怎么会

躺在这里？”娟妹子捂着嘴巴说道。

苏耽见状，走近潘丫丫，使劲地摇晃着潘丫丫的肩膀，含着眼泪焦急地呼喊道：“阿姨，阿姨。”可任凭苏耽怎么摇晃，怎么呼喊，潘丫丫一动不动。

“不好了，疯阿姨死了。”苏耽伤心地大哭起来。

娟妹子说：“不，疯阿姨没有死，她只是生病了，我们得找个人给她看病，不然的话，她就真会死了。”

苏耽问：“我们找谁给她看病？更何况我们也没有钱呀？”

“要不我们去找廖奶奶，请廖奶奶帮忙。”娟妹子说。

“廖奶奶是谁？”

“廖奶奶是个好人，是个非常善良、非常慈祥的老人。”

“那我们赶快去找廖奶奶，别耽误时间了。”苏耽恨不能马上能见到廖奶奶。

“好，我们马上就去见廖奶奶。”娟妹子说完便领着苏耽往外走。

说来也巧，苏耽与娟妹子两个人刚跨出橘井观大门，迎面就碰上了正要进观烧香的廖奶奶。

娟妹子喜出望外，连忙说：“廖奶奶，我们正要去找你呢。”廖奶奶在橘井观内见到娟妹子几个小孩，也感到很诧异。正要开口问，一旁的苏耽鼻子一酸，哭了起来。

廖奶奶抚摸着苏耽的头，爱怜地问道：“怎么啦，孩子们？”

苏耽哭着说：“廖奶奶，疯阿姨病了，病得快死了。”提起疯女人，十里八乡的乡民没有不知道的。廖奶奶当然知道疯阿姨是谁。“什么？疯阿姨病了，疯阿姨在什么地方，快带我去看看。”廖奶奶问道。

苏耽和娟妹子在前面带路，廖奶奶紧跟其后，三个人一起来到神龛后面潘丫丫躺着的地方。

苏耽指着蜷缩在黑暗角落里不断呻吟的潘丫丫，对廖奶奶说：“廖奶奶，您看，疯阿姨就躺在这儿，我们喊她她都不醒。”

廖奶奶从苏耽手中接过蜡烛，借着烛光一看，只见潘丫丫脸色惨白，嘴唇干裂，直喘粗气。她弯下腰，摸了摸潘丫丫的额头，连忙说道：“哎哟，孩子们，疯阿姨额头滚烫，正发高烧呢！病得可不轻啊。”

“那怎么办？”苏耽焦急地问道.

廖奶奶看了娟妹子和苏耽一眼，问道：“你们是怎么知道疯阿姨在这里？”

娟妹子抢先说道：“是这样的，廖奶奶，我们几个小伙伴正在白鹿洞口的草地上玩耍，玩得正起劲时，不知从哪儿蹿出来一只小白兔，这只小白兔很可爱，我们想捉到它，于是，它在前面跑，我们在后面追，不知不觉就追到这儿来了。说来也怪，我们眼睁睁地看着小白兔进了观里，可大家找遍了观内每一个角落，再也没有发现小白兔的踪影。”

廖奶奶说：“阿弥陀佛，这是只神兔呀，是神兔引领你们来这里救疯阿姨的。”

苏耽摸着后脑勺问道：“廖奶奶，疯阿姨怎么不回家，却要住在这个破庙里？”

廖奶奶看着苏耽，觉得很面生，但其长相又似乎像一个熟悉的人，她没有回答苏耽的问话，而反问道：“你是谁家的孩子？”

娟妹子心直口快，抢着答道：“他没有爸爸妈妈，是白鹿洞里长大的。”

廖奶奶惊奇地打量苏耽，脑海里马上浮现潘丫丫的影子。心里想，这孩子难道就是潘丫丫的儿子，她不敢确定，便问道：“孩子，你真是白鹿洞里长大的？”

苏耽点了点头，回答道：“是的。”

廖奶奶仔细端详着苏耽，见苏耽胸口上有一颗黑痣，便含着眼泪说：“孩子，你就是这疯阿姨的亲生儿子呀，疯阿姨就是你的亲生母亲，还不快叫妈。”

苏耽听到廖奶奶说眼前这个疯阿姨就是自己的亲生母亲，便眨巴眨巴两只大眼睛，疑惑地看着廖奶奶，他不敢相信这是事实，以为自己听错了。

廖奶奶含着眼泪肯定地点了点头，说：“孩子，没错，你就是疯阿姨的亲生儿子，你刚生下不久，我抱过你，见过你胸口上这颗黑痣。”十多年前的那一幕又在她眼前呈现。接着她又说道：“那一次，我随着你妈进白鹿洞看你，当你妈将你放到我的怀里时，你还在我怀里撒了一泡尿。我在给你换尿布时，发现你身上有这颗痣，当时我还对你妈说过这样的话，说胸有大痣的小孩，长大后一定是个不平凡的人。不过后来有人说看到你被狼叼走了，我也以为你死了，没想到你还活着。”

苏耽相信了廖奶奶的话，但他不放心，看了一眼昏迷中的潘丫丫又补问了一句：“廖奶奶，她真是我的亲妈？”

廖奶奶认真地点了点头，说：“她就是你亲妈。她把你生下来之后，就被族长潘堂财抓去关进了地牢，潘堂财逼她交出你，她宁死不肯。她是想你想疯的，也是被潘堂财逼疯的。”

苏耽望着廖奶奶，摸了摸自己胸口上的那颗黑痣，又深情地望了望躺在角落里的潘丫丫，突然，他双膝跪地死劲地摇晃着潘丫丫，流着眼泪呼喊道：“妈！妈！你醒醒，我是你的儿子苏耽。”可任凭苏耽怎么呼唤，潘丫丫仍一动不动。

廖奶奶、娟妹子等人都被苏耽的举动所感动，也流出了热泪。

廖奶奶拉起跪在地上的苏耽，拭去他脸上的泪水，说：“孩子，走吧，这里又黑、又臭、又潮湿，你不能在这里待太久。”

“不，廖奶奶，你们走吧，我要在这里陪伴我的母亲。”苏耽哭着说。

廖奶奶说：“可你还小呀，你连自己都照顾不了，又怎么能照顾好你有病的母亲。”

“廖奶奶，你放心吧，我能，我一定能。”

这时，石伢子、桐古、山崽等几个人也走了过来。

廖奶奶见劝不了苏耽，便说：“这样吧，我们大家伙一起收拾神龛左边一间工具房，那房子比这儿大，又有窗户。收拾好以后，把疯阿姨挪到那儿去。”大家觉得这是个好主意，便七手八脚忙乎起来，很快便把这间房子收拾得利利索索，干干净净。接着又把潘丫丫抬到这个房间，一切停当，才准备离开。临走前，廖奶奶对苏耽说：“孩子，你在这儿待着，明天，我又会跟大家一起来看你们，顺便给你们带点吃的、用的东西。”

苏耽千恩万谢，依依不舍地将廖奶奶等人送出橘井观大门，直至看不到他们的背影。

吸脓除痛

送走了廖奶奶，天空渐渐暗了下来，苏耽望着母亲因高烧而干裂的嘴唇，便用一个破竹筒从橘井里舀来泉水，一勺一勺地喂进潘丫丫的嘴里，可潘丫丫毫无反应，水又顺着潘丫丫的嘴角流了出来。苏耽束手无策，急得直挠脑袋。突然，他灵机一动，含了一口水，掰开母亲的嘴唇，将水送进母亲的喉咙里。只听见“咕嘟嘟”一阵声响。潘丫丫将水吞进了肚子里。苏耽见状，这才放下心来，但他仍然不敢怠慢。虽然夜深人静，困意一再袭来，他也强打精神，守护在母亲身旁，不停地为母亲扇风驱蚊，等待着母亲从昏迷中醒来。

一轮红日从东方升起，不一会儿，透过窗户射进来新一天的第一缕阳光，阳光照射在潘丫丫痛苦的脸上，也照射在苏耽的身上，苏耽感觉到身上暖洋洋的，一夜没合眼的他，此时此刻由于太困而坐在床前打起了瞌睡。突然，潘丫丫一声尖叫，坐了起来。叫声惊醒了正在瞌睡中的苏耽，苏耽以为母亲苏醒过来，立即抱住潘丫丫，哽咽道："妈、妈，我是苏耽，我是你儿子。"

然而，潘丫丫目光呆滞，神情麻木，坐了一下，又仰面倒下，再次昏迷过去，任凭苏耽怎么摇、怎么喊，仍毫无反应。

当太阳升起一竿子高的时候，昏迷了一夜的潘丫丫终于醒了过来，但仍胡言乱语，神志模糊。虽然如此，苏耽却激动不已。他立即背着母亲艰难地一步一步来到橘井观大门前的石凳上，为她洗脸洗头。洗完脸，洗完头，又烧了一盆用橘叶熬成的热水，为她洗脚。他扶着母亲靠着一棵大树坐着，捧起母亲两只脚放入盛有热水的破盆子里，一边洗一边按摩着。洗着洗着他发现母亲的小腿肚上有一个很大的脓包，脓水和着污血顺着小腿往下流，将裤子粘住，又腥又臭。苏耽轻轻地撕开粘在脓包上的裤子，潘丫丫痛得大叫一声，又昏迷过去。

苏耽曾经听小伙伴说过，长有脓包的地方要想痊愈，必须要把脓包里的脓水和污血挤净洗净，然后再在疮口上敷上药。于是，他小心翼翼地伸出手，想帮助母亲挤出脓包里的脓水和污血，可刚一用力，母亲就撕心裂肺地惨叫起来，听到母亲的惨叫，苏耽立即停止了动作。他心想，看来只能用嘴把脓包里的脓水和污血吸出来，才不会让母亲产生痛感，但是母亲身上的异味和这脓包里流出来的脓水和污血发出来的腥臭味，实在是令人作呕。他憋住气，一口又一口地将脓包里的脓水和污血吸净，当他吸完最后一口时，实在忍受不住了，"哇"的一声狂吐了起来。

尽管有苏耽精心的护理，潘丫丫的病情仍得不到根本好转，看到母亲痛苦的表情，苏耽也觉得自己无能为力，他走进橘井观大堂，跪在神像前，非常虔诚地一拜再拜，心里默念着：神灵在上，求您消除我母亲的疼痛，把她的疼痛给我吧，我愿意代母受痛。

想到母亲的疮口还未敷药，便从小树林中拾了一捆干柴，背在肩上，向城里走去，他要用卖干柴的钱为母亲买点药回来。

苏耽进城后，很快便把干柴卖掉了。他听说南街有一间药铺有治脓疮的膏药，便向南街走去，当他走到东街与南街转角处时，见一个小女孩跪在地上，小女孩背后插着一块木牌，木牌上歪歪斜斜写着“卖身葬母”四个字，小女孩跟前放着一个破瓷碗，时不时地有路人向破碗里丢钱。苏耽看在眼里，记在心里，心想，原来这样可以讨得更多的钱。他似乎有了主意，立即向一条小巷子跑去。

不一会儿，人们发现，在西街与北街的转角处跪着苏耽。苏耽的脸上挂着泪水，背上也插着一块木牌，木牌上歪歪斜斜写着“卖身救母”几个字。苏耽前面放着一件摊开的旧衣服，旧衣服上面有路人刚丢上去的几个铜钱。出于关切与好奇，有的路人停下来向苏耽问这问那，苏耽一一作答。其中一位肩挑货担看上去70多岁的老大爷，凑上前向苏耽问道：“孩子，你母亲怎么了？”

苏耽答道：“我母亲得了疯病，成天疯疯癫癫，生活不会自理，而且，全身长疮，疮口流着脓血，又腥又臭，很难治疗……”

正在这时，廖奶奶挤了进来，一看跪在地上的是苏耽，非常惊讶，问道：“孩子，你这是干什么？快，跟我走。”说完，不由分说，拉着苏耽就往外走。

苏耽跟着廖奶奶拐弯抹角进入廖奶奶家，廖奶奶从锅里盛了一碗粥，又夹了一块咸萝卜放进粥里，对苏耽说：“饿坏了吧，桌上还有红薯呢，”说着又把桌子上的防蝇罩拿开。从碗里拿出一块红薯，递给苏耽。

苏耽接过红薯，一口红薯一口粥狼吞虎咽地吃了起来。

望着苏耽狼吞虎咽的样子，廖奶奶心疼地说：“慢点儿吃，孩子，别噎着。”停了一下又说道：“孩子，你为什么要卖身救母？”

苏耽鼻子一酸，眼泪流了出来，说：“我妈的病可能好不了了，我想，谁要是能治好我妈的病，我愿意一辈子给他做牛做马。”苏耽说着说着，突然双膝跪地，向廖奶奶连磕了三个响头，一边磕头一边说：“廖奶奶，救救我妈吧，我给你家干活，干一辈子活也愿意。”

廖奶奶立即把苏耽拉进自己的怀抱。拭去他脸上的泪水，长叹一声，说：“唉，孩子，只要我能帮的，我一定会帮你。”说完转身进了灶屋，拿出一包东西递给他，说：“这是你廖爷爷采的草药，兴许对治好你妈的脓疮有些好处。”接着又把一些注意事项告诉了苏耽。

苏耽接过药包，热泪盈眶地说：“廖奶奶，太谢谢你了。”

“不用谢，过几天我会去看你妈。”廖奶奶说。

苏耽拿了药，辞别廖奶奶，迅速往橘井观赶。

苏耽回到橘井观，一刻也不敢耽搁，立即烧火熬药。药熬好后，他把汤药倒进一只破碗里，自己先尝一下，觉得有点烫，便鼓起腮帮子吹了又有吹，直到他觉得可以了，才端到潘丫丫跟前，一勺一勺地往潘丫丫嘴里喂。可药汁又顺着潘丫丫的嘴角流了出来。

正当苏耽束手无策，无能为力的时候，廖奶奶推门进来。

苏耽见到廖奶奶，意外惊喜，但嘴上却说：“廖奶奶，你怎么就……”

廖奶奶摆了摆手，说：“我不放心呀，孩子，这不，你前脚走，我后脚跟着就来了。”

廖奶奶说着，走到潘丫丫床前，掀开盖在潘丫丫身上的破棉袄，弯下腰仔细地察看着潘丫丫的病情。然后直起腰从怀里取出一株小草，对苏耽说：“孩子，你妈身上这种毒疮特别难治，据说东江湖中间有一个叫兜率岛的悬崖上长着一种草，用这种草熬药汤，每天三次，连服一百天，就会慢慢好起来，如果想要好得更快一些，还要配以龙女温泉的泉水泡澡，早晚各一次。可这些事，大人都难以做到，你一个十来岁的小孩怎么做得到啊？”

“做得到，做得到，我一定做得到，你就放心吧，廖奶奶。”苏耽高兴地说。

“孩子，真难为你了。”廖奶奶动情地说。

洞中得道

天还没亮，苏耽便来到了东江湖心的兜率岛上。只见他身背药篓，手拽一根古藤，正吃力地往悬崖上攀登，脸上和手上划出了一道道口子，汗水与血水顺着脸颊往下流淌。一块突兀的石头缝里长着一株小草，在晨风中摇曳。苏耽一看，这不就是廖奶奶说的给母亲治毒疮的那种药草吗，他欣喜若狂，立即伸出药锄进行采挖。然而就在这时，脚下的岩石松动，手中的古藤断裂。苏耽说声“不好”，话未落音，便从高高的悬崖上掉落下来。

令人不可思议的是，苏耽并没坠落在悬崖下面的石头地上，而是坠落在一个溶洞里。溶洞深不见底，据说直通大海。苏耽在坠下去的那一刻，以为死神已经降临到自己头上，一辈子就这样完了，自己再也不能在母亲跟前尽孝了。他眯着眼睛，等待着死神的降临。

飘飘荡荡，忽忽悠悠，苏耽就像似一片被风吹落的树叶，也不知过了多长时间，才落到地上。待他醒来时，却发现自己躺在一间石屋的一张石床上。“我这是在哪里，是死还是活，你们又是谁？”苏耽疑惑地向站在石床边的一位白发飘飘的老人和一位貌若天仙的女子问道。

“苏耽，你还活着，你到了该到的地方。”老人答道。

苏耽惊奇地看着白发老人，说：“老爷爷，你知道我的名字？”

“他呀，不但知道你叫什么名字，而且还知道你的身世，知道你从什么地方来，要做什么事。”

“你？”苏耽又看了一眼漂亮的女子。

“我叫东江仙子。”女子自我介绍完，接着又指着白发老人介绍说：“他叫兜率仙翁，是我的师父。”

兜率仙翁捋了捋雪白的胡须，哈哈笑道：“苏耽，那年你母亲被沉河，还是我救的呢。因你对母亲的孝心感天动地，我奉诏来点拨你。我先让徒儿东江仙子教你一些本领，今后用得着，你可要好好学习。”

听说有人教自己本领，苏耽兴奋地一翻身从石床上跳下来，双膝下跪，对着兜率仙翁一连磕了三个响头，又向东江仙子作了三个揖。并连声说：“谢谢！谢谢！”

遵照师父的嘱咐，东江仙子领着苏耽走出溶洞，走进一片小竹林，在一块平坦的草地上停了下来。

东江仙子说：“苏耽，你看我的，我怎么做你就怎么做。”说完，便盘腿坐在地上，双手合十，两眼微闭，口中念念有词，然后再站起来，闪、挪、腾、跳，做了一些稀奇古怪的动作。苏耽站在一旁，跟着东江仙子，一招一式、一丝不苟地比划着。

兜率仙翁见苏耽一学就会，非常高兴，说道：“不错，苏耽，你悟性很高，一学就会，过一会儿我还教你隐身术和远遁术等一些法术。”

苏耽高兴地答道：“好，太好了，不过我现在就想学，老爷爷，你现在就教我吧。”

“你先休息一会，别累着。”兜率仙翁说。

“不累，一点也不累。”为了证实自己不累，苏耽一弯腰，毫不费力地抱起了一块大石头，举过头顶，脸不红，气不喘。

兜率仙翁被苏耽的吃苦精神所感动，只得答道：“好，好，我马上教你。”说完，便念动咒语，一会儿隐身，一会儿远遁。

苏耽仔细揣摩，心领神会。

两天后，兜率仙翁对苏耽说：“苏耽，该教你的，我们都已经教你了，你可以回去了，你母亲还在等着你回去给她治病呢。”

提到母亲，苏耽又伤心起来，他含着泪对兜率仙翁说：“老爷爷，我母亲的病总治不好，您有什么办法吗？”

兜率仙翁捋了捋胡须，说：“我也没什么更好的办法，但我相信你是有办法的。”兜率仙翁说到这里，又动情地对苏耽说：“唉！孩子，虽然你在我这儿只待了两天，可我舍不得你走呀，但你又必须得走，这是天意。你走了，我也没有什么好东西送给你，我只要你随身携带的几件工具看一下，一件是你背篓里的那把药锄，另一件是你手中的那根打狗棍。”

苏耽疑惑地看着兜率仙翁，将药锄和打狗棍递给他。

兜率仙翁从苏耽手中接过药锄和打狗棍置于桌上，然后举起手中的拂尘对着药锄和打狗棍连挥三下，又吹了一口仙气。

“好了，这两件东西再不是两件普通的东西了，如今已有了相当的法力，当你遇到难处时使用它，它便会发挥威力。”兜率仙翁说。

苏耽心里想，就这样这两件东西便有法力？

兜率仙翁接着又说道：“我再送你一本书。”说完便在空中划了一道符，然后伸手一抓，手中便有了一本书，随手将书递给了苏耽。

苏耽接过书，翻了一下，上面竟无一字。

“这上面一个字也没有？”苏耽眨巴眨巴眼睛问道。

东江仙子说：“这是一部无字天书，上面记载的全是治病救人的各种草药名称及治病的方法，常人是看不到字的，只有非常之人才能看见字。”

兜率仙翁说：“现在我教你几句口诀，你每次看书之前，静心闭目念出这几句口诀，上面的文字就会出现，不过，一合上书，字又会隐去。”

苏耽看着兜率仙翁，将信将疑。

兜率仙翁走上前去，附在苏耽耳边轻轻地念了几句口诀，然后问道：

“记住了吗？”

苏耽点了点头，说：“记住了。”

“那好，你试试看。”

于是，苏耽按照兜率仙翁的吩咐，先将书本打开，接着闭目养神、平心静气，双手合一，把刚才兜率仙翁教给他的口诀轻轻地念了一遍，果然，刚才还是一字不见的无字天书，骤然间图文并茂，清晰可见。苏耽惊讶之余，又试着将书本合上，再打开时，又一字不见，如此再三，一一应验，苏耽欣喜若狂。

兜率仙翁说：“苏耽，从此以后你就是乡里的郎中了，你可要全心全意为乡民们救死扶伤啊！”停了一下，他又长叹一声，对苏耽说道：“可惜你母亲全身毒疮，很难治愈，都是因为你母亲长期被关在阴暗潮湿的地牢里，不见天日，邪气入皮，毒气攻心所导致的结果，要治好她，其实也不难，在那牛脾山顶上，有一棵千年的桃树，所结的桃子是吸收了日月之精华、孕育了大地之灵气，已成仙果，你去摘几个下来，每天让母亲吃一个，要不了两个疗程，你母亲的毒疮便可以痊愈。”

“还有这种好事。”苏耽喜出望外。

兜率仙翁叮嘱道：“记住，那桃只能摘 7 个，多摘无益。”

苏耽说：“记住了。”接着又想，可惜母亲的疯病无药可治，也不知道这老爷爷有没有办法，于是又长叹一声：“唉，只是……”

兜率仙翁看见苏耽话中有话，便追问道：“只是什么？”

苏耽说：“我母亲神志不清，整天神神道道，疯疯癫癫，不知如何是好？”

东江仙子一旁答道：“你母亲神志不清，是因为想你想的。”

兜率仙翁说：“要治好你母亲的疯病，你先要认真研读这无字天书，天书上有专治你母亲这种疯病的良方，你要仔细揣摩，对症下药。”停了一下，兜率仙翁接着又说道：“好了，这一下你可以走了。”说着便引领着苏耽走出小竹屋。

苏耽走到门口含着眼泪说道：“老爷爷，我真舍不得离开你们，以后我还能见到你们吗？”

兜率仙翁说：“该见时自然会见到，这是天机，现在你顺着这条小路往前走，穿过小竹林，就到了码头，有一条小船停靠在那里等你，记住，切不可回头。”

苏耽顺着兜率仙翁手指的方向，依依不舍地向前走去，可刚走出不远，忍不住回头一看，只见那兜率仙翁和东江仙子已化作一缕青烟随风飘去，小竹屋也不见了，原来小竹屋的地方竟是一座悬崖，崖底有一洞口，洞口上方的岩石上赫然镌刻着三个大字：“兜率洞”。

苏耽恍然大悟，自言自语地说：“原来他们都是神仙。”

山顶摘桃

苏耽回到白鹿洞，相约了石伢子、山崽、娟妹子、桐古等几个小伙伴，于第二天早上到牛脾山顶摘仙桃。

牛脾山不高，山崽他们经常到山上放牛，但从未见过千年桃树，如今听苏耽说山顶上有一千年的桃树，都感到很惊讶，也很兴奋，一个个兴奋得一个晚上都没睡好觉。第二天天刚蒙蒙亮，他们就张罗着往山上爬，当他们爬到山顶，找遍了山顶的每一个角落，也没发现有什么桃树。正在他们扫兴时，苏耽也爬上了山顶，听说大家没找到千年桃树，也感到很奇怪，他不相信兜率仙翁会骗自己。他要亲自寻找，要用事实证明给大家看。然而，他找了一圈，也没有发现那棵千年的桃树。正在他感到有些失望和难堪时，远方的树林里传来一声鹿鸣，他猛一回头，没想到那棵千年古桃就在他身后不远的地方，树上结满了一个个又红又大的桃子。他喜出望外，立即将自己的发现告诉娟妹子他们，他们蹦蹦跳跳来到桃树跟前，满树鲜桃令他们连连称奇。

为了安全起见，苏耽、石伢子、山崽三个年长点的男孩上树摘桃，娟妹子和桐古则在地上接桃。苏耽还一再叮嘱大家说：“只摘 7 个，多了没有用。”

不一会儿，树底下的竹筐里便已装了满满一筐桃子。苏耽见状，连忙制止道：“好了，好了，说好了只摘 7 个，如今却摘了一筐。”

娟妹子说：“嗨，大家都在兴头上，忘记你的叮嘱了。”

石伢子说：“没关系，多摘一些，你妈吃了不是好得更快些吗？”

苏耽本想告诉大家说：“人家仙人说的，多吃无用。”但话到嘴边又咽了回去。只说了一句，“既然摘了，那就背回去吧。”说完便亲自背着一筐鲜桃与娟妹子等小伙伴们兴高采烈地往山下走去。

眼看着就要到达橘井观，苏耽兴奋得忘乎所以地大喊：“妈，我摘桃子来了……”然而，就在这时，他脚下被一个什么东西绊了一下，身子一歪，摔倒在地，一筐鲜桃滚落一坡。

苏耽顾不得自己被摔疼了的胳膊和被擦破了的脸，一骨碌从地上爬起来，连忙与小伙伴们一同拾起散落在地上的桃子，然而，任凭大家怎么寻找，不多不少，只找到 7 颗。

娟妹子很纳闷，自言自语地说：“刚才还是满满一筐，怎么只找到 7 颗呢？”

其他人也好生奇怪，都看着苏耽。

苏耽说：“我说只摘 7 颗就够了，可你们偏偏不听，摘了满满一筐，现在只剩 7 颗，7 颗就 7 颗呗，这也是个定数。”他心里清楚，其他的桃子都变成了石头。

大家见苏耽这么一说，也不再说什么。

苏耽回到橘井观，将 7 颗鲜桃洗净，一天一个，切成一片一片喂进母亲嘴里。

7 天后的清晨，橘井观洒满了阳光，鸟儿在树林中欢唱，像往常一样，苏耽搀扶着潘丫丫走出橘井观，来到台阶上靠墙壁的一长条凳子上坐下，说：“妈，你坐好，我给你洗脚，剪脚指甲。”说完，便像往常一样，从里面端出来一盆热水，放在潘丫丫跟前，然后捧起潘丫丫两只脚放入盆中，轻轻地轻轻地揉搓着。洗着洗着，他惊喜地发现，母亲的小腿上已见不到一个脓疮，连一块疤痕也没有。他心想，这一定是因为母亲吃了仙桃，顽疾才得以根治的。

苏耽见母亲的毒疮已经痊愈，兴奋不已，想起兜率仙翁和东江仙子，他连忙跪在地上朝天拜了拜，口中念念有词：“感谢上天，治好了我母亲的毒疮。”

潘丫丫眯着眼睛，傻傻地看着苏耽，张开嘴巴，似乎想要说什么。

“妈，你想说什么？”苏耽问道。

潘丫丫傻笑着说：“嘿嘿，你是谁，我不认识你。”

“妈，我是你儿子呀，我叫苏耽。”

潘丫丫仍然傻笑着说："嘿嘿，你不是我儿子，我儿子才这么长。"说完还打着手势比画着。

看着母亲疯疯癫癫的样子，苏耽伤心地落下了眼泪，他暗下决心，一定要想方设法治好母亲的疯病。这时，他想起了兜率仙翁说过的话和那本无字天书，心里想，那无字天书上一定有治愈母亲疯病的方剂，于是，便立即找来无字天书，认真地阅读，果然，那天书上记载有治疗疯病的特效药——无影花。可上哪去找那无影花呢？这时，他又想起了廖爷爷和廖奶奶。廖爷爷、廖奶奶见多识广，一定知道哪儿有无影花。

晚上，苏耽在伺候好母亲睡着了后，便只身来到廖奶奶家。灯光下只见廖奶奶在纳鞋底，廖爷爷在编竹筐，两位老人见苏耽气喘吁吁地推门进来，估计这孩子一定是遇到了什么难处。

廖奶奶起身倒了一杯冷开水递给苏耽，苏耽接过杯子一饮而尽，差一点呛到。

"孩子，这么晚你还来找我们，一定有什么急事吧？"廖奶奶问道。

苏耽喝完水，将杯子放回桌子上，对廖爷爷、廖奶奶说："爷爷、奶奶，我告诉你们一件大好事，我母亲自从吃了牛脾山顶古树上的桃子，毒疮已全部好了。"

"那就好，那就好，孩子，多亏你了。"廖奶奶高兴地赞赏道。

"可是，可是……"苏耽一急，就显得语无伦次。

"可是什么？"廖奶奶催问道。

苏耽说："可是我母亲还神志不清，疯疯癫癫的。"

廖奶奶安慰道："孩子，不着急，慢慢来。"

苏耽说："我知道有一种能治好我母亲疯病的草药。"

"什么药，你快说。"廖奶奶又催道。

"无影花。"

"无影花？什么无影花？"廖奶奶一时没反应过来。

"无影花是一种草本植物，不知道哪个地方有这种植物。"苏耽说。

廖爷爷停下手中的活，站了起来，抚摸着苏耽的头说道："传说离郴州城很远的地方，有一座山叫莽山，山上有一石峰叫金鞭神柱峰，那峰顶上就长着这样一种草。如果能采摘到这种草，把它长出的花瓣晾干捣碎，再用黄酒调和搓成药丸给病人服下，只需一个疗程，病人的病立马见好。但这种花极为稀少，其他地方都没有，只有莽山才有，莽山也只有这座金鞭神柱峰峰顶才有，而更奇特的是，这种草的花蕾只有七月初七这一天太阳出来之前的半个时辰才开，而且只开半个时辰，太阳一出来，它就隐去，所以人们叫它无影花。可这座山峰整天云遮雾罩，很少露出它的真面目，也从来没有人上去过。”

廖爷爷话一落音，苏耽就抢着说道：“爷爷、奶奶，我想上莽山，到金鞭神柱峰上采摘无影花。”

廖奶奶说：“苏耽，别听你爷爷胡说八道，世界上哪有什么无影花，即使莽山的金鞭神柱峰上有，你一个十几岁的小孩怎么上得去。”

廖爷爷见苏耽当了真，也着了急，说：“孩子，你不能去，金鞭神柱峰下面的石洞里，有一条修炼千年的蟒蛇老妖，蟒蛇老妖统领着耗子精、蜘蛛精、蟑螂精、蜈蚣精四大妖怪，经常兴风作浪、祸害百姓。”

“那蟒蛇老妖每年都要出来施放瘴气，瘴气一来，瘟疫流行，我们郴州城每年因为瘟疫死去的人不计其数。”廖奶奶含着眼泪一旁帮腔道。

廖爷爷接着又补充道：“每当瘴气笼罩大地，瘟疫流行时，那蟒蛇老妖便逼着当地乡民给它送去童男童女一对，供它享用，如果乡民不答应，他就继续施放瘴气，祸害乡民，乡民们苦不堪言，无法生存，只得流离失所，背井离乡，所以郴州民间流行这样一句话：船到郴州止，马到郴州死，人到郴州打摆子！”

廖爷爷、廖奶奶本想用登莽山难、登金鞭神柱峰更难的话阻止苏耽，没想到反而更加激起苏耽上莽山、登金鞭神柱峰的决心和雄心。

“爷爷、奶奶，我一定要上莽山、登金鞭神柱峰，采得无影花，为我妈妈治病，活捉那蟒蛇老妖，为百姓除害。”苏耽愤愤地说。

听说苏耽要独自一人到莽山捉妖降怪，上金鞭神柱峰采摘无影花，小伙伴们也闲不住了，一个个慷慨激昂，摩拳擦掌，要与苏耽一同前往，共同战斗。

面对小伙伴们的热情与勇气，苏耽非常激动，但他心里清楚，此去不是游山玩水，也不是嬉戏打闹，而是要流血流汗，甚至冒着生命危险。不管怎么说，自己有东江仙子教的武功，兜率仙翁教的法术和那两件会变的武器，对付一两个妖怪应该没什么问题。可他们几个人手无寸铁，力不从心，一旦有个三长两短，自己怎么对得住他们几个人的父母。

苏耽严词拒绝了小伙伴们的请求，但他恳请他们照顾好自己的母亲，小伙伴们虽然放心不下苏耽一个人前去冒险，但面对苏耽的执着与倔强，也只得认可和佩服。

雾峰采药

经过短时间的准备，一切就绪。这一天，天还没亮，苏耽就身背药篓，手握药锄，只身前往莽山，经过整整一天的艰难跋涉，他终于来到莽山脚下。抬头望去，只见山高林密，涧深谷幽，云雾缭绕;又隐约听到虎啸狼嚎，猴嘶猿啼，水鸣鸟吟。一阵冷风吹来，苏耽打了个寒战，本能地抱紧了两条胳膊，后退了一步。是继续前行还是到此为止？这个念头虽一闪而过，马上又意识到，母亲正等着自己为她采药治病呢，只能前行，决不能后退，即使前面是刀山火海、龙潭虎穴也要闯一闯。想到这里，他整了整行装，脸上露出了坚毅的神色，继续往上爬。

这时，一座悬崖挡住了他的去路，悬崖上面，张挂着一张巨大的蜘蛛网，一只脸盆大的蜘蛛张牙舞爪，等待着苏耽进入网中，苏耽毫不犹豫地举起药锄朝崖石上使劲一划，只见崖石上火光四溅，药锄变成了一个正在熊熊燃烧的火把，苏耽举起火把点燃了蜘蛛网，蜘蛛精仓皇而逃。

苏耽继续攀登，来到一棵古松之下，突然，一条巨大的蜈蚣从古松底下的树洞里窜出来，扑向苏耽，苏耽不慌不忙，沉着应战，只见他挥动药锄，念了一个咒语，顷刻间，药锄变成了一只大公鸡，大公鸡拍打着两只巨大的翅膀从天而降，向蜈蚣精追去，蜈蚣精慌忙逃走。

经过一路拼杀，苏耽终于来到了金鞭神柱峰下，他抬头看了看，金鞭神柱峰就像一根顶天立地的巨大石柱直插云霄，上面云雾缭绕，不见峰顶。在离地两丈左右的地方，有一个阴森恐怖的洞口，只见一条巨大的蟒蛇横卧于洞中，正闭目养神。朦胧之中蟒蛇老妖感觉到有人要登金鞭神柱峰，顷刻间便把自己变成人首蛇身的女妖。

那蛇妖扭着屁股跳出洞门，来到苏耽跟前，阴阳怪气地问道：“你是什么人？胆敢擅闯我金鞭神柱峰。”

苏耽答道：“老妖怪，我叫苏耽，我要上金鞭神柱峰上采摘无影花，为我母亲治病。”

老蛇妖发出一阵冷笑，那笑声阴森恐怖，令人头皮发麻。好一阵后它才突然刹住笑，说："要知道，从来就没有什么人通过我这儿到过金鞭神柱峰顶，你一个嘴上无毛的小屁孩，想通过我这儿上金鞭神柱峰，别做梦了。"

苏耽说："我告诉你，老妖怪，为了治好我母亲的病，就是刀山火海、虎穴龙潭我也要闯。"

老蛇妖把脸一沉，说："哼，那你就试试我的厉害吧。"说完，把手一挥，说："小的们，给我上。"

话音未落，便从洞中冲出一群妖怪，将苏耽团团围住。苏耽虽从未见过这种群妖乱舞的场面，但却毫不畏惧，他飞出手中药锄，念声咒语："变。"只见药锄在空中迅速地旋转开来，接着一变十，十变百，百变千，无数把药锄铺天盖地向众妖怪打去，妖怪们死的死，伤的伤，逃的逃。

蟒蛇老妖见状，腾空而起，吼道："看我的。"随即一扭腰，现出原形，张开那血盆大嘴，向苏耽袭来，妄图一口把苏耽吞进肚子里。苏耽闪过，纵身一跃，跳到大蟒蛇的后面，骑在蟒蛇身上，举锄就打。蟒蛇老妖挨了打，疼得很厉害，一转身吐出一团妖雾，把苏耽罩住。

苏耽念了个咒语，化作一阵狂风，驱散了妖雾，自己则隐去真身，等待时机。蟒蛇老妖不见了苏耽，以为苏耽逃走，又变成人首蛇身的女妖，自鸣得意地仰天发出一阵冷笑："嘿嘿嘿，小小毛孩，敢跟我斗，还嫩了点。"

蟒蛇老妖话未说完，突然，从高空中飞下来一只大雕，那大雕伸出两只利爪向蟒蛇老妖俯冲下来，蟒蛇老妖见势不妙，变成一条小蛇钻进草丛中不见了，原来这只大雕正是苏耽的打狗棍变的。

苏耽见蟒蛇老妖逃走了，这才收起打狗棍，继续向金鞭神柱峰攀登。这时已是夕阳西下，一轮明月慢慢地从东方升起，月色之下，金鞭神柱峰更显得神秘莫测。

经过一夜的攀登，就在东方欲晓的时刻，苏耽登上了金鞭神柱峰峰顶，只见草丛中，开满了一朵朵紫色的小花。苏耽弯腰采摘下一朵放在手中，仔细地观看和欣赏着，情不自禁地说道："无影花，这就是无影花，太美了。"他抬起头，望了望朝霞飞舞、红日欲出的东方，立即蹲下身子，迅速地采摘，不一会儿，就采摘下满满的一篓。这时，太阳从东方升起，果然，阳光下，草丛中的紫色小花全都隐去。

便江抓鱼

告别莽山，苏耽兴高采烈地回到了橘井观，来不及休息，便立即把采得的无影花制作成药丸，一天三次服侍母亲服下。一个疗程以后，一个风和日丽的早上，苏耽又搀扶着潘丫丫来到橘井观前面的草地上，为她梳头、捶背、按摩。

此时此刻的潘丫丫，再也不疯疯癫癫，神神道道，明亮的眼睛里充满着智慧的光芒，她一个劲地盯着苏耽，看了又看。

苏耽心里想，看来母亲的病情有所好转。为了证实这一点，他试探性地对潘丫丫说道："妈，我是你儿子！叫苏耽，是潘家湾学堂教书老先生给取的名。"

果然，潘丫丫再不像以前那样糊里糊涂，懵懵懂懂，傻傻乎乎，说不出个所以然来，而是皱起眉头半信半疑地问道："你、你叫苏耽，你是我儿子？"

苏耽欣喜地点了点头，说："是的，我是你儿子。"想起廖奶奶说过的事，接着又说道："你看，我胸前还有一颗黑痣。"说着便脱掉上衣，光着上身，跪在潘丫丫跟前。

潘丫丫深情地抚摸着苏耽胸前的那颗黑痣，往事历历在目，她一把把苏耽搂在怀里，大哭道："儿啊！我的宝贝儿子啊！你就是我的宝贝儿子啊，妈妈想死你了。"

苏耽见母亲终于认出了自己，知道母亲的疯病已经好了，激动之余，也含着眼泪深情地呼唤道："妈！我的亲妈！"

母子俩紧紧地拥抱在一起，久久没有松开。

一个饿了由白鹿哺乳、冻了由松鹤御寒、在山洞里长大、没有母亲、也不知道母亲是谁的孩子，如今，不但找到了母亲，而且还把母亲的毒疮和疯病治好了，这是一件多么开心的事情。所以，苏耽特别珍惜现在所拥有的一切，对母亲特别孝顺。

"妈，吃饭了。"这是一个雪花飞舞、滴水成冰的中午，苏耽做好饭菜，装上一碗饭，夹上一些菜放在饭上，然后毕恭毕敬地端着走到正在火炉旁打盹的母亲身边，轻轻地喊道。

潘丫丫在睡梦中听到儿子喊自己吃饭，醒来后的第一句话便问道："耽儿，今天中午吃什么好菜。"一边问一边接过儿子递过来的饭碗。

苏耽扶住潘丫丫的胳膊，说："妈，今天，我从郴江河里钓了几条鱼，你先尝尝，看味道怎么样。"说完便从碗里夹了一块鱼，去骨留肉，放进母亲嘴里。

潘丫丫嚼了嚼，皱了一下眉头，苏耽见状，问道："妈，这鱼不好吃？"

潘丫丫答道："吃是好吃，但我总感觉到没有便江的鲊鱼好吃。"

"便江的鲊鱼？"苏耽疑惑地问道。

潘丫丫说："是的，便江的鲊鱼好吃，你忘了？前不久，你廖爷爷从永兴归来，带了一条便江的鲊鱼，可好吃了。"

苏耽望着母亲沉思了一下，说："妈，你等着我，我出去一下，晚饭前一定赶回来。"

不一会儿，苏耽便出现在离郴州城100多里外的永兴城便江边。此时此刻，大雪纷飞，寒风刺骨。站在河堤上的苏耽，望着波涛滚滚的便江，先是活动了一下身子骨，接着又使劲搓了搓双手，然后毫不犹豫地脱掉衣服，纵身跳入冰冷的河水之中，一个猛子下去后，不一会儿便抓上来一条鱼，又一个猛子下去，又抓了一条，就这样他一连抓了五条，才爬上岸。

苏耽穿好衣服，将鱼用草绳串了起来，正要返回，忽听江面上传来呼唤自己的声音，他抬头一看，只见江面上划过来一条小船，小船上迎风站立着一位老人，那老人不是别人，却是廖爷爷。

苏耽意外地在这儿见到廖爷爷，连忙亲切地喊道："爷爷，爷爷。"

"这么冷的天，你在这儿干什么？"廖爷爷问道。

"我妈想吃便江的鲊鱼，我刚从河里捉了几条，回去后制作成鲊鱼，过不了几天我母亲便可以吃到便江的鲊鱼了。"

"苏耽，真难为你了。"廖爷爷叹道。

苏耽说："爷爷，我正准备上你家去呢，我不会制作鲊鱼，我想去请教一下廖奶奶，如何制作鲊鱼。"

"你去吧，你廖奶奶制作的鲊鱼可好吃了。"廖爷爷捋着花白的胡须笑道。

"好咧，我马上回去。"苏耽收拾好鱼篓，然后双手合十，念个咒语伴随着一股旋风，顷刻间便消失得无影无踪。不一会儿，又伴随着一股旋风，苏耽从白鹿洞里走了出来。原来，苏耽来去永兴便江，都是用的远遁术。

当苏耽提着活蹦乱跳的鲜鱼在潘丫丫跟前出现时，潘丫丫疑惑地问道：“耽儿，你中午去了哪儿，怎么还提着一串鱼？”

“妈，你不是想吃永兴的鲊鱼吗？我刚才去便江河里抓了几条鱼，请廖奶奶帮忙，帮我制作成鲊鱼。几天后，你就可以吃到永兴便江的鲊鱼了。”

潘丫丫吃惊地瞪大眼睛，问道：“什么？什么？你刚才去了永兴便江河里捉鱼？永兴便江离郴州城100多里，来去得两天时间，孩子，你可不能骗我！”说完，脸一沉，有些不高兴。

苏耽见母亲不高兴，一时急了，想解释，但又不知道怎样解释，如果说自己用的是远遁术，那又泄露了天机。突然，他想到了廖爷爷，便说道：“妈，我真的去了永兴便江，不信你可以去问廖爷爷，我在河里抓鱼时，还碰见廖爷爷，我们之间还说了话呢。”

潘丫丫似乎还不相信，又问道：“那你是怎么来去的，这么快？”

“这个、这个……”苏耽支支吾吾。

“说吧，你是怎么来去的？”潘丫丫追问道。

苏耽急得满脸通红，只得说：“妈，这是天机，不能说，但我决不会骗你。”

想起儿子为了让自己能吃上永兴便江的鲊鱼，竟冒着严寒、不顾生命危险，下河捉鱼，潘丫丫感动了，她相信儿子不会欺骗自己，即使骗了自己，那也是善意的谎言。

蛇妖作乱

莽山金鞭神柱峰底下的蟒蛇洞口，妖雾蒙蒙，阴风阵阵，蟒蛇老妖张着血盆大口，懒洋洋地打了一个哈欠，然后摇身一变，变成了一个妖气十足的蛇身人首的女妖坐在洞内大厅中间的石椅子上，它环顾四周，竟无一个小妖怪在旁，便厉声高叫道：“耗子精、蜈蚣精、蜘蛛精、蟑螂精，快快出来。”

四大妖怪听到呼声，立刻从各个阴森黑暗的角落里钻了出来，并各施法术，将自己变成奇丑无比的人首妖身的妖怪，分立两边，听候吩咐。

“大王，有什么事吗？”耗子精问道。

蟒蛇老妖板着脸，问道：“那帮穷鬼还没送童男童女来？我们是不是该出手了？”

四个小妖齐声说道：“听候大王吩咐。”

蟒蛇老妖一跺脚站了起来，右手一挥，说：“快传令下去，叫大家今晚午夜时分出手。”

“是，”四个小妖又异口同声地答道，

午夜时分，整过郴州大地笼罩在一片阴森恐怖的氛围之中，各路的牛鬼蛇神，大小的妖魔鬼怪，趁月黑风高纷纷出笼，在蟒蛇老妖的率领下，布妖雾，放瘴气，闹腾了整整一个晚上。

几天后，在郴州城西的一条弯弯曲曲的山路上，一支送葬的队伍，一路抛撒冥纸冥钱，沿着山路向山头而去。山头上已添了几座新坟，几只乌鸦在坟堆上飞来飞去，不时地发出一阵阵凄厉的叫声，空气中弥漫着死亡的气息。

在路旁的一棵大树下，躺着几个有气无力、背井离乡的灾民，他们本来素不相识，是瘟疫使他们走到了一起。

一老者说道：“唉，没想到今年的瘟疫来得这么快、这么猛，到处都是因瘟疫要死的人。”

一妇人说：“是啊，这十里八乡的人死的死，逃的逃，许多村庄已经找不到一个人。”

一青年说：“可恨那蟒蛇老妖还要叫我们送上童男童女供它享用，这个时候到哪里去找童男童女呀。”

老者又叹道：“看来我们只有死路一条了。”

那妇人仰天发出绝望的呼喊：“老天爷啊！快救救我们吧。”

悬壶济世

潘丫丫又病了。

瘟疫就像一个无孔不入的魔鬼，肆意地践踏着乡民们本来就很脆弱的生命，刚刚从死亡线上挣扎过来的潘丫丫又得了瘟疫。她时而畏寒怕冷，时而发烧怕热，怕冷时身上盖六床厚厚的棉被还无济于事；发热时，全身滚烫灼手，用什么降温的办法都解决不了问题。

面对母亲的病情，苏耽一开始也显得束手无策，后来他想起了无字天书，便从无字天书中找到了治疗母亲的方剂，母亲的病才慢慢地有了好转。也正是因为这一点，他越发觉得无字天书的神奇和重要，一有空闲，就抓紧时间认真地阅读，仔细地揣摩。又一个夜深人静的晚上，灯光下，苏耽一边拿着蒲扇为熟睡中的母亲驱蚊散热，一边又捧起了那本无字天书。就在他聚精会神看得津津有味时，从梦中惊醒过来的潘丫丫，见儿子这么晚还守在自己床前，想起乡间流行的大瘟疫，便披了件衣服坐了起来，对苏耽说道："耽儿，现在瘟疫大流行，死了不少人，你不要天天守着我，也要去帮助帮助乡亲们。"

"妈，您的病还没有完全好，我怎么能离开您。"苏耽答道。

"耽儿，妈现在好多了，您就放心吧，不信你看。"潘丫丫说完，跳下床站在原地天真地转了三个圈。

苏耽见母亲转圈时笨拙的样子，忍不住"扑哧"一笑，但很快又严肃下来，说："我还是不放心。"

潘丫丫见儿子的倔劲又上来了，也板着脸，装着不高兴的样子，说："耽儿，你不听妈的话，你是个不孝顺的孩子。"

苏耽见母亲生气了，沉思了一下，只得说："那好吧，妈，我听您的，明早我就去采药，为乡亲们治病。"

"这才是妈的乖儿子。"听到儿子说愿意为乡亲们采药治病，潘丫丫开心地在儿子头上吻了一下，然后，迅速地爬到床上躺了下去，不一会儿便响起了均匀的呼噜声。

第二天天一亮，苏耽便踏着晨露，背着药篓进入了飞天山。

当太阳升起一竿子高的时候，苏耽已背着满满一筐草药离开飞天山，回到了牛脾山。不料刚跨进橘井观大门，就碰到急急忙忙从观里往观外走的山崽。山崽见到正是自己要找的苏耽，不等苏耽开口说话，便哭着对苏耽说道："苏耽，不好了，廖爷爷病了，而且病得很厉害，你快去看看吧，廖奶奶特意派我来叫你。"

"什么，廖爷爷病了？走，看看去。"苏耽听说是廖爷爷病了，一刻也没敢耽搁，放下药篓，拿起挂在墙上的一个布袋，迈开大步就往廖奶奶家里跑。

苏耽来到廖奶奶家，见廖爷爷躺在里屋的床上，奄奄一息。廖奶奶则坐在一旁，一个劲地伤心抹泪。

苏耽分开众人，跪在廖爷爷床边，仔细地替廖爷爷把脉。廖奶奶见苏耽满头大汗，心疼地为苏耽拭去头上的汗珠。

苏耽把完脉走到外间，廖奶奶紧跟着走了出来，含着眼泪焦急地向苏耽问道："孩子，你廖爷爷究竟怎么样，他还能活吗？"

苏耽对廖奶奶安慰道："奶奶，爷爷没事，服下我的方剂，保准会好。"说着便从带来的布袋里拿出几包草药递给廖奶奶。

廖奶奶接过药包，将药倒进药罐子里，注进清水，然后放到灶上用文火慢慢煎熬。

苏耽刚想坐下喘口气，这时，石伢子他妈走了进来，一进门便一把眼泪一把鼻涕向苏耽哭道："苏耽，快，我家石伢子快不行了。"

苏耽二话没说，拿起布袋，跟着石伢子他妈就往外走，走到门口又回过头对廖奶奶说："奶奶，我晚上再来看爷爷。"

"孩子，有事你就忙，别老惦着你爷爷。"

"不，我一定要来，我相信，掌灯时分，爷爷准会醒来。"说着便随着石伢子他妈走出大门。

苏耽言而有信，晚上掌灯时分，他果然又走进了廖奶奶家。这时，廖奶奶家已经站满了人，大家都围在廖爷爷床边，凝神静气等待着廖爷爷醒来。

苏耽走近廖爷爷床边，见廖爷爷还没有醒来，便俯下身子，附在廖爷爷耳边轻轻地呼唤道："爷爷！爷爷！"

这时，只见廖爷爷的右手食指动了一下，接着又慢慢地睁开了双眼。大家见廖爷爷终于醒来，都非常高兴。

廖奶奶高兴得热泪盈眶，说："他爷爷，你终于醒了，多亏了苏耽这孩子。"

廖爷爷看了一下苏耽，又看了一下廖奶奶，问道："是苏耽救了我？"

"可不是，要不是苏耽救了你，你恐怕已经见阎王去了。"廖奶奶诙谐地说。

廖爷爷紧紧地拉着苏耽的手，还想说什么，苏耽制止道："爷爷，你什么也别说，这是我应该做的，你醒来我就放心了，我也该走了，我都出来一天了，也不知道我母亲现在怎么样。”然后对廖奶奶说：“奶奶，爷爷还有两天的药，你每天三次，按时给他服药，到了后天，爷爷就会一点事也没有。”说完，告别众乡亲走出廖爷爷的家。

苏耽回到橘井观，见母亲还没有睡，正在烛光下给自己补衣服。以为母亲还没有吃晚饭，便说：“妈，肚子饿了吧。我立即给您弄点吃的。”

潘丫丫制止道：“耽儿，我已经吃过了，你还没有吃饭吧？”

潘丫丫说得没错，苏耽因为忙，整整一天没吃饭，当然，不是苏耽肚子不饿，是因为他太忙，忙得把吃饭的事忘了，肚子饿也不觉得。此时此刻，经母亲这么一说，他才感觉到肚子饿了。

“妈，我的确一天没吃东西了，肚子饿坏了。”苏耽撒娇地说。

潘丫丫说：“早就给你准备好了，在灶上温着呢。”

苏耽听说母亲为自己准备好了吃的，连忙跑进灶屋，揭开锅盖一看，铁锅里正温着一碗红薯，他不管三七二十一，抓起一个红薯，三口两口就吞进了肚子里。

潘丫丫在外屋问道：“耽儿，你忙了一天，连饭都没吃，是不是患病的人很多。”

苏耽吃着红薯，走出来回答道：“是啊，妈，今年的瘟疫来得快，来得猛，由于缺医少药，不少乡亲得不到及时治疗，眼睁睁地看着死去。”

潘丫丫长叹一声，说：“这可怎么办？”

“妈，我有一个想法，我想把小伙伴们组织起来，在橘井观大门前的草坪上支起两只大铁锅，将我采来的草药煎熬成汤汁，分发给乡亲们，有病的治病，无病的防病。”

“你确定你采的草药管用？”

“管用，我是照着医书上的方子配的药，从今天给廖爷爷治病的结果看，这些药还真管用。”

“好孩子，如果你治好了乡亲们的病，那可是积了大德，也是大孝啊！”

“妈，您就放心吧，我一定会治好乡亲们的病。”

“妈相信你。”

第二天早上，苏耽便下山把娟妹子、山崽、桐古、石伢子等几个小伙伴召集起来。他们在橘井观大门前的草坪中间垒起两个大灶，灶上支着两口大铁锅，大家伙挑的挑水，劈的劈柴，择的择草，烧的烧火，忙得不亦乐乎。

不一会儿，两大锅药汤便煎熬好了，来领药汤的乡亲们排起了两条长队，苏耽给他们登记造册，一人一碗。眼看两大锅药汤就要发完，可排队领药汤的人越来越多，苏耽见状，立即对几个小伙伴吩咐道："马上又熬两锅。"

这时，娟妹子提着两大包草药从观里出来，附在苏耽耳边悄悄地说："苏耽，配方中有几味草药所剩不多了，得赶紧想办法。"

正在发药汤的苏耽抬起头，果断地说："买。"并吩咐道："娟妹子和山崽，你们两个人去城北、城西几个药铺，桐古，你就去城东、城南几个药铺，有多少买多少。快去快回，救人如救火。"

一旁的石伢子见没自己的事，着急了，说："苏耽，还有我呢？"苏耽笑着说："你病刚好，就别忙乎了，多休息一下。"

石伢子说："吃了你的药，好多了，不休息也没关系。"

苏耽看了看石伢子，说："那好吧，你就与桐古一起吧。"

遵照苏耽的吩咐，四个人飞快地跑了出去。然而，没过多久，娟妹子与山崽两手空空地回来了。

"怎么了，怎么没把药材买回来。"苏耽问。

娟妹子说："不知怎么的，城西城北药铺里那几味药都没有了。"

苏耽疑惑地问道："你们昨天去抓药时，不是说那里还有很多吗？"

"是呀，这可是我亲眼所见。"娟妹子说。

"这就奇怪了，怎么只一个晚上就卖光了？"苏耽摸着脑袋，像是自言自语，又像是对娟妹子和山崽说的。

娟妹子又补充了一句，说："我问了店里的伙计，这么多的药材为什么一个晚上就卖完了？"

"伙计怎么回答？"苏耽迫不及待地问。

山崽说："那伙计说，这么多药材是被城里另一家药店收购了。"

正在这时，石伢子和桐古也空着手跑了回来。

没等石伢子站稳苏耽就问道："石伢子，你怎么也空着手回来，难道城东、城南那两个药铺也没有我们需要的那几味药材？"

石伢子说："一点也没错，而且，店里的伙计还告诉我说，这是被城里一家药铺收购的。"

苏耽皱了皱眉头，说："这就怪事了，是什么人把这么些治疗瘟疫的药材全买走了？他们买走这么多药材是为了什么？"

苏耽百思不得其解。大家盯着苏耽，等待他发话。

苏耽抬起头，对大家说："我们暂不要去管他什么人买的，也不要管他为什么要买光这几味药材。当务之急，是要解决这几味药材短缺的问题。对此，我们只有发动乡民们上山采药，实行自救，这样既可以解燃眉之急，又可以让乡亲们节约一点买药的钱。"

"大家都不熟悉这几味药，也不知道怎么采摘，怎么办？"桐古说。

娟妹子说："我们可以把乡亲们组织起来，让苏耽告诉大家怎么采药，怎么熬药。"

山崽说："这办法好。"

接着，苏耽对整个行动进行了安排和部署，大家按照分工，分头准备。苏耽哪里知道，做出这种不顾乡民死活、囤积居奇、趁火打劫、发国难财的人不是别人，正是他母亲的仇人潘堂财。

真相大白

正当苏耽等几个小伙伴忙得不可开交的时候。族长潘堂财也没闲着，他全然不顾老百姓的死活，叫潘全贵四处派人把全城稀缺的几味治疗瘟疫的药材全部收购，使得全城老百姓想得而得不到。当潘全贵完成任务并将这一消息告诉潘堂财时，潘堂财高兴得合不拢嘴，对潘全贵连加赞赏。可潘全贵不明白，他向潘堂财问道："老爷，我们买那么多药材干什么？又不能当饭吃。"

潘堂财看着潘全贵，把眼一瞪，说："你懂个屁，我们低价从药铺里把这几种目前人们急需的药材全部收购过来，放在我们仓库里，从而造成这几味药材的紧缺，然后再高价卖出去，这一高一低，我们便可以从中赚大钱。"

"人家会来买吗？"潘全贵问。

"怎么不会来。要活命，再高的价格都会有人来买。"潘堂财得意地说道。

"老爷，那我们赶紧往外抛吧。"

"急什么，再等两天看看。"

两天后，潘家药铺大门前挂着一个大木牌，牌子上写着"本店有药"

四个大字。几个打扮成伙计模样的人在门口大声地吆喝着“快来呀，快来呀，本店有治瘟疫的特效药。卖你一剂药，救你一条命”。

不一会儿，门前便挤满了前来购药的乡民，一位大妈上前问道：“你们这药怎么卖？”

潘全贵说：“都是已经配好的专治瘟疫的特效药，一剂药，一两白银。”

“你们这也太贵了，已经高出原来十几倍。我们穷人怎么买得起啊，这不是要命吗？”老大妈说。

老大妈这么一说，众人齐声起哄，有人打算不买了，准备离开。这时，潘堂财踱着方步从店内走了出来，他用眼光扫视了拥挤而又情绪激动的乡民。吼道：“嫌贵，嫌贵不买呀，我还不卖呢。你们到别处去买呀。”

另一位老大爷站出来说道：“这不是坑人吗？你们早已把全城的药收购过来，我们到哪儿去买呀？”

老大爷的孙子扯了扯他的衣服，说：“爷爷，算了算了，贵就贵一点，治病救人要紧啊。”

潘堂财鄙视地瞟了瞟买药的乡民，然后一甩袖子又进入店内。

路过的娟妹子目睹了这一切，她急急忙忙跑到橘井观，把发生在潘家药铺前的一幕一五一十地告诉了苏耽。苏耽听说还有这种事，终于明白了事情的真相。他气得咬牙切齿，恨不能放火烧了潘家药铺，可气愤之余，又一想，这不正是揭穿潘堂财不顾乡民死活、乘人之危、昧着良心赚黑心钱阴谋的好时机，也是发动乡民采药自救的好机会。于是，他拉着山崽、石伢子、桐古等几个小伙伴，在娟妹子的引领下迅速赶到郴州城内。

当苏耽一行人来到潘家药铺门前时，前来购药的人们越集越多，大家义愤填膺，情绪激动。有的为购不到药，不能救治亲人而呼天唤地，号啕大哭；有的为出不起高价，买不到药而伤心不已；有几个年轻人则跃跃欲试,要冲进药铺，抢走药材。整个场面闹哄哄的、乱糟糟的。

苏耽一见这个场面，心中有了主意。他走到人群前面，向人群挥了挥手，说：“父老乡亲们，药铺有药不卖，要卖就高价，昧着良心赚黑心钱，这不是明摆着要我们穷人的命吗？”停顿了一下，接着他又说道：“不过没关系，他们不卖就不卖，他们要卖高价，我们就不买。”

这时，人群中有人喊道：“可我们要药救命啊！”许多人立即附和，大家你一言我一语说个不停。

娟妹子见大家闹哄哄的，大声地喊道："大家静一静，听苏耽跟大家说。"

苏耽接着说道："你们别急，请大家跟我到东门口去，我有办法治好大家的病。"

大家将信将疑。

娟妹子说："大家放心吧，跟我们走，苏耽保准能治好大家的病。"说完，便与苏耽一道向东门口走去，众人紧随。

大家跟着苏耽来到了东门口的石坪上，石坪上已经站满了一大群人，待大家安静下来后，苏耽手拿几株药草给大家讲解识别、采摘、煎熬等相关知识，最后他问道："大家对我刚才讲的都听懂了吗？"

众人齐声答道："听懂了。"

"那就好，只要大家按照这个办法去做，自救应该没问题。你们回去以后，又把我刚才讲的这些办法告诉你们的亲戚、朋友和邻居，这样一传十，十传百，百传千，过不了几天时间，就会有更多的人知道这些办法。"苏耽再一次向大家嘱咐道。

听了苏耽的讲话，大家才觉得心里有了底，个个感激不尽，都夸苏耽是个好孩子。

出诊衙门

夜已经很深，忙碌了一天的苏耽伺候好母亲睡着了后，也正准备坐下休息一会儿，突然，"嘭、嘭、嘭"传来一阵紧急的敲门声。苏耽心想，这么晚了，谁来敲门呢？准是有什么急事，兴许是有人得了急病，需要自己上门抢救。想到这里，也顾不得自身疲劳，连忙答道："来啦，来啦。"不想外面又传来吼声："快点，快点，否则我就踹门了。"

苏耽把门打开，只见门外站着两个官差模样的人，他们每人举着一个火把，凶巴巴的样子。

"你们是什么人？这么晚来我这里干什么？"

"你是苏耽吗？"一高个子差官问道。

"我是苏耽。你们找我有事吗？"

高个子差官答道："我们是新任县令大人家里的差官，我们家老太爷得了瘟疫，非常严重，请了许多医生都看不好，听说你能治瘟疫。老爷吩咐，请你登门给我们家老太爷治病。”

听说是给县太爷治病，苏耽本能地产生一种厌恶感，说：“我从来没有给衙门里的人看过病，请你们回去告诉你们老爷，就说我苏耽不愿意去。”说完，顺手把门一关，准备一推了之。

矮个子差官见苏耽不买账，还要把他们拒之于门外，一向霸道惯了的差官哪里咽得下这口气，连忙抬起脚挡住大门，并恶狠狠地说：“真是岂有此理，你好大的胆，县令大人叫你去治病是看得起你，你可别给脸不要脸，一个小毛孩，竟敢跟我们老爷作对。”

高个子差官打手势制止矮个子差官，笑着说：“苏耽，你是郎中，治病救人是你的职责，你能忍心看着一个老人就那样死去。”

“这个……”苏耽正想说什么，却从里屋传来母亲的声音：“耽儿，你过来一下。”

苏耽立即跑进里屋，轻声向母亲问道：“妈？”

潘丫丫拉着苏耽的手，说：“耽儿，去吧，救人一命，胜造七级浮屠。”

“妈，他们是衙门里的人，我从来没有给衙门里的人看过病，也不想给他们看病，我看到衙门里的人就恶心。”

潘丫丫耐心地说：“耽儿，你是郎中，郎中看病，可没有高低贵贱之分，只有正常人和伤者、病人之分。”

苏耽本来就是个非常孝顺的孩子，对母亲从来都是百依百顺，见母亲这样一说，只得答应。

苏耽随着两个差官走进新县令的豪宅，原来这就是潘堂财的家，潘堂财的儿子潘富豪最近花钱买了个县令，就在他得意忘形大宴宾客之时，不料其父亲潘堂财患了瘟疫，一病不起，请了许多医生救治都无济于事。眼瞧着父亲就要命赴黄泉，有人向潘富豪献殷勤，说可以请少年郎中苏耽来给老太爷看病，潘富豪这才特意派了两名差官前去橘井观迎请苏耽。

在潘富豪等一大干人的簇拥下，苏耽走进里间，见里间的床上躺着一个骨瘦如柴、行将就木的老头，他不知道，这人就是母亲的大仇人潘堂财。

苏耽为潘堂财把脉，潘富豪在一旁焦急地等待着。把完脉，苏耽走出里屋。潘富豪跟着也走了出来，并迫不及待地问道：“我爸的病怎么样了？”

苏耽摇了摇头，面无表情地说："你爸已病入膏肓，难以救治。"

潘富豪一听，哭丧着脸近乎哀求地说："拜托你了，一定要治好我父亲的病。如果你能治好老太爷的病，我家里的钱和宝贝，你要多少，一句话。"他以为，世界上的人都像他一样，见钱眼开。

"我看病从来不收钱，更不要人家的宝贝。"苏耽一边收拾东西一边说。

潘富豪见金银财宝打动不了苏耽的心，又说："你小小年纪，既不要钱，也不要宝贝，那就留在我这衙门里当郎中吧，保证你一辈子享不尽的荣华富贵。"

苏耽从鼻孔里发出一声冷笑，轻蔑地说："哼，别费心了，县令大人，我不会留在你这儿，我要陪伴我母亲一辈子。"说完，背起药篓，就要向门外走去。

这时，潘堂财从昏迷中醒了过来，他慢慢地睁开眼睛，有气无力地对苏耽说："你……你就是苏耽吧？"

苏耽大吃一惊，心里想，这个行将就木的人怎么知道我叫苏耽，他停下脚步，回头答道："是，我叫苏耽。"

"你母亲叫潘丫丫？"

"是的，我母亲叫潘丫丫，你怎么知道我母亲的名字？"

"我、我就是潘氏的族长潘堂财。"

苏耽早就听说过，祸害自己母亲的就是潘家湾的族长潘堂财，过去自己一直不知道谁是仇人潘堂财，没想到自己今天竟然为仇人把脉看病，他既后悔又气愤，说："真没想到你就是祸害我母亲的潘堂财。"

"正是。"潘堂财直言不讳。

一旁的潘富豪听说站在自己跟前的少年郎中就是潘丫丫的儿子，也很惊讶，他向父亲问道："爸，您看我该如何处置他？"

潘堂财一阵干咳后，有气无力的对儿子说："算了吧，你们不能把他怎么样，难得他对她母亲一片孝心，你、你们都要像他那样，积德行孝，将……将来会有好报的。我已经不行了，过去我做了不少坏事，到死了也想积一点德，争取不下地狱，这也是、是他的孝心感动了我。"说完两腿一伸，头一歪，便死了。

潘堂财死了。苏耽暗想：人之将死，其言也善。

奉诏成仙

黑夜刚刚退去，白天正迎面扑来，红日欲出，彩霞飞舞。苏耽正聚精会神在牛脾山上采挖草药，忽然，空中有人在叫他的名字，听起来声音是那么熟悉，那么亲切，他直起身子抬头一望，见祥云中站着兜率仙翁和东江仙子。便连忙跪拜，并轻声问道："请问仙师与仙子从何而来？往何处而去？"

兜率仙翁答道："苏耽，切勿管我等来去，我今奉命传诏，你如今已成仙道，三日之后就是你的升天之日，你切不可依恋凡尘。"

苏耽从来没想到自己会升天成仙，此时此刻听到兜率仙翁一说，因毫无思想准备，一时支支吾吾，不知如何回答，"这、这"了半天，也没有说出个所以然来，在细想了一下后，才答道："多谢仙翁好意，只是我不想成仙。"

"什么，你不想成仙？人人都想成仙，为何你却不想，天庭里可好玩呢，凡间有什么值得你留恋的？"东江仙子对苏耽不想成仙的想法不可思议。

苏耽说："仙师在上，并不是我依恋凡尘，只因母亲健在，如果我成仙升天，母亲无人终养。"

兜率仙翁说："你有如此一片孝心，实属不易，只是天命难违，你不得不去。"

苏耽见兜率仙翁说得如此决绝，哭着道："可怜我母亲心地善良，为我受尽屈辱，吃尽苦头，若我成仙升天，在天庭逍遥自在，而母亲却在人间吃苦受罪，我实在于心不忍，仙师在上，恕徒儿不能从命。"

兜率仙翁从怀里取出一个石匣递给苏耽，说："苏耽，你因母亲无人终养，不愿升天，我早已料到。现我有一石匣，请转交你母亲，并告之，倘若需要什么，只需对石匣轻叩三下，要什么有什么，有了这石匣，保你母亲一世衣食无忧。"

苏耽双手接过石匣抱于胸前，说："仙师想得如此周到，徒儿感激不尽。"说完，又朝兜率仙翁连拜三拜。

兜率仙翁又说道："石匣万万不能开启，否则将不灵验。"

"听清楚了吗？苏耽，告诉你母亲，这个石匣是不可以随便打开的。"

东江仙子又进一步叮嘱道。

苏耽接着又说："弟子还有一事相求。"

兜率仙翁说："说吧，什么事？"

苏耽说："郴州乃偏远山区，年年瘟疫泛滥成灾，据说明年更甚，敢问仙师，可有简便易行的办法防治，以救民于水深火热之中。"兜率仙翁捋着胡须想了想说："用橘井泉水一升、橘叶三片，熬成汤汁，有病治病，无病防病。"苏耽再拜于地，说："徒儿谨记，并传谕母亲。"

兜率仙翁传诏完毕，便与东江仙子驾白云飘然而去，苏耽朝空中又拜了三拜。

兜率仙翁离开苏耽的第三天，也就是汉文帝三年（前 177）七月十五日，天还没亮，苏耽便悄悄地从床上爬起来，挑水、扫地、洗衣、劈柴、做饭……做完这一切，刚想歇歇气，这时天空中隐隐约约传来袅袅仙乐之声。苏耽放眼望去，只见蓝蓝的天空上白云缭绕，白云缭绕之处，南天大门徐徐开启，十只仙鹤、两队仙仗，踏祥云而出。

苏耽知道，自己升天的时辰到了，他立即跑进观内，跪于潘丫丫床前，轻声呼唤道："母亲，孩儿奉诏成仙，即刻升天，如今仙仗临门，儿特来辞别，怪儿不孝，不能侍奉左右、养老送终。"说完号啕大哭。

潘丫丫得知儿子即将升天，悲喜交加，泪流满面。喜的是，儿子能够得道成仙，是儿子的造化，凡人皆求之不得；悲的是，从此儿子将离自己而去，天地相隔，终不能见面。

她翻身坐了起来，对苏耽说："耽儿，如今你要得道成仙，离我而去，我想留也留不住，天命不可违呀，只是从此以后你我天各一方，不知何时才能见面。"

苏耽想起兜率仙翁的话，不想哄骗母亲，坦诚地说："母亲，仙凡有别，从此后，我们不能见面，不过我会想办法，常于云中看望你。"

潘丫丫又说："耽儿，你走后，为母我今后如何活下去。"

苏耽拿出兜率仙翁赠予自己的石匣，双手交给母亲，说："母亲，这个石匣是个宝贝，你只要轻轻叩三下，想什么，有什么，非常灵验，保证你一辈子衣食无忧。但千万不能开启，一旦开启就再也不灵验了。"

潘丫丫接过石匣，如获至宝，立即藏于枕头底下，心里想，儿子想得如此周全，连自己后半辈子的事情都考虑到了，不仅潸然泪下。

苏耽又说："母亲，明年可能又发瘟疫，乡亲们又会遭遇灾难，为此，请母亲用橘井观旁边的橘井泉水和井边的橘树叶为乡亲们治病。”

潘丫丫含泪道：“为母已经记住，请勿挂念。”

苏耽母子俩正说着，忽然，屋外传来阵阵乐声，空气中弥漫着一股异香，苏耽知道自己升天时辰已到，不能再在人间逗留，便连忙告别母亲，走出大门，跨上仙鹤，腾空而起，在仙仗和群鹤的簇拥下，恋恋不舍地向南天门飘然而去。

潘丫丫站在门前，饱含深情，挥泪送别儿子。

成仙升天后的苏耽，时时刻刻思念着凡间的母亲，由于天庭的清规戒律，成仙后的苏耽不敢明目张胆地降临凡尘看望母亲，思母心切的他只得趁天庭疏于看护之机，溜出天庭，驾祥云来到牛脾山顶的古松之上，深情地遥望着橘井观前母亲劳作的身影。不料，这事还是被发现，几天之后，当苏耽再次来到古松之上一往情深地看望母亲时，兜率仙翁驾白云悄悄地走近苏耽，对苏耽说：“苏耽，你上天数日，就多次步出天庭，窥视人间，难道你就不怕因触犯天条受到惩罚吗？”

苏耽回过头，向兜率仙翁深深地鞠一躬，含泪说道：“仙师，恕徒儿无礼，因徒儿太思念母亲，对母亲总是放不下心，一日不见，茶饭不香，所以便偷偷地步出天庭，来这儿探望。”

兜率仙翁又叹道：“苏耽呀，如今你已不是肉身凡胎，你已得道成仙，仙凡有别，你不能与母亲相见。”

苏耽又鞠一躬，说：“弟子谨记仙师教诲，不敢与母亲相见，只是于远处看一下母亲的身影，如此心里才能得到些许安慰。”

兜率仙翁说：“苏耽，你擅自步出天庭，按照天条，本应受到惩罚，但你的孝心感动了玉皇大帝，玉皇大帝不再追究于你。”

“多谢玉皇大帝。”苏耽说。

这以后，兜率仙翁对于苏耽偷偷步出天庭看望母亲一事睁一只眼闭一只眼。

苏耽在天上思念母亲，其实，母亲潘丫丫在凡间也十分想念儿子，常常因为想念儿子而独守孤灯，彻夜难眠。并因此一天天消瘦下去。

娟妹子等几个小伙伴得知苏耽成仙升天的事，是苏耽走后的第二天早上，他们几个人相约来到苏耽家中，想邀苏耽到白鹿洞前玩耍，见潘丫丫挑着一担井水，踉踉跄跄，步履艰难，娟妹子忙接过潘丫丫肩上的担子，问及苏耽，才得知苏耽成仙升天的事情。几个小伙伴羡慕之余又纷纷嗔怪苏耽不念旧情，把自己成仙升天这么大的事藏着掖着不让大家分享。

“这是好事，应该早点告诉我们几个才是，就这么走了，我们连一点消息都不知道。”山崽说。

“孩子们，这也不能怪苏耽呀，天机不可泄露，这是上天的规矩，连我都是临时才知道的。”潘丫丫说。

望着潘妈妈因为思念儿子、日渐消瘦的样子，娟妹子心中甚是同情，她对几个小伙伴说：“小伙伴们，苏耽已经成仙升天，离开了潘妈妈，从今天开始，我们就是潘妈妈的儿女，我们要像苏耽一样，孝顺潘妈妈，好不好？”

大家异口同声地答道：“好！”并立即动手帮助潘妈妈干起活来，劈柴的劈柴，扫地的扫地，挑水的挑水，一个个忙得满头大汗。潘丫丫见状，说：“孩子们，别忙乎了，也该回去吃饭了。别让爸爸妈妈着急。”

娟妹子见潘妈妈家的灶还是凉的，便问道：“潘妈妈，你还没有煮早饭吧，我来烧火帮你煮早饭。”说着便走到米缸跟前舀米，谁知道米缸空空，一粒米都没有了。娟妹子以为潘妈妈不知道没有米了，便抬起头对潘丫丫说：“潘妈妈，米缸里没有米了，我帮你买去。”

潘丫丫说道：“娟妹子，不用买，一会儿米缸就会有米。”说完，便从里屋拿出石匣，轻轻叩了三下。

“什么？不用买米米缸就会有米？”娟妹子疑惑地看着潘妈妈。

“娟妹子，你再去看看米缸里面有没有米。”潘丫丫说。

娟妹子低头一看，果不其然，刚才还空空如也的米缸，此刻已是满满一缸白花花的大米。

“这……”娟妹子看着潘丫丫，一脸的疑惑，一脸的惊奇，欲言又止。

潘丫丫指着自己手中的石匣对娟妹子说：“这是苏耽临走之前给我的一个宝贝，说只要轻轻叩三下，想要什么就会有什么。唉，苏耽这孩子怕我下半辈子衣食无着落，才给我留下的。”说着，双手抚摸着石匣，眼睛里含着激动的泪水。不过，30年后，因受好奇心的驱使，潘丫丫打开了石匣，从此，石匣再也不灵验。但潘丫丫靠着自己的辛勤劳动，加之乡亲们的帮助，幸福地度过了自己的下半辈子。这是后话。

橘井泉香

正如苏耽所料，就在他成仙后的第二年，一场瘟疫再一次降临郴州城。郴州城里城外到处都是逃难的灾民，到处都是饿死和病死的人。

扫墓归来的廖奶奶和娟子妈，目睹这一悲惨的情景，两个人脸上都挂满了悲痛的泪水，廖奶奶长叹一声，说："这可怕的瘟疫，不知害死了多少人。"

娟子妈说："去年发瘟疫，多亏了少年郎中苏耽帮了大家不少忙，救活了不少人，如今他已升天成仙，我们再到哪里去找这么好的郎中啊。"

廖奶奶说："苏耽临走时曾预言今年又会发瘟疫，尊请母亲为乡民治病，并告诉其母亲防治瘟疫的方剂，我们不妨去找找她母亲，或许她母亲正在为乡亲们治病呢。"

"那好，我们现在就去找潘丫丫。"娟子妈也是个急性子。于是，廖奶奶和娟子妈，一前一后，匆匆忙忙往橘井观赶。

当廖奶奶和娟子妈赶到牛脾山橘井观时，呈现在她们俩眼前的情景正如预料的一样，潘丫丫正在为乡民们治疗瘟疫的事，忙得不可开交。

橘井观旁边有口水井叫橘井，井水清澈透亮。井旁有一棵橘树，橘树叶密冠大，橘井观就是因此而得名。

井边排着一条长长的问医求药的队伍，潘丫丫给前来问医求药的人每人一勺井水，三片橘叶，并耐心地解说着橘叶与井水治病的道理。

石伢子与他父亲也在这队伍之中。

轮到石伢子和他父亲时，潘丫丫特别吩咐说："石伢子，你回去以后，马上用井水和橘叶熬成汤汁，让母亲服下，用不着几个时辰，你母亲的病就会慢慢好起来。

石伢子问："潘妈妈，有这么灵吗？"

不等潘丫丫回话，排在石伢子后面的一个乡民说："的确有这么灵，我昨天就来过，我那老父亲得了瘟疫，都快死了，后来就是因为服了这里的井水和橘叶熬成的汤汁，今早就好了。这不，我隔壁住着一位孤寡老人，也得了瘟疫，我特意来为他求取井水和橘叶。"

另一个乡民接过话茬说："现在十里八乡的人都知道，这里的井水和橘叶能治瘟疫，所以乡亲们老远赶过来了，这就是人们传说的'橘井泉香'"。

石伢子望着见头不见尾问医求药的队伍，说："这就奇怪了，这么多人来这儿取井水摘橘叶，可井里的水没有看到少一滴，树上的橘叶也没有少一片。"

"是呀，这是为什么？"乡民们附和着问道。

潘丫丫说："这是因为我儿苏耽成了仙，仙气四处飘溢，橘树吸收了仙风，有了灵性，每摘一叶，树就自长一叶，井水吸收了仙气，有了灵性，每舀一升，井就自满一升，不信你们自己瞧瞧。"

人们听了潘丫丫这样说，才注意到橘树树叶的自长现象和橘井井水自涌现象，都感到很惊奇。

廖奶奶目睹了这一切，感叹地对娟子妈说："乡亲们有救了。"

忙碌了一天的潘丫丫，回到家中刚躺下休息，娟妹子便火急火燎地推门进来，说："潘妈妈，不好了，那蟒蛇老妖见乡亲们没给它奉送童男童女，又施瘴气，刚才还月明星稀，万里无云，突然间便妖雾弥漫，星月无光。"

潘丫丫咬牙切齿地恨道："这些可恶的妖怪，一日不除，老百姓就一日难以活下去。"

娟子问："那怎么办？"

潘丫丫说："我求神灵转告耽儿，让耽儿来降妖捉怪，为民除害。"说着，便走出房门，走向神坛，跪于神像前，双手合十，心中默念："神灵在上，请转告我儿苏耽，叫他念及乡亲的恩德，下凡除妖降怪，给乡亲们一片安宁。"

此时此刻，苏耽正与王仙下棋，也许是心灵相通、心灵感应的缘故，正在下棋的苏耽脑海里突然出现母亲潘丫丫求神的景象，便连忙推掉棋盘，对王仙说："哎呀，我母亲正祈求神灵叫我降妖除怪，为乡民除害，我得立即进宫，启奏玉皇大帝，请求下凡捉拿蟒蛇老妖。"

王仙见苏耽有事在身，也不挽留。

苏耽告别王仙，踏祥云而去。

莽山降妖

黑云滚滚，阴风瑟瑟，在莽山金鞭神柱峰底的蟒蛇洞内，蟒蛇老妖躺在石床上睡觉。突然，蚊子精跌跌撞撞跑进来，“报、报、告大、大、大王，不好了……”

睡得正香的蟒蛇老妖被吵醒，极不耐烦地呵斥道：“混蛋，慌什么，没看见我正在睡觉吗？”

蚊子精胆怯地说：“上次那个采药的少年郎又来了，他说要见你。”

“什么？什么？你是说上次那个在金鞭神柱峰上采摘无影花的少年郎中又来了？”老妖怪一骨碌从床上爬了起来，伸了个懒腰，打了个哈欠，说：“好呀，我正要找他，他倒自己送上门来了。”

蟒蛇老妖带着蚊子精走到洞口，这时，东方发白，天已渐亮，晨光中，苏耽威风凛凛地立于洞前，高声喊道：“蟒蛇老妖，还不快出来受擒。”

蟒蛇老妖毕竟久经沙场，不慌不忙地说道：“嚷什么，嚷什么？！你又来干什么？。”

苏耽痛斥道：“老妖精，你施放瘴气，造成瘟疫流行，多少人家破人亡，妻离子散；多少人流离失所，背井离乡；多少儿女失去父母，多少父母失去儿女。你还逼乡亲们每年送一对童男童女供你享用，你丧尽天良。如今，我已成仙，奉玉皇大帝之命前来捉拿你，还不快快就擒。”

蟒蛇老妖听说苏耽已经成仙升天，不禁产生一种悲哀和嫉妒，他想，自己修炼千年，为的就是升天成仙，可千年过去了，自己还是个妖精，而一个小小的苏耽，出生才十几年就已成正果，升天成仙。它越想越恨，越狠越怒，说道：“小小毛孩，你是来送死的！”说完便现出原形，张开血盆大口，吐出两根蛇信子，发出“嘶嘶嘶”的声音，向苏耽扑来。

苏耽不慌不忙，沉着应战，待蟒蛇老妖冲到跟前，身子一闪，躲过蟒蛇老妖的蛮力，然后轻轻地一跳，骑在蟒蛇老妖身上，挥动手中的药锄，对准蛇头就打，蟒蛇老妖痛得满地打滚，立即变成妖婆，跪地求饶。

苏耽这才住手，说：“要我饶你不死也不难，但你必须答应，从今往后，你和你的那些妖怪不再施放瘴气。”

蟒蛇老妖乖乖地答道：“好，好。”

“从现在起，不许再吃人。”

“我答应。”

“如果发现你再施瘴气、再吃人，我绝不放过你。”

“是，是，是。”

苏耽见蟒蛇老妖满口答应自己的要求，才放它一条生路。

云中守灵

饱尝了人间酸甜苦辣、风风雨雨、坎坎坷坷一辈子的潘丫丫，在她100岁寿诞之际，撒手人寰，无疾而终。

在橘井观前的草坪上，人们为潘丫丫搭建了灵堂，灵堂周围挂满了白幡，空气中弥漫着悲哀的气氛。乡亲们披麻戴孝，沉浸在悲痛之中。

远在天庭的苏耽，得知母亲离世的噩耗，悲痛欲绝，伤心不已。他一身素缟，骑着白鹤，冒着被逐出天庭的危险，悄悄地来到牛脾山顶的古松之上，面对母亲的灵堂长跪不起，痛哭流涕。由于乡亲们的深情厚谊，潘丫丫老人的灵堂在橘井观门前的草坪上摆了七七四十九天，苏耽为母亲守灵也是七七四十九天。

乡亲们为了纪念潘丫丫在帮助大家治疗瘟疫中所做的贡献，将她葬于橘井观旁边的山坡上。苏耽得知，心想，自己虽已成仙，但念及母恩，应依凡间之礼，为母亲守陵三年。于是，他开始为母亲守陵，三年中，无论刮风下雨，天寒地冻，从不缺守。由于他每次来都是痛哭流涕，泪水顺着他的脸颊掉到古松下面的地上，久而久之，那儿便成了一汪泉水。

苏耽为母亲守陵的故事被传为佳话，在百姓当中广为流传，也流传进了官府衙门。

这一天，新任郴州郡太守张邈一家人正在吃早饭，突然，一差官急急忙忙跑了进来，连呼“老爷！老爷”!

张太守放下碗，从里屋走了出来，不高兴地问道：“一大早的，什么事，如此慌慌张张。”

差官说：“报告老爷，小人刚才路过裕后街，听乡民们在议论，说牛脾山山顶上每天晚上都传来哭声，这哭声已经三年。”

张太守疑惑地盯着差官十分好奇地问道：“哦，还有这等事？是什么原因？”

差官说：“传说是这里有一名叫苏耽的少年，成仙升天之后，念母亲的养育之恩，在牛脾山上的一棵古松之上为母亲守陵，一守就是三年，由于他每天守陵时痛哭不已，泪流不断，在他站立的那棵古松的地面上，泪水越聚越多，渐渐地已成为一汪清泉。当地百姓在泉旁树立了一块石碑，石碑上镌刻着‘泪泉井’三个大字。就连他站立的那棵古松，也因为他长年倾身探望母陵，其枝丫也随着他的身子往一边倾斜。当地百姓称那棵古松为‘望母松’，也在树旁立了石碑。

张太守顿时来了兴趣，说：“还有这等事，走，到牛脾山上看看去。”

差官以为太守要去看苏耽，连忙制止道：“老爷，自古仙凡有别，你我等都是凡人，是见不到仙人苏耽的。”

张太守说：“在我的治所，有这等大孝之人，是我们的荣耀，即使见不到他，在他母亲的坟前拜上一拜，也是我这个做郡守的职责。”说着便叫上随从，立即向牛脾山上进发。

张太守一行人先来到橘井观旁边的潘丫丫坟前，恭恭敬敬地献上“三牲”祭品，点上香、蜡、冥币冥钱，敬上三杯冥酒，然后拜了三拜。

接着，一行人又来到牛脾山山顶的那棵古松之下，低头看了看“泪泉井”，抬头看了看“望母松”。感动之余，连忙跪在地上，对着南天拜了三拜。说：“苏耽仙人在上，俗人张邈闻仙人虽已升天成仙多年，仍遵依凡例，为母戴孝守灵。三年间，你每晚步出天庭，望母陵恸哭，百姓闻之无不为之动容，今我等前来拜谢仙人，以顺民意。”说完即拜伏在地，不敢抬头。正在这时，随着一曲美妙的音乐，空中传来苏耽的声音。

苏耽说：“张太守，你为官一任，造福一方，百姓对你感恩戴德，如今你为了我母前来吊唁，实属难得，令人感动。”

张太守听到苏耽说话的声音，情不自禁地抬头看了一下，只见古松之顶，瑞气缭绕，祥云飘飘，苏耽露出半截身子，光彩照人。

接着苏耽又说：“张太守，今念你为黎民百姓办事诚心诚意，我愿助你一臂之力。”

张太守连连叩谢：“谢谢仙人。”

苏耽继续说道：“那郴江河水流湍急，过往行人全凭小船摆渡，十分不便，苏耽我今日成桥于河上，也为乡亲们贡献微薄之力。”说完便将手中一卷仙书掷向郴江，顷刻间一座石拱桥便巍然屹立于郴江河上。

张太守再拜，拜毕，当抬头看时，已不见苏耽身影。太守随即向众人吩咐道：“从今以后，这牛脾山就改称苏仙岭，载入史册，以对苏仙的纪念。并在山顶建一道观，观内塑苏仙像，取名曰苏仙观。”

众人答：“是”。

（原载《郴州风》2016 年第 6 期）

老板之死

1

“钟辉煌来了吗？”在市政府常务会议室，薛有衡副市长坐在会议主席的位置上，用眼光扫了满屋在座的房地产老板，因为没发现丰华房地产公司的总经理钟辉煌，便怒气冲冲地问道。

“没有来。”底下有人小声地答道。

“什么，没有来，你是他的什么人？”薛副市长吼道。

“我是他的副总，我叫刘习，钟总身体不舒服，叫我代会。”刘习解释道。

“那你回去，不要参加这个会议。”薛副市长板着脸说道。

刘习还想解释，只听薛副市长又吼道：“听到没有，我不想看到你，快叫你们钟辉煌来参会。”

到会人员见薛副市长发了火，一个个都不敢吭声，会场上鸦雀无声。

正在这时，会议室的门“呯”的一声被撞开，钟辉煌风风火火地从外面闯了进来，会场内所有人的目光“唰”的一下全部投射到钟辉煌身上。

钟辉煌匆匆忙忙地跑到薛副市长跟前，一脸愧疚地说：“市长，对不起，我心脏有点毛病，去看了下医生，迟到了。”

“哼，我不管你什么理由，我只问你，你还要不要政府支持？”

钟辉煌想到城东郊李家村二组那块土地的摘牌马上要经过他审批，便连忙满脸堆笑地说：“要、要、要，离开政府的支持和您的关照，我将一事无成。”

“说得好，既然离开政府的支持你一事无成，那么我来问你，你支持政府了吗？你对政府的政策和号召执行得怎么样？”

“我……”钟辉煌还在云里雾里，无言以对。他不知道薛副市长指的是哪方面的事。

薛有衡见钟辉煌答不上来，突然“啪”的一声一掌拍在桌子上，把桌子上的杯子盖震得掉到了地上，摔了个粉碎。与会人员吓了一大跳，都惊恐地瞪着眼睛盯着薛有衡。

钟辉煌的腿直打哆嗦，他不知道自己什么事惹怒了薛副市长，他在脑海里认真地搜索着。

只听薛有衡讥讽道：“钟大经理，你赚钱赚疯了吧。半个月前市政府规定每个房地产商捐款建公园，请问你捐了多少？”

钟辉煌听薛副市长这么一说，才恍然大悟，原来是这么一回事。他想起来了，十多天前，自己在外地出差，副总刘习在电话里向自己汇报其他工作时，顺便说起过这件事。当时，自己并没在意，说回家以后再商量。可当自己回家以后，刘习再也没向自己提起过这件事，而自己也因为太忙，把这件事忘记了。在他的记忆里，在这之前的两个月，政府也曾下令各位房地产商向体育中心工程项目捐款，并规定捐款额度不少于 100 万。他没想到，仅仅过去两个月又要捐款，感觉捐款的频率太密了。他稍稍犹豫了一下，但马上又反应过来，薛副市长的话不能不听，政府的规定不能不执行。想到这儿，钟辉煌连忙堆起笑脸，对薛有衡说：“市长，我该死、该死，我把这事忘了，散会后，我立马就办。”

薛有衡再次从鼻子里“哼”了一声，然后说道：“全市 100 多个房地产商，个个都像你这样，我们的政府还有什么威信威望。我告诉你，现在就你一个公司没捐了。”

“我马上捐，马上捐，一分钱不少。”钟辉煌嘴上虽这么说，心里却犯了嘀咕：财务部长不在家，要明天才能回，财务公章在她那儿，没有她，钱出不来呀。可这钱又不能不出，如果不出，自己要想在城里再混下去，那可是比登天还难，薛有衡副市长一句话，叫自己死自己就肯定活不了。如此说来，今天下午怎么也得想办法把钱筹齐。

薛有衡见钟辉煌还站在自己跟前，又问道：“你确定马上捐？”

“确定，确定。”钟辉煌像鸡啄米似的连连点头。

“确定了就好，捐完了给我发条短信，告诉我一下。如果我发现你今天没捐或没有捐足够的数量，那么你……”薛有衡本想说一句狠话，但想了想，软中带硬地说：“你看着办吧。”

钟辉煌连忙说：“请市长相信我，我一定会捐。”

薛有衡说完后，忙着阅看秘书送上来的讲话稿。过了一会儿，见钟辉煌还站在旁边没走，便喝斥道：“你还站在这儿干什么？还不快走。”

“您还有什么指示？”钟辉煌小声地问道。

“没什么指示了？”

“我不参加会议了？”

“不用参加了，赶快回去筹钱。”

钟辉煌见薛有衡不让自己参会了，便连忙说道：“是，是，是，我马上走。”说完，在众目睽睽之下，灰溜溜地离开了会场。

2

钟辉煌回到公司，连中午饭也没吃，立即将总经理助理曾倩倩叫到自己办公室。没等曾倩倩坐下便火急火燎地说道：“快，给我想办法筹款100万，立即打到市城投公司的账号上。”

“这么急，干什么呀？”曾倩倩问道。

“你就别问那么多，叫你办你就办。”

“我又不是财务部长，你叫我一时半会儿到哪儿去筹那么多钱。”

“财务部长不是不在家里吗，在家里我还要你想什么办法。”曾倩倩听钟辉煌这么一说，觉得自己责无旁贷，但她还是想弄清原因，于是再一次问道：“你就不能告诉我什么事？”

“唉！”钟辉煌长叹一声后说道：“今天上午，薛有衡副市长将我叫到市政府常务会议室，令我捐款100万，用于建设我们准备摘牌的城东郊那块土地附近的公园。”

“捐那么多呀？”

“谁说不是，100 万，可不是小数目，但又不得不捐。”

“那是的，我们这一行离不开他。”

“正是这个原因，我才不敢怠慢。”钟辉煌说到这里，突然又想到了一件事，对曾倩倩问道：“嗯，倩倩，你好像说过你有办法在我们得到东郊那块土地以后，可以通过什么人找到薛有衡副市长减免征地费用。”

“是呀，我说过。”

“你找的什么人呀？什么人有这么大能耐？”钟辉煌眨巴眨巴眼睛疑惑地看着曾倩倩。

“是……是……”曾倩倩有点吞吞吐吐，想说不想说的。

“说呀，对我保什么密呀，我的姑奶奶。”

在钟辉煌的追问下，曾倩倩才神秘兮兮地附在钟辉煌的耳朵旁说出了一个与薛有衡有着非常特殊关系的人名。然后才放大声音说道：“不过人家不能白帮忙，她要提成。”

“要多少提成？”

“减量的 2%。”

“这么多呀？”

“你答应不答应？”

钟辉煌在心里粗略地估算了一下，觉得合算，说：“答应。”

曾倩倩听说钟辉煌答应了那个女人的条件，也撒娇地说道：“如果我帮成了这个忙，你也不能亏了我。”

“你凑什么热闹。”

“你不答应是吧，不答应我就不出面了。”

“我答应，你要多少？”

“至少 10 万。”

“这么多呀？”

“不多呀，你想想，如果我帮成了这个忙，你赚来的不是几十万，几百万，而是几千万。我拿十万算个屁。”曾倩倩不屑地说。

“你能不能缓一下，等我渡过这个难关，手头宽裕的时候才给可以吗？”

“算了吧，你什么时候没有难关，什么时候手头宽裕过，你别以为自己是一个亿万身价的大老板，其实呢，钱在你那里就是一些数字，你活得一点也不轻松、不潇洒。”

曾倩倩一席话，说到了钟辉煌的心坎上，他激动地搂着曾倩倩，说道：“唉，还是你理解我呀！”

“那你答应我了？”

“好，好，我答应。”

“还有，人家帮你那么大一个忙，你作为老板，总得与人家见见面，与人家聊一聊，请人家吃顿饭、送个见面礼什么的吧。”

“可以。你出面邀请，我安排。”

“好。就这么定。”

3

一辆宝马 X6 由远而近飞驰到西湖大酒店门口戛然而止，钟辉煌从小车里钻了出来，只见他身着西装，左手中指和无名指上各戴着两枚大钻戒、左手腕上一块金手表，右手腕上一串佛球，脖子上还挂着一圈用比黄豆还大的金珠子串成的金项链，可见他是刻意作了一番修饰及打扮的。

从副驾驶位子上下来的是刘习。

酒店总经理胡润满脸堆笑地弯着腰对钻出小车的钟辉煌和刘习说道：“钟总，请。刘总，请。”

钟辉煌两眼目视前方，全然不把旁边两个人放在眼里，一边迈着四方步子往酒店里面走，一边毫无表情却很威严地问道：“都准备好了？”

“按照您的吩咐，全都准备好了。”胡润答道。

“你知道我今天请谁吗？胡经理。”

“这个……不知道。”胡润摇了摇头。

“钟老板今天晚上请的客人莫非是市长……”与胡润一起恭候钟辉煌的餐厅经理邓云猜测道。

不等邓云说完，钟辉煌神秘兮兮地打断邓云的话说道：“不是市长，但与市长一样重要。”

“哦？！”胡润若有所思地点了点头。

“所以呢，你们酒店一定要高度重视，要像接待市长一样做好接待工作，把最漂亮的服务员派到我们那个包厢里来，服务好一点。”

“这个自然，钟老板，您放心。”胡润说。

“待一会儿，客人到齐了就上菜。”刘习插话道。

“好、好、好。”胡润答应着。

钟辉煌接着又说：“如果客人有不满意的地方……”

不等钟辉煌说完，胡润忙接过话题说道：“如果客人有不满意的地方，您可以不买单。”

钟辉煌皮笑肉不笑地说：“胡经理，那就不是买单不买单的事，如果那样，我不但不买单，而且打今天起，你们酒店不再是我公司的签约单位，同时我还要找个理由向工商局领导报告，直接吊销你们的营业执照。”

“不至于吧，钟老板，您可是我们酒店的财神爷。”邓云说。

“你们试试吧，”钟辉煌冷笑着说道。

十年前，钟辉煌辞去家乡村民小组长的职务，带着挖矿赚到的2000多万资金，在城里注册了一家名叫“丰华”的房地产公司。十多年来，钟辉煌在房地产行业摸爬滚打，利用自己曾在房产局当过副局长的岳父的优势，不但积累了一定的房地产开发经验，而且积累了一笔雄厚的资产，身价已达十几个亿，成为阳州房地产界举足轻重的重要人物，其业务已经拓展到省外。

钟辉煌的丰华房地产公司的业务很宽泛，迎来送往、吃吃喝喝是常事，于是便在与公司办公的地方较近的西湖大酒店签订了用餐协议，除了客人有特别的要求以外，一般的宴请接待都在西湖大酒店，因此丰华房地产公司也就成了西湖大酒店的重要客户。

胡润经营西湖大酒店8年，与钟辉煌也算得上是老交情、老朋友了。面对老主顾，胡润当然特别热情，也特别谨慎。他怕惹恼钟辉煌，跑了财神爷。他想，虽然钟辉煌还欠着自己十几万的消费款，但只要他们继续在这儿签单消费，还款就不是什么问题。其实，不需要钟辉煌特别打招呼，胡润也会高度重视、小心伺候的。当然，钟辉煌一般也不会特别打招呼，就是要打招呼，也不会亲自出面，让手下人说一说也就够了。这一次，钟辉煌亲自出马，可见不是一般的宴请。什么人这么重要？值得老总亲自出面？胡润跟随在钟辉煌身后，一边走一边想。

进入包厢，钟辉煌对胡润说：“你叫人将安排好的菜单拿来我看。”

“是、是、是，我马上叫人拿。”胡润说完转过身对邓云吩咐道：“快，拿菜单给钟老板看。”

邓云立即递上已经安排好的菜单。钟辉煌接过菜单，非常认真地看了看以后，又拿出手机把菜单拍了下来，通过 QQ 发给了曾倩倩，随机还附了一条短信：“倩倩，你看看这菜合她的口味吗？”

曾倩倩看过菜单后，通过 QQ 回了一条短信给钟辉煌：“大龙虾就不要了。”

“怎么啦？不是说她很喜欢吃大龙虾的吗？”钟辉煌拨通了倩倩的手机，疑惑地问道。

“哦，过去她是喜欢吃，可现在她不敢吃了。因为她前不久出了一次车祸，撞断了胳膊，医生叫他不要吃燥发的食品，她说大龙虾就是燥发的食品。”倩倩说。

“原来是这样。”钟辉煌似乎有所明白，他放下手机立即对胡润说：“快，把大龙虾换掉，换成……”。

“换成燕窝是吧。”邓云说。

“对，换成燕窝，赶紧下单。”钟辉煌对胡润吩咐道。

胡润立即答道：“是、是、是。”

邓云立即在菜单上将大龙虾改成了燕窝，然后走出去做准备去了。

过了大概十几分钟，钟辉煌的手机铃声响了，他打开手机一看号码，见又是曾倩倩的，便连忙接听，并迫不及待地问道：“你们出发了吗？”

只听曾倩倩在电话里答道：“还没呢？”

“怎么啦？她不来了？”钟辉煌一听，以为要请的人不来了，一时急了。

“不，她答应去，但她不愿意到西湖大酒店去。”

“那她……”

“她说要到美美西餐厅去。”

“什么？到美美西餐厅？”

“是的。”

“可这里全准备好了呀，你能不能……”钟辉煌有些为难，曾倩倩不高兴地打断钟辉煌的话，说：“是客人这么定的，我有什么办法。”停了一下，曾倩倩又小声地说道：“她就是美美西餐厅的老板。”

停了一下钟辉煌又问道：“那她什么时候出来。”

“她现在正在雅姿做 SPA。”

“SPA？”

“就是全身护理。”旁边的刘习怕钟辉煌弄不清什么叫SPA，连忙小声地解释道。

“那还要多长时间？”钟辉煌看了一眼胡润，对着手机向曾倩倩问道。

“可能还要一个小时，我在这儿等她。哦，她还说有几个与她一起做SPA的姐妹也会去。”

“好、好、好，我们马上过去订包厢。”钟辉煌说完拉长着脸无奈地站了起来。

胡润见钟辉煌要走，一时急了，但仍强装笑脸地问道：“钟总，您看我们这儿怎么办？”

“什么怎么办？”钟辉煌反问道。

“你们要的东西已经下单。”胡润小声地说。

钟辉煌这才明白过来，说：“哦，没下锅的别下锅，已下锅的我们买单。”说完，回过头对刘习说：“打包带走。”

钟辉煌说完便急急忙忙往外走，胡润跟在后面，心里却一直犯嘀咕：什么人呀？这么重要，说换就换。

钟辉煌上了车后对刘习说道：“一会儿把我送到美美西餐厅以后，你不要下车，让周师傅把你送到雅姿美容会所去一下，办一张消费卡。”

“多少钱的？”刘习问道。

钟辉煌拿眼睛瞟了一眼正在全神贯注开车的周师傅，也不吭声，而是掏出手机，在手机屏幕上写下了“20万元”几个字后，递给刘习，刘习接过手机看了一下，有些吃惊地问道：“这么多啊？有这个必要吗？”然后把手机还给钟辉煌。

钟辉煌接过手机后说：“有这个必要，舍不得孩子套不住狼，不就是多出几个钱嘛。”

刘习再也不做声，不过钟辉煌从前面的反光镜里看到了他不悦的神色。钟辉煌心里明白，在自己面前，刘习不会轻易发表反对自己的意见，只要自己定了的事，都会坚决执行，他对自己可谓忠心耿耿。这些年来，自己能在房地产界混出一点名堂，多亏有他的帮衬。但是，他也有他做人的底线和行事的原则，遇上一些看不惯的事，他也会说出他的想法。

4

大约到了8点多钟，在美美西餐厅的“纽约”包间等得不耐烦但又不得不等的钟辉煌昏昏然中听到一阵敲门声。他揉了揉眼睛，正要回答，随着曾倩倩一声“请”，门开启，在曾倩倩的陪同下飘然进来三位年轻时尚的女子。

“这是我们钟总。”曾倩倩指着已经站起来的钟辉煌向进来的三位女子介绍道，紧接着又转身将走在前面的那位女子向钟辉煌介绍道：“钟总，这就是雅姿美容会所的许老板许静茹女士。”钟辉煌连忙伸出手想与许静茹握手，不想许静茹只是将手抬了一下便迅速地收了回去，然后指着后面的两位女子向屋内所有的人介绍道：“这是我的两个小姐妹，一个叫胡茵茵，一个叫黄丽雅。”

钟辉煌自讨没趣却又不得不满脸堆笑地说道：“欢迎，欢迎。”

“好吧，我们吃饭吧，肚子有点饿了。”许静茹见桌上已经上了两个凉菜，便直接向餐桌走去，其他两个女子紧随其后。三个人熟门熟路分主次位置坐到了桌旁。钟辉煌见状，立即吩咐服务员道：“赶快上菜、上酒。”

钟辉煌的话未落音，只听许静茹说道：“慢着，把点的菜单拿来我看一下。”

钟辉煌连忙点头道：“是、是、是，不好意思，忘了请你过目。”说完便转过身对站在身边的餐厅服务员说：“快把点的菜单拿过来，请许总过目。”那服务员答应一声，连忙将手中的菜单递给许静茹。许静茹不接菜单，只是拿眼睛往菜单上瞄了一眼，便紧锁眉头对服务员说：“今天钟老板请客，你按照平时我在这儿吃的口味和习惯安排，包括酒水。”那服务员二话不说就安排去了。

大约过了十几分钟，服务员便照许静茹喜欢的口味将菜端了上来。钟辉煌一看，与自己安排的食品相比，也没什么特别的，只不过多了几样时鲜蔬菜和水果，不过，一瓶洋酒倒是很特别，钟辉煌从来没见过，那酒瓶上的外文他也看不懂，不知道叫什么酒，毕竟他只有初中文化，看来贵就贵在这瓶酒上。果然，后来结账买单时却是三万多元。钟辉煌心里知道，这是许静茹在“杀黑猪”，心里虽有些舍不得，但为了东郊那块土地能够得到减免，区区三万多块钱，乃是九牛一毛，白送也要送呀，所以他装得大大方方，毫不在乎。

钟辉煌率领刘习、曾倩倩小心翼翼地、轮番地敬酒。胡茵茵、黄丽雅两个都不太喝酒，每一次只喝了一点点。许静茹却不一样，她来者不拒，一端杯就是一杯一口。

吃饭的时间不长，程序也不复杂，可许静茹却醉了，又呕又吐，钟辉煌见状，立即吩咐曾倩倩到楼上开了个套间房。胡茵茵和黄丽雅两个人一边一个扶着许静茹进了房间，钟辉煌、曾倩倩则紧随其后。刘习结账去了，胡茵茵和黄丽雅将许静茹扶进里间的大床上，捂上被子。这时，许静茹半醉半醒地从被窝里扯出一条内裤对胡茵茵和黄丽雅说："叫钟辉煌将这个洗了。"胡茵茵愣了一下，但很快明白过来，她知道这是许静茹来例假，将内裤弄脏了，她觉得许静茹这种做法太恶心了，于是便说："这不太好吧。"许静茹却固执地说："就这么办，快。"黄丽雅只得将在客厅等候的钟辉煌叫进卧室，指着放在床沿上的内裤吩咐道："许姐叫你把这个洗了。"钟辉煌以为自己听错了，傻傻地站着，一动没动。这时的许静茹似乎清醒过来，大喊道："钟老板，快把我的内裤洗干净了。"钟辉煌这才反应过来，心里虽然是一万个不情愿，但为了东郊那块地，只能委屈自己一下，于是便爽快地答道："好好，我马上洗。"说完便抓起许静茹那条黑色小内裤往厕所里走。许静茹又喊道："洗完后在外面等着，我休息一会儿，有什么事等我醒来以后再说。"

大约一个多小时以后，许静茹醒了，她走进卫生间，换上了房间里给客人备用的新内裤，然后又简单地补了妆，才走出卧室。见钟辉煌、曾倩倩等几个人都在客厅里等着，便招呼胡茵茵和黄丽雅道："咱们走吧。"

眼看许静茹就要离开房间，钟辉煌着急了，他张了张嘴，正要说话，许静茹见状，才想起钟辉煌有事要求自己，便对胡茵茵和黄丽雅说："你们俩到车上等我一下，钟老板找我还有点事。"胡茵茵和黄丽雅知趣地离开了房间。钟辉煌也示意刘习和曾倩倩说："你们俩也出去吧。"刘习和曾倩倩也会意地走了出去，房间里只留下许静茹和钟辉煌两个人。

许静茹见其他人都走了，主动地向钟辉煌问道："说吧，找我什么事？"

钟辉煌先从手包里拿出雅姿美容会所的消费卡，对许静茹说："许老板，听说你喜欢做 SPA，我给你买了一张会员卡，一点小意思，请收下。“许静茹不屑一顾地看了一眼桌上的消费卡，以为内存只有几千元。钟辉煌看出了许静茹的心思，说：“我给你卡里存了 20 万，不够的话，我还会不断地打钱进去。”

许静茹听说卡里内存 20 万，眼睛一亮，说：“没必要这么客气嘛？”说完便将卡放进了自己的包里。接着又问道：“说吧，什么事？”

钟辉煌见许静茹收起了卡，知道有门了，胆子也大了起来，说：“许老板，是这样的，我们丰华房产看中了城东郊李家村二组那块地，那块地一共 100 亩。”

“那里的地也不便宜，得 140 多万一亩。这在我们这样的小城市来说，够高的了，当然，城中心的更贵，黄金地段的达 420 万一亩。”许静茹说道。

稍停了一下，许静茹又说道：“听说那块地已经挂牌。”

“正是。”钟辉煌说道。心里想，看来许静茹对房地产行情非常熟悉，也非常关注，自己应该抓紧点。想了一下后接着又说道：“不过我听说只要分管市长有批示，每亩地可以减到 80 万一亩。”

“听说是有这么一回事，不过，那得有一个好理由。”

“找一个好理由不是问题，关键是得有人在市领导面前说话。”钟辉煌特意强调。

“那倒也是。”

“所以我想请你出面，帮我在薛副市长面前说一下。”钟辉煌说着从包里拿出事先准备好的一个报告递给许静茹。

许静茹没有伸手去接钟辉煌递到自己跟前的报告，而是端起茶杯喝了一口茶，一副爱理不理的样子。而钟辉煌心里却紧张起来，他知道，这件事只有通过许静茹找到薛有衡才能把事情办妥。过去，自己不知道走这条路，只能高价摘牌。幸亏两年前认识了大学毕业不久的曾倩倩，并用高薪作诱饵把曾倩倩挖到了自己公司，另外还给了曾倩倩一笔钱，并被聘为总经理助理。曾倩倩与许静茹的妹妹是高中同学，六年前就认识了许静茹，通过接触，曾倩倩才知道许静茹与薛有衡有那种关系。而许静茹之所以能成为薛有衡的情人，又是因为薛有衡的太太刘小丽常到雅姿女子美容会所做 SPA，当许静茹得知刘小丽就是薛副市长的太太以后，便立即粘上了刘小丽。一开始，刘小丽做 SAP，只给优惠价，到后来干脆免费，不论刘小丽做什么项目，许静茹都分文不收。为答谢许静茹，刘小丽请许静茹吃饭，并把自己的丈夫薛有衡叫去作陪，于是这一来二往，许静茹便与薛有衡有了地下情，而刘小丽却浑然不知。

钟辉煌知道，在薛有衡那儿，没有许静茹办不成的事。但是，许静茹是“不见鬼子不拉弦，”没有好处不办事，所以许静茹慢条斯理地甩出这样一句话：“你这事不好办，我办不了啊。”说完这句话便站了起来，抓起放在沙发上的 LV 包。

钟辉煌急了，立即说道:“许老板，先别忙着走，这事只有拜托你了。”说着便从包里拿出一份早就拟好的承诺书递给许静茹，许静茹接过承诺书，稍稍地看了一遍，脸上露出了一丝不让人察觉的满意的笑容，因为那承诺书上写得很明白，丰华房地产公司愿意以每亩地减量的 2%回报，先付款，后交批件，时间在 10 天以内。

许静茹说:“你要办成这件事，得先摘牌，你能保证你们公司摘到牌吗？”

钟辉煌充满信心地说：“能，一定能。”钟辉煌之所以充满信心，是因为在这之前，他已经做了大量的工作，参与摘牌的几个房地产公司都已经从他这儿得到了实惠，保证他摘牌。

许静茹心里想，如果这事办成了，按每亩减掉 60 万计算，100 亩地就是 6000 万，那么自己可以净得 120 万，于是便说：“我想想办法吧。”说完便把那个报告和承诺书收起来放进自己的提包，抬脚向外走去。

5

“真没想到薛副市长这么快就做了批复，多亏了你啊，我的小心肝。”在西湖大酒店的一个豪华套间里，刚刚洗浴出来的钟辉煌脱下围在身上的大浴巾赤条条地扑向正在大床上看电视的曾倩倩身上，情不自禁地说道。

“去、去、去，还不快把灯搞暗一点。”曾倩倩娇嗔地皱了皱眉头。

“没关系，我就喜欢欣赏强烈灯光下一丝不挂的你。”

“难道你就不怕我用针孔摄像头录你的像。”

“嘿、嘿，我知道你不会，你不会是那种人。”

“如果别人在这房间里安装了针孔摄像头呢？”

“这个嘛，应该不会，我又不是什么官员。”

“不怕一万，只怕万一，你是老板，天不管、地不管，可我连男朋友都没有，你不怕，我怕。”

“怕什么，大不了出几个钱，摆平就是。”

“社会上有多少无辜的女孩，就是这样被你们这些老板带坏的。”

“你个小妖精，男人不坏女人不爱嘛。”钟辉煌抱着曾倩倩一阵狂吻。

“你别猴急好吗？还有正事没说呢。”曾倩倩说着用手挡住了钟辉煌那张正要往她身上乱拱的臭嘴。

钟辉煌说：“我这不是高兴吗？”

曾倩倩说：“别高兴得太早了，现在还有许多事要做。”

“那倒是。”钟辉煌手和嘴都停了下来，“对，那批复还在许静茹手中，但愿她不会节外生枝。另外这征地的资金也不知陈丽筹备得怎样了。”

曾倩倩说：“好像还差几千万，她跑了几家银行，人家都不想贷那么多。”

“为什么呢？”

“关键是我们公司的信誉不行。还欠着几家银行共计两个多亿，人家担心着呢。”

“唉！说得也是。”钟辉煌长叹一声后说道。

2010 年 5 月，钟辉煌看中了市中心一棚户区的改造项目，按照他当时的设想，拿下这块地盖商品房，可以净赚两千多万。于是他想方设法，通过多种关系，用 BT 模式拿下了这个棚户区改造项目。可由于资金短缺，他到交通银行贷款 2800 多万，说好三年后连本带息一并归还，然而，由于市政府的资金不能按时到位，加上拆迁户要求过分，拆迁费用过高，造成资金严重短缺，贷款没有及时返还。交通银行因此曾一度冻结了他的资金和资产。这个项目，他不但没有赚到钱，相反还亏了 600 多万。

钟辉煌算了笔账，如今这 100 亩地，征地款需 1.4 个亿，薛有衡批复后，每亩地减去 60 万。那么每亩地至少要 80 万。100 亩地就是 8000 万。按照跟政府的有关规定，按 4：3：3 的比例付款，三年内必须还清。那么第一年必须还 3200 万，可自己现在的流动资金只有 1000 多万，这 1000 多万中总得留出一半作为楼盘的启动资金吧。那就意味第一期投资购地款还差将近 2000 多万，这 2000 多万从哪儿找啊。

钟辉煌正琢磨着，手机铃声响了，钟辉煌拿起手机一看，正是财务部长陈丽的。钟辉煌用手指按住自己的嘴唇，对着曾倩倩“嘘”了一声，示意曾倩倩不要说话，这时手机里传来陈丽焦急的声音：“老板，这贷款成问题呀，银行都不想贷给我们。”

“你多跟人家说说好话嘛。”

“老板，我可是好话说尽了，但人家不买账。”

“那你说怎么办？”

“请你亲自出面，人家买你的面子，你是老板啊。”

“什么事都要老板出面，要你们这些人干什么？”

钟辉煌说完便放下手机，但再也没有心思跟曾倩倩调情了。他傻傻地坐着，一副愁眉不展的样子。

曾倩倩见钟辉煌愁眉不展，在沉默了一会儿后，才忍不住提醒道：“给许静茹的那120万，人家说10天之内必须到账，否则……”

“否则什么？”钟辉煌从沉思中抬起头来，担心地问道。

“否则她就要把薛市长的批复烧掉，让我们按照摘牌价购地。”

“她真是这么说的？”

“那当然，这还有假，她亲口对我说的。”

钟辉煌心里狠狠地骂了一句“臭婊子”。不过嘴上却说：“那有什么办法，该给的一定给，一分也不能少，而且要按时给。这个账我们必须算。”

“那我的呢？”曾倩倩一边抚摸着钟辉煌长满胸毛的胸脯，一边撒娇地问道。

“你什么呀？”钟辉煌偏过头，睁大两只眼睛望着曾倩倩，问道。

“哎、哎！你怎么就忘记了呢？你不是说如果这件事办成了，要感谢我，答应奖给我10万，你可不能说话不算数。”曾倩倩有些生气地说。

钟辉煌一看曾倩倩真的生气了，便说：“对、对，我说过，我答应你。”

见曾倩倩仍不搭理自己，钟辉煌一把抱紧曾倩倩，嘴里一个劲地检讨着说：“对不起，对不起，我忘记了你交办的事，我该死，我该死。”一边说还一边狂吻着曾倩倩的头和脸。

曾倩倩回过头，问道：“那你说什么时候给我？”

“明天、明天办，我叫财务明天办一个10万元的卡给你。”

“那你现在打电话给陈丽。”

“这么晚了，不好吧？”

“我不管，你现在必须打，你不打，就不是真心。”

“嗨，姑奶奶，你不要在乎这一个晚上，你又不走哪儿去，还得继续在我这儿干。”

“我就要你现在打嘛，你不打我就走。”曾倩倩撒起了娇，真的下了床。

“好、好，我打、我打。”钟辉煌无可奈何，只得拿起手机给陈丽拨了一个电话，等了很久，对方才接听电话。“陈丽，明天上午你给我办一个10万元的银行卡，……不要问那么多，叫你办，你办好就是了。”钟辉煌放下手机，对曾倩倩说：“这下总可以了吧。”

曾倩倩也不答话，突然一转身，抱紧钟辉煌好一阵狂吻。钟辉煌借机抱着曾倩倩重新上了床，正要做那事，不料手机又急促地响了起来，此时的钟辉煌，已经欲火焚身，哪有心事接电话，曾倩倩见状，说：“先接电话吧。”

“不管它，不要让它扫了我们的兴。”

“还是接吧，这么晚了，肯定是急事，如果不是急事，人家这么晚也不会打电话来。”

“那好吧。”钟辉煌说着，伸出右手抓过手机并将手机打开，左手还是没有停下来，一个劲地在曾倩倩的身上来回游动着，这时手机里面传来了老婆山米恶狠狠的声音：“你在哪里发骚，还不回家，你母亲病了，现在在市第三人民医院门诊部三楼47床。”说完也不等钟辉煌回话，便把电话挂了。

钟辉煌接听完电话，一时傻了，呆呆地坐着一动不动，曾倩倩从声音中判断出来打电话的人是钟辉煌的妻子，便冷笑着说：“老婆叫你回家了吧？！”

钟辉煌长叹一声：“唉！我妈病了，正在医院急诊室打点滴呢，”说完便迅速跳下床，急匆匆地穿起衣服就往外走，只听曾倩倩在他背后嘀咕道“真扫兴”。

6

钟辉煌的父亲去世早，是母亲一手把他们兄弟姊妹四人拉扯大的。

为了把儿女们培养成人，母亲多次拒绝好心人的劝说和介绍，一直坚持守寡。后来，母亲患上了癫痫病，一发病，就倒在地上口吐白沫，不省人事，再后来，又患上了脑梗，经常头晕头痛。钟辉煌本是个孝顺儿子，进城当老板不到半年，就想把母亲接到城里住。那时，他还没结婚，有人曾经劝他说，你还没成家，就把母亲接过来，你未来的妻子反感怎么办？钟辉煌态度鲜明地说，如果我未来的妻子是这样的，我绝不会与他结婚。后来果然如他自己所说，几个女朋友都因为这事而与他分了手，钟辉煌不但没有因为这事而懊恼，相反倒很庆幸。不过后来有一位姑娘倒不在乎这件事，真心与他相爱，愿意照顾患病的婆婆，无怨无悔。不久便与他结了婚，这就是他现在的妻子山米。只是因为母亲住在城里不习惯，半年后又回到了乡下。那时候他尽心尽力打理自己的公司，天天按时上下班，与山米一道把家庭照顾得好好的。直到几个月前，母亲病情加重，才又同意进城养病，然而这个时候的钟辉煌，因为业务的拓展在外面的应酬越来越多，对母亲也淡漠了，对家也疏远了。钟辉煌心里十分明白，山米原本是无怨言的，直到后来知道自己有了外遇，才有了怨气，并由怨气发展到怒气、火气。两个人为此吵也吵过，闹也闹过，但无济于事。母亲一开始对儿子也是信任的，当儿媳将这些事告诉她时，她压根就没有放到心里去。她说自己的儿子不是那种人，儿子因为忙，早出晚归是常事。有时儿子几天不归屋，她也能理解，她认为儿子做的事都是正经事，并没有因此而责备儿子。对于母亲的这种爱，钟辉煌心里是充分地感受到了的。也正是这个原因，他愈发感到对不住母亲，所以现在一听说母亲病重住院，便急急忙忙地往医院赶。

钟辉煌赶到市第三医院找到门诊部三楼47床，见母亲一个人躺在床上眯着眼睛打点滴，旁边一个人也没有，心里一阵发酸，正要俯下身子叫“妈”，一个护士拿着一瓶药水走了进来，没好气地说：“哎、哎、哎，你是老太太什么人？”

“我是她儿子。”钟辉煌回过头对护十说。

“听说你是一个身价十几个亿的大老板？”

钟辉煌自豪地挺了挺腰板，说道：“是有几个钱。”

“啧、啧、啧，还真是大老板呢。”

“大老板怎么啦？”钟辉煌歪过头瞪着眼睛问道。

“怎么啦？这世界上有你这么做儿子的吗？老母亲生病住院，也没见着你人影，就你老婆一天送三餐饭来。其他时间也见不着人，把这么一个病老太太全交给我们护士。瞧着没有，这床上为什么有血迹？”护士指了床上的血迹设问道。

“是啊！我也正纳闷呢。”钟辉煌说。

“你妈这几天严重的便秘，老想拉却又拉不出来，但又不得不随时去拉。这是你妈刚才上厕所，不小心拔掉了针头，针眼里流出来的血。”

“那你们护士呢？”钟辉煌有些生气，反问道。

“我们护士又不是专门护理你妈一个人的，你怎么不说你们家的陪护呢。”护士说完丢下一个冷冰冰的“哼”字便走了出去，这时，母亲睁开眼睛醒了过来。

“煌儿，你来了，妈已好几天没看见你了，你都忙些啥呀？”话未说完，又要急着上厕所。钟辉煌见状，立即扶着母亲进了厕所。见母亲非常吃力，却仍然无济于事，于是便蹲下身子，用手伸进母亲的肛门，一点一点地往外抠，一边抠一边恶心得想吐。母亲见状，心里很过意不去，劝道：“煌儿，算了，难得你有这份孝心，妈是要死的人了。”

“妈，我该死，我来晚了。这几天为了东郊那块地的事忙得一塌糊涂。”

出了厕所，钟辉煌将母亲扶上床，母亲还在唠唠叨叨地说“我没事，一点小毛病。”

“小毛病，只差点没死去。”母子俩正说着，这时山米送饭走进了病房，她接过婆婆的话说道。

钟辉煌见山米来了，责怪道：“你怎么这时才来，妈这儿差一点出事了。”

“你这是什么意思，你妈这儿出事还怪我了？”山米说着把手中盛饭菜的保温桶重重地往床头柜上一放，“呯”的一声把病房里的其他人吓了一跳。

“这不怪你怪谁，还怪我？”钟辉煌瞪着两只眼睛凶巴巴地对山米吼道。吼声震动了整个这一层楼各个病房里的人，有人循着声音来到47病床门口看热闹，医生和护士长也走了进来。护士长走到钟辉煌跟前，大声地呵斥道：“吵什么、吵什么，这是医院，又不是农贸市场。”正要发作的山米见护士长来了火，又见许多人过来看热闹，更加来了劲。她把嗓门提高了八度，指着钟辉煌的鼻子骂道：“亏你这个混蛋说得出口，你摸着胸口问一问自己，自打你把你老娘接进城，什么事情不是我管，我管她吃，管她住，管她穿，管她治病，你什么时候问过，你又有几天在家里待过。”山米还要进一步数落，这时进来两个保安，其中一个看上去年长一点的保安说：“吵什么，再吵把你们轰出去。”

钟辉煌与山米两口子见状，才闭口不语，但相互之间却瞪着眼睛看了对方一眼。

母亲眯着眼睛一声不吭，见儿子和儿媳不再说话了，才慢慢睁开眼，说：“你们吵够了吗？”

“妈，我们……”钟辉煌张了张嘴，不好意思再说下去，而山米却盯着婆婆，看从婆婆嘴里说出什么话来。

母亲长叹了一声后，又眯上了眼睛，不再说话，这时，一名护士又走了进来，对钟辉煌说：“老太太的医疗费不够了，你赶快补交。”

由于走得匆忙，钟辉煌竟忘了带现金，他赔着笑脸对护士说：“我明天交行吗？”

“不行，你们已经欠了 1000 多元钱了。”护士用不容置疑的口气说道。

钟辉煌拿眼瞟了一眼妻子，示意妻子拿出钱来为母亲交医疗费。山米装作没看见似的，把脸扭向一边，“哼”了一声后，说道：“不知把钱给了哪个臭婊子。”

钟辉煌一听，又来了气，正要发火，母亲睁开了眼睛说道：“算了，不要交钱了，你们为我办出院手续吧，我不想在这儿住了。”说完又闭上了眼睛，再不说话。

钟辉煌俯下身子对母亲说道：“妈，你别这么说，我一定要把您老人家的病治好。”停了一下，接着说道：“饿了吧？快吃饭吧。”

母亲摆了摆手，表示不想吃饭。山米气呼呼地连招呼也没打便离开了病房。钟辉煌感到自己也累了，想趴在床边上睡一会儿，正在这时，手机铃声响了起来，他打开手机一接听，来电话的人自称是市规划局的，请他到局里去，说局领导有事找他。钟辉煌一听是规划局的人的电话，以为是东郊那块地的规划许可证的事，所以不敢怠慢，跟母亲打了一声招呼，便立即往市规划局赶，可等他赶到规划局，问遍了所有相关的人，谁也没给他打电话。问局领导，局领导说并没有什么事需要找他，他百思不得其解。

钟辉煌回到医院，已是一个小时以后的事了。他走进病房，却不见了母亲。一开始他并没有太在意，以为母亲上厕所去了，便眯着眼睛靠在床上打盹，正迷糊。一个护士拿着温度计走了进来，说：“47 床的测试体温。”钟辉煌知道这是叫母亲测量体温，便放下手机，向厕所那边喊道：“妈，测体温。”见没有回音，便又喊了一遍，可还是没有回音。钟辉煌以为母亲没有听到，便站起来，走到厕所门口，敲了敲厕所门，同时喊道：“妈，测体温。”不想里面传来的不是母亲的声音，而是病友的声音：“是我，好像你母亲出去了。”

“什么？！我母亲出去了？”钟辉煌虽有些意外，但还是没当回事。那护士把温度计放在床头柜上，对钟辉煌说：“温度计放在这儿，等你母亲回来，你自己给她测试体温。”说完便走了出去。

钟辉煌以为母亲不会走远，只是在附近走走，但他心里还是打了个问号：母亲会到哪儿去呢？他拿起放在床头柜上的手包，走出病房，往走廊两头看了看，可并没有母亲的身影。他心想：母亲会不会碰到什么熟人，到其他病房坐一坐呢？于是他走出 47 床病房门，先往走廊右边的病房一个一个地看，一直走到尽头也没有见着母亲的身影，接着他又回过头把走廊左边所有的病房看了个遍，还是不见母亲的踪迹。这时他心里不免有些发慌，便走进护士值班室，向值班的护士问道：“护士，我母亲不见了，你们知道我母亲上哪儿去了？”

“什么，你母亲不见了？”那护士先是一惊，接着便坦然地一笑，说：“你不是一直守着你母亲的吗？”

“我去了一趟市规划局，回来后便不见了母亲。”钟辉煌嗫嚅着。

“可我们也不知道她上哪去了，她打完点滴，我们取走了点滴瓶，看她安静地躺在床上，便离开了。要不你到其他病房找找！看看在其他病房有没有。”

“找过了，没有。”

“别着急，你问问病房里其他人。看看你母亲去了哪里？”

经护士这么一提醒，钟辉煌立即返回病房，对 46 床的病友以及其女儿问道：“请问，你们知道我母亲去了哪里。”

病友说：“不知道，我只知道她打完点滴以后在床上躺了一会儿就走了出去。”

“现在有多长时间了？”

“有一个多小时了。”

钟辉煌听说母亲走出去有一个多小时了，更加急了。他知道，在这座城市里，除了自己和山米，母亲再不认识其他人。那么她会到哪儿去呢？会不会回家里去呢？想到这里，他连忙掏出手机，给山米拨了个电话，问道："山米，我妈回家了吗？"

"没有呀，怎么你妈不见了？"山米也是很惊讶。

钟辉煌一听家里也没有，这一下真急了。他来不及向山米解释便收起手机，先是在门诊部楼上楼下一层楼接一层楼地找，然后又是在整个医院一栋楼接一栋楼地找，他找遍了医院的每一个角落，也没发现母亲的影子，急得他头上直冒虚汗。他百思不得其解，母亲能去哪儿呢？城里无亲无故，连路都不熟悉，加上疾病在身，万一有个好歹怎么得了。他长长地叹息了一声，深深地自责，唉！都怪自己，若不是自己接了一个该死的骗人的电话，把自己骗离医院，骗离母亲，母亲也不会出走。

时间过去了两个多小时，仍没有母亲一点音讯，钟辉煌急得像是热锅上的蚂蚁，却又束手无策。正在钟辉煌心急如焚的时候，手机铃声响了，他立即打开手机接听，这时手机里传来一个虽有些熟悉但记不起来是谁的声音："是钟辉煌吗？"

"我是钟辉煌，我是钟辉煌。"钟辉煌迫不及待地答道。

"有你这样做儿子的吗，你就这样对待一个年过七十、又有病魔缠身的老母亲。"钟辉煌心想，是谁竟敢这样无理地责怪自己。

"请问您是谁？"钟辉煌问道。

"我是你二叔，你知道你母亲在哪儿吗？"钟辉煌这才听出来，原来是二叔的声音。

"二叔，我母亲在哪儿？"钟辉煌急切地问道。

"我告诉你，你母亲已经回到老家村子里，是我在路边发现她并将她背回来的。"

"什么？我母亲已经回村了？好，我马上来。"钟辉煌收起手机，驾着小车就往老家村子里赶。

7

钟辉煌老家的村子离城 80 多公里，也就一个多小时的路程。但由于村子还没通公路，小车只能开到镇上，从镇上到村里还要徒步一里多山路，钟辉煌把车开进镇里，找个地方停好车，然后直往村子里赶。等他赶到村子里，天已黑了下来。他推开自家的门，见母亲在床上躺着，二叔两口子正在床前守着。

“妈，你怎么独自一个人就回村了，连招呼也不打一声。”钟辉煌走到母亲床前，有些责怪地说道。二叔和二婶见钟辉煌回来了，赶紧挪开地方，让钟辉煌坐。

母亲把脸扭向一边，也不搭理儿子。

二叔在一旁说道：“辉煌呀，你妈是生你的气呢！”

“这个我知道。”钟辉煌答道。

“你知道个屁，你说是把我接到城里享福，我享福了吗，你是让我去受气。”老母亲一骨碌从床上坐起来，没好气地对儿子说道。

二叔说：“辉煌，你知道你母亲是怎么回来的吗？”

“不知道。”

钟辉煌当然不知道。原来，就在今天上午钟辉煌离开病房十几分钟以后，突然从病房外面走进两个年轻人，他们对老太太说他们是钟老板的手下，其中一个还说他与钟老板是一个村的，是钟老板安排他们来接她出院的，并说钟老板有急事先走了一步。老太太将信将疑，随着两个年轻人上了一辆出租车，但老太太并不想待在城里，说是要回乡下老家去。于是，出租车一路颠簸，将老太太送到了钟辉煌老家镇上的集贸市场，两个年轻人随即叫老太太自己走回村里去。她哪里知道，她差一点被绑架了。

两位年轻人的确是钟辉煌那个公司里的，有一位还真是钟辉煌村子的，认识钟辉煌母亲及其二叔。他们之所以要绑架老太太，是因为钟辉煌欠着他们包工队农民工的工资款。因为钟辉煌久拖不给，包工头心里窝着一肚子火，便叫两个年轻人找钟辉煌要钱。当他们得知钟辉煌因母亲病重住院守在医院时，两个人一商量，便来到医院找钟辉煌。但他们又觉得，如果直接向钟辉煌要钱，钟辉煌可能还会像以往一样搪塞和拒绝。如果趁钟辉煌不在老太太身边而把老太太骗到一个地方，逼钟辉煌还钱，钟辉煌不得不还，于是他们便干出了类似于绑架的事情。其中一个人在上楼之前，以市规划局的人的名义给钟辉煌拨了一个电话，骗走了钟辉煌后，才走进病房，接着又以钟辉煌的名义，请老太太出院。可当他们给自己的头头、也就是那个包工头打电话告诉其事情的办理情况以后，那包工头提醒他们，说这是绑架，是一种犯罪，是要负法律责任的，责成他们立即终止这种行为。两个年轻人害怕了，不知如何是好。正在他们两个人犹豫不决的时候，老太太突然提出来不想回儿子家，想回老家去。请求他们将自己送回老家。于是他们便按照老太太的意图，慌慌张张将老太太送到镇上的农贸市场，然后掉转车头就走。不习惯坐车的老太太，一路上昏昏沉沉，下车后根本分不清方向。在他人的指点下，老太太才踏上通往村里的山路。眼看就要进入村子里，没想到癫痫病发作，昏倒在路旁，幸亏被路过的二叔看见，把她背进家里。

老太太对钟辉煌说：“都是你作的孽。”

二叔说：“是啊，你那么大一个老板，那么多钱，怎么也不该差人家农民工那几个辛苦钱，幸亏是他们良心发现，将你妈送回来，否则，如果你妈有个三长两短，不要说我不答应，就是我们村里其他人也不会答应。”

“是、是、是，二叔，妈，我该死，我该死。”

老太太继续说道：“亏你还是从农村走出去的，亏谁也不能亏做事人的，农民工挣几个钱不容易啊。”

“说得对，说得对。”老太太正说着，村主任钟云生接过老太太的话题一边说一边走了进来。

钟辉煌见村主任来了，立即站了起来，说道：“云生主任，你来了。”

“坐、坐、坐。”云生招呼道，自己先坐了下来。

“还不赶快倒茶去。”老太太对钟辉煌吩咐道。

二叔见村主任登门，便问道：“云生，你有事吗？”

云生一边从钟辉煌手里接过水杯，一边说道：“也没什么大事。”停了一下紧接着又说道：“要说事，我还真有事找辉煌。”说完又看了一眼钟辉煌，等钟辉煌坐下后才说道：“是这样的，辉煌，我们村里马上要修一条通往镇里的公路，可还差一点资金，想请你帮帮忙，支持一点。”

“什么，叫我支持？”钟辉煌听了云生的话，张开嘴巴看着云生问道。

“是啊，辉煌，你这么大一个老板，能支持村里十万二十万的，应该一点问题也没有。”钟云生以不容置疑的口气说道。

“可我手头也很紧啊。”

云生一听钟辉煌不太情愿，便马上收起笑容，黑着脸说道：“钟老板呀，你可不能发了大财忘了祖宗啊！没有乡亲们的支持和帮助，你会有今天！更何况你母亲还住在村子里，还需要乡亲们继续照顾，二叔你说对不对。"

二叔连忙点着头答道："是、是、是。"

云生又回过头朝老太太问道："老婶子，您说呢？"

"没错，是这样的。"老太太答道。

"可我……"钟辉煌看了看母亲，又看了看二叔，最后又看了看云生，他想把自己正在筹钱征地的事说一下，却又不知从何说起。

云生又说道："钟老板呀，村子里稍为有点出息的都捐了款，就连那些在外打工做苦力的，也程度不同地做了贡献，你是大经理、大老板，捐 20 万不多呀。"

钟辉煌还想说什么，云生摆了摆手，说："别再说了，我代表村民们向你鞠躬了。"说完后还真站起来向钟辉煌鞠三个躬，然后连招呼也不打，转身走了出去。钟辉煌傻傻地站在那里，心里很不是滋味。

母亲见状，嗔怪道："为乡亲们办点实事，还犹豫什么？"

"可我……哪有那么多钱啊？"钟辉煌想做解释，但又觉得一两句话解释不清。

"你不是大老板吗？"二叔说。

"这个……唉！"钟辉煌长叹一声，苦笑着摇了摇头，心里想，饱汉不知饿汉饥，没当过老板的，根本就不知道当老板的苦衷。

8

钟辉煌回到城里已是午夜 12 点多钟，虽然很晚，但他还想到公司去，把征地拆迁的合同再看一下，但转念又一想，不行，该回家了，再不回家山米又会发火了。于是，他便驾着车往家的方向飞奔，不一会儿就到了家门口，他把车开进车库停好，拿着包正要下车，手机铃声急促地响了起来。他想，这么晚了，谁会打电话呢？一点规矩也不懂，就不怕打扰别人吗？他不想接，就按了拒接键。可不一会儿，手机铃声又响了，而且固执地响着，听起来是一声紧似一声，越来越急。他打开手机一看号码，原来是副经理刘习打来的，他连忙接听。只听刘习在电话里对钟辉煌说："老板，还没睡吧？"

"什么事？快说。"

"你不是叫我今天晚上请国土资源局几位科长吃饭吗？"

钟辉煌想起来了，今天下乡之前，他曾经打电话给刘习，说为了早日办好用地许可证，让刘习请市国土资源局有关几位科长吃饭，联络联络感情。当时刘习不以为然，说不要着急，等凑齐了资金再说。钟辉煌却不这样认为，他对刘习说：既然土地已经摘牌，减免土地购置款也不成问题，那么就应该尽早做好三证办理的协调工作，有备无患嘛。在钟辉煌看来，阎王好过，小鬼难缠。以往的经验告诉他，有时候，虽然局长、分管的副局长同意了，而那些具体办事的科长和科员们却会以出人意料的理由拒绝办理或拖延办理。钟辉煌不想临时抱佛脚，所以他提醒刘习早协调早准备。既然总经理这么说了，作为副总经理的刘习只能服从。由于母亲的事情而忙碌了一天的钟辉煌几乎把这件事忘记，经刘习这么一提醒，钟辉煌才想了起来。只听刘习在电话里又说道："老板，我们吃完饭后在玩麻将，张科长想请你也过来一下……"刘习的话还没说完电话里又传来旁边另一个人的声音："钟老板，我是张科长，过来吧，我们等着你。"

"这个……"钟辉煌犹豫着。他想，这么晚了，自己已经回到家中，就拒绝算了。于是便对刘习说："太晚了，我想睡觉了，而且我已回到家中。你告诉张科长，我改天陪他。"钟辉煌说完还对着手机打了一个长长的哈欠。

听说钟辉煌拒绝自己的张科长，冷笑着对刘习说："既然你们钟老板那么忙，那就等他忙完再说。给他一个月时间忙，忙完了一个月才来找我们吧。"刘习心里一想，等到一个月后，黄花菜都凉了，这不是明摆着要为难公司吗？不行，自己得赶紧跟钟总解释。于是，他再次把电话拔了过去。钟辉煌拿起手机一看号码，又是刘习的。他极不情愿地打开手机，手机里传来刘习急促的声音："老板，张科长他们不高兴了，你还是过来吧。"

"你陪他们不是一样吗？你也是公司里的副总呀！"钟辉煌有些不耐烦地说道。

"我陪他们没档次，你是老板，他们要的就是你的面子。"刘习强调道。

钟辉煌想了想，无可奈何地说：“那好吧，我马上过去。不过？”

“不过什么？”

“我身上没有那么多现金，你有多少？”钟辉煌心里十分清楚，张科长此时此刻叫自己过去，就是要从自己口袋里掏钱。明送他不敢接，只有通过这种方式他才敢接。

“我身上也没有那么多现金，你先过来再说吧，钱我来想办法。”刘习答道。

钟辉煌放下电话，回过头重新钻进小车，一踩油门，小车飞似的往西湖大酒店奔去。

9

钟辉煌赶到酒店，正碰上张科长一行三人往外走，刘习在后面追。钟辉煌见状，立即将车停好，迅速从车里面钻出来，拦住了他们，说道：“张科长，你们别走，我来了，我来陪你们玩一玩。”

“你不是说你要睡觉，不来了吗？”张科长讥讽道。

“我该死，我该死，的确不知道是你们几个领导在这儿，早知道是你们在这儿，我敢不来吗。”钟辉煌只得装疯卖傻，并一个劲地赔礼道歉。

“那好，既然钟老板百忙之中抽空接见我们，那我们就陪钟老板玩一会儿吧。”张科长阴阳怪气地说着并转身回到酒店，走进原本已经开好的房间，重新回到麻将桌旁。

钟辉煌的确很困，他一边打着哈欠一边玩麻将。说来也怪，他今晚的手气特别好，怎么玩怎么赢，几把下来，他面前的桌子上面已经有了一堆的钱。一开始，张科长三个人还有说有笑，可越往后脸拉得越长。坐在一旁观战的刘习一看这阵势不对，心里想，不能再让张科长他们三个人输了，否则就会出大问题，得尽快想办法制止钟老板赢钱，于是他悄悄地走到钟辉煌后面，扯了扯钟辉煌的衣角。不想钟辉煌正在兴头上，一时也没在意刘习的动作。刘习见状，在钟辉煌喝茶时，再一次提醒道：“钟总，你喝了那么多茶，就不想上厕所？”他想趁钟辉煌上厕所时提醒一下。

“不想。”钟辉煌回过头，盯了一眼刘习，说：“没有尿，上什么厕所。”然后继续玩。刘习一看急了，便拿出手机给钟辉煌发了一条短信，内容是提醒他让着对方。可就在钟辉煌拿起手机要看内容时，张科长打出一个“八万。”钟辉煌一见，马上放下手机，兴高采烈地说：“嗨！我又胡了。”

张科长板着脸，将门前的牌一推，说：“真没劲，不玩了。”说完便“通”的一声站了起来，准备离开牌桌。

刘习连忙满脸堆笑地说道：“别着急，张科长，各位别着急，上个厕所，再喝点水，抽根烟，换换手气，一定会时来运转。”说完便对钟辉煌眨巴眨巴眼。此时，钟辉煌才反应过来，连忙说：“对、对、对，换换手气，上完厕所，各位的运气一定会好起来。”

张科长一声不吭，板着脸，气呼呼地走进厕所，另两个人见张科长进了厕所，也跟着进去。钟辉煌也要去，刘习连忙拉住他，悄悄地对他说：“老板，你这样玩，他们能不走吗？”

钟辉煌说：“我也是这么想的，可玩着玩着就忘了。”

停了一下，他却又有些为难地说：“我身上没带够钱，怕输多了，拿不出钱来，出洋相。”

刘习说:“那你也不能这样呀,这样打,人家怎么也不会对你有个好。”说完，便从自己的提包里拿出两万元现金塞进钟辉煌手中，说：“给你，这是我刚才从附近的银行取来的。”

“好,算公司借你的。”钟辉煌说道抓过那两万元钱放进自己的手包。

这时，张科长已从厕所走了出来，皮笑肉不笑地说：“钟老板，你自己玩吧，我们先走了，不陪你了。”

钟辉煌见张科长真的要走，连忙赔着笑脸诚恳地挽留道：“张科长，别走呀，还早着呢 。”

张科长理也不理，拿起放在椅子上的挎包往肩上一挎，就往外走。

钟辉煌一时急了，连忙紧紧地拉住张科长的胳膊，苦苦地哀求道：“张科长，我该死，我扫了你们的兴。来，继续玩，我一定会让你们高兴的。”

张科长对刚走出厕所的两个朋友故意装着征求意见的样子，说：“你们还玩不玩？”

朋友中的矮个子说：“张科长，既然人家挽留，那就再玩一会儿吧。”

“那好吧，为不扫你们的兴，就再玩一会儿。”张科长半推半就地留了下来，大家见张科长同意留下来，又重新回到各自的位置上坐下，钟辉煌的心这才放了下来。几个回合，钟辉煌有意地不但把赢得的钱一分不少地吐了出来，而且还把刘习垫付的两万元钱也输了出去，张科长的脸上这才慢慢地露出了笑容。

正当张科长得意的时候，突然“砰“的一声，包间的门被踢开，随即冲进一个女人，这个女人就是山米。不等麻将桌边的人反应过来，山米端着一盆凉水对准桌面就泼了出去，把桌边几个人的衣服都淋湿了。张科长这才回过神来，大声呵斥道：“你什么人？疯了吗？”

钟辉煌这时也反应过来，先是赔着笑脸对张科长说道：“对不起，对不起，这个女人是疯女人，别理她。”一边说还一边掏出餐巾纸为张科长擦拭衣服上的水痕。然后回过头来，冲到山米跟前，扬起巴掌就想往山米脸上抽，并吼道：“我打死你这个泼妇。”其实他是想吓唬吓唬一下山米，可没等钟辉煌的巴掌落下，山米猛然伸出右手往钟辉煌脸上使劲地一挠，顿时，五道带血的手指印在钟辉煌的脸上显现。

“哼，你还想打我，做梦去吧。”山米气呼呼地吼道。

刘习见状，上前劝道：“嫂子，你消消气，有话慢慢说。”

“慢慢说，你问问他，他什么时候管过家，孩子叫他给买本字典，一个月过去了，他买了吗？孩子生病住院，他去看过一次吗？家里的下水道堵了，他过问了吗？今天晚上，孩子自己倒开水喝，开水把手烫起了泡，我把她送到医院，她哭着喊着要爸爸。我给他发了多少条短信，他回过一个字吗，我给他打了八个电话，他回过一句话吗？他倒好，在这里开开心心地赌钱，根本不把我们娘俩放在心上。你们说说，我该不该泼水。”

山米用眼光扫了扫屋内的人，不知什么时候，张科长和他的两个伙伴已经溜了，包间里只有刘习和钟辉煌两个人。山米哭着说道：“刘总，我也是个讲道理的人，没事我决不会上门来闹。”

钟辉煌站在一旁，不声不吭，任凭妻子数落。他知道自己理亏，无话可说。

刘习走近钟辉煌身旁悄悄地说道：“老板，陪太太回去吧。”然后又对山米说道：“嫂子，钟总是为着东郊那块土地请张科长打麻将的。”

钟辉煌走近山米，有些愧疚地说道：“我该死，没有照顾好家庭，请你原谅。”

山米还在流泪，钟辉煌掏出餐巾纸轻轻地为山米拭去脸上的泪水。

10

自知有愧的钟辉煌回到家中，把手机关了，把家中的座机电话插头也拔了，想好好地陪一陪妻子和女儿。

一天过去了，白天还挺安静的，谁知到了晚上，就不断有人上门说事。先是曾倩倩，曾倩倩告诉钟辉煌，说许静茹“不见鬼子不拉弦”，钱不到账不拿出薛有衡的批示，请钟辉煌尽快想办法把已经承诺给许静茹的120万现金兑付。同时提醒钟辉煌，不要忘记自己那10万元钱。山米本来对曾倩倩就很反感，对她与自己老公的暧昧关系早有耳闻，只是没抓到把柄而已。山米还认为，曾倩倩即使跟自己老公没有那种关系，也不是什么好东西。所以山米对曾倩倩的到访，显得非常冷淡。曾倩倩走后，接着又是刘习，刘习向他请示，东郊那块土地是不是该进行征地拆迁程序。对这个问题，钟辉煌是这样看的，既然土地已经摘牌，那么就可以进行征地拆迁，至少可以与村民接触，了解一下村民的要求，掌握一下村民的动向。为下一步征地拆迁做准备、打基础。刘习前脚刚走，包工头薛兵也找上门来，请求钟辉煌尽快拨付民工工资，并为此与钟辉煌大声争执起来。就这样人来人往一直闹到深夜12点多钟，导致女儿甜甜没法写作业，甜甜走进客厅大声对钟辉煌说：“爸爸，你们能不能安静一点，我明天还要上课呢？”

钟辉煌刚要对女儿表示歉意，山米从里屋也走了出来，凶巴巴地说：“钟辉煌，你说你做的这叫什么事，在家里仅仅待一天，就这个来找那个来寻，吵得家里鸡犬不宁。”

钟辉煌心里本来就窝着一肚子气，经山米这么一数落，如同火上浇油，他板着脸说道：“我说我不回来，在公司里处理事务，可你非要叫我回来，你以为我在外面好玩，现在知道了吗，我有多难。”

“那还不是你自己造成的，如果你平时处事得力，也不至于这样。”

钟辉煌见妻子说自己处事不力，似乎不服气，他梗着脖子说：“你以为现在办事都那么容易，有本事你去办一办。”

“我又不是老板，我要是老板，当然会去办。”

“现如今老板也难做，你别看他们一个个衣着光鲜，人模人样，可要办成一件事，的确非常难，不是你想怎样就怎样的。”钟辉煌深有感触地说道。

正当两口子你一言我一语争执不休时，女儿甜甜又走进了客厅，她喊道：“爸、妈，你们怎么又吵起来了，你们也不想让我安静写作业。”

钟辉煌听女儿这么一说，先刹住话，然后走进自己的卧室。可山米仍不罢休，她推开卧室门，又要发火，这时又传来敲门声，山米一听，大声喊道：“这日子没法过了。”

钟辉煌听到敲门声，神经质地反应道：“唉，又来了。”但又怕耽误大事，便走出卧室，来到客厅，对着门喊道：“谁呀？”

“是我，新星建材公司的。”门外的人应答道。

“哎哟，凡老板，这么晚还没休息，有事吗？”其实钟辉煌心里明白，自己欠他公司的200多万钢材款已经三年了。

“钟老板，你真是贵人好忘事，我找你什么事难道你心里不明白，你让我进屋再说吧？”外面的人一边说一边敲门。

“我们都睡觉了，有事明天说吧。”

“我已经来了，你就让我进屋说吧。”

“凡老板，你没必要深更半夜找上门来。”

“我不深更半夜找你，白天到哪儿找你，我不上家找你，可你有几个小时在办公室待过。”

“好吧，我明天到办公室等你。”

“算了吧，我再也不上你的当了。”

“要么你去找刘总吧，别老找我呀。”

“谁叫你是老板啊！你不发话，他刘总敢表态吗？”

山米已经不耐烦了，对着门外吼道：“门外的人听着，你再不走，我要报警了。”

“嫂子，太谢谢你了，我就是要你报警。”凡里在门外答道。

钟辉煌悄悄地对山米说道：“你胡说什么呀，你想把我抓进派出所去吗？”

屋里两个人正争论着，门外也传来吵闹声，只听一熟悉的声音在呵斥：“干吗呢？这么晚还在吵吵闹闹，让人睡觉不？”钟辉煌一听，这是隔壁邻居龙大爷的声音。

“老大爷，我找钟老板有事。”凡里答道。

“什么事非得深更半夜说，难道白天不可以说？”

“不行，我非要在今天晚上说不可。”

“那你也不要站在门外大呼小叫，你不可以进屋里去说吗？”

“可他不开门呀。”

“我来叫，看他开门不开门。”

“那太好了。”

“钟老板，开门吧，你让这个人进屋里说，不要让他打扰我们休息。”龙大爷敲了敲门对着屋里的钟辉煌喊道。

钟辉煌听龙大爷这么一说：“龙大爷，这……”

“你开门，有什么事两个人对面说清楚。”

“那好吧，听你的，龙大爷。”钟辉煌说着将客厅的门打开。然后又对着凡里说道：“凡老板，你这是何苦啊！”

“钟老板，这话得我来说。”凡里说着走进屋里，后面还跟着两个彪形大汉。山米一看这阵势，吓得赶忙躲进卧室。

“来杯水喝，我一天没吃饭了。”凡里毫不客气地往沙发上一坐，气咻咻地说。

钟辉煌说：“不至于吧，你这么大一个老板……”

没等钟辉煌往下说，凡里说：“钟老板，在你面前，我算个什么。我都已经被你们这些老板搞垮了，你们公司欠我的200万材料款本该大前年12月31日前还清的，可如今三年过去了，我还没拿到你们一分钱，如果都像你这样，我不喝西北风才怪呢。”

“凡老板，对不起，我最近手头的确有点紧。”钟辉煌极力解释着。

“我每次来你都是用这句话来搪塞我。瘦死的骡子比马大。你这么大一个公司，怎么也不会差我这点钱吧。咱们做生意的，总得讲究个诚信啊！”凡里话中有话，软中带硬。

这时从里间传出山米气呼呼的声音：“钟辉煌，这么晚了，你不睡觉，还让不让我们娘俩睡觉，有事不能到办公室说吗？”

钟辉煌接过妻子的话对凡里说：“凡总，明天你就到我办公室说吧。”

“不行，你不给我一个明确的答复，今晚我就不走，就睡在你这儿了。”凡里脖子一扭，无赖地说道。

“这不是解决问题的办法啊！”钟辉煌似乎有些哀求。

“我这不是办法的办法，是你逼的。”凡里似乎打定了主意。

钟辉煌无话可说，他心里十分清楚，目前公司里资金最为紧张，方方面面都缺钱，从哪里都挪不出钱来。他自知理亏，欠了人家那么多钱，那么久不给，人家已经够意思了。将心比心，如果自己遇上这么一个没有诚信的人，那怎么办？正在钟辉煌犹豫的时候，里面又传出山米的声音：“外面的客人再不走，我真的要打 110 了，我告你们扰民。”

凡里一听这话，也不与山米对话，而是对钟辉煌说：“好啊，钟老板，报 110 吧？来，我帮你拨，你讲。”说完便真的在沙发旁边的电话座机上拨了“110”三个数字，并按了免提键。不到半秒钟，电话里传来一个女人的声音：“我是 110，请问有什么事？”没等电话里的声音说完，钟辉煌立即跳过去，拿起话筒，急切地说：“对不起、对不起、没事、没事，小孩按错了。”不等对方回话，便连忙挂了电话。

凡里冷笑一声，对站着的两个人说：“你们给我去买条毛巾毯，我在这沙发上过夜了。”

钟辉煌一听，急了，连忙踏进卧室，对山米说：“明天从你那儿拿出 30 万，先打发他们走吧。”

山米扭过头狠狠地瞪了老公一眼，不再吱声，钟辉煌近乎哀求地说道：“我求求你，帮我一把，不然他们今晚就不会离开我们家。难道你愿意他们在我们家睡觉？”

也许是这最后一句话的威力，山米道：“就这一次。”“好、好、好、就这一次。”钟辉煌说完在妻子头上使劲地撮了一口，然后心满意足地走出卧室的门。

凡里见钟辉煌从卧室里走了出来，问道：“怎么样。”

钟辉煌说：“凡老板，明天先给你 30 万，剩下的我会尽快想办法。”

凡里一听只给 30 万，便“腾”的一下从沙发上跳了起来。吼道：“什么，30 万，你这是打发要饭的，你当年向我赊账要材料时，怎么是越多越好啊。”

“这个……”钟辉煌无言以对，想了一下很快又答道：“凡老板，我现在的手头的确很紧，如果这 30 万你嫌少，那就算了，我正好缺钱，那就等以后筹齐了 200 万才给你。实话告诉你，这 30 万还是我老婆的私房钱。她还不愿意给呢，如果你们要在这里睡，那就在这里睡好了，我和我老婆、孩子另外找地方睡去。”说完便对着卧室喊道：“山米，走，我们到外面找地方睡去。”

凡里见钟辉煌要走，气就不打一处来，本想大发雷霆，但仔细一想，多得不如现得，先拿30万再说。于是便无可奈何地说：“好吧，看在我们多年的交情上，只有这样，但你今天晚上必须先写好两份承诺书。一是明天归还30万，二是年底归还170万并所有的利息钱。”

“好、好、我写承诺。”钟辉煌说道从书房里找来纸笔，按照凡里的意思分别写了两张承诺。

凡里拿着两张承诺书，不太情愿地离开了钟家。这时时钟指向1点30分，钟辉煌这才洗了澡上床睡觉。可这时的他怎么也睡不着了，脑子里全是公司里的这个事那个事。

11

钟辉煌迷迷糊糊睡了一会儿就醒了过来，一看表，已是清晨6点多钟，再一看老婆和女儿，她们两个人睡得正香。为了不打扰她们，他蹑手蹑脚地进了卫生间，简单地洗涮了一下，便走出房门，到楼下的小吃店里买了两根油条和一瓶酸奶，一边吃一边往车库走。钻进那辆宝马车后，他并没有立即发动汽车，而是先给曾倩倩拨了一个电话，电话里传来曾倩倩一边打哈欠一边说话的声音：“老板，什么事？那么早。”

“今天上午8点召开经理办公会，通知所有参会人员按时到会，一个也不能缺。”

“什么事，这么急？”

“叫你通知你就通知。”

“你吃了什么枪药，我不就是问你一句吗。”

“我的姑奶奶，好多事情都要研究。”

“好啦，好啦，我马上通知还不行吗？”

钟辉煌放下电话，心里面五味杂陈，酸甜苦辣咸什么味道都有。他想认真地理一理思绪，把当前公司里的主要工作考虑一下，然而，毕竟一晚上没睡什么觉，脑子里一片糨糊，越理越乱，想了好久，也没想出个子丑寅卯来，只得发动车子，将小车开出车库，沿着通往公司的道路往前开。他想抛开一切杂念，认真地开好自己的车。因为时间还早，路上的车辆和行人并不是很多，三三两两的。如果是平时，凭着钟辉煌的驾车技术一点问题也没有，可今天却不行，他一路驾车，一路打着哈欠，两只眼睛的上下眼皮似乎有一种黏合剂，想睁睁不开，迷迷糊糊的。就在他右拐进公司所在地的前廊大道的时候，突然，一辆三轮车从慢车道上冲了出来，他立即向右一扭方向盘，想躲过那辆三轮车，只听“咣当”一声，小车冲上了人行道，撞在一根路灯电杆上，幸好没有撞上行人，不过小车的前面被撞得凹了进去，挡风玻璃也震碎了，他自己也被破碎的玻璃擦破了脸，一脸的鲜血。他动了动胳膊，动了动腿，扭了扭脖子，还好，既没伤筋，也没动骨，他倒又暗自庆幸起来。他费劲地打开车门，钻出小车找到附近一家私立诊所，请护士将伤口清洗后并贴上创可贴。然后又打了一个电话给司机老周，叫老周将小车弄回去修理，自己则叫一辆的士前往公司。

钟辉煌赶到公司会议室时，已经超过他自己规定的开会时间40多分钟，在他进会议室之前，到会的人员都焦急地等待着，因为他的手机在事故中被摔坏了，人们拨打他的手机也无法接通。如今见他脸上贴满了创可贴，都大吃一惊。

曾倩倩首先走上前去，一边接过他手中的提包，一边问道：“这是怎么了？”

钟辉煌说：“小车出了点事，刮擦了一下。”

“会议改期吧，我送你到医院去。”曾倩倩说。其他参会人员听曾倩倩这么一说，也附和着劝说钟辉煌休息几天。

钟辉煌摆了摆手，示意大家别说了，然后招呼大家道：“都坐下吧，我们现在开会。”见大家都坐了下来，他才用眼光扫了所有到会人员一眼，继续说道：“今天我们开个经理办公会，研究几件事，先请各位按照分工汇报一下自己工作的进展情况。”

跟往常开会一样，谁也不想先发言，有人装着整理自己的笔记本，有人玩手机。钟辉煌见状，点了将：“刘总，你先说吧。”

刘习见钟辉煌叫自己先说，便端起杯子先喝了口茶，然后清了清嗓子，说道：“好，我先说。”接着便把东郊李家村二组的100亩土地的摘牌情况简要地给大家做了介绍，介绍完最后说道：“薛副市长减免土地购置款的批复件还在许静茹手中，如果批件一到手，我们便可以开始征地拆迁。”

钟辉煌对曾倩倩说道："倩倩，这事还得你出面，尽快想办法把批件拿到手。"曾倩倩说："那你承诺过人家的事得尽快兑现。"

刘习开了头，不用钟辉煌再点名，参会人员一个接一个地说开了。

财务部长陈丽说道："现在关键的问题是资金短缺。征地要钱，拆迁要钱，买材料要钱，可钱从何处来？"

钟辉煌插话道："你找了交通银行江行长了吗？"

"找了，可人家也有难处，说不能贷那么多，而且，我们的固定资产都已经抵押出去，我们欠人家的贷款还有2000万。"

听了陈丽的话，参会的人员一致沉默，过了好一会儿，还是钟辉煌打破了沉默，问道："还有其他融资办法吗？"

陈丽说道："办法倒是有，但怕有风险。"

"说吧，什么办法？"钟辉煌迫不及待。

"一是高息向社会集资，二是加大售房力度。"陈丽说。

这时销售部部长陆方成说："现在的房地产市场很低迷，房子不好卖，我们的'幸福花园'一期还有三分之一没有卖出去。"

钟辉煌说："那天我去售楼部时，发现有许多顾客嘛。"

"他们当中看的人多，真正买的人少。"陆方成说。

"为什么呢？"钟辉煌问。

"他们在观望，在等待，等着政策调整，房子跌价。"陆方成解释道。

钟辉煌显得有些无奈，但还是叮嘱道："你们要多想些办法。"

"还是老办法。一是联系相关单位，由相关单位的领导出面，组织员工团购，达到20户购房的，房价优惠5%，相关领导还可以从中获取提成，前提是先交20%的预付金。二是发动公司所有的员工牵线卖房，按1%提成。三是现在运作东郊这块地，可以卖楼花。"陆方成答道。

"好，这些办法都不错。"钟辉煌赞扬道。

陆方成答道："不过，我们人手不够，昨天售楼小姐又走了两个，她们嫌待遇低。"

钟辉煌向人事部的周部长问道："你还能不能多招几个人。"没等周部长回话，钟辉煌紧接着又问道："市领导跟我打招呼要安排的那个人可以放到售楼部去嘛。"

周部长说："不行，人家是要到工程部去包工程的。"

"我这里人满为患。"工程部部长黄小凡说。

钟辉煌见说到这个份上，便说："这个人接也得接，不接也得接，哪怕养起来也得养，惹不起呀。"停了一下他又向黄小凡问道："你打算什么时候开始征地拆迁？"

"只要公司资金到位，我们随时随地可以行动。"

"好的，你尽快与拆迁公司衔接，拿出拆迁方案，三天后，开始启动，资金不足的问题，慢慢解决。"钟辉煌安排道。

"好吧，我们会尽快做好准备，三天后一定启动。"黄小凡答道。

钟辉煌见差不多了，便对大家说："好了，今天的会议开得很好，关键是抓落实。目前，公司里的困难很多，需要在座的各位精诚团结、齐心协力、渡过难关。散会。"

大家见总经理宣布了散会，便收拾起各自的东西走出会议室。钟辉煌对已经走到门口的曾倩倩说道："倩倩，你留一下。"会议室里只留下钟辉煌和曾倩倩两个人。钟辉煌深情地望了一眼曾倩倩，长长地舒了一口气，伸了一个懒腰。

曾倩倩见状，说道："你也该好好休息一下了。"

"休息？"钟辉煌苦笑着摇了摇头接着又说道："走，我们先去吃点东西，然后再到那块地上转一转，晚饭就在老地方，今晚我不回去了。"

曾倩倩答道："好吧！"

12

曾倩倩驾着钟辉煌为她买的宝马车，虽一言不发，却时不时地透过后视镜看了又看眯着眼睛打瞌睡、一脸疲惫的钟辉煌。

钟辉煌太辛苦了，一坐进车子里，就睡了过去，还轻轻地打起了呼噜。

曾倩倩驾着小车七拐八弯来到了城东郊钟辉煌给她买的一座别墅，这是他们两人经常幽会的地方。她把幽会的地方选在这儿，即安静又安全。曾倩倩心里明白，自打自己进了公司跟了钟辉煌当助理，山米便凭着第六感觉开始对他们两个人之间的关系产生了怀疑，并时不时地跟踪过。正是在这种情况下，曾倩倩才提议把幽会的地方放在这儿。当初，曾倩倩说要在这里买别墅，钟辉煌还不太情愿，他认为离城中心太远，不方便，是曾倩倩多虑。然而经过一段时间后，钟辉煌渐渐地习惯了，他倒觉得曾倩倩考虑问题很周全。这儿与钟辉煌的家不在一个方向，钟辉煌的家在城西，而这儿是城东，从钟辉煌的家到这儿，不堵车也得一个小时，如果遇上堵车，就不知道要多长时间了。加上“幸福花园”二期的那块地离这儿不远，工作起来也很方便。正是因为这些原因，钟辉煌与曾倩倩两个人对幽会都非常放心。

“到了，到了，醒一醒。”曾倩倩将车开进车库，见钟辉煌还睡着，便摇醒他道。

钟辉煌慢慢地睁开眼睛，才知道已到了目的地，他拿着手包下了车。曾倩倩从车上提下在市场上和商店里买的左一袋右一袋食品，有些手忙脚乱。见钟辉煌自顾自地往前走，也不帮她的忙，便有意地大声咳嗽一声。钟辉煌听到曾倩倩的咳嗽，回头看到曾倩倩一副吃力的样子，便立即从曾倩倩手中接过所有的东西，一边接一边说:“买这么多东西干吗？”

曾倩倩没好气地说：“你不吃不喝呀？”

钟辉煌“哦”了一声后便再也不说话。

曾倩倩开了门，钟辉煌在前，曾倩倩随后。曾倩倩进门后，反手将门关上，然后，又回过头透过猫眼往外看，看是否有人跟踪，这已成了她的习惯。

钟辉煌笑着摇了摇头，说：“神经质。”似乎是自言自语，又似乎有意说给曾倩倩听的。

曾倩倩没好气地说：“你懂个屁，还是小心点好。”停了一下，又说：“你先洗个澡，我去做饭。等吃完饭，我们好好休息一会儿。”曾倩倩说完便走进了厨房忙活起来。

钟辉煌似乎没听懂曾倩倩的话，放下东西后直接走进卧室，连鞋子也不脱，一头扑到床上便呼呼大睡起来。

曾倩倩做完饭菜，将菜端到桌子上，然后对着卧室喊道：“吃饭了。”见里面没反应，便推门而进，只见钟辉煌和衣躺在床上呼呼大睡，便附在钟辉煌耳边大声喊道：“吃饭了。”钟辉煌被曾倩倩的喊声惊醒，激灵坐了起来，揉了揉眼睛，嘴里嘟嘟哝哝的，也不知说的什么，说完又仰天倒下去，继续睡起来。曾倩倩没法，只得帮他把衣服鞋子脱了，给他盖上被子。自己才钻进卫生间，好好地洗了个澡，然后也爬到床上睡了起来。直到第二天上午 8 点多钟，门外传来一阵急促的敲门声，把曾倩倩吓了一跳。但她并没有立即去开门，而是将仍在酣睡中的钟辉煌摇醒，钟辉煌迷迷糊糊地问道：“什么事呀？”

“有人敲门。“曾倩倩惊慌失措地说道。

钟辉煌听说有人敲门，立即惊醒过来，他抬手一看表，才知道已是第二天上午 8 点多钟。这时的敲门声一阵紧似一阵，他知道，这个时候有人敲门准没什么好事。那么，是什么人来敲门？他满腹狐疑，对曾倩倩说道：“不要管它，让他敲好了，我们不去开门，让他当作没人在屋里就好了。”

曾倩倩担心地说：“这样不好吧？”

钟辉煌胸有成竹地说：“没关系，听我的。”

就在这时，敲门声停了下来，可钟辉煌的手机铃声却响了起来。钟辉煌抓起手机，看也不看显示号码就接听，只听电话里传来山米恶狠狠的声音：“钟辉煌，快开门，我就在门外。”钟辉煌一听是山米的声音，吓出一身冷汗。他正要说话，却被一旁的曾倩倩一手捂住了嘴巴，示意钟辉煌不要出声。

钟辉煌和曾倩倩两个人心里同时在想：奇怪，山米怎么会知道这个地方？

正在钟辉煌与曾倩倩两个胆战心惊时，“砰”的一声响，门被人一脚踢开，接着便冲进来两个人，女的正是山米，男的是山米的弟弟山梁。山梁手里还掂着一根木棒，一进门便吼道：“奸夫、淫妇快出来！”并气势汹汹地往卧室冲。山米怕弟弟莽撞，连忙抓住他的胳膊往后拽，同时朝里屋喊：“钟辉煌快出来！”

钟辉煌心里想，看来今天是“黄泥巴掉到茅坑里，不是屎（死）也是屎（死），”他深深地吸了口气，尽量让自己镇静下来，做好应付一切的准备。他穿好睡衣向曾倩倩使了一个眼色，示意她不要出去，然后打开卧室的门走了出去，反手将门关上。曾倩倩躲在卧室门后，仔细倾听着外面的动静。

山米见钟辉煌出来了，却没见到曾倩倩，怒吼道：“好啊，钟辉煌，果然你在外面还有房子，那个骚货呢？”

没等钟辉煌回答，山梁又朝里屋吼道：“快出来，骚货，不要脸的东西。”并拿着木棒朝茶几上一砸，把茶几的玻璃砸了粉碎。

钟辉煌见山米姐弟俩如此嚣张，心里想，虽然自己不对，但也用不着如此兴师动众。但他觉得，如此状况下来硬的肯定不行，于是他只好软中带硬地问:“你们要干什么？我到这边办事，顺便到这里休息一会儿，用得着这样大吵大闹吗？”

“钟辉煌，你骗谁，你以为我们是小孩。”山梁再一次挥舞着木棒。

“姓钟的，你是我老公，有家不回，又在外面养小的，你以为你当了老板有几个臭钱，就可以胡作非为。”山米数落着。

山梁说：“姐，别跟他讲理，让我来教训教训他。”说完，便挥舞着木棒冲上前去。山米怕弟弟伤着老公，抢过弟弟手中的木棒。山梁并未罢手，冲上前去，甩手给了钟辉煌一个耳光，打得钟辉煌眼冒金星，嘴角流血。

正在这时，刘习从门外走了进来，刘习面带笑容地对山米说:“哎哟，嫂子，您来了，稀客稀客，欢迎欢迎。”俨然是这栋楼房的主人。

山米迷茫地望着刘习。

“嘿嘿，这是我的新家。”刘习平静地说。

“你的新家？”山梁怀疑地看了一眼钟辉煌又看了一眼刘习。

山米似乎还不甘心，他指着钟辉煌向刘习问道:“你不在家，那他是怎么进来的。”

刘习仍然平静地说:“哦，是这样的，昨天上午开完了经理办公会，我就陪着钟总到城东这边来看李家村这块地，看完地后就在我家吃的晚饭，谁知钟总多喝了几杯酒，不敢开车，就在我这儿睡了一个晚上。”

“那你……”山米问。

“我刚才买菜去了。”刘习答道，并扬了扬手中塑料袋里的蔬菜。

山米听了刘习的话，望了钟辉煌一眼，从鼻子里 “哼”了一声，自觉无趣，转身向门外走去。

刘习赶紧走上前去，说:“嫂子，你们难得来，就在这儿一快吃午饭吧。”

“不了,我们家里还有事。”山米说完拉着山梁气呼呼地向门外冲去。

等着山米和山梁走远了,钟辉煌才真诚地对刘习说:“刘总,感谢你。”

“老板，你不要谢我，要谢你还是谢倩倩，是倩倩打电话给我，告诉我这里发生的一切，好在我的家就在附近。”

“是吗？”钟辉煌疑惑地看着刘习。

这时曾倩倩从卧室里走了出来，骄傲地对钟辉煌说：“是的。”

刘习知趣地说："好了，老板，我走了，我还有事。"说完便向门外走去，可没走几步，又回个头对钟辉煌说："老板，明天下午我与村民们商议征地拆迁的事，晚上请他们吃饭，请你亲自出面。"

"我就不参加了吧，我不能什么事都出面。"钟辉煌说。

"不行啊，老板，你不出面怎么行。"刘习解释道。

"那好吧，我就参加一下。"

13

"各位，这位是我们公司的老板钟总经理。"在全市最豪华的西湖大酒店号称全市第一包的包间里，钟辉煌刚刚进入包间，刘习便向已在包间等候多时的客人介绍道。客人中除了村支书徐山和村主任李根全两个人站起来微笑着与钟辉煌握手外，其他人该抽的抽烟，该喝茶的喝茶，几个玩麻将的和几个玩字牌的连头也不抬，根本没把钟辉煌当回事。钟辉煌心里想，这帮土包子，知道我有事相求，个个神气得像个鸟样。要不是有事求他们，我恐怕连正眼也不会瞧他们一下。可现在没办法，只得放下身段，当一回孙子。于是便强装笑脸，低三下四地跟每个人握手问好，虽觉没趣，但又不得不这样做。

会见完参加晚宴的每一个村组干部和村民代表，钟辉煌将刘习拉到一边，悄悄地问道："谈得怎么样？"

刘习说："他们要求拆 1 补 1.5。"

"什么，1.5，他们这是狮子开大口。我还是那句话，最多是拆 1 补 1.1，多 0.01 也不干。"

"我说了，可他们一点也不松口，说低于 1.5 就免谈。"

"哦？"钟辉煌感到问题棘手了，想了一下，又问道："那不是没一点成效？"

"是啊，不过，像这样的事不要指望一两次就会谈成，没有四五次，那是不可能成功的。你别看他们是农民，可一个个厉害着呢。"刘习说。

"怎么来了这么多人吃饭？"钟辉煌问道。

刘习拉长着脸说："隔壁还有一桌呢，那都是他们的老婆和小孩。"

"啊！"钟辉煌吃惊地张大着嘴巴，半天没合上。

刘习瞥了一眼餐桌上的菜肴，见满满的一桌菜差不多上齐了，便对钟辉煌说："菜上得差不多了，开始吧。"

"好，开始。"钟辉煌应道。

于是，刘习高声地对满堂客人喊道："各位，咱们席上坐吧。"然后，对待在一旁的服务员吩咐道："将红酒、白酒、啤酒和饮料全都打开。"

听说上席吃饭了，所有的人都一窝蜂地往桌子边上挤，徐支书和李主任也被挤到了一边，就连请客的主人的位置也被人占领了。徐支书有些不好意思地对钟辉煌说："钟老板，不好意思，乡下人，不太懂规矩。"

"没关系、没关系。"钟辉煌笑着尴尬地找个空位坐了下来。正在这时，席中突然有人喊道："这是什么酒呀，像马尿似的。"

钟辉煌一看，是村民小组组长龙方，刘习赶紧起身走到龙方身边，小心地说："这个酒是388元一瓶。"

"不行，我们要喝茅台。"龙方说。

"还有这香烟，才五十几元钱一包，这是人抽的吗？我们要抽价格在一百元钱以上一包的。"村民代表徐里明也叫开了板。

"你们再瞧这桌上的菜，这都是些什么菜呀？喂猪的。既没有大龙虾，也没有大甲鱼。"村里的梁会计附和着。

有这么几个人带头一说，其他人便你一言我一语，纷纷表示不满，有的甚至站了起来，装着要离席的样子。

钟辉煌心里十分清楚，这帮人是在故意刁难自己，如果不能满足他们，那么以后的事情就很难办，因此只能顺着他们的意，眼前多花几个钱，为自己顺利拆迁创造条件，以便将来赚大钱。想到这里，他附在刘习耳旁说了几句悄悄话。刘习点了点头，明白了钟辉煌的意思。便从自己的位置上站了起来，高声地对大家说道："各位，对不起，是我们考虑不周，我们马上改正，尽量满足大家的要求。"说完便让服务员叫来餐厅部经理邓云。

不一会儿邓云来到了包间，紧接着胡润也来了。钟辉煌对胡润和邓云吩咐道："立即给我上茅台酒和大中华牌香烟，同时加两份大菜，一份大龙虾，一份大甲鱼。"

"隔壁那一桌也一样。要快。"刘习又特别叮嘱道。

胡润和邓云听了客人的吩咐，立即准备去了。

不一会儿，按照钟辉煌的吩咐，桌上的菜该换的换，该撤的撤，该加的加。

喝酒开始了，钟辉煌先是敬大家一杯，与大家同时一饮而尽，他本想敬完这一杯就算了，可客人不干，非要钟辉煌敬每人一杯不可，钟辉煌只得照办。一轮下来，钟辉煌已有醉意，不想再喝。本来钟辉煌酒量不错，也能够喝上一斤或八两的，只因为餐餐应酬，把胃喝坏了，医生劝他不要再喝，否则会有生命危险。所以，近一段时间，钟辉煌几乎不沾酒，像今天这个场合，已经是特别例外了。此时此刻几杯酒下肚，钟辉煌不但有些醉意，而且胃也隐隐发痛，胸口也不太舒服。他把胸口顶在桌沿上，想尽量减少自己的疼痛，可还是不行，于是便以接听电话为借口，跑进卫生间，伸出两根手指向喉咙里抓去，想把胃里的酒水吐出来，可吐又吐不出，胃里面如同翻江倒海，反而更加难受。正在这时，刘习敲响了卫生间的门，一边敲一边喊：“老板，他们等你喝酒呢。”

“你跟他们喝呀。”钟辉煌打开门，涨红着脸走了出来。

刘习说：“他们非要与你拼酒，说老板不上，他们就走人，你看……”

“好、好、你告诉他们，我马上来。”钟辉煌说完，从衣服口袋里掏出一个小药瓶，从药瓶里倒出一把小药丸放进嘴里，然后掏出纸巾擦了擦嘴边的呕吐物。

刘习望着钟辉煌涨红而又扭曲的脸，说道：“老板，不要玩命，要不叫司机送你去医院打针。”

“没关系，走。”钟辉煌强打精神，昂首挺胸进了包间。村组干部们见钟辉煌进来了，都把杯中酒斟得满满的，钟辉煌见此阵势，心里想，为了东郊这块土地的征购拆迁，看来今天是豁出去了，能不能喝赢没关系，但在气势上一定要压倒对方。他强忍疼痛，走到自己的座位上，一把脱掉上衣，露出白花花的大肚皮，然后一拍胸脯，大喊道：“各位，今天高兴，放开量喝。”接着便端起满满的一杯酒，一仰脖，一饮而尽。

徐支书见状，怔了一下，但马上又反应过来，带头鼓起了掌，阴阳怪气地说：“好！好酒量。”说完向在座的所有村组干部问道：“谁先上。”

徐支书话音未落，几名村组干部争先恐后地喊道：“我先上，我先上。”

钟辉煌说：“谁先上都一样，我奉陪到底。”

徐支书说：“那就从左边先开始吧。”

于是，村组干部们开始轮番地向钟辉煌敬酒。顷刻之间，六瓶茅台酒就喝掉了四瓶，刘习担心钟辉煌再这样喝下去，会出大问题，便主动站出来说："各位朋友，我们钟总再也不能喝了，这样吧，他的酒由我来代。"

听说刘习要代钟辉煌喝酒，村组干部个个反对，"不行、不行，不能代，坚决不能代。"

钟辉煌端起酒杯站起来，摇摇晃晃地说："刘总，不要你代，我行。"

不一会儿，剩下的两瓶茅台也喝了个精光。桌子上有两位客人已经趴到了桌子底下。钟辉煌似乎还能坚持一会儿。

徐支书以为自己的手下个个有酒量，没想到宴席没散，就有两个人趴下了，他担心再这样喝下去，还会有人趴下，只好收兵，说道："好了，今天就喝到这儿，改天再喝。"

钟辉煌见村组干部要走，心里想，不能让他们就这样走了，趁着自己还能站着说话，拱手说道："征地拆迁那事还请各位多帮忙。"

"说好了，今天不谈工作，改日再说。"徐支书说。

钟辉煌听徐支书这么一说，不免有些着急。他心里想，今天不说，什么时候说呀，下一次说？下下一次说？每次都要这样拼酒吗？如果一两次拼酒能把事情搞定，达到自己的目的，那倒也行，怕就怕没完没了，花钱是小事，可身体受不了呀。每次这样拼酒以后，他都如同大病一场，没有十天半个月根本恢复不过来。那现在人家不愿意谈，自己也没办法，更何况药效过后自己也会醉的。醉了的话就会说醉话，那是会误事的，于是只好说道："好的，好的，改日再说，今天就到这儿。"

而李主任则对钟辉煌说："不过有一件事可以今天搞定。"

"什么事？"钟辉煌问道。

"你们这个项目施工时所有材料的装卸，必须由我们承包。"

李主任的话还没说完，组长龙方接过话题也说："你们施工的河沙得由我们供应，否则，一切免谈。"

钟辉煌一听，心里想，这不是明摆着强装、强卸、强供吗？如果不答应，他们肯定不会干，如果答应了，不知道自己要多出多少钱。想到这里，他只得说："好，我商量一下。"

"商量什么呀？这还不是你钟老板一句话，你哄谁呀？"梁会计说道。

"不说了，钟老板，我们想去泡脚。"徐支书说。

钟辉煌一听，连忙就坡下驴说："对、对，大家都去泡脚。"说完，便对刘习吩咐道："刘总，赶快安排一下，就在这个酒店的六楼，有一个足浴中心。"

"好，我安排。"刘习答应着就往电梯口走去。村组干部们听说泡脚，个个如同打了兴奋剂，一窝蜂地抢在刘习前面往电梯口挤，就连那两个已经喝得酩酊大醉的人也被撑着站了起来。

进了足浴中心大厅，钟辉煌叫刘习立即与领班衔接，安排每人一个足浴技师，不料，龙方嗓子嘶哑地喊道："我要'双飞'，两个。"其他人见状，也纷纷喊道："我也要'双飞'""我也要'双飞'。"刘习有些为难地看着钟辉煌，钟辉煌豪气地挥了挥手说："每人两个。"于是，每个人都带着两个足浴技师进了房间。

等所有人都进了房间，钟辉煌对刘习说道："你也进房间休息一下吧。"

刘习摇了摇头，说："我就不进去了，我在大厅等着。"

钟辉煌见刘习不进房间，便说："那也行，你在大厅里照应一下他们，我也进去泡个脚。"说完便对领班耳语了几句，领班心领神会，连忙叫来几位A牌的足浴技师进了钟辉煌的房间，不一会儿，刘习看到，进入钟辉煌房间的八位足浴技师只出来六位。

一个多小时过去了，村组干部们一个一个心满意足地从房间里走了出来，可迟迟不见钟辉煌，刘习拨了拨钟辉煌的手机，手机没人接听。刘习担心钟辉煌会出什么问题，便叫来服务员，让服务员上前叫门。一开始，服务员不干，说："没到点，怕打扰客人。"但在刘习的坚持下，服务员只得前去敲门，不一会儿，门开了，两名女孩低着头从里面走了出来，对服务员说："这位客人从一进屋，就呼呼大睡，一直到十多分钟前要呕吐了才醒来，可呕吐后又睡去了。"

服务员问刘习道："你看，老板，要不要叫醒他。"刘习刚想说 "让他多休息一会儿。"一位村干部大声喊道："钟老板呢？我们要吃夜宵。"刘习苦笑着对村组干部们说："好、好、我马上叫醒钟老板。"然后对女服务员说："去，把这个房间里的老板叫醒，就说客人们都在等他。"

女服务员按照刘习的吩咐，好不容易将钟辉煌叫醒，钟辉煌打了个呵欠，伸了个懒腰，翻了个身，又要睡去，与服务员一起进房间的刘习见状，立即说道："老板，他们又要去吃夜宵，而且非叫你去陪他们不可。"

此时此刻的钟辉煌多么想再休息一会儿，可外面又传来一片嚷嚷声：

“钟老板，我们要吃夜宵。”

钟辉煌听到外面的呼喊，抬手看了看表，见时针已经指向深夜 12 点半，便无可奈何地爬了起来，穿好衣服摇摇晃晃地走出房间，与客人们一同坐车向吃夜宵的酒店走去。他一边走心里一边想，这帮乡巴佬还有个完没有？真他妈的也太难侍候了。

14

“钟总，你不舒服，今天的拆迁行动就不要参加了吧。”上午 8 点多钟，刘习对正在低头收拾东西的钟辉煌说道。

钟辉煌抬起头，脸上露出痛苦的表情说道：“没关系。这点痛算什么。今天这个钉子户，是块硬骨头，有点难啃，我一定要亲自到场。”稍停一下，他又换了个口气，问道：“刘总，这个钉子户的情况都摸清楚了吗？”

刘习说：“摸清了。”

“摸清就好。不会节外生枝吧？”

“不会的。”

“那好，我们走吧。”

钟辉煌在刘习的陪同下，来到李家村二组。刘习说：“老板，你站在这儿看着，现场我已经安排好，挖掘机、推土机全部在村后面那边小树林里等候你的命令。只要你一声令下，他们就开始行动。”

“好。再也不能等了，我们耗不起这个时间，耗不起这个精力。拖一天损失的不是几千几万，而是十几万、几十万。”钟辉煌说。

“特别是这个黄寡妇油盐不进，咬准拆 1 补 1.5，都一个星期过去了，我们好说歹说，可她死活不松口，耽误我们多少事，的确耗不起。”

“决不能让步。”钟辉煌态度坚决地说。

说完他抬手看了看表，时针正指向 8：30，便对刘习说：“开始吧。”

刘习立即掏出手机拨了一个号码，然后发出指令：“开始。”话未落音，只听远方传来隆隆的机器轰鸣声。只见两台挖掘机，一台推土机向着村子里一栋孤独的房屋开去。“轰隆”一声巨响，推土机将一幢两层楼的小楼推倒了一堵墙，砖墙倒塌的瓦砾和砖块砸在地上，扬起一股巨大的尘土。

钟辉煌心中有些忐忑，再一次问刘习道：“你确定房子里没有人？”

“没有，不信，我给龙方打个电话。”刘习说完便拨通了龙方的电话，问道：“龙组长，你们还在吃早餐吗？”

“还在吃。”

“黄寡妇是不是在场？”

“是的，不过，黄寡妇已经吃得差不多了，准备要走。”

“好，我知道了。”刘习放下手机，对钟辉煌说：“他们都还在那儿吃早餐，不过黄寡妇快吃完了。”

原来，为了便于强拆黄寡妇这个钉子户，钟辉煌花了50元给龙方，与龙方商量好，趁龙方家里盖新房封顶请客吃流水席，把黄寡妇请去吃饭，以便拆迁人员强拆。

正当钟辉煌得意之即，突然有人喊道：“黄寡妇来了。”钟辉煌抬头望远处一看，果真见黄寡妇风风火火、跌跌撞撞向拆迁现场扑来。钟辉煌心里“咯噔”一下，惊呼一声“不好，”便连忙拿出手机拨出一个电话：“快想办法阻止黄寡妇。”

钟辉煌听人说过，这个黄寡妇又泼辣又刁钻，村里人都不敢惹她。说有一次，为了一个鸡蛋，黄寡妇与一光棍陈老汉骂架。陈老汉因为骂不过黄寡妇，在万般无奈之下，脱下裤子，露出光溜溜的下半身。他满以为这样做会吓跑黄寡妇，可没想到的是，黄寡妇不羞不臊只是愣了一下，然后也在众目睽睽之下脱下了裤子，反倒把陈老汉羞得无地自容，赶紧溜走了。弄得围观的人在面红耳赤之后，发出一阵哄堂大笑。

黄寡妇老远见到有挖掘机在拆她的房子，立即打电话，然后快速地跑到挖掘机跟前躺了下来，呼天喊地的又哭又闹。不一会儿，只见一个光头领几个手舞棍棒的年轻人冲到挖掘机跟前，一把将挖掘机司机揪了下来，一顿乱揍。

钟辉煌惊呆了，连忙向刘习问道：“这是些什么人，怎么那么嚣张。”

刘习说：“可能是黄寡妇在城里的相好率领的一帮社会混混。”

钟辉煌“哦”了一声，也立即拨通了一个电话，说：“给我上。”话未落音，从村庄后面的小树林里冲出来几辆越野车，直接开到黄寡妇房子跟前，尚未停稳便从车上跳下几十个手持电棒的蒙面人，对准光头那帮人举棒就砸，把光头那帮人砸得血肉模糊，个个抱头鼠窜，只恨爹妈少给他们长了两条腿。那伙蒙面人砸完人后又迅速地上了车，飞快地离开了村庄。刘习问道："还继续拆吗？"

"拆！"钟辉煌果断地回答道。

"可黄寡妇……"

"派两个人把她抬开。"

"好。"刘习答应着对站在一边的两个汉子吩咐了一下，两个汉子不容分说，冲到挖掘机前抬起正在装死的黄寡妇就往停靠在路边的一辆小四轮车斗里放，没等黄寡妇反应过来，小四轮一阵风似的向着村后小树林相反的方向开走了。等到黄寡妇搭乘摩托车火急火燎地返回自己的家里时，已是半个小时以后，这时，她的家已经变成了一片废墟。钟辉煌见状，对刘习说："刘总，我们可以走了。"

15

就在钟辉煌离开现场迈步走向自己的小车时，不知从什么地方突然冒出来 30 多名 50 岁左右的老大妈呼喊着向钟辉煌和刘习冲了过来，一边冲还一边喊："别让那该死的钟老板跑了。"顷刻间呼啦啦地便把钟辉煌和刘习团团围在中间。

钟辉煌看着围上来的黑压压的人群，两腿发抖，哆哆嗦嗦地向刘习问道："这、这是怎么回事？"

刘习说："可能是黄寡妇叫来的姐妹。"

说话间，黄寡妇从人群中走了出来，只见她披头散发，一脸的污垢，二话不说，冲到钟辉煌跟前，挥起右手巴掌对准钟辉煌左边的脸就是狠狠的一巴掌，没等钟辉煌反应过来，她又挥起左手巴掌对准钟辉煌右边的脸也是狠狠一巴掌，这两巴掌把钟辉煌打蒙了，嘴角上流出来殷红的鲜血。

刘习见钟辉煌挨了打，便上前拦住黄寡妇，说道："你怎么打人，有话好好说嘛。"

"打人？你们他妈的是人吗？"黄寡妇说着，怒气冲冲地往刘习的脸上啐了一口。接着又说道："我一个好好的家顷刻间就被你们这些断子绝孙的夷为平地。"然后又高声对着周边的人群喊道："姐妹们，你们说说，这些人该打吗？"

“打！打！打！”人们愤怒的喊声响彻云霄，随着喊声，石块、泥巴、臭鸡蛋、烂白菜像雨点般向钟辉煌、刘习两个人身上袭来。

钟辉煌只得抱着头左躲右闪，可哪里躲得开。他心想，这一下完了。

此情此景，刘习也无可奈何，他知道这帮老大妈是冲着自己的老板钟辉煌来的，与自己没多大的关系，于是便趁人群混乱之际，悄悄地溜走了。

这时，一位年龄更大一点的老大妈喊了一声：“停！”

愤怒的人群这才停下来。

只听那位老大妈对着人群喊道：“姐妹们，我们不能这样打他。这样打他是违法的。”

“这样打，我还不解恨呢？”黄寡妇说。

钟辉煌一副狼狈相，歪着脑袋，说：“人都被你们打了，你还想怎么样？”

“打你是轻的，你该死。”黄寡妇怒气未消地对钟辉煌说。

“我该死，好，我该死。”钟辉煌面对气势汹汹的人群，完全软了下来。

黄寡妇对刚才那位喊话的大妈说：“马大姐，不能就这样便宜了他，他毁了我的家，我要他赔偿我的一切损失。”

马大姐说：“损坏的东西肯定是要赔的。”

“我赔，我赔。”钟辉煌的头像鸡啄米似，连连点头，他心里想：人在屋檐下，不得不低头，他知道，惹怒了这些婆婆妈妈，指不定会干出什么事来。好汉不吃眼前亏，躲过这一劫就好办。

果然，马大妈大声喝道：“姓钟的，今天中午你得请我们这些姐妹们到酒店里撮一顿。”

“没问题。”钟辉煌爽快地答道。

黄寡妇接着又对钟辉煌吼道：“还有，你得当大家的面向我认罪。说你有罪，你该死。说完，还得从我胯裆底下钻过去。”黄寡妇说完，还真的叉开两条腿站在钟辉煌跟前。

钟辉煌见黄寡妇叫自己从她胯裆底下钻过去，那火“腾” 的一下便冒了起来。心里想 ，自己堂堂的一个公司大老板，身价上亿，怎么能受此奇耻大辱。退一万步讲，即使自己不是一个身价过亿的老板，仅仅是一名普通的男子汉，也不能受这样的侮辱。于是，他看着在自己跟前气势汹汹的黄寡妇冷笑着。

听到黄寡妇叫钟辉煌钻她的胯裆，在场的所有人都惊呆了。大家屏声静气，谁也不做声。过了好一会儿。才有人悄悄地对黄寡妇说："黄大姐，别做得太过分。"

黄寡妇脸一板，"什么，我做得太过分，你没看到他钟辉煌把我的家都铲平了。"

钟辉煌一阵低沉的冷笑过后，接着又是一阵仰头大笑。他这一笑，倒使得黄寡妇心里没有底，她有些心虚地问道："你笑什么？"

钟辉煌收住笑，一字一句地说："黄寡妇，你别把事情做得太绝了。"

黄寡妇也冷笑着说："哼，我做得绝？"然后对周围的人群问道："你们说我做得绝吗？"有人立即附和地喊道："不绝，一点也不绝。"有些人甚至起哄："就是叫他钻。"

"那还站着干什么，姐妹们，帮忙呀。"黄寡妇一声呼喊，没等钟辉煌反应过来，十几名老大妈冲上前，拽的拽胳膊，按的按脑袋，将钟辉煌按倒在地。俗话说，好汉难敌三双手，何况这是十几位老大妈，任凭钟辉煌如何挣扎，也没有逃脱老大妈们的蛮横。黄寡妇迈开双腿从钟辉煌身上跨了过去，人群中发出一阵欢呼。

钟辉煌趴在地上一动不动，心情沮丧极了，近乎绝望，甚至想死的心都有。一阵昏眩过后，便倒在了地上。

也不知过了多久，钟辉煌才醒了过来，他强忍住一身的疼痛站了起来，四下看了看，见周围一个人也没有，于是整了整被撕破的衣服和裤子，擦去嘴角上流出来的血迹。揉了揉膝盖和胳膊以及身上其他被打伤和弄痛的地方。他想打个电话报警，可是找遍全身也没找着手机，这时他才发现，手包也没了，手包里不仅有两万元现金，还有好几张银行卡。他迅速地一瘸一拐地向后面的小树林里走去。等他赶到小树林里，眼前的情景把他气得半死，只见自己的宝马车车窗玻璃被砸烂，车身到处是锐器刮划的痕迹，四个轮子扁扁的，车子里的东西被洗劫一空，取而代之的是污泥，牛粪等垃圾。他欲哭无泪，伤心至极。

正在这时，刘习驾着小车赶了过来。刘习见钟辉煌如此狼狈，心里也很不是滋味，他搀护着钟辉煌钻进小车，长叹一声；说道："唉，这些人也太毒了、太狠了。"

钟辉煌咬牙切齿，恨不能将这些人碎尸万段。他对刘习说："你打个电话给大头五，叫他立即到医院来，我要请他杀个回马枪。另外，马上叫倩倩给我买个手机。”

刘习正要回话劝说钟辉煌不要把事情闹得太大了，这时，一辆警车鸣着警笛由远而近呼啸而来。车未停稳，便从车上跳下几名警察，站在刘习的车前，示意刘习将车停下。

刘习心里想，警察找我们干什么，是不是搞错了。他对钟辉煌说：“老板，警察找我们干什么？”随即放慢了车速。

“没事，没事，你继续开你的车。”钟辉煌正说着，拦车的警察大概见小车没有停下来的意思，便发出了警告。刘习见状，只得将小车停了下来。警察见小车停了下来，便迅速冲到跟前，问道：“谁是钟辉煌，快出来。”

刚刚经历过一场噩梦的钟辉煌听说是找自己的，慌忙打开车门下了车，一名警察走到他跟前，问道：“请问你是丰华房地产公司的老板钟辉煌吗？”

惊魂未定的钟辉煌哪见过这阵势，心里犯了嘀咕：我犯了什么罪呢？诚惶诚恐地反问道：“你们找我有事吗？是不是找错人了？”

“没错，找的就是你。”其中一名警察亮出警察证，继续说道：“你涉嫌嫖娼、贿赂、聚众斗殴和黑社会。请跟我们走一趟，接受调查。”

“这……”钟辉煌没来得及解释，突感胸口疼痛，眼前一黑，一头栽倒在地。

两名警察见状大吃一惊，其中一位向刘习问道：“他这是怎么啦？”

刘习说：“也许是心脏病发作，需立即送医院抢救。”

钟辉煌被送进医院确诊为心肌梗死，经过医生一阵紧张的抢救终于苏醒过来，但他并没有立即睁开眼睛，他隐隐约约地听到左边的病房里传来一阵悲痛的哭声，似乎是一个穷人死了，那人因为穷没钱治疗而病死了；隐隐约约他又听到右边病房传来一阵爽朗的笑声，似乎是一个富人死了，那人因为太富有而留下一大笔遗产让后人继承。对此，钟辉煌很伤感，但他弄不清自己为什么会如此伤感，是为穷人伤感还是为富人伤感？过了好一会儿，他才慢慢地睁开眼睛。大家见钟辉煌醒了，才稍稍松了口气。钟辉煌望了望守在他身边的刘习、山米等人，用微弱的声音感叹地说道：“唉！老板不好当呀！为了当这个老板，我抛却了亲情、友情和乡情，触犯了国家法律法规，做了许多不该做、但又不得不去做的违心事，包括一些违背良心和道德的事。我对不起人家，你们不该救我，我死有余辜啊！”说完眼眶里流下了两行苦涩而又悔恨的泪水。山米含着眼泪附在钟辉煌耳边温柔地问道：“想吃点什么？我给你做去。”钟辉煌缓缓地摇了摇头，接着又闭上了眼睛。这时一位医生和一位护士走了进来，护士对众人说道：“你们都离开这儿吧，病人需要休息。”山米等人这才依依不舍地向外面走去。刘习走到病房门口又回过头对医生和护士叮嘱道：“我们老板就拜托你们了。”医生答道：“放心吧，他不会有事的。”刘习这才放心地离开。

然而，第二天早上，人们在医院急诊楼门前的水泥地上，却发现了钟辉煌的尸体。不用推测，昨天晚上，钟辉煌趁门外看守的警察和值班护士没在意，跳楼自杀了。一个身价十几个亿的大老板为什么要跳楼自杀呢？人们百思不得其解。不过后来他公司的财务部长陈丽透露了一个不为人知的秘密：早在一年前，丰华房地产就已经破产，资不抵债。

钟辉煌就这样死了，人们在清理他的遗物时，发现在他的上衣口袋里有一张小纸条，那纸条上歪歪斜斜写着四个字：老板该死。

（原载《海外文摘》2015年第6期）